Fischer TaschenBibliothek

Mit echter Feststimmung tut sich Ava schwer: Als Hutmacherin hat sie noch sehr wenige Kunden, und ihr Exfreund Harvey lässt sie einfach nicht in Ruhe. Auf der Vorweihnachtsfeier einer PR-Agentur trifft sie Sam. Er sieht gut aus und ist erfolgreich, aber er kommt ihr ein bisschen zu selbstsicher vor, als dass er ihr gefallen könnte. Aber er beauftragt Ava, einen Hut für seine Mutter Wendy zu machen – Wendy hat Krebs, und keiner weiß, wie viel Zeit ihr noch bleibt. Als Wendy bei Ava zur Hutberatung kommt, glaubt sie, Sam sei mit Ava zusammen – was sie enorm glücklich macht. Ava ist drauf und dran, diesen Irrtum aufzuklären. Da überrascht Sam sie mit der Bitte, vor Wendy so zu tun, als wären sie ein Paar – natürlich nur, bis Avas Hut fertig ist …

Sue Moorcroft stammt aus Südengland. Sie ist Autorin von Romanen und Kurzgeschichten, entwirft Kurse für die London School of Journalism und tritt als Bloggerin auf. Anders als ihre Hauptfigur Ava liebt sie Weihnachten und den Winter.

Weitere Informationen finden Sie auf www.fischerverlage.de

Sue Moorcroft

Winter ZAUBERküsse

Roman

Aus dem Englischen von
Christiane Winkler

FISCHER TaschenBibliothek

MIX
Papier aus verantwortungsvollen Quellen
FSC® C083411
FSC
www.fsc.org

Erschienen bei FISCHER Taschenbuch
Frankfurt am Main, Oktober 2019

Die englische Originalausgabe erschien 2016 unter dem Titel
›The Christmas Promise‹ bei Avon, HarperCollins London

Umschlaggestaltung: bürosüd, München
Umschlagabbildung: Getty Images (Stadt) und www.buerosued.de
Satz: Fotosatz Amann, Memmingen
Druck und Bindung: CPI books GmbH, Leck
Printed in Germany
ISBN 978-3-596-52287-3

1

Weihnachten beginnt in Blaggard's Bar

Samstag, 1. Dezember

Ava hatte nicht die geringste Lust, auszugehen und sich zu amüsieren, als sie sich unter der rotgrünen Weihnachtsbeleuchtung auf der Camden High Street durch die Menschenmenge kämpfte, vorbei an den Geschäftsauslagen mit Winterstiefeln und Modellflugzeugen. Sie hatte gerade ihren ersten und einzigen Tag als Standbesitzerin auf dem West Yard Market hinter sich und war sich ziemlich sicher, dass es keinen zweiten geben würde.

»Meine Füße brennen und sind gleichzeitig eiskalt«, beschwerte sie sich bei Izz. Sie hatten einander untergehakt, um sich gegenseitig zu wärmen, aber sie hätte sich besser in einen dicken, wasserfesten Mantel gehüllt, bis sie die warme *Blaggard's Bar* erreichten. »Ich habe schon jetzt, Anfang Dezember, genug von dem Weihnachtsrummel, vor allem von all den Leuten, die nur herumstöbern und dann rufen: ›Wie viel? Für einen Hut?‹, und dabei eines meiner kostbaren Modelle einfach fallenlassen. Und nichts kaufen.«

Izz klapperte mit den Zähnen, obwohl sie mit ihren Glitzerjeans und dem Pulli marginal wärmer angezogen war als Ava. »Du hast also wenig verkauft?«

»So gut wie nichts, obwohl ich mit den Preisen runtergegangen bin und inständig gebetet habe, dass keiner meiner Stammkunden vorbeikommen und mich zur Rede stellen möge, wieso ich vorher das Doppelte verlangt habe.«

»Deine Hüte sind wunderschön. Du solltest eher mehr als weniger dafür verlangen.«

Ava drückte Izz' Arm. »Na danke! Aber das geht nicht, auch wenn ich auf den Luxus von Restaurants oder Fitnessstudios verzichten kann – ich muss doch essen.« Ihr wurde jedes Mal ganz flau im Magen, wenn sie daran dachte, wie viel sie für die Plane, den Standbezug und Präsentationsständer ausgegeben hatte, die nach Weihnachten vermutlich sowieso alle auf eBay landen würden. »Ich hätte meine Ware auf Etsy oder Notthehighstreet anbieten sollen, dann hätte ich mir viel Enttäuschung und kalte Füße erspart.«

Sie hüpfte ein wenig voran, um im Dezember-Sprühregen mit Izz' ausladenden Schritten mitzuhalten. »Aber nun freue ich mich doch auf die Party.

Ist es für eine Weihnachtsfeier nicht noch ein wenig zu früh?«

»Die PR- und Marketingleute haben den restlichen Monat mit der Kundenbetreuung alle Hände voll zu tun. Drei Mitarbeiter von Jermyn's waren schon heute mit einem neuen Kunden da.«

»An einem Samstag?«

»In der Branche arbeitet man nicht zwangsläufig nur von Montag bis Freitag.« Izz hatte einen befristeten Vertrag bei der Kommunikationsagentur, bei der auch Todd arbeitete.

Todd nahm seine neue, recht dominante Freundin Louise mit zur Weihnachtsfeier, also hatte Ava sich bereit erklärt, Izz zu begleiten, weil Izz aktuell keinen Freund hatte und ungern alleine dort auftauchen wollte. »Sam hat betont, die Weihnachtsfeier sei wichtig für den Teamgeist der Agentur, deshalb werden vermutlich alle kommen.«

»Aha! Wenn Sam das sagt, muss es ja stimmen«, neckte Ava sie und tauchte erleichtert durch die dunkelblaue Tür in den vertrauten Lärm der *Blaggard's Bar*. Rustikale Holzpfeiler, von roten und schwarzen Bändern umwunden, waren mit Lichterketten und Mistelzweigen geschmückt. Typisch für den Londoner Stadtteil Camden herrschten im *Blaggard's* Gedränge und bunte Vielfalt; Anzüge mischten sich locker unter Gothicschwarz oder Steampunk-Satin.

»Todd!«, rief Ava und hielt ihn am Arm fest, bevor er unter einem mit Lametta behängten Pappbogen verschwinden konnte. »Sag danke dafür, dass ich mich an einem so scheußlichen Abend noch mal rausgewagt habe.«

Todd zwinkerte hinter seinen Brillengläsern und umarmte sie. »Du hättest dir besser einen Mantel angezogen oder ein Taxi genommen. Sam und die anderen sind schon da. Das wird bestimmt ein toller Abend.« Dann umarmte er auch Izz.

Ava musste ihre Stimme erheben, um sich über das Stimmengewirr und die pulsierende Musik hinweg verständlich zu machen: »Dann lerne ich heute Abend also Sam, den Oberboss, kennen?«

»Er steht da drüben«, sagte Izz, die über die Köpfe der anderen hinwegschauen konnte, »mit Patrick und Jake. Da hinten stehen ein paar der Mädchen. Aber niemand scheint Gäste mitgebracht zu haben«, fügte sie nervös hinzu.

Ava tätschelte ihren Arm. »Aber dir wurde doch gesagt, dass du jemanden mitbringen darfst. Ich kann auch wieder nach Hause gehen, wenn du glaubst, dass ich fehl am Platz bin.« Sie blieb kurz vor einem Spiegel stehen und musterte sich mit ihrem Pillbox-Hut mit den schwarzen Federn. Wenn sie sich schon in eine wandelnde Werbung für ihre Arbeit verwandelte, wollte sie auch toll aussehen. Dann folgte sie ihrer Freundin durch die Menge.

Ava war eingepfercht zwischen Rücken und Schultern, sie war kleiner als Izz und Todd und sah erst, dass sie ihr Ziel erreicht hatten, als sie plötzlich jemanden rufen hörte: »Hey, Todd! Hallo, Izz.«

Todd schaffte Raum und zog Ava in den Kreis. »Ava, darf ich vorstellen, Patrick und Jake.«

Patrick, dunkle Augen, dichtes, lockiges Haar, hatte ein tiefgründiges Lächeln, Jake strahlte sie an.

»Hallo, ich bin Ava …«

»Und«, fuhr Todd schnell fort, als könnte er es kaum erwarten, zum wichtigen Teil zu kommen, »das ist Sam, unser Creative Director.«

Ava hatte nicht vor, sich von Sam Jermyn beeindrucken zu lassen, dem Goldjungen, der sein Geld mit PR für einen prominenten Fußballer gemacht hatte. Doch als Sam sie ansah, musste sie einfach Luft holen. Er war groß, sogar noch größer als Todd oder Izz. Sein dunkelblondes Haar fiel ihm über ein Auge, es war gerade so lang, dass er es hinter die Ohren streichen konnte. In seinem dunklen Anzug mit dem weißen Hemd sah er so perfekt gestylt aus wie ein teurer Wagen.

Lächelnd nahm er ihre Hand. »Ava. Ich habe schon viel von dir gehört.«

»Ebenso.« Sie lächelte zurück, hütete sich aber auszuplaudern, wie oft Todd und Izz von ihm geredet hatten.

»Was trinkst du?«

»Danke, aber ich bin heute nicht fit genug, um viel zu trinken. Ich bleibe sowieso nur kurz da.«

»Die Drinks gehen aufs Haus, ein Weihnachtsgeschenk. Du musst dich nicht einmal revanchieren.« Über Avas Kopf hinweg erkundigte er sich bei Todd. »Was trinkt Ava?«

»Zinfandel rosé.« Todd ignorierte fröhlich Avas Blick.

Sam nahm noch die Bestellungen von Todd und Izz entgegen und wandte sich der Bar zu. »Es ist nicht gerade politisch korrekt, die Wünsche einer Frau zu übergehen«, sagte Ava halb im Scherz hinter seinem Rücken.

Sam sah sie an. »Richtig, außer beim Wein, oder?«

»Da ist was dran«, sagte sie und bedankte sich einfach, als er mit einem großen Glas Rosé zurückkehrte. Mit Zinfandel würde alles besser werden, selbst das ›Ich verdiene nicht genug‹-Leiden oder das ›Weihnachten steht vor der Tür‹-Leiden oder das ›Mit Leuten, die ich nicht kenne, nur um ihnen einen Gefallen zu tun‹-Leiden. Oder zumindest verschlimmerte der Wein es nicht.

»Du bist also mit Todd und Izz befreundet?« Sam stieß mit seiner Flasche Cobra-Bier an ihrem Glas an.

»Sie sind meine besten Freunde. Ich wohne bei Izz, Todd wohnt nicht weit weg in Kentish Town …« Aber da wehten schon weitere Hallos mit der kühlen

Luft von draußen herein und nahmen Sams Aufmerksamkeit in Anspruch.

Gut. Das war vermutlich ihre Ration Smalltalk mit dem Superboss. Ava wandte sich wieder ihren Freunden zu. »Danke, dass du mir heute dabei geholfen hast, den Stand einzupacken, Izz. Nicht im Traum hätte ich gedacht, dass ich mit fast allen Hüten wieder nach Hause fahren würde. Ich dachte, das einzig Gute an Weihnachten wäre, dass ich auf dem Markt ordentlich Zeug verkaufen könnte. Aber es war ein Fehler, dass ich richtige Couture dabeihatte. Ich hätte vorgeformte Hüte kaufen und die mit fertigen Blumen und Federn dekorieren sollen. Zu einem Preis, den das Marktpublikum zu zahlen bereit ist.«

»Das ist nicht das einzig Gute an Weihnachten!«, wandte Izz ein, die alles gerne mal wörtlich nahm. »Weihnachten kommen auch immer gute neue Filme und DVDs raus …«

»Und das Essen«, sagte Todd und strich sich das Haar aus dem Gesicht, das bei ihm immer irgendwie schülerhaft wirkte, egal, welcher Modefriseur ihm den Schnitt verpasste.

»Trink.« Izz hob zustimmend ihr Bier.

»Und neue Videospiele kommen zu Weihnachten raus«, steuerte Todd bei.

Izz grinste ihn an. »Für Weihnachtsmuffel oder verwöhnte Kinder.«

Todd tat beleidigt: »Okay, ich bin der Weihnachtsmuffel, wenn du das verwöhnte Kind bist – das mit neunundzwanzig immer noch Geld von den Eltern bekommt.«

»He, ich arbeite! Meine Mom will mir und meiner Schwester Danielle partout Taschengeld geben. Es abzulehnen wäre doch unhöflich.«

Ava lächelte, als Todd vor Lachen prustete, doch ihre Gedanken kreisten um eigene Probleme. Sie war hoffnungslos optimistisch gewesen, als sie gedacht hatte, auf dem Markt würde man ihr die Hutmodelle, die sie für Sommerhochzeiten oder das Pferderennen in Ascot angefertigt hatte, aus der Hand reißen. Ihre Etiketten – Ava Bliss, Modistin – hatte sie extra daraus entfernt. Weihnachtseinkäufer wollten lustige Cocktailhüte, sexy verschleierte Pillbox-Hüte und Kopfputz mit Federn, aber zu Alltagspreisen. Eigenhändig verschönerte Readymades, sogenannte Designerhüte – dabei würden ihre Schneiderideale auf der Strecke bleiben. Doch wenn sie damit ihre Rechnungen bezahlen konnte, okay. Schwarz für die Gruftis und Braun für die Steampunk-Leute.

Genau genommen, hätte sie besser auf eine Steampunk-Weihnachtsfeier gehen sollen. Dort hätte sie mit winzigen Hütchen oder Korsetts ordentlich Kasse machen können.

»Avas Eltern haben ihr auch jahrelang die Miete bezahlt.«

»Jetzt müssen sie ihren Ruhestand in der Dordogne finanzieren.«

Izz sah Ava sanft und besorgt an. »Sie verdienen doch was mit ihrem Lesecafé, oder?«

Ava lachte, um die drohenden Tränen zurückzudrängen. »Das lässt sich mit ihrem früheren Einkommen kaum vergleichen. *Les Livres Anglais* ist vor allem ein Ort, an dem Mom und Dad rumhängen und mit anderen Engländern Pork Pie essen und Tee trinken.«

»Aber sie haben eine Rente …?«

»… die es ihnen erlaubt, sich als Buchhändler zu versuchen.« Ava schüttelte den Kopf. »Ich will nicht, dass sie mich noch weiter unterstützen. Ich will sie nicht mehr mit meinen Problemen behelligen. Ich habe ihnen versichert, dass bei mir alles in Ordnung ist.« Dass sie gerade so über die Runden kam, wäre zutreffender gewesen. »Ich hoffe, es wird bald besser. Drei Jahre für Ceri Mallory zu arbeiten war einfach zu lang.«

Todd legte ihr tröstend eine Hand auf die Schulter. »Aber es war doch gut, von ihr zu lernen.«

Ava nippte an ihrem Wein und genoss den kühlen, trockenen Geschmack. »Theoretisch. Praktisch haben mir ihre vagen Versprechungen nur ihren Namen auf meinem Lebenslauf eingebracht. Als ich sie nach einer richtigen Stelle gefragt habe, gab es Krach. Und gleich danach beschloss Ceri, dass sie keine Praktikantin mehr bräuchte. Sie kann gute Preise für ihre Kreationen verlangen, weil sie Beziehungen und einen Namen hat, und so etwas ist schwer zu schaffen. Ich hätte nach sechs Monaten gehen sollen. Dann hätte ich vielleicht mittlerweile mehr Kunden.«

»Na ja, immerhin hast du keine schreckliche Vermieterin«, erinnerte Izz sie. »Ich habe dir doch gesagt, dass du mit der Miete aussetzen kannst.«

»Meine Vermieterin ist ein Schatz, aber ich bin doch kein Schmarotzer!« Dankbar umarmte Ava Izz. Doch was wäre, wenn sie sich Camden nicht mehr leisten könnte? Sie fühlte sich immer noch neu in dieser verrückten, bunten, glücklichen Boheme-Welt, die so viel cooler war als das Provinzkaff Farnborough, wo sie, Izz und Todd aufgewachsen waren. Wie sollte sie es dort ohne die anderen aushalten? Sie leerte das Weinglas. »Hat noch jemand Lust auf ein zweites Glas?«

Sie machte sich alleine auf den Weg zur Bar, durch die dichtgedrängten Grüppchen der anderen Gäste.

Am Rande ihres Sichtfeldes bemerkte sie Sam Jermyn im Gespräch mit Patrick und Jake. Sams Flasche Cobra-Bier war fast leer. Sie seufzte. Sam, dieser wichtige Mann, hatte ihr einen Drink gebracht. Es gehörte zur Alkoholetikette, dass sie nun ihm einen anbot.

Es dauerte ein paar Minuten, bis sie bedient

wurde. Dann schlängelte sie sich durch die Menge zurück und hielt dabei die Drinks hoch über dem Kopf, um sich nicht zu begießen. Als sie ihr Ziel erreicht hatte, wollte sie Sam gerade die Bierflasche in die Hand drücken, als sie die Bemerkung von Jake auffing:

»Du hast ihr einen Drink spendiert, das heißt, du darfst sie anbaggern.«

2

Ärger mit dem Ex

Ava zögerte. Die drei Männer waren in ihr Gespräch vertieft und schienen sie nicht bemerkt zu haben.

»Auf einer Weihnachtsparty ist das quasi Ehrensache. Mach dich ran.«

Avas Gesicht glühte, sie stieß die Flasche Cobra gegen Sams Ellenbogen. »Bitte sehr. Sie hat sich revanchiert, es gibt keine weiteren ›Rechte‹ oder ›Pflichten‹ mehr.«

Sam zuckte zusammen und sah sie betreten an. »Hör mal, ich hoffe, du denkst jetzt nicht …«

Hinter ihm sah Ava, wie Jake und Patrick verlegen die Augen aufrissen. »Ich denke gar nichts.«

Sie wandte sich ab.

Da tauchte Izz auf und versperrte ihr den Fluchtweg. »Louise redet mit Todd, deshalb dachte ich, ich kann ein wenig mit Sam plaudern?« Zögernd hob sie am Ende des Satzes ihre Stimme, als wollte sie von Ava wissen, ob das eine gute Idee sei.

Ava trat beiseite und wollte schon sagen: »Er gehört ganz dir.« Doch dann bemerkte sie, wie Sam Izz skeptisch ansah und Patrick und Jake sich sichtlich unwohl fühlten.

Als ob Izz unter all diesen Blicken eine Erwartung spürte, redete sie einfach drauflos: »Hallo, Sam, kommst du oft nach Camden, wegen der Musik?« Sie holte tief Luft und erzählte dann von den Bands, die sie im *Barfly* gehört hatte, stellte Sam Fragen über seine Lieblingskünstler und strahlte, wenn sie einer Meinung waren.

Patrick versenkte den Blick in seinen Drink. Jake schaute über die Menge, als suche er jemanden.

Ava sank das Herz.

Oh, klar. Izz schwärmte mal wieder für jemanden. Diesmal für Sam.

Bei Männern kam Izz nicht sonderlich gut an, eine Unterhaltung mit Leuten, die sie nicht gut kannte, war anstrengend für sie. Dann beugte sie sich stets entschuldigend vor, als wollte sie ihre Größe vertuschen, und ihre Flirttechnik war ein wenig wie die eines freundlichen Hundes, der um Streicheleinheiten bettelt.

Doch Ava musste zugeben, dass Sam wenigstens so anständig war, seinen Teil zu der Unterhaltung beizusteuern. »Ich war ein paarmal im *Dingwall*.« Er warf Ava ein ermutigendes Lächeln zu. »Geht ihr zusammen auf die Konzerte, du und Ava?«

Doch im selben Moment fragte Patrick: »Ava, du arbeitest auch hier in der Gegend? Camden ist ziemlich cool.«

Sie fühlte sich mies wegen Izz. Deshalb wandte sie sich Patrick zu. »Ich wohne bei Izz, ich habe dort ein Atelier, ich bin Modistin.«

»Das musst du mir erklären, was das genau ist, ich bin ein Kerl.«

»Ich mache Hüte. Maßgeschneiderte Hüte von Hand.«

Sein Blick wanderte nach oben. »Daher also der Kopfschmuck?«

»Ja. Das ist ein Pillbox-Hut, aber ich fertige alle Arten von Hüten an.«

»Klingt nach einem interessanten Beruf«, warf Sam ein, als Izz bei ihrem Vergleich zwischen dem *Dingwall* und dem *Roundhouse* eine Verschnaufpause einlegte.

»Ziemlich cool. Sehr kreativ.« Patrick hob sein Glas und prostete ihr zu.

Ava lächelte. Patricks Anbaggerei war viel zu offensichtlich, um attraktiv zu sein, doch wenn Ava auf ihn einging, konnte Izz wenigstens weiter mit Sam plaudern. Wie sollte Izz lockerer mit Männern werden, wenn sich ständig jemand in ihre Unterhaltung einmischte? »Aber ihr PR-Leute seid doch auch kreativ, Patrick.«

Patrick legte los: Bei seinem Job in der Kommunikationsagentur gehe es um die richtige Mischung von Kreativität, Innovation und Verkaufsgeschick, um erfolgreiche Anzeigenkampagnen zu erfinden. »Wir haben es satt, dass die Leute meinen, in der Werbebranche organisierten alle ständig Partys und reichten Champagner herum.«

Ava lächelte ihn an. »Du willst sagen, dass du auch die Sandwiches machst?«

»Nein – die bestelle ich beim Feinkostladen«, sagte Patrick und lachte.

Izz flüsterte ihr ins Ohr: »Ich muss aufs Klo«, und verschwand in der Menge. Als Ava gerade überlegte, ob sie ihr nachlaufen sollte, hörte sie, wie Sam zu Patrick sagte: »Ich glaube, du bist mit den Drinks jetzt dran. Ich will noch ein Wort mit Ava reden.«

»Na toll«, murmelte Patrick und drängte sich zum Tresen durch. Wenn sie jetzt Izz folgte, sähe es so aus, als wollte sie Sam aus dem Weg gehen.

Sam wandte sich ihr zu. »Tut mir wirklich leid. Jake hatte nicht damit gerechnet, dass du ihn hören würdest. Ich möchte mich dafür entschuldigen. Es ging nicht um dich, sondern um deine Freundin.«

Ava sah ihn spöttisch an. »Was sie natürlich nicht hören sollte.«

»Tut mir leid«, wiederholte er. Sein Blick wirkte aufrichtig. »Jake hat es nicht böse gemeint. Der Alkohol hat seine guten Manieren weggespült, das ist alles. Izz ist noch nicht lange bei der Agentur, sie kennt sich mit Servern, Netzwerk, Intranet und Database hervorragend aus, aber die Leute finden sie ein wenig – mühsam.«

»Es liegt nicht jedem, mit allen locker zu plaudern. Oder ist das in der Werbebranche ein Muss?«

»Vielleicht nicht unbedingt ein Muss. Aber nützlich ist es schon.« Er wirkte gequält. »Und wir bezeichnen Jermyn's eher als PR-Agentur, nicht unbedingt als Werbeagentur.«

Ava nippte an ihrem Wein. »Verstehe. Und ich nenne Izz auch eher schüchtern, nicht unbedingt mühsam.«

Ein Lächeln umspielte seine Mundwinkel. »Alles klar. Ich bezeichne mich für gewöhnlich auch eher als sympathisch, denn als geschwätzig.«

Ihre Augen weiteten sich. »Im Ernst?«

Sein Lachen verhallte, als zuerst Patrick und dann Izz zurückkehrten.

Patrick ließ seine Finger über Avas Hand gleiten, als er ihr ein weiteres Glas Rosé reichte. »Und freuen die Damen sich schon auf Weihnachten?«

Ava seufzte und war fast sicher, was als Nächstes kommen würde.

»Ava mag Weihnachten nicht«, antwortete Izz und nahm eine weitere Flasche Bier entgegen.

Patrick schaute dramatisch drein. »Was? Weihnachten, wenn alle zu viel essen und trinken und überall Partys gefeiert werden? Ich liebe das! Über

Neujahr fahren wir zum Skilaufen, aber diesmal nur Jake und ich. Unser Kumpel Elliot kommt nicht mehr mit, und Sam schafft es dieses Jahr nicht.«

»Krankheitsfall in der Familie«, sagte Sam kurz. Er sah neugierig zu Ava rüber. »Was gefällt dir denn an Weihnachten nicht?«

Sie zuckte die Achseln. »Fast alles. Bis auf die Partys, die können ganz nett sein.«

Sam runzelte die Stirn. »Und wie war das, als du noch klein warst? Mochtest du es da wenigstens?«

»Ja, als ich noch sehr klein war. Meine Oma hat immer Weihnachten gefeiert, sie starb, als ich dreizehn war.« Oma, die sich lächelnd um Avas alltägliche Bedürfnisse gekümmert hatte, während ihre Eltern ihrem Beruf nachgingen, und deren Verlust eine große Lücke in Avas Teenagerseele hinterlassen hatte. Sie wich Izz' Blick aus, weil sie das schmerzvolle Wissen darin nicht sehen wollte, dass Oma genau an Weihnachten gestorben war, als die Lichter, die Weihnachtsbäume und Geschenke Avas Trauer zu verspotten schienen.

»Das muss schwer gewesen sein.« Sam sah sie mitfühlend an. »Haben später deine Eltern nicht Weihnachten gefeiert?«

»Eigentlich nicht.« Sie war es gewohnt, dass man sie neugierig beäugte, weil sie keinen Gefallen an etwas hatte, auf das sich alle das ganze Jahr lang freuten. »Mom war Ärztin, Dad Senior Police Officer.

Mom verarztete die Betrunkenen in der Notaufnahme, und Dad hatte mit den Betrunkenen zu tun, die hinter Gittern landeten. Für die beiden war Weihnachten nur verlogene Geschäftemacherei. Sie meldeten sich immer freiwillig zur Arbeit, damit andere sich freinehmen konnten, denen das Fest wichtig war.«

Patrick starrte sie an, als hätte Ava soeben zugegeben, aus einer Familie von Außerirdischen zu stammen. »Wenn sie Weihnachten verlogen fanden, was fanden sie dann echt?«

»Die harte Realität, nehme ich an. Meine Eltern sind großartig, und wir mögen uns sehr, aber ihre Aufmerksamkeit ist eher nach außen gerichtet.« Nicht nach innen, auf die Familie. Familie. Schon allein das Wort ließ Geschwister vermuten – nicht nur ein Kind, das sich bisweilen im Weg fühlte und aufwuchs, um zu begreifen, dass es seinen Eltern gefiel, wenn es so unabhängig wie möglich war. Sie erinnerte sich noch, wie sie ihr gratulierten, als sie anfing, für die ganze Familie zu kochen, und an das stolze Lächeln, wenn sie ihren Freunden erzählten, wie gut sie das konnte.

Zwischen Sams Augen hatte sich eine Falte gebildet. »Ich habe noch nie gehört, dass Weihnachten keinen Spaß macht.«

»Ihr solltet zu meiner Feier kommen!«, warf Patrick ein. »Nächsten Samstag in Balham. Viele nette

Leute, viel Alkohol, ein wenig Essen. Musik. Eine richtige Party, kein schreckliches Gedrängel, bei dem dir dein Drink verschüttet wird. Hat Todd nichts gesagt? Er hat irgendwas davon erwähnt, dass er sowieso in Balham sei. Seine Freundin wohnt da, glaube ich, oder?«

»Ja, genau. Da sind sie sich begegnet, weil er wegen *BalCom* ständig drüben ist«, erzählte Ava ohne Begeisterung.

»*BalCom*?«, fragte Sam verblüfft.

»Todds Comicclub. Wir gehen jedes Jahr zum Weihnachtstreffen ins *Snooty Fox*. In tollen Kostümen.«

»Oh, verstehe. Er hat uns auch eingeladen. Aber ich habe mit der Party natürlich zu viel um die Ohren«, warf Patrick hastig ein. »Warum kommt ihr nicht zu mir, wenn der Pub schließt? Ich sorge schon dafür, dass noch ein paar Leckereien für euch übrig sind.«

»Danke«, stotterte Izz. »Gerne.« Und dabei lächelte sie Sam schüchtern an.

Ava merkte, dass ihr gar nichts anderes übrigblieb, als auch zu lächeln und anzunehmen, obwohl sie sich ziemlich sicher war, dass Todd mit keinem Wort die Party erwähnt und Patrick sich eben erst entschlossen hatte, sie einzuladen. Doch sie wollte Izz die Freude nicht verderben, mehr Zeit mit Sam außerhalb des Büros verbringen. So hartherzig war Ava nicht.

Sie dachte noch über eine Ausrede nach, als Izz

plötzlich flüsterte: »Da ist Harvey«, und Ava an der Schulter packte.

Ava duckte sich unwillkürlich. »Ich will ihn nicht sehen.« Aber ihr war klar, dass Izz bei ihrer Größe nur schwer zu übersehen war. Wenn Harvey Izz entdeckte, wüsste er, dass auch Ava in der Nähe war.

»Dein Freund?«, fragte Patrick skeptisch.

»Exfreund. Nur scheint er sich irgendwie nicht damit abfinden zu wollen.« Ava warf einen verstohlenen Blick über die wogenden Köpfe und Schultern zu Harvey, der mit blutunterlaufenen Augen und unsicheren Bewegungen auf sie zukam. »Verdammt, er ist betrunken.«

Izz trat unruhig von einem Fuß auf den anderen. »Das ist ja nichts Neues. Er kommt her.«

»Verdammt.« Ava versuchte, sich noch kleiner zu machen.

Sam beugte sich vor, als wollte er versuchen, sie zu verstecken. »Du musst nicht mit ihm reden, wenn du nicht willst.« Auf seinem Gesicht zeigte sich wieder die steile Falte.

»Ich weiß.« Gerührt von der unerwarteten Unterstützung, spürte Ava plötzlich seinen warmen Atem an ihrer Wange. »Er macht mir keine Angst. Oder nicht direkt. Für mich ist die Sache beendet, und er beweist bloß, dass er ein schlechter Verlierer ist.«

»Ava!«, rief Harvey schon, als er noch meterweit entfernt war, und zog sich den Groll der Leute zu, während er sich rücksichtslos durch die Menge schob. »Ich habe die ganze Woche nach dir gesucht. Warst du verreist?«

Ava sah sich gezwungen, ihn zu begrüßen. »Harvey. Wie geht es dir?«

In der wogenden Bar hatten die meisten Männer ihre Jacketts und Krawatten ausgezogen. Harvey hingegen sah wie aus dem Ei gepellt aus. Nur seine Bewegungen wirkten ungelenk. »Es könnte mir besser gehen«, verkündete er vielsagend, »sehr viel besser.«

Ava wollte ihn davon abhalten, das Ende ihrer Beziehung zu beklagen, doch Harvey stürzte sich sichtlich darauf. Es tue ihm leid, schwor er. Wie oft er sich noch entschuldigen müsse? Dass sie verstehen müsse, dass er halt zu viel getrunken und nicht gewusst habe, was er tat. Und was müsse er jetzt tun, damit sie ihm verzeihe? Sie hätten doch so gut zusammengepasst, nicht wahr?

Ein paarmal versuchte Ava einzuwerfen: »Es hat keinen Sinn …« Doch Harvey ließ einfach nicht locker. Ava empfand einerseits Mitleid, weil er so sehr gegen die Zurückweisung ankämpfte, doch andrerseits ärgerte es sie, wie er auf sie einredete. Die wenigen Monate ihrer Beziehung waren für sie anfangs echt heiß gewesen. Lustvoll heiß, zugegebenermaßen – doch die Lust kühlte ab, je klarer ihr wurde, wie viel er trank. Die Trennung hatte Ava als Erleichterung empfunden.

Während Harvey lauthals ihre Aufmerksamkeit einforderte, gelang es ihm, Izz und Patrick abzudrängen und sich zwischen sie und Ava zu stellen. Doch Sam wurde er nicht so einfach los, er blieb am Avas Seite.

Auf einmal strahlte Harvey. »Ava, du stehst direkt unter dem Mistelzweig! Wenn du niemanden küsst, wirst du das ganze Jahr vom Pech verfolgt.« Zu ihrem Schrecken beugte er sich schwankend, aber entschlossen vor.

Bevor sie entscheiden konnte, in welche Richtung sie ausweichen sollte, wurde sie geschickt an den Schultern aus Harveys Umlaufbahn gedreht. Sam hob ihr Kinn und streifte einen Kuss auf ihre Lippen. »Nur für den Fall, dass du abergläubisch bist.«

Ava blinzelte überrumpelt und angetan zugleich, wie elegant er Harveys Anschlag vereitelt hatte.

Harvey stand mit aufgerissenem Mund verdutzt da. Dann verzog er wie ein Kobold das Gesicht und trat den Rückzug an, stützte sich dabei auf die umstehenden Leute, verschüttete ihre Drinks und schrie immer lauter, je weiter er sich entfernte. »Ava, Ava, wir müssen unter vier Augen reden, Ava. Da drüben.«

Sam sah Ava an. »Wenn du nicht willst, kannst du sagen, dass wir ein Date haben.«

Ava überlegte und knetete unentschlossen ihre Finger. »Das ist ein verlockendes Angebot.« Doch die Leute murrten wegen Harveys Geschrei, so dass sie sich verantwortlich fühlte. »Verdammt, es wird Zeit, dass er aufhört, mich zu belästigen. Ich muss irgendwie einen Weg finden, ihn davon zu überzeugen.«

»Vermutlich will er einfach nur …«

Sie ging nicht darauf ein, welchen Rat auch immer Sam ihr erteilen wollte. Sie stellte ihr leeres Glas ab, kämpfte sich durch die Menge und entschuldigte sich bei jedem, den sie anrempelte.

Schließlich griff Harvey hinter sich, packte sie am Handgelenk und zog sie durch eine Tür, an der »Nur Personal« stand und die in einen staubigen Flur führte mit Kisten voller leerer Flaschen, die nach abgestandenem Bier stanken.

Harvey hielt Avas Hand weiter fest, sein Gesicht wirkte schmerzverzerrt. »Ava, triff dich nicht mit anderen Männern. Bleib bei mir.« Er senkte seinen Kopf und versuchte, ihr einen Kuss auf die Lippen zu drücken.

Ava wich zurück und riss sich los. »Harvey, nicht! Ich treffe mich mit niemandem, Sam arbeitet mit Todd, mehr nicht.«

Er machte einen Schritt auf sie zu, sie wich einen Schritt zurück. »Dann lass uns sehen, ob wir die Sache klären können.«

Sie wehrte ihn mit den Händen ab. »Die Sache ist seit August geklärt, als ich dich total betrunken beim V-Festival mit einer nackten Frau in unserem Zelt überrascht habe.«

»Aber es ist doch nichts passiert!«, protestierte er. »Komm, Ava, wenn man total betrunken ist, dann passiert nichts … weißt du.« Er wippte anzüglich mit den Hüften und taumelte etwas, um das Gleichgewicht zu halten.

»Doch, etwas ist passiert: Ich hatte dein Verhalten satt, das war das Ende.«

»Aber ich liebe dich.« Er beugte sich über sie.

Ava versuchte, ruhig zu lächeln, obwohl die Angst sie packte. »Du übertreibst. Ich will deine Gefühle nicht verletzen, aber ich werde jetzt gehen. Wiedersehen, Harvey.« Sie versuchte, an ihm vorbeizukommen. Doch er verbaute ihr den Weg. »Liebst du mich nicht?«

»Nein.« Sie versuchte, sich auf der anderen Seite an ihm vorbeizudrücken.

»Du hast mich doch geliebt.«

Sie blieb stehen. »Habe ich nicht!«

»Hast du wohl.«

Sie stemmte empört die Hände in die Hüften. »Habe ich nicht! Darüber haben wir nie gesprochen. Wir sind ein paar Monate zusammen gewesen, mehr nicht. Du übertreibst gewaltig. Vergiss es. Es ist aus.«

Er umklammerte erneut ihren Arm. »Wir mussten nicht darüber reden. Das verstand sich von selbst.«

Ava riss ihren Arm los und lief vor Wut rot an. Sie hasste seine Hände auf ihrem Körper, hasste es, dass er dachte, es wäre in Ordnung, sie anzufassen und rücksichtslos über ihre Wünsche hinwegzugehen. »Vergiss es.« Sie versuchte wieder, an ihm vorbeizukommen.

Er schwang einfach seinen betrunkenen Körper in ihren Weg, sein Lächeln gefror. »Lass dich … überzeugen.«

»Sei kein Loser.« Die Tür aus dem engen Flur war nur ein paar Schritte entfernt. Der Gestank nach abgestandenem Bier verursachte ihr Übelkeit.

»Weißt du noch, als ich mein neues Telefon bekommen habe?« Seine Worte klangen langsam und bedeutungsvoll.

Sie blieb stehen. Ihre Hand schwebte über der Türklinke.

Er zog sein Handy aus der Tasche und fing an, auf dem Bildschirm herumzutippen. »Wir hatten Spaß. Izz war weg, um ihre Eltern zu besuchen, wir hatten die Wohnung für uns. Du hast mich in dein Atelier mitgenommen und mir eine private Modenschau vorgeführt.«

Harvey drehte sein Handy um und zeigte ihr den Bildschirm.

Ava wurde übel, als sie sich auf dem Display sah, mit einem Champagnerglas in der Hand, einem scharlachroten Cocktailhut seitlich auf dem Kopf und nichts an außer ihrem verschmitzten Lächeln.

Mit übertriebener Effekthascherei strich Harvey von einem zum nächsten Bild. Ava mit einem Hut nach dem anderen. Pose um Pose.

»Aber ich hatte sie doch von deinem Handy gelöscht«, flüsterte sie entsetzt.

Er nickte ruckartig. »Ja, du hast gewartet, bis ich im Badezimmer war, und hast sie dann hinter meinem Rücken gelöscht. Aber ich war in deinem WLAN eingeloggt, die Fotos waren schon automatisch gespeichert. Glück gehabt, was?« Er lachte leise. »Ich kann sie an meine Kontakte schicken, sie auf Facebook stellen …«

Sie sah ihn an. »Das würdest du nicht tun.« Ava konnte die Worte kaum aussprechen.

»Ach ja?«

Panisch ging sie die verschiedenen Optionen durch. Die Polizei? Doch sie war lange genug Tochter eines Police Officer gewesen und wusste, dass die Polizei erst aktiv werden konnte, wenn Harvey die Fotos postete. Wegen verbaler Drohungen in einem abgelegenen Flur würden sie nicht ermitteln.

Mist. Vielleicht war es ein taktischer Fehler gewesen, Klartext mit ihm zu reden. Ruhig und ohne ihm zu zeigen, wie erschüttert sie war, versuchte sie, die Lage zu entschärfen. »Womit du da drohst, ist sexuelle Demütigung. Das ist ein Vergehen.«

Harvey riss die Augen auf. »Wer, ich? Drohen?« Sein Gesichtsausdruck veränderte sich ruckartig von boshaft zu dämlich lächelnd. »Ava, du bist wunderschön. Ich möchte, dass wir wieder zusammen sind. Wenn wir wieder zusammen wären …«, er wedelte mit dem Handy, das er noch immer in der Hand hielt, »würde das hier einfach verschwinden.«

Und Erpressung ist so ein großartiger Grund, eine Beziehung einzugehen. Sie unterdrückte den Drang, ihren Gedanken laut auszusprechen, und versuchte, versöhnlich zu lächeln. »Ich muss dem Kerl vertrauen können, mit dem ich zusammen bin. Wenn ich dir trauen soll, löschst du diese Bilder aus der Cloud.«

»Du kannst mir vertrauen. Liebling, Schatz, das kannst du.«

Hoffnung stieg in Ava auf. »Kommst du hier ins Internet?«

Harveys Blick verlor an Schärfe, während er ihre Worte verarbeitete. Schließlich nickte er zustimmend. Dann fummelte er ein wenig herum und loggte sich in das Netz des Pubs ein. Die Verbindung war schleppend langsam, und Ava meinte, vor Spannung zu platzen, doch dann ging seine Cloud auf. Er hielt das Handy angewinkelt, so dass sie sein Vorgehen mitverfolgen konnte, er rief die intimen Fotos auf und löschte sie, sowohl in der Cloud als auch auf dem Speicher seines Handys. Während Ava still die Zähne zusammenbiss, verweilte er liebevoll bei jedem einzelnen Bild.

Als das letzte Bild seine Form veränderte und in dem kleinen Mülleimerzeichen in der Bildschirmecke verschwand, atmete sie durch.

»Danke.« Sie bemühte sich um einen freundlichen Tonfall, obwohl sie vor Wut kochte, weil Harvey ihr das angetan hatte. Jetzt wollte sie nur noch weg von ihm. Die laute, volle Bar auf der anderen Seite der Tür erschien ihr wie eine rettende Oase. »Danke. Ich weiß es wirklich zu schätzen, dass du das Richtige getan hast.«

»Wir können also noch mal von vorne beginnen?«

Verdammt nochmal! Du hast dich gerade als jemand erwiesen, der erbärmlicher als der ekligste Wurm ist. Sie machte einen Schritt zur Tür. »Tut mir leid, Harvey. Was beim V-Festival passiert ist, war zwar der Auslöser, aber ich hätte mich auf jeden Fall von dir getrennt. Du wirst gemein, wenn du getrunken hast, und tust Dinge, die du nicht immer ungeschehen machen kannst.«

Schweigen. Sein Gesichtsausdruck verdüsterte sich. Dann warf er seinen Kopf zurück und lachte. Mit trüben Augen sah er sie erneut an. »Ich kann das Löschen dieser Fotos ungeschehen machen.« Er tippte ein paarmal auf den Bildschirm seines Handys und drehte es dann zu ihr um. Das Kästchen neben »Automatischen Backup von Bildern auf allen Geräten erstellen« war angekreuzt, Ava lief es kalt über den Rücken. »Sie sind noch auf meinem iPad. Das ist keine Zauberei, ich bin in der Lage, die Fotos wieder auf mein Handy zu holen, Ava. Das ist Technik.«

»Du Schwein!« Ava wollte hier weg, nur weg. Blindlings stürzte sie zur Tür, ohne sich darum zu kümmern, dass Harvey trunken gegen die Wand prallte.

Sie riss die Tür auf und rannte hinaus.

3

Keine gute Zeit für romantische Gefühle

Sam war gar nicht aufgefallen, dass er die Tür im Auge behalten hatte, hinter der Ava mit ihrem Exfreund verschwunden war – bis sie wieder herausgerannt kam.

Er hielt den Atem an. Sie stand da, die Augen weit aufgerissen, und keuchte heftig.

Was war passiert? War sie wütend? Hatte sie Angst? Hatte sie womöglich gerade Sex gehabt? Was bedeutete ihr wild flackernder Blick?

Ava sah sich suchend im Raum um, bis sie Izz erblickte, die sich gerade mit Todds Freundin unterhielt. Als sie auf die beiden zuging, löste Sam sich von Patrick und Jake, um Ava abzufangen.

»Alles okay?«, fragte er beiläufig, als er sie erreicht hatte.

Ava nickte. Die Federn auf ihrem Hut zitterten.

»Noch einen Drink?«

Diesmal willigte sie ohne Widerrede ein. »Danke.«

Er sah ihr nach, wie sie sich ihren Weg zu Izz und Todd bahnte, bevor er sich durch die Menge zur Bar drängte. Er beobachtete sie weiter, während er darauf wartete, bedient zu werden. Sie sagte nichts und schien den anderen auch nicht zuzuhören. Ihr Blick wirkte nach innen gekehrt, und sie sah aus, als hätte es sie von einem anderen Planeten an diesen Ort verschlagen.

Interessante Frau. Todd und Izz hatten von Ava erzählt, und wahrscheinlich hatte er jemanden erwartet, der – na ja, so wie die beiden war. Nicht unbedingt coole Kids. Doch Ava war die personifizierte Coolness. Unter ihrem Hut quoll eine Fülle kunstvoll geflochtener Haare hervor, ihr Kleid saß wie eine zweite Haut. Sie sah eher wie eine Modestudentin aus, nicht wie eine Geschäftsinhaberin.

Neben der langen schmalen Izz stach Avas kurvenreiche Eleganz ins Auge.

Als Sam zu der Gruppe zurückkam, murmelte Ava einen Dank, starrte aber auf ihr Weinglas, als ob sie vergessen hätte, was sie damit anfangen sollte.

Er versuchte, sie in ein Gespräch zu verwickeln. »Du bist schon lange mit Todd und Izz befreundet?«

Ihr Blick glitt langsam zu seinem Gesicht. »Ja.«

»Seit …?«

»Seit der Schule.« Sie blickte über ihre Schulter zurück.

Er bemerkte ihr Unbehagen. »Falls du nach deinem Ex suchst, er kam vor ein paar Minuten heraus und ist in der Menge verschwunden.«

»Okay. Danke.« Ihre Schultern entspannten sich kurz. Sie sah Todd und Izz an, als wollte sie sich vergewissern, dass sie bei ihr waren, und blickte sich dann wieder um.

Er versuchte es erneut. »Hast du ihm gesagt, dass wir eine Verabredung haben?«

Sie sah auf ihr Weinglas. »Nein.«

Er fragte sich, warum sie plötzlich so weggetreten wirkte. Leise sagte er: »Er hat dich doch nicht angegriffen, oder? Physisch, meine ich?«

»Nein.« Doch ihre Worte klangen nicht gerade überzeugend.

»Ist er noch immer dein Ex?«

»Ja!«

Vielleicht sollte er versuchen, sie von dem Bann zu erlösen, unter dem sie zu stehen schien. Er wollte ihre Aufmerksamkeit auf sich lenken – ein Gedanke, den offenbar auch Patrick verfolgte, so wie er Ava jetzt ansah. Also konnte Sam ihm genauso gut zuvorkommen. Patrick würde nicht lange zögern, er neigte nicht zu großen Bedenken. »Willst du das?«

Ihre Atmung hatte sich inzwischen wieder beruhigt, und sie schien ihr Umfeld wieder wahrzunehmen. »Was soll ich wollen?«

»Ein Date.«

Eine kleine Falte bildete sich zwischen ihren Augenbrauen. »Mit dir?«

»Ich habe nicht vor, irgendwen zu verkuppeln, also ja.« Er lächelte, er war es gewohnt, mit seinem Lächeln einen gewissen Erfolg zu erzielen. »Ich würde dich gerne wiedersehen.« Einen Augenblick glaubte er, sie würde einwilligen.

Doch genau in dem Moment schaltete sich Izz ein. »Sam, soll ich dir Bescheid sagen, wenn ich das nächste Mal auf ein Konzert gehe? Wenn die Band dir auch gefällt, könnte ich zwei Tickets besorgen.«

Verärgert über die Unterbrechung, fuhr Sam sie an: »Ich glaube kaum, dass in Camden bald irgendwer spielt, der mir gefällt.« Dann bemerkte er, dass Avas Lächeln erstarb und ihr Blick hart wurde, und er versuchte, seine schroffe Antwort ein wenig abzumildern. »Aber danke für das Angebot. Ich werde es mir merken.«

»Okay.« Izz wandte sich, rot vor Enttäuschung, wieder Todd zu.

Ava trat näher an Sam heran, und er roch ihr Parfüm, trotz der alkoholschwangeren Luft, die über der Menge schwebte.

»Es gab keinen Grund, so grob zu sein«, zischte sie. »Sie hat dich einfach nur um eine Verabredung gebeten.«

Er zuckte zusammen. »Ja, verdammt. Aber ich hatte dich um eine Verabredung gebeten. Ich bin mir sicher, dass Izz viele gute Eigenschaften hat, aber sie ist einfach nicht mein Typ. Vielleicht schüchtert mich ihre offensichtliche Intelligenz ein.«

»Und ich bin okay, weil ich eine Dumpfbacke bin, oder was!?«

Ihre Kratzbürstigkeit verletzte ihn, auch hatte er keine Lust, sich gezielt Gehässigkeiten in den Mund legen zu lassen. »Das habe ich nicht gesagt. Ach, vergiss einfach, dass ich dich um ein Date gebeten habe.«

Für den Bruchteil einer Sekunde hatte er das Gefühl, dass sie es bereute oder verletzt war oder sogar beides. Doch dann setzte sie wieder ein gelangweilt freundliches Gesicht auf. »Ehrlich gesagt, gehe ich momentan mit niemandem aus. Ich muss mich auf andere Dinge in meinem Leben konzentrieren.«

»Schon in Ordnung.«

Der dröhnende Lärm in der Bar machte es Ava schwer, ihre Gedanken zu ordnen. Louise erzählte irgendeine Geschichte, aber sie hätte genauso gut Russisch sprechen können. Todd hatte Ava bereits zweimal gefragt, ob alles in Ordnung sei. Selbst als Patrick grinsend mit einem Mistelzweig an seiner Gürtelschnalle ankam, als wäre er der erste Kerl, dem so etwas einfiel, brachte Ava kein Lächeln zustande.

Warum hatte sie Harvey jemals gestattet, diese Fotos zu machen? Damals hatte es einfach wie ein neckischer Scherz gewirkt. Dabei wusste jeder, dass digitale Bilder, wenn sie erst einmal existierten, zu unkontrollierbaren Monstern werden und mit einem Klick geteilt und vervielfältigt werden konnten. Oder sogar ohne Klick, wenn die richtigen Kästchen markiert waren.

Hatte sie irgendwelche Rechte an Bildern, wenn sie deren Speicherung auf einer fremden Karte zugestimmt hatte? Moralisch vielleicht. Aber wie passte das zusammen – Harvey und Moral?

Sobald er wieder nüchtern wäre, könnte sie an seinen Anstand appellieren. Doch da schon mehrere Monate verstrichen waren und er die Bilder immer noch nicht gelöscht hatte, wäre das wohl vergeblich.

Ihr Magen verkrampfte sich, als ihr bewusst wurde, dass sie jetzt nur noch abwarten und versuchen konnte herauszufinden, ob Harvey die Bilder mit Leuten teilte, die er kannte. Oder mit Fremden. Oder ob er sie an irgendeine schäbige Webseite verkaufte. Ihr wurde übel bei dem Gedanken, unabsichtlich zum Pornostar zu werden.

Und was war, wenn er es bereits getan hatte?

4

Eine tröstliche Atempause

Jäh wurde Ava aus ihren düsteren Gedanken gerissen, als ein Betrunkener mit seinem Handy vor ihren Augen herumfuchtelte.

Auf dem Display erschien ein Bild – Fleisch, Hut, Brüste, Beine. Nein! Voller Panik schnappte Ava nach dem Gerät, doch im selben Moment wurde sie grob zur Seite geschubst. Das Weinglas fiel ihr aus der Hand, und sie krachte in ein Grüppchen von Leuten, die in der Nähe standen.

Inmitten der allgemeinen Aufregung hörte sie, wie Sam zischte: »Hey, hör auf damit!«

Dann klang Harveys vertrautes Lachen an ihr Ohr.

Als Ava ihr Gleichgewicht wiedererlangt hatte, war es schon zu spät, und sie sah nur noch Harveys Rücken, als er aus der Bar stürzte. Es war unmöglich, ihn noch einzuholen. Die Leute um sie herum starrten sie an und wischten sich demonstrativ den Wein von ihren Kleidern.

»Tut mir leid«, stammelte sie.

Sam sah sie ernst an. »Es war nicht deine Schuld, der Idiot hat dich einfach angerempelt. Alles in Ordnung? Worum ging es überhaupt?«

Ava konnte die Tränen der Scham kaum zurückhalten, als ihr klar wurde, dass Sam mühelos einen Blick auf Harveys Bildschirm hätte erhaschen können.

Doch an seinem Tonfall deutete nichts darauf hin. »Er ist weg, du bist in Sicherheit.«

Izz schaltete sich ein. »Ruf die Polizei, Ava, sorg dafür, dass er hinter Gitter kommt.« Sie war blass und wirkte aufgewühlt. Wenn es um Übergriffe ging, war Izz dünnhäutig.

Sam sah Ava weiter aufmerksam an. »Du bist in Sicherheit«, wiederholte er. »Aber viele Zeugen hier haben gesehen, dass er auf dich losgegangen ist. Izz hat recht, du könntest die Polizei rufen.«

Todd tätschelte besorgt Avas Arm. »Bist du verletzt? Deine Federn sehen etwas, äh, na ja, ein wenig ...« Er krümmte einen Finger.

Ava nahm den Hut ab. Die längste schwarzglänzende Feder wirkte seltsam zerdrückt. Sie rieb sich ihren schmerzenden Nacken und schluckte die Tränen herunter. »Ich will keine Polizei, ich will nach Hause.«

Izz tätschelte ängstlich ihren Arm. »Gehst du nicht mit zum Inder essen? Es dauert nur noch zwanzig Minuten.«

»Vielleicht hat Ava keinen Appetit?«, bemerkte Sam.

Ava sah ihn dankbar an. »Ich will einfach nur nach Hause.« Sonst heulte sie womöglich gleich los wie ein Kind.

Louise runzelte die Stirn. »Ich finde, sie sieht okay aus.«

Todd legte schützend einen Arm um Ava, seine Hilfsbereitschaft war tröstlich. »Louise, du siehst doch, dass es ihr nicht gutgeht. Ich finde, wir sollten sie begleiten. Beim Inder können wir doch absagen.«

Ava drückte ihn dankbar. »Alles in Ordnung, Todd. Das war ein langer Tag, ich will alleine sein. Geht ihr nur und genießt euer Essen.« Sie kämpfte um eine feste Stimme. »Bis bald. Freut mich, dass ich euch nun alle kennengelernt habe.« Sie wandte sich schnell ab, um keinen Raum für weitere Einwände zu lassen.

Draußen nahm ihr die kalte Luft den Atem. Bestürzt stellte sie fest, dass sie zitterte, sie schlang einen Arm um sich, hielt mit der anderen Hand ihren Hut auf dem Kopf fest und wandte sich Richtung Camden High Street. Sie lief, so schnell ihre Absätze es ihr ermöglichten, überquerte den Kanal und bog dann nach rechts ab, lief an den Wohnblocks und der Eisenbahnbrücke vorbei, an Kinderspielplätzen und Graffiti. Alle dachten, ganz Camden wäre cool, doch sobald man die High-Street-Märkte und

-Pubs hinter sich ließ, war es hier auch nicht anders als anderswo. So wie überall, wo es einen Kanal, Gruftis und Punks gab.

Abseits der High Street war es ruhiger auf den Straßen, nach zehn Minuten hatte sie die vertraute School Road erreicht. Häuser in zwanzig verschiedenen Farben drückten sich aneinander wie eine ängstliche Familie, die auf sie wartete. Izz' Haus, die Nummer 146 B, war primelgelb.

Es begann, stärker zu regnen, und sie fröstelte, fischte ihren Schlüssel heraus und bemühte sich mit klammen Fingern, ihn ins Schloss zu stecken. Als sie schon auf der Schwelle zu Sicherheit und Wärme stand, spürte sie plötzlich, wie sich ihr die Nackenhaare aufstellten.

Sie hielt inne. Und drehte sich dann blitzschnell um.

Gut zwanzig Meter von ihr entfernt stand jemand und beobachtete sie. Ihr schlug das Herz bis zum Hals.

Und dann wurde ihr klar, dass die große Gestalt Sam Jermyn war.

»Was machst du da?«, rief sie und war sich nicht sicher, ob sie wütend sein sollte, weil man ihr offensichtlich nicht zutraute, den Weg nach Hause alleine zu bewältigen, oder dankbar, weil Sam sich Sorgen gemacht und seine Mitarbeiter alleine gelassen hatte, um über sie zu wachen.

Langsam trat er in den Lichtkegel einer Straßenlaterne. »Tut mir leid, wenn du es übertrieben findest. Nachdem du gegangen bist, habe ich mir Sorgen gemacht, dein Ex könnte noch in der Nähe sein. So betrunken, wie er war …«

Als sie nicht antwortete, schob er seine Hände in die Hosentaschen. »Normalerweise bin ich nicht so schräg drauf, junge Mädchen bis nach Hause zu verfolgen.«

Ihr war gar nicht in den Sinn gekommen, beunruhigt zu sein, nachdem sie begriffen hatte, dass er es war, ihr Schutzengel im eleganten Dreiteiler. »Gehst du noch ins Restaurant?«

»Das sollte ich. Ich müsste die Rechnung auf meine Kreditkarte setzen lassen.« Der Regen wurde stärker, die Tropfen tanzten auf dem glitzernden Gehsteig. Er zog den Kopf ein und stellte seinen Kragen auf.

»Du wirst ganz nass.«

Er nickte gelassen.

Ava fing an, mit den Zähnen zu klappern, sie drückte gegen die Tür und wollte keine Minute länger draußen stehen. »Du kannst mit reinkommen. Ruf ein Taxi und warte im Trockenen oder trink was Warmes, bis es zu regnen aufhört.«

Sekunden später stand er neben ihr, Nässe tropfte aus seinen Haaren. »Ein warmes Getränk wäre wunderbar.«

Im Flur war es eng, sie spürte die Kühle, die von seinen Kleidern ausging. »Ins Wohnzimmer geht es da durch die Tür.« Sie machte Licht an und zeigte in die Richtung, dann warf sie ihr ramponiertes Pillbox-Hütchen auf den Tisch. »Fühl dich wie zu Hause. Ich friere, ich ziehe mich schnell um.« Sie zitterte immer noch.

Während er ins Wohnzimmer ging, lief sie die Treppe hinauf in ihr Zimmer im Dachgeschoss, zog ihre Kleider aus, die vom Regen und vom verschütteten Wein durchnässt waren, und schlüpfte erleichtert in Jeans, Pulli, zwei Paar Socken und bunte peruanische Pantoffeln. Wärme vor Stil.

Als sie wieder hinunterkam, sah sie, dass Sam seine nasse Jacke an die Wohnzimmertür gehängt und sich in den jadegrünen Sessel in der Ecke gesetzt hatte. Er drehte ihren schmuddeligen Hut nachdenklich in der Hand. »Kann man das wieder richten?«

»Ja, der Hut muss nur ein wenig in Ordnung gebracht werden. So wie der restliche Abend auch«, scherzte sie kleinlaut.

Er grinste. »Es war ein wenig zu aufregend für einen angenehmen Abend.«

Nachdem sie sich vergewissert hatte, dass er lieber Kaffee als heiße Schokolade trinken wollte, ging Ava in die Küche und stellte den Kessel auf. »Tut mir leid, es gibt nur Löslichen«, sagte sie, als sie mit beiden Tassen ins Wohnzimmer zurückkam. Sie setzte sich in ihren zweiten, den rubinroten Sessel und sah ihn fragend an.

Er lächelte entschuldigend. »Tut mir leid, dass ich mich aufdränge. Ich habe Patrick geschrieben, dass er sich im Auftrag der Agentur um die Rechnung kümmern soll. Ich rufe ein Taxi, wenn ich das ausgetrunken habe.«

»In Ordnung.« Sie hätte sich jetzt lieber in die heiße Badewanne gelegt, statt jemanden zu unterhalten, den sie gerade erst kennengelernt hatte, doch dass der Regen nun so heftig gegen die Fenster schlug, konnte sie Sam kaum übelnehmen. Sie zog ihre Füße hoch, steckte sie in die weichen Kissen und genoss den warmen Kaffee. »Es war nett, dass du dir Sorgen wegen Harvey gemacht hast. Mir ist das erst in den Sinn gekommen, als ich schon draußen war.«

Ihr Handy piepste und zeigte den Eingang einer Nachricht an, sie zog es aus der Tasche und schaute auf den Bildschirm. Dann erstarrte sie. Eine Nachricht von Harvey.

Langsam und widerstrebend öffnete sie sie. Keine Worte. Nur ein Bild.

Blanke Übelkeit überkam sie. So sah sie sich selbst für gewöhnlich nur, wenn sie vor einem Spiegel stand.

Sam musterte Ava, während sie ihr Handy kontrollierte. Er hatte noch nie jemanden so schnell die Gesichtsfarbe wechseln gesehen. Ein seltsames Gefühl überkam ihn, er spürte ihre Ängste unmittelbar in seinen Eingeweiden.

»Alles okay?«, fragte er scheinbar gleichgültig.

Sie blinzelte mit ihren großen Augen. »Alles in Ordnung.«

Doch er konnte sehen, wie ihr Herz klopfte. Was zum Teufel war los? Warum war ihr Ex, dieser Arsch, so handgreiflich geworden?

Sam blickte auf ihren kleinen runden Hut und versuchte, seiner Stimme einen Plauderton zu verleihen. »Meine Mutter ist in einer Selbsthilfegruppe für Frauen, die bedroht wurden. Was Situationen angeht, vor denen man sich hüten sollte, hat dein Ex ja ziemlich viele Warnsignale gesetzt. Alkohol. Wut. Gewalt. Vielleicht ungelöste Konflikte. Womöglich war ich übervorsichtig, als ich vermutet habe, er könnte dir draußen auflauern, aber ich habe die Publikationen ihrer Selbsthilfegruppe gelesen und weiß, wie leicht Schlimmes passieren kann.«

»Das war sehr anständig von dir, dich zu vergewissern, dass ich sicher nach Hause komme.« Ihre Stimme klang matt.

Er zuckte die Achseln, als wäre Anstand nicht erwähnenswert, drehte ihren kleinen Hut in seiner Hand und achtete dabei auf die kaputte Feder. Der

Hut roch neu. »Er hat dir Angst gemacht. Er war gewalttätig. Wenn mich das beunruhigt, sollte es dich erst recht beunruhigen. Eine Alternative wäre, Unterstützung bei einer Gruppe oder bei der Polizei zu suchen.«

»Harvey kann ein Arschloch sein, und heute Abend hat er sich selbst übertroffen. Aber so etwas ist zuvor noch nie vorgekommen.«

Er spürte ihre Verlegenheit. »Erzähl mir was über das Hutmacherhandwerk.« Doch anstatt angeregt und begeistert darauf zu reagieren, wie er erwartet hatte, verdrehte sie nur die Augen. »Wenn das so leicht zu erklären wäre, hätte ich nicht jahrelang an der Uni studiert und drei Jahre Praktikum hinter mich gebracht, um das Handwerk zu lernen.«

»In Ordnung.« Er holte sein Handy heraus, um ein Taxi zu rufen. Die Weihnachtsfeier der Agentur war zwar nicht gerade eine große Verlockung, doch zu seiner Arbeit gehörte es auch, die Kommunikation unter den Kreativen zu fördern. Ms Gute-Laune-in-einem-und-schnippisch-im-nächsten-Moment hier war zweifellos ein kreativer Kopf – aber nicht Mitglied von Jermyn's Team und somit nicht sein Problem.

Doch dann seufzte sie. »Tut mir leid! Das ist gerade mein wunder Punkt. Aber wenn du willst, kann ich es dir zeigen. Zeigen ist leichter als erklären.«

Er zögerte, sein Daumen schwebte noch über dem

Namen des Taxiunternehmens. »Du willst mir einen Hut machen?«

Ein Lächeln flog über ihr Gesicht. Ihre Augen begannen zu funkeln, und ihre Lippen sahen plötzlich weicher aus. »Ich dachte eher daran, dir mein Atelier zu zeigen. Wenn ich dir einen Hut machen soll, kostet der richtig Geld.«

Er trank seinen restlichen Kaffee und stellte die Tasse auf den Holzfußboden. »Klingt interessant. Ich bin noch nie einer Hutmacherin begegnet.«

»Modistin.« Sie stellte ihre Tasse ab und stand auf. »Gehen wir hinauf.«

Gehen wir hinauf? Er zwang sich, keinen unangemessenen Kommentar abzugeben oder sich gar seine Gedanken ansehen zu lassen.

Er folgte ihr die zwei Treppen nach oben. Rechts gingen sie an einer Tür vorbei, die sie zuzog. Schlafzimmer. Ein nicht gerade dezenter Hinweis, dass es da nicht hineingehen würde. Sie knipste das Licht in einem anderen Zimmer an, und er bemerkte, dass sie sich direkt unter dem Dach befanden. Eine Dachluke ging auf den sternenlosen Nachthimmel hinaus.

»Willkommen in meinem Atelier. Hier arbeite ich mit diversen Materialien, Dampf und ein wenig Zauber – und heraus kommt ein Hut.« Sie wies theatralisch auf die Holzregale, auf denen kreisförmige wacklige Holzformen standen, daneben, unter dem Fenster, Garnspulen und ein Ständer mit einem roten

Hut. An der Wand gab es ein Waschbecken, und in der Ecke glänzte ein Spiegel vom Boden bis zur Decke.

Er nahm ein Stück blauen, sackleinenartigen Stoff vom Arbeitstisch. »Machst du daraus Hüte?«

»Ja. Das ist Sinamay, ein Naturmaterial, das von Hand gewebt wird und sich herrlich färben lässt. Aber ich benutze auch alle möglichen anderen Materialien, wie zum Beispiel Filz, Tüll oder Stroh.«

Mitten im Raum standen Schachteln auf dem Boden. Ava öffnete eine und holte ein paar aufeinandergestapelte Hüte heraus. »Wünschen Sie einen Fedora in Magentarot mit blauem Band, Sir? Einen schwarzen Florentiner mit Schlaufen aus gedrehtem Sinamay? Oder bevorzugen Sie eher eine türkisfarbene Kopfbedeckung mit Tüllknoten? Perfekt für Ihre nächste Cocktailparty.«

»Verdammt. Auf meinem Weihnachtskalender steht noch gar keine Cocktailparty.« Er nahm das türkisfarbene Cocktailgebilde in die Hände, befühlte den feinen Flor des Filzes, den steifen Rand. Der Hut war wunderschön, er ließ ihn auf seiner Hand balancieren wie einen Kolibri.

Aus Avas Gesicht wich die Freude. »Das sind meine Sommer- und Herbstmodelle. Ich hatte gehofft, heute auf dem Markt in Camden ein wenig Geld damit zu machen, aber das war der falsche Ort. Sie sind zu teuer. Ich hätte es lieber am Apple Market in Covent Garden versuchen sollen. Aber dafür war ich vermutlich zu faul, weil ich den Camden Markt direkt vor der Tür habe.«

Er lief im Zimmer auf und ab. »Verkaufst du denn da sonst nicht?«

Sie ließ sich im Schneidersitz auf dem Holzboden nieder, zog einen flachen blaugrünen Hut heran und drehte ihn auf den Fingern. »Nein. Da war ich zum ersten Mal, wahrscheinlich habe ich auf ein Wunder gehofft. Maßgeschneiderte Artikel gehen nicht so gut …« Sie lachte freudlos. »… was maßlos untertrieben ist.«

Er bückte sich und ergriff vorsichtig einen radähnlichen violetten Hut mit gewölbter Krempe und luftigem Netz. »Also sagen wir, ich wäre ein Klient und möchte gerne einen maßgeschneiderten Hut …«

»Kunde.«

»Kunde. Wie würdest du mich ansprechen?« Er setzte sich auch auf den Boden, ihr gegenüber.

Sie stützte ihre Ellbogen auf die Knie und legte ihr Kinn in die Hände. Sie hatte so unglaublich tiefblaue Augen, wie das Meer an einem sonnigen Tag. »Du musst mir noch sagen, für welche Gelegenheit du den Hut brauchst. Dann musst du einen Termin vereinbaren. Du kommst her. Nachdem ich dir eine Tasse von irgendwas angeboten habe, bitte ich dich auf den Stuhl vor den Spiegel. Sehr wahrscheinlich hättest du die Kleidung dabei, zu der der Hut passen soll. Ich wäre freundlich und entgegenkommend.«

Er kicherte. »Heute Abend siehst du nicht gerade freundlich und entgegenkommend aus. Du siehst aus, als wärest du sauer auf die ganze Welt.«

Ein leichtes Lächeln flog über ihr Gesicht. »Wenn du ein zahlender Kunde wärest, wäre ich freundlich und entgegenkommend, keine Sorge.«

»Okay.« Er stand auf und setzte sich auf den kleinen Holzstuhl. »Dann versuch's mal.«

Sie legte den Hut beiseite, stand auf und stellte sich hinter ihn, sie fuhr mit ihren Händen durch sein Haar, um es ordentlich zu glätten, dann setzte sie ein breites Lächeln auf. »Nun, Mr Wichtigmann, beginnen wir mal mit der Gelegenheit. Soll der Hut für eine Hochzeit sein – falls ja, gehören Sie zum näheren Umfeld des Brautpaares? Oder ist er vielleicht für eine Gartenparty gedacht? Oder haben Sie Interesse an etwas Burleskem?«

Bei burlesk musste er an kurze glitzernde Röcke, Netzstrümpfe und dekolletierte Korsetts denken. »Ich möchte unverschämt sein, sagen wir, etwas Burleskes. Aber ich fürchte, dann müsstest du tun, als wäre ich eine Frau.«

Im Spiegel sah er, wie ihre Augen sprühten. »Ich habe gar keine Männerhüte, ich muss auf jeden Fall so tun.«

»Dann denkst du womöglich, ich genieße es.«

Diesmal musste sie lachen, und ihr Gesicht strahlte.

Er beobachtete sie dabei, wie sie ihn einen Moment lang prüfend ansah und um ihn herumging. Ohne ihr verführerisches Kleid sah sie anders aus, aber er hatte seit jeher eine Schwäche für gutsitzende Jeans. Ihre saßen besonders gut, im weichen *used look*, der Stoff umschmeichelte ihre Figur, ein Loch am Oberschenkel ließ den Blick auf ihre glatte weiße Haut zu.

Sie drehte sich um zu den Kartons und holte ein paar Hüte heraus. Manche legte sie auf eine Ablage in die Nähe, einen setzte sie ihm auf den Kopf. So wie er damit aussah, war der Begriff ›Volltrottel‹ für ihn geprägt worden.

»Ich finde, helles Orange steht mir nicht«, sagte er trocken.

»Das ist Pfirsich. Eine ziemlich strahlende Pfirsichfarbe, aber definitiv Pfirsich.«

»Ich finde nicht, dass Pfirsich mir steht.«

Sie begutachtete kritisch sein Bild im Spiegel. »Es ist zwar nicht männlich, doch die Farbe unterstreicht die kupferfarbenen Reflexe in deinem Haar. Für die Größe deines Kopfes hat er eine zu schmale Krempe, und die Kappe ist nicht groß und nicht tief genug. Er sitzt nicht richtig.«

»Ich sehe aus wie ein Esel mit Sonnenhut.«

Sie runzelte vorwurfsvoll die Stirn. »Du siehst aus wie ein Mann mit einem Hut, dessen Farbe für seinen Geschmack zu feminin ist und der die falsche

Größe hat. Und wenn du ein Esel wärest, hätte der Hut Löcher für deine Ohren.« Sie warf den Hut auf die Arbeitsplatte und nahm einen anderen. »Bei einem ziemlich breiten Kopf …«

»Das ist nicht gerade schmeichelhaft.«

»Bei einem kräftigen Kopf«, berichtigte sie sanft, »bringt eine eindeutige Linie Gleichgewicht. Dieser Hut ist aus elegantem Velourfilz.« Sie drückte ihm einen dunkelblauen, weiß garnierten Hut mit einer riesigen Krempe auf den Kopf und achtete dabei auf den richtigen Neigungswinkel. »Der versteckt viel von deinem schönen Haar …«

Er schnaubte.

Ihre Miene blieb unbewegt. »Aber er gleicht deinen kräftigen Kiefer aus, ohne deine Augen zu verstecken. Er neigt sich in einem schönen Winkel.«

»Ich glaube, ich habe eine Idee.« Er setzte den Hut ab und gab ihn ihr zurück.

Mit funkelnden Augen griff sie nach einem anderen Hut.

»Bitte, kein Rosa!«, protestierte er und sprang auf. Er gestattete ihr bereitwillig, ihn lächerlich zu machen, um sie aufzumuntern, aber ein paar Grundsätze musste ein Mann schließlich noch achten. »Selbst ein Esel würde sich gegen Rosa wehren. Danke für die Anprobe. Ich werde an dich denken, wenn meine Mutter oder meine Tante auf eine Hochzeit eingeladen werden.«

»Bitte«, sagte sie ernst und legte den Hut mit einem kleinen Seufzer zurück.

»Das sind also die Formen, auf denen du die Hüte fertigst?« Er ging zu dem Regal mit den Holzformen. »Die waren bestimmt eine Investition.«

»Mehr, als ich zu würdigen wusste, solange ich für jemand anderen arbeitete. Als ich mich selbständig gemacht habe, musste ich leider mit wenig Ausrüstung anfangen.« Sie holte weitere Hüte aus einer Schachtel und Ständer aus einer anderen und stellte sie auf der breiten Arbeitsfläche auf.

»Machst du die Hüte alle von Hand?«

»Ja, ich entwerfe jeden einzelnen, sie werden per Hand geklopft, per Hand genäht und verziert.«

»Das setzt wohl eine ziemliche Fertigkeit voraus.« Er wünschte, er hätte eine Verwandte, die zu einer Hochzeit eine Kreation von Ava wollte. Er hatte es genossen zu sehen, welchen Spaß die Hutanprobe bei ihr hervorgerufen hatte. Er nahm einen großen gelben Hut mit einer extravaganten, aufwendigen Schleife, drehte ihn um und schaute auf das Etikett darin. Ava Bliss, Modistin. »Ist Bliss dein Nachname?«

Sie fuhr fort, ihre Muster auszubreiten, ein Wirrwarr aus Formen und Größen, ein Regenbogen aus Farben. »Eigentlich Blissham.«

Er legte den Hut sorgfältig wieder ab. »Wie viel kostet es, einen Hut machen zu lassen?«

»Ungefähr so viel, wie es kostet, wenn zwei bis vier Leute zu einer Show ins West End gehen, es kommt auf das Theater und das Stück an. Und den Hut.« Sie ordnete die letzten Hüte, einige auf Ständern, manche hängte sie an Gitter an der Wand, ein paar lagen kunstvoll auf den Oberflächen verstreut. Dann schob sie die Schachteln unter den Arbeitstisch.

»Könntest du bis Weihnachten einen machen? Wenn ich dir am Wochenende eine Kundin bringen würde?«

»Aber sicher doch.« Ihr Blick fokussierte sich langsam wieder. »Also ich meine, wenn die Materialien verfügbar sind. Es kommt schon mal vor, dass Kunden etwas Besonders wollen, so dass ich eine Weile brauche, um das Material zu beschaffen, aber das geschieht nicht oft.«

Er steckte seine Hände in die Hosentaschen. »Diese Person gehört zu den Leuten, die sehr leicht zufriedenzustellen sind. Sie hat noch nie so etwas Herrliches wie einen maßgeschneiderten Hut besessen, und vermutlich wüsste sie auch gar nicht, was sie damit anfangen soll. Aber …«, er holte tief Luft und sah Ava Blissham direkt ins Gesicht. »Es geht um meine Mom. Sie hat Eierstockkrebs und fängt erst nach Weihnachten mit der Chemotherapie an. Sie hat nun noch eine kleine Atempause, um sich von der Totaloperation zu erholen.« Er schluckte.

»Sie und meine Tante Vanessa haben mich großgezogen. Sie haben jedes Jahr ein tolles Weihnachtsfest für mich veranstaltet, und ich habe vermutlich immer wie selbstverständlich hingenommen, was sie und Tante Van für mich getan haben. Also werde ich dieses Jahr Weihnachten für sie veranstalten, und wenn es je eine Gelegenheit geben sollte, Mom etwas Teures, Frivoles und Wunderschönes zu schenken, dann diese hier.«

In Avas Gesicht spiegelten sich Erstaunen und Erschütterung. »Wow. Tut mir leid.« Sie sah ihn lange an, ihre Wangen glühten. »Ich will nicht unhöflich sein, aber Höflichkeit kann ich mir nicht leisten. Ich habe viel Verständnis für deine Mom, aber ich kann dir leider keinen Sonderpreis machen.«

»Ich will keinen Sonderpreis. Ich will ein besonderes Geschenk.«

Ihre Augen glänzten verdächtig. »Das sollst du haben.«

Als Izz nach Hause kam, saß Ava vor dem Fernseher, zappte durch die Kanäle und fragte sich, ob Todd und Izz in der Lage wären, einen Virus auf Harveys Handy zu schicken. Der sich dann mit allen anderen Geräten synchronisierte.

Izz' glattes Haar war feucht und klebte in ihrem Nacken. »Hab kein Taxi bekommen.« Sie zitterte und ließ sich in den grünen Sessel fallen. Ihr Blick fiel auf die beiden leeren Tassen auf dem Tisch. »Ich habe gesehen, wie Sam dir aus dem *Blaggard's* gefolgt ist.« Dann nickte sie zum Fernseher. »Schau mal – der Weihnachtsmann von Hugo Boss. Ich finde, der ist heißer als der von Dolce & Gabbana dieses Jahr.«

Ava ließ stattdessen das Weihnachtsmodel von Boss auf dem Bildschirm erstrahlen. »Die Dolce-&-Gabbana-Werbung kenne ich nicht. Ich muss mal darauf achten. Sam hat dafür gesorgt, dass ich sicher nach Hause komme, für den Fall, dass Harvey noch herumlungerte. Als es zu schütten begann, habe ich ihm einen Kaffee angeboten, während er auf das Taxi wartete.«

Izz zog ihre Jacke aus, kuschelte sich in eine karierte Wolldecke und wischte sich mit den Zipfeln die Regentropfen aus dem Gesicht. »Sam mag dich.«

Avas Herz krampfte sich zusammen, als sie den wehmütigen Tonfall in der Stimme ihrer Freundin hörte. »Wie kommst du darauf?«

Izz zuckte die Achseln. »Das sehe ich. Männer mögen dich meistens.«

»Harvey mag mich auch, aber ich mag nicht von ihm gemocht werden. Er ist ein Scheißkerl.« Sie stöhnte. »Er hat, äh … ein paar Fotos von mir im Schlafzimmer gemacht und mir gedroht, sie zu veröffentlichen.« Selbst als sie Izz jetzt davon erzählte, wurde ihr vor lauter Demütigung heiß.

Izz riss entsetzt die Augen auf. »O Ava. Harvey ist ein Arschloch. Was hast du jetzt vor?«

»Keine Ahnung.«

Ein weiterer Werbespot wurde eingeblendet. Izz nickte zum Bildschirm. »Joop!-Weihnachtsmann-model. Er wäre ganz okay, wenn er nicht diesen Bart hätte. Sam ist kein Arschloch. Ich hätte mir gewünscht, er würde mich mögen. Sehr sogar.« Sie wischte sich erneut mit der Decke über das Gesicht. Vielleicht wischte sie sich noch ein paar Regentropfen ab.

Ava spürte einen stechenden Schmerz im Inneren, an ihrem Izz-Fleck. Sie suchte auf den Kanälen nach einer Wiederholung der *Big Bang Theory*. Izz liebte Sheldon Cooper. Vermutlich mochte sie Sheldon Cooper noch mehr als Amy Farrah Fowler. »Er wird dich mögen, wenn er dich näher kennenlernt.«

Izz rappelte sich auf die Füße. »Mir ist eiskalt, ich gehe ins Bett. Sam denkt vermutlich, dass ich dumm wie Brot bin, weil ich nie weiß, was ich zu ihm sagen soll. Ich fange immer an zu stottern.«

Ava streckte ihre Hand aus, als sie an ihr vorbeiging. »Izz? Du bist nicht dumm wie Brot. Ich liebe dich über alles. Ich finde dich toll, ich finde toll, was du alles über technisches Zeug und Musik weißt. Du bist die Beste.«

Izz versuchte ein Lächeln. »Na ja, danke. Auch wenn du nicht Sam bist.«

5

Prinzessin Leia Claus

Samstag, 8. Dezember

»Ich hasse Todds dämlichen Comicclub, und ich hasse Kostümpartys.« Izz hatte sich als Mr Punch verkleidet, mit schwarzen Linien um die Mundwinkel und einem spitzen Hut, der sie zu neuer Größe emporragen ließ.

Dreiviertellange Hosen, Halskrause und ein paar Messingknöpfe vervollständigten ihr Outfit.

Ava sagte leise, während sie hinter Todd und Louisa an dem Relief »Impressions of Balham« an der Balham Station Road vorbeigingen: »Wenn du Todds Kostümpartys so hasst und ich Weihnachten nicht ausstehen kann, hätten wir uns vielleicht darauf einigen sollen, nicht zu Todds Comicclub-Cosplay-Weihnachtsdingsbums zu gehen? Ich hätte zu Hause bleiben und mich der deprimierenden Beschäftigung widmen können, meine Hutmodelle auf Etsy zu platzieren.«

Als eine plötzliche Windböe drohte, musste Izz ihren Hut festhalten. »Aber dann wären wir auch nicht auf Patricks Party eingeladen worden.«

Ava verschwieg, dass der Gedanke an Patricks Party sie nicht unbedingt mit Freude erfüllte. Sie wusste genau, was – oder besser gesagt wer – Izz auf Patricks Weihnachtsfeier zog. Sam. »Jedenfalls müssen wir uns dafür nicht verkleiden. Sehe ich in diesem Kostüm nicht lächerlich aus – eine Mischung aus Prinzessin Leia und Nikolaus? Meine Schneckenfrisur ist dämlich, und mein Gewand werden alle für eine rote Toga halten.« Sie hatte ihr Kostüm aus einem Stoff gefertigt, den sie einmal als Hintergrund für einen Stand auf einer Hochzeitsmesse benutzt hatte. Die weißen Watteflocken, mit denen sie es dekoriert hatte, klebten schon jetzt unordentlich überall.

Immerhin konnte sie sich noch über sich selbst lustig machen. Kurz zuvor hatte sie Gelegenheit gehabt, Todd alleine zu erwischen, und ihm von Harveys Fotos erzählt. Das Entsetzen in seinem Gesicht, als er flüsterte: »O nein! Wow. Ava, mit denen kann er alles machen«, hatte ihr das Gefühl vermittelt, sie halte ein Wespennest in der Hand. Es war nur eine Frage der Zeit, bevor sich die Viecher zu rühren und auszuschwärmen begannen.

»Nein, du siehst toll aus«, erklärte Izz. »Ich hätte mir nur ein besseres Kostüm gewünscht, denn Sam will vielleicht im *BalCom* vorbeischauen.«

Avas Herz machte einen Satz. »Seit wann will Sam da vorbeischauen?« Sie konnte völlig nachvollziehen, dass Izz nicht in einem so idiotischen Kostüm vor Sam auftauchen wollte. Denn plötzlich begriff sie, dass auch sie vor Sam nicht in einem idiotischen Kostüm auftauchen wollte.

Izz seufzte. »Todd hat spontan alle vor der Party in seinen versifften Comicclub eingeladen, und ich hatte nicht mehr genügend Zeit für ein besseres Kostüm.«

»Großartig«, murmelte Ava und stolperte über ihren Saum.

»Entschuldigt mal.« Todd marschierte, die Hände in die Hüften gestemmt, zu ihnen zurück. Als Jack Skellington aus *The Nightmare Before Christmas* sah er richtig cool aus; Louise hatte ihm eine Glatze übergestülpt und sein Gesicht mit weißer Clownfarbe geschminkt. Die schwarz aufgemalten Barthaare um seinen Mund sahen fast echt aus.

Auch Louise hatte sich für das Cosplay stark gemacht und zum x-ten Mal erklärt, das Wort Cosplay setze sich aus den Wörtern Kostüm und Spiel zusammen und habe nichts mir irgendwelchen Weihnachts- oder Halloween-Kostümen zu tun – nicht sehr überzeugend, wie Ava fand.

»Entschuldigt mal«, wiederholte Todd streng. »Bitte sagt über das *BalCom* nicht ›versiffter Comicclub‹. Die Leute regen sich total darüber auf. Wir achten auf Sauberkeit.«

Izz verzog das Gesicht. »Ich habe nur Spaß gemacht.«

Ava hakte sich bei Izz unter. »Er auch.«

»Natürlich, nur ein Scherz!« Todd sah Izz auf vertraut verzweifelte Weise an wie jemand, der diese Art Unterhaltung – »Alles bloß ein Scherz« – schon kannte.

Louise, als Sally die Lumpenpuppe verkleidet und in ihrem lumpigen Aufzug erstaunlich sexy, verdrehte die Augen. »Komm jetzt, Todd. Wir verpassen sonst die Einschreibung für den Cosplay-Wettbewerb.« Louise musterte Avas und Izz' zusammengewürfelte Kostüme. »Macht ihr zwei auch mit?«

Beide schüttelten den Kopf. Ava unterdrückte ein Grinsen und fragte sich, ob Louise wusste, dass der Gewinner im vergangenen Jahr unter allgemeinem Gelächter mit Sahne bespritzt und mit Weihnachtsluftschlangen beworfen worden war.

»Das ist vermutlich auch besser so.« Louise wandte sich eifrig dem Notausgang zu, der zum Veranstaltungsraum über dem *Snooty Fox Pub* führte, dem üblichen Treffpunkt des *BalCom*.

Todd sah Ava und Izz hinter Louises Rücken strafend an. Ava warf ihm stumm eine Kusshand zu, die Louise bedauerlicherweise sah, weil sie sich gerade umdrehte.

An der Bar des *Snooty Fox* wappneten sich Sam und Jake für den bevorstehenden Abend.

»Sag mir noch mal, warum wir da hingehen?«, fragte Jake schielend, in gespielter Verwirrung.

»Weil Todd uns gebeten hat und Todd ein Arbeitskollege ist, der unsere Unterstützung verdient. Und wenn Izz und Ava in den Comicclub und zu Patricks Party gehen, können wir das auch.«

»Nicht weil Izz auf dich steht und du es nicht lassen kannst, sie zweimal am gleichen Abend zu sehen, nicht wahr?«, sagte Jake und zwinkerte.

Sam verkniff sich, eiskalt zu kontern, dass Ava mehr seinem Geschmack entspreche. »Komm, wir trinken noch ein Bier.«

Als sie endlich dem Pappschild mit den Pfeilen »BalCom« eine Metalltreppe hinunterfolgten, stießen sie dort auf Todd, der jämmerlich an der schmutzigen Ziegelwand lehnte, mit geschlossenen Augen in skelettähnlich geschminkten Augenhöhlen. Sam wäre vermutlich an ihm vorbeigelaufen, ohne ihn zu erkennen, wenn Ava nicht in ihrer merkwürdigen roten Robe neben ihm gestanden und ängstlich seinen Arm getätschelt hätte. »Todd, musst du dich übergeben? Was um alles in der Welt hast du getrunken?« Izz stand schweigend daneben und errötete, als sie Sam sah.

Louise kochte vor Wut. »Jemand hat offensichtlich etwas in seinen Drink geschüttet. Hä, Ava? So ist er sonst nie!« Louise schubste Ava beinahe beiseite und übernahm das Armtätscheln.

Ava sagte empört: »Wir kennen Todd länger als du, Louise, und ich kann dir versichern, dass so was schon mal passiert, wenn er zu viel trinkt.«

Wie zur Bestätigung drückte Todd sich von der Wand weg und rülpste laut und heftig. Louise wich wütend zurück und überließ es Ava, Todd durch den Hof zum Müllcontainer zu ziehen, den Deckel zu heben und seinen Kopf darüberzuhalten.

Dann zog auch sie sich zurück, während der arme Todd seinen Körper mit den unvermeidlichen, ekelhaften Geräuschen reinigte.

»Amüsierst du dich?«, fragte Sam sanft.

Ava schien ihn und Jake erst jetzt zu bemerken. »Nicht besonders.« Ihr Robending, besprenkelt mit zotteliger Watte, umhüllte ihren Körper und unterstrich dessen Rundungen, bedeckte ihn aber auch von Kopf bis Fuß.

»Die Weihnachtsfrau im Bademantel?«, riskierte er, um davon abzulenken, dass er sie weiter anstarrte.

Sie schob den Scherz beiseite. »Ehrlich gesagt, bin ich froh, dass du da bist. Wir werden Hilfe brauchen, um Todd zu Louise nach Hause zu bringen.«

Jake stöhnte.

Sam seufzte. »Ist es weit?«

Es war mühselig, Todd zu Louises Wohnung zu bringen. Zweimal mussten sie anhalten, während Todd gegen neue Wellen von Übelkeit kämpfte. Sam und Jake keuchten und fluchten, während sie ihn weiterschleiften.

In wütendem Schweigen stelzte Louise neben ihnen her.

Es war Ava überlassen, die Richtung zu weisen. »Es ist um die Ecke. Die Treppe mit der grünen Brüstung hoch.«

Sie zogen Todd die Betonstufen zur Haustür hinauf, dann legten Sam und Jake eine Pause ein, während Louise aufsperrte.

Die Männer rangierten Todd, der seine Arme um ihre Schultern geschlungen hatte, vor und zurück, um ihn durch die Tür zu bekommen, hielten dann an und schnauften. »Wo sollen wir ihn hinlegen?«

Louise stieß die Tür zu einem Schlafzimmer auf, sie zogen Todd über die Schwelle und ließen ihn kurzerhand auf die Bettdecke fallen.

»Danke«, sagte Ava, als sie zurücktraten und den blassen und besinnungslosen Todd begutachteten.

Louise führte sie aus dem Schlafzimmer. »Todd war absolut widerwärtig. Ava und Izz, ihr müsst euch ein Zimmer teilen, weil ich heute Nacht ganz sicher nicht bei ihm schlafen werde! Falls ihr überhaupt bleiben wollt!«, fügte sie betont hinzu.

Ava sah Izz an und versuchte, diplomatisch zu

sein. »Todd sollte heute Nacht nicht alleine bleiben, wir können hierbleiben, Louise, wenn du glaubst, dass du Hilfe benötigst. Ansonsten wäre es wohl besser, wenn wir unsere Taschen nehmen und gehen.«

»Ich bin sicher, dass ich mit Todd zurechtkomme. Geht ruhig und genießt eure Party.« Louise hatte ganz offensichtlich keine Lust, Ava und Izz zu beherbergen, jetzt, wo ihr Abend ein vorzeitiges Ende gefunden hatte.

Ava stolperte rücklings durch die Tür hinaus. »Wir hören morgen voneinander.«

Gleich darauf standen Ava und Izz mit Sam und Jake vor der geschlossenen Haustür. Louise hatte den Männern nicht einmal gedankt, dass sie den armen Todd die Straßen entlanggeschleppt hatten.

6

Der Kuss

»Ich denke, wir sind gerade rausgeworfen worden«, stellte Sam fest.

»Wow«, keuchte Jake. »Tolle Freundin.«

Ava stöhnte, denn plötzlich wurde ihr wieder klar, dass sie noch immer ihr Prinzessin-Leia-Nikolauskostüm trug, das von Minute zu Minute mehr wie ein mottenzerfressener Bademantel aussah. »Hätte sie uns bloß Gelegenheit gegeben, uns umzuziehen.«

»Du kannst dich bestimmt bei Patrick umziehen.« Sam wich ein wenig zurück, um die beiden auf dem Gartenweg vorzulassen. »Das ist in Bedford Hill.«

Wie sich herausstellte, lag Patricks Wohnung zwei Stockwerke über einem Laden, nahe der U-Bahn nach Balham und Clapham South und in Sichtweite der Eisenbahnbrücke. Die hohen Räume waren von einer beträchtlichen Anzahl von Partygästen bevölkert, die gerade Pizza aßen.

»Ich dachte schon, ihr Sauhunde wäret von den

Comicvögeln gekidnappt worden«, grölte Patrick, als sie durch die offene Tür kamen. Sobald er Ava erspähte, wechselte er auf Charmemodus und küsste ihr theatralisch die Hand. »Aber es gibt Dinge, auf die es sich zu warten lohnt.«

»Schleimer«, schnaubte Sam.

Ava blickte zu Izz, trat zurück und nötigte Patrick, auch ihr die Hand zu küssen.

»Tut mir leid, dass wir so blöd angezogen sind. Wir kommen von Todds Comicclub-Party. Können wir uns irgendwo umziehen? Wir sollten eigentlich bei Louise übernachten, aber Todd ging es schlecht, er hat zu viel getrunken.«

Nach dem obligatorischen machohaften Spott über Todds Untergang nahm Patrick Avas Hand in seine Armbeuge. »Ich zeige euch ein Zimmer. Genau genommen«, fügte er hinzu, »habe ich hier mehr Räume, als ich brauche. Ihr könntet hier übernachten.«

Ava sah ihn zweifelnd an. »Wir fahren mit dem Bus nach Hause.« Ein Taxi zu bezahlen würde ihrem Bankkonto schlecht bekommen.

»Aha! Aber ...« – Patrick wedelte theatralisch mit seinem Finger vor Avas Gesicht herum – »... die Busfahrer streiken heute Abend. Die letzte U-Bahn fährt kurz nach Mitternacht, es ist also gut, dass ihr bei Saint Patrick seid. Bleibt doch einfach. Andere bleiben auch – Sam allen voran. Hier sind alle sehr nett.« Er zeigte großzügig in die Runde nach oben, wo aus verschiedenen Zimmern Stimmen zu hören waren.

»Also …«, setzte Ava an.

Aber Izz strahlte. »Es wäre doch wirklich einfacher, erst morgen nach Hause zu fahren, oder, Ava? Und es macht dir auch bestimmt nichts aus, Patrick?«

»Kein bisschen. Wen wolltest du denn darstellen, Ava?«

Nachdem sie den Gedanken aufgegeben hatte, noch am selben Abend nach Hause zu kommen, sah Ava an ihrem albernen Kostüm hinunter, und die Hitze stieg ihr ins Gesicht. »Prinzessin Leia-Nikolaus.«

»Schade, dass du dich nicht für Prinzessin Leia im Sklavenoutfit entschieden hast.« Patrick zog sie über den türkisfarbenen Teppich zur Treppe, wo es aussah, als wäre in den Winkeln schon seit Jahrzehnten nicht mehr geputzt worden. Izz und Sam folgten ihnen.

Oben riss Patrick eine der weißen Türen auf. »Da wären wir. Das beste Zimmer im Haus. Ich hoffe, es macht euch Mädchen nichts aus, euch ein Zimmer zu teilen. Es gibt nicht in allen Zimmern Betten.«

Ava stellte erleichtert fest, dass das Zimmer okay war. Auf dem Doppelbett lagen Steppdecken, die nicht zueinanderpassten, aber sauber wirkten; und es gab Vorhänge.

Izz warf ihre Tasche auf das Bett und bedankte sich bei Patrick, der an der Tür lehnte.

»Du hast uns wirklich gerettet«, pflichtete Ava bei und fragte sich, ob Patrick vorhatte, ihnen dabei zuzusehen, wie sie sich umzogen.

Sam zog Patrick an der Schulter zurück. »Wir sollten sie alleine lassen, oder? Ladys, das Badezimmer ist zwei Türen weiter.«

»Danke.« Ava lächelte dankbar, als Sam die Tür schloss, dann lauschte sie den Stimmen der Männer, die sich auf dem Treppenabsatz entfernten.

»Party!«, grinste Izz und zog sich blitzschnell ihr Marionettenkostüm aus. »Ich wasch mir das Zeug aus dem Gesicht und trage ordentliches Make-up auf.«

Ava seufzte dankbar, während sie die rote Robe ablegte und dabei ihre Umgebung in Augenschein nahm. Das Gebäude war alt und musste einmal vornehm gewesen sein, doch im Raum war es kalt, denn durch die altmodischen Schiebefenster drang mehr kalte Luft herein, als der große hässliche Heizkörper an der gegenüberliegenden Wand bewältigen konnte. Es roch moderig, wenn auch nicht unangenehm und ließ sie wehmütig an die Übernachtungen im Gästezimmer ihrer Großmutter denken, wenn beide Eltern Schichtdienst hatten. Durch die Bodendielen drangen Musik und Gelächter herauf.

Sie hatte leichte Kopfschmerzen und hoffte, dass

sie keine Migräne bekäme, denn Medikamente waren teuer. Sie setzte sich auf das Bett und suchte in ihrer Tasche nach Paracetamol. Dabei fiel ihr Blick auf ihren E-Reader, und sie war versucht, sich direkt damit unter die Bettdecke zu verkriechen. Doch das wäre unhöflich gewesen. Und so zog sie sich Jeans und ein Oberteil, das sie dabeihatte, an, entwirrte ihre Schneckenfrisur und steckte das Haar etwas sorgfältiger hinten auf dem Kopf hoch.

Izz kehrte aus dem Bad zurück und stopfte ihr Kostüm in die Tasche. »Fertig? Ich frage mich, ob noch Pizza da ist. Ich sterbe vor Hunger.«

Zwei Stunden später stellte Ava überrascht fest, dass sie sich gut amüsierte. Die meisten von Patricks Gästen waren lässig gekleidet, und so fühlte sie sich nicht von lauter herrlichen Partykleidern in den Schatten gestellt. Izz machte sie mit den anderen Leuten aus der Agentur bekannt, die sie bei *Blaggard's* nicht kennengelernt hatte – Manda Jane und Emily in Jeans und Stiefeln, dann Barb, Geschäftsführerin bei Jermyn's. Barb musterte sie bedeutungsvoll von Kopf bis Fuß. »Bist du mit Sam zusammen? Dann hat er dich verschwiegen.«

»Ich bin mit niemandem zusammen. Und Sam ist nur ein Freund von Freunden.«

Barb hob eine Augenbraue und grinste wissend. Sie war Ende vierzig, mehr für Behaglichkeit denn für Schnelligkeit gebaut, und betrachtete die Welt durch eine rotgefasste Brille und mit einem strahlenden Lächeln.

Manda Janes Stimme übertönte die Musik: »Barb ist phantastisch. Sie organisiert alles. Wir lieben dich, nicht wahr, Barb?«

Barb akzeptierte eine überschwängliche Umarmung. »Du liebst die Schokolade, die ich in meiner obersten Schublade habe, Manda Jane. Jetzt rutsch rüber, damit Ava auch Platz hat.«

Barb schob Ava und Izz zu einigen Frauen, die das Ecksofa ignorierten und sich stattdessen lieber am Boden auf den Kissen niedergelassen hatten. Sie tranken Wein und verputzten dabei einen Stapel Zwiebelringe und Chickennuggets, die Barb von Patricks Kühlschrank zu seinem Ofen transportiert und dort knusprig gebraten hatte.

Ava schätzte, dass fünfzig oder mehr Leute in der Wohnung waren. Sie schwebten von Raum zu Raum, tranken, aßen und hörten Musik vom iPod, der an einen großen Lautsprecher angeschlossen war.

Izz strebte Richtung Küche, als sie hörte, dass frische Pizza geliefert würde.

Sam, ohne seinen Geschäftsanzug, in ausgeblichenen Jeans und einem T-Shirt, das zwischen zwei aufwärts zielenden Pfeilen die Aufschrift »Hier geht's nach oben« schmückte, sah gar nicht mehr aus wie der große, wichtige Mann. Aber keinesfalls weniger attraktiv.

Als er zum dritten Mal durch das große Wohnzimmer streifte, winkte ihn Barb herbei. »Weil du es bist, lassen wir ein wenig Testosteron in unserer Gruppe zu.«

Sam ging im Schneidersitz zu Boden und legte einen Arm um sie. »Bist du nicht schon zu alt, um noch zu wissen, was es mit Testosteron auf sich hat?«

Barb stemmte die Hände in ihre breiten Hüften, streckte ihre Brüste vor, klapperte mit den Wimpern und sah ihn an. »Ich weiß genau, wozu Testosteron gut ist, keine Sorge. Achte auf deine Manieren, sonst führe ich es dir noch vor, und dann brauchst du eine Woche, um dich davon zu erholen.«

Als die Party Schwung aufnahm, schwärmten die weiblichen Gruppenmitglieder auseinander und begrüßten neue Gäste, während Ava sich mit Sam auf einem undichten Sitzsack wiederfand.

Sie hatte ihn an dem Abend nie ohne eine Flasche Bier in der Hand gesehen, sein Haar fiel ihm mehr als sonst in die Augen, aber noch redete er vollkommen kontrolliert. »Glaubst du, dass Louise mit Todd Schluss machen wird?«

Ava war damit beschäftigt, die Füllung des Sitzsackes von ihrer Jeans zu wischen. »Sie wäre nicht die erste Frau, die ihren Freund wegen Trunkenheit sitzenlässt, oder?«

Sam hob eine Augenbraue. »So wie du und Harvey?«

»Das ging mir durch den Kopf. Auch wenn ich jetzt hier trinke.« Sie hielt ihr Glas hin, und Emily füllte Wein nach.

Als jemand die Musik noch lauter aufdrehte, beugte Sam sich näher zu ihr. »Aber die meisten Leute trinken in Maßen. Über deinen Exfreund weiß ich nicht viel, doch Todd kenne ich schon eine ganze Weile, und das ist das erste Mal, dass ich ihn so betrunken sehe.«

Ava ignorierte die Wärme, die sie durchfuhr, als er sie mit seiner Schulter streifte. »Weil er weiß, dass er ein Leichtgewicht ist, deshalb passt er meistens auf. Morgen wird er einen schrecklichen Kater haben und sich ständig entschuldigen. Ich hoffe, Louise verlässt ihn nicht, er ist bei Mädchen eh schon unsicher. Vielleicht beruhigt sie sich wieder, wenn er erst einmal ausgeschlafen hat.«

»Ich habe Louise erst letzte Woche kennengelernt.«

»Sie ist eine ziemlich neue Flamme.«

»Magst du sie?«

Sie antwortete vorsichtig. »Was zählt, ist, ob Todd sie mag.«

Er runzelte die Stirn. »In der Agentur bringt Todd

vollen Einsatz, auch wenn er so seine Eigenarten hat. Er ist kreativ und phantasievoll und bei Kunden beliebt. Mich interessiert, warum er akzeptiert, dass Louise so … dominant ist.«

»Rechthaberisch!«, sagte Ava freiheraus und drehte ihr Glas. »Tut mir leid, das klingt nicht nett. Louise und ich mögen uns nicht besonders. Okay, vielleicht kann man sie als dominant bezeichnen. Todd hatte noch nicht viele Freundinnen, die er mit ihr vergleichen könnte. Ich habe versucht, mit ihm über sie zu reden, aber er hat das Thema gewechselt.«

»Die Beziehung ist noch sehr frisch, er testet vielleicht noch seine Grenzen aus?«

Immer mehr Leute wuselten herum, die offensichtlich zum Mittelpunkt der Party strebten, wo ein Spiel begann, das mit viel schrecklichem Schwanken und heiserem Gekreische verbunden war. Sam stützte sich mit einer Hand an der Wand hinter Ava ab und stemmte sich gegen das schlimmste Schieben und Drängeln. Es strebten immer mehr Leute zu der Gruppe, und Ava sah, wie Patrick versuchte, sich Platz zu schaffen.

Sam sprach nun etwas lauter. »Wo wir gerade beim Thema Austesten von Grenzen sind: Hattest du noch weitere Auseinandersetzungen mit Harvey?« Ava neigte sich vor, um ihn besser zu verstehen, und der angenehme Duft von Bier und Teebaum-Duschgel stieg ihr in die Nase. »Egal worüber ihr euch gestritten habt, für Gewalt gibt es keine Entschuldigung. Der Kerl bräuchte ein Antiaggressionstraining.«

»Ich glaube, er bräuchte mehr als das.« Normalerweise war es gegen ihren persönlichen Ehrenkodex, über einen Exfreund zu lästern, doch Harveys jüngstes Verhalten hatte jegliche Loyalität zunichtegemacht. »Ich bin mir ziemlich sicher, dass er ein Alkoholproblem hat. Als wir zusammen waren, hat er mehr und mehr getrunken und sich immer wieder danebenbenommen. Die Lage hat sich so zugespitzt, dass ich mich von ihm getrennt habe, aber das hat an seinem Verhalten auch nichts geändert. Heute hat er mich auf einem Foto auf Facebook getagged.«

Dem folgte eine lange Pause. »Hat dich das gestört?« Sam runzelte die Stirn und versuchte offensichtlich, die Tragweite von Harveys Tat zu verstehen.

»Oh, ich …« Ava nippte nervös an ihrem Wein und wollte nicht erklären, warum ihr Herz einen zweifachen Satz gemacht hatte, bevor sie auf den Link geklickt und entdeckt hatte, dass das Foto bloß ein altes Selfie von ihnen war, das zeigte, wie sie sich oben auf dem Wolkenkratzer Shard in London küssten. »Ich fand es unangemessen, ich will nämlich nicht mit ihm Kontakt halten.«

»Du könntest ihn entfreunden oder blockieren.«

»Stimmt.« Aber dann würde sie nicht erfahren, ob er diese gewissen Fotos postete.

»Er scheint immer noch Gefühle für dich zu haben. Du nicht für ihn?«

»So läuft es nun mal, oder? Beziehungen fangen an, weil die Chemie stimmt, und irgendwann stellt man dann vielleicht fest, dass es wirklich passt. Aber nicht immer. Der nüchterne Harvey weiß, dass das Verhalten des betrunkenen Harvey schrecklich ist, doch im Gegensatz zu mir scheinen beide offenbar zu glauben, dass unsere Beziehung noch nicht zu Ende ist.«

Er sah sie prüfend an. »Das ist keine Rechtfertigung dafür, dich herumzuschubsen, du musst so ein Verhalten auch nicht hinnehmen.«

Weil Sam so freundlich war, hätte Ava ihm am liebsten alles über Harveys beängstigende Drohungen anvertraut. Doch dann wurde das Spiel um sie herum immer lauter, und alle riefen: »Eins, zwei, drei, vier.« Pfiffe und Gelächter folgten, und eine wankende, feuerrote Barb hockte sich vor sie hin.

»Sam, du bist dran.«

»Wie, ich?« Sam sah sich um und in die lachenden Gesichter.

Barb steckte ihm einen Mistelzweig in die Hand. »Patrick hat eine Vier gewürfelt, du bist der Vierte in der Reihe. Das heißt, du musst der nächsten Frau in deiner Nähe einen Weihnachtskuss geben.« Sie stieß ein tiefes, bauchiges Lachen aus. »Sieht aus, als könnten das ich oder Ava sein. Du hast die Wahl.«

Es dauerte nicht lange, dann hatte Sam sich entschieden. »Ava, darf ich?« Er hielt den Mistelzweig über ihren Kopf.

Die Atmosphäre um sie herum schien sich zu verändern und verhinderte, dass Ava noch irgendetwas sagen konnte. Sie spürte, wie er seine Arme um sie legte und dann seine Lippen auf ihren Mund drückte. Weder zögerlich noch aufdringlich, sondern warm, weich und selbstsicher, als hätten seine Lippen schon früher und öfter auf ihren verweilt.

Die Überraschung brachte sie dazu, ihren Mund zu öffnen, und plötzlich waren sie in einen richtigen Kuss verstrickt. Kein freundliches Streifen von Lippen, kein schnelles Kräuseln des Mundes, sondern sich suchende Zungen.

Ein paar Sekunden lang war Ava körperlich nicht in der Lage, sich dem zu entziehen. Sie nahm noch wahr, wie Barb scherzhaft enttäuscht tat, dass Sam nicht sie gewählt hatte, und Patrick knurrte, was für ein Glückspilz Sam war. Doch der Lärm der Party entfernte sich immer weiter, als wäre sie wieder oben in ihrem Zimmer und lauschte durch die Ritzen der Bodenplanken.

Dann war es vorbei. Sam löste sanft seine Arme von Ava und warf gelassen den Würfel vor ihnen auf den Boden. »Drei.«

»Eins, zwei, drei«, schrien alle. Dann wurde der Mistelzweig zu einem Mann weitergereicht, den Ava nicht kannte und der Barb einen dicken, scherzhaften Kuss aufdrückte, so dass sie vor Lachen zu kreischen anfing.

Ava atmete ein paarmal durch und wartete, bis ihr Herzschlag sich wieder beruhigt hatte. Das war bloß die Überraschung, sagte sie sich. Du hast dich zum Deppen gemacht, indem du ihn so überschwänglich zurückgeküsst hast. Er weiß jetzt vermutlich nicht, ob er verlegen, belustigt oder sich eingeladen fühlen soll. Sie versuchte, sich zu überwinden und Sam anzusehen und es mit einem Lachen abzutun. Doch es gelang ihr nicht. Alles, was sie fühlen konnte, war sein Mund auf ihren Lippen.

Verdammtes Weihnachten. Wo sie all ihre Kraft aufwenden musste, um ihr Leben erfolgreich zu gestalten oder auch einfach nur zu überleben, machte Weihnachten es nicht nur gesellschaftlich akzeptabel, sondern geradezu zur Pflicht, einen liebenswerten Mann zu küssen.

Einen Kuss, der ihren Puls beschleunigt und ihr den Atem verschlagen hatte. Sie hatte keinen Platz in ihrem Leben für einen Mann, der sie ablenkte. Männer wollten der Mittelpunkt des Universums sein, aber Ava hatte zu viel Weltraummüll in ihrer Umlaufbahn. Nicht zuletzt die Tatsache, dass ihr Weihnachtskuss einem Mann gegolten hatte, auf den ihre Freundin stand.

Sam legte seinen Mund an ihr Ohr. »Heiß.«

7

Katerfrühstück in Gaz' Café

Sam wusste, dass er etwas zu weit gegangen war. Aber hey, es war Weihnachten. Avas Mund war so verführerisch. Als sie ihre Lippen geöffnet hatte, folgte er einfach unbekümmert seiner Neigung.

Er hätte es definitiv nicht kommentieren sollen, auch wenn er eine gewisse Nervosität bei ihr wahrgenommen hatte, und das passierte nicht, wenn ein Mädchen nichts für einen empfand. Doch jetzt mied sie seinen Blick, folgte mit eingefrorenem Lächeln dem Spiel, wobei ihre ganze Körperhaltung ›wie peinlich‹ zu signalisieren schien. Als sich der Mistelzweig wieder in ihre Richtung bewegte, stand sie auf und bahnte sich einen Weg durch die Menge.

Als sie aus dem großen Wohnraum schlüpfte, überkam Sam das Gefühl, als sickerte eine schlechte Nachricht durch seinen Körper. Hatte es sich gelohnt, wegen eines Kusses – auch wenn es ein brennend heißer Kuss gewesen war – die Verbindung zwischen ihnen zu durchtrennen?

Er atmete tief durch.

Verbindungen konnten wieder geknüpft werden. Er konnte diesen Kuss nicht bedauern.

Sam sah Ava erst eine Weile später wieder, nachdem er schon zu dem Schluss gekommen war, dass sie sich wohl in ihrem Zimmer verschanzt hatte. Die Party neigte sich ihrem Ende zu, und die Leute zogen ihre Mäntel aus dem Haufen im Flur.

Sam saß alleine auf dem breiten Sofa und genoss nachdenklich einen Jack Daniel's Honey, den er aus Patricks Versteck geholt hatte, und dachte widerwillig daran, dass er eine Weihnachtseinkaufsliste auf der Homepage von Waitrose zusammenstellen sollte. Aßen Mom und Tante Van lieber Pute oder Ente? Er mochte Ente, doch aß man dazu Cranberrymarmelade? Wären sie enttäuscht, wenn er keinen Plumpudding kaufte? Keiner schien das verdammte Zeug gerne zu essen. Vielleicht fand er eine App, die ihm half, seiner Mutter das schönste Weihnachten, das sie je erlebt hatte, zu bescheren.

Dann stand plötzlich Ava in der Tür und warf einen Blick auf die Partytrümmer. Nach kurzem Zögern durchquerte sie das Zimmer und kam auf ihn zu.

»Weißt du, wo Patrick hin ist? Er hat sich mit mir und Izz in der Küche unterhalten, aber jetzt ist er verschwunden.« Wenigstens konnte sie ihm wieder in die Augen sehen.

»Hab ihn schon ewig nicht mehr gesehen. Was ist los?«

Sie sah weg. »Ich wollte ihn etwas fragen.«

»Wenn du ihn nicht findest, ist er vielleicht schon oben in seiner Mansarde. Kann ich dir weiterhelfen?« Patrick wollte sicher nicht von ihnen in seinem Schlafzimmer gestört werden, er würde es wohl als Niederlage betrachten, nach der Party alleine ins Bett zu gehen.

»Es geht um Izz.« Sie grinste.

Er versuchte, ihren Gesichtsausdruck zu deuten. »Alles okay mit ihr?«

»Na ja …« Sie kratzte sich an der Nase und wirkte verlegen. »Ich wollte es dir eigentlich nicht sagen, schließlich bist du ihr Boss. Sie ist nicht so betrunken wie Todd, aber sie behauptet, dass sie es nicht nach oben schafft, und will mit dem Kopf auf dem Küchentisch schlafen.«

Er atmete durch, um ein Lachen zu unterdrücken. »Sind deine Freunde alle Alkoholiker?«

Ava schaute ihn entsetzt an. »Izz und Todd sind keine Alkoholiker! Verdammt nochmal, es ist Weihnachten. Zu viel Alkohol, zu viel Dämlichkeit. Zu viele Weihnachtsfeiern. Zu viele Ausreden für ein

Verhalten, das wir normalerweise nicht an den Tag legen.«

Falls das ein Seitenhieb wegen ihres Kusses sein sollte, beschloss er, ihm keine Beachtung zu schenken. »Keine Sorge. Ich helfe. Was auf einer Weihnachtsfeier passiert, bleibt auf der Weihnachtsfeier, jede Erinnerung wird sofort gelöscht, sobald wir sie ins Bett gebracht haben.« Widerwillig erhob er sich und kippte den restlichen Jack Daniel's Honey runter. »Aber ich sollte mal jemanden wegen meines Heldenkomplexes aufsuchen.« Das zauberte wenigstens ein Lächeln auf Avas Lippen, während sie ihn zu ihrer gemeinsamen Rettungsaktion geleitete.

Sie fanden Izz friedlich in der Küche auf einem Holzstuhl sitzend, mit den Armen auf dem Tisch, die ihr als Kissen für den Kopf dienten.

Ava rüttelte ihre Freundin sanft an der Schulter. »Komm, Izz. Ich kann dich nicht hierlassen. Sam hilft dir nach oben, dann kannst du ausschlafen.«

Sam stellte sich so hin, dass Izz ihre Arme um seinen Hals legen und er ihr aufhelfen konnte.

»Hallo, Sam!«, murmelte sie, erfreut darüber, dass sie sich irgendwie in seiner Umarmung wiederfand. »Das ist eine schöne Party.«

Sam sah, wie Ava ein Lachen unterdrückte, während sie sich auf der anderen Seite ihrer Freundin in Position brachte.

»Es war eine schöne Party«, pflichtete Sam ihr bei.

»Aber jetzt ist Schlafenszeit. Du musst in das Zimmer gehen, das du dir mit Ava teilst«, stellte er klar, für den Fall, dass Izz irgendwie verstanden hätte, dass sie in Sams Bett landen würde. »Ava will schlafen gehen und kann dich nicht hier unten auf dem Tisch zurücklassen, oder? Autsch!« Er prallte hart an einen Türpfosten.

»Das ist ein hübscher Tisch.« Izz schien offensichtlich in der Stimmung, nur das Positive an allem zu sehen. »Das ist ein hübscher Treppenläufer. Hübsche Wohnung. Patrick ist auch nett, oder? Wenn man ihn erst einmal näher kennengelernt hat. Stimmt's Ava?«

»Uff«, Ava keuchte und knallte an das Treppengeländer. »Ja, sehr hübsch. Lehn dich bitte nicht zurück!« Sie stieß vor Schreck einen schrillen Schrei aus, als Izz zu kippen drohte. Sam musste schnell seinen Arm um sie legen und sich am gegenüberliegenden Handlauf festhalten, damit Izz sie nicht die paar Stufen, die sie bereits erklommen hatten, wieder hinunterriss.

Er machte eine Pause und schnaufte. Knapp ein Meter achtzig betrunkene Frau war definitiv kein aerodynamisches Positivum.

Izz drückte ihren Arm fester um Sams Hals. »Hallo, Sam«, hauchte sie.

Ava verkniff sich erneut das Lachen und kam ihm zu Hilfe. »Izz! Es ist nicht nett, einen Mann auszunutzen, wenn man betrunken ist. Jetzt beug dich bitte ein wenig nach vorne – ja, genau so! Rechter Fuß auf die Stufe. Gut! Jetzt den linken Fuß, eine Stufe – eine, nicht zwei, sonst fällst du hin. Wunderbar! Noch eine Stufe, rechter Fuß …«

Schließlich brachten sie Izz keuchend die Treppe hinauf und den Treppenabsatz entlang bis zu der Tür ihres Zimmers. Ava knipste das Licht an und versuchte gleichzeitig, Izz aufrecht zu halten, dann ließen sie sie mit einem letzten gemeinsamen Hauruck auf das nächstgelegene Bett fallen.

»Herrgott nochmal«, keuchte Ava und griff sich ans Herz. Ihr Haar war aus ihrem Knoten gerutscht und hing seitlich an ihrem Gesicht herunter. »Ich bin froh, dass sie das nicht so oft macht.«

Sam atmete schwer und konnte ihr nur beipflichten. Als er von seiner Last befreit war, winkte er müde mit der Hand und zog sich aus dem Zimmer zurück.

»Gute Nacht«, hörte er Ava noch sanft rufen, als sie die Tür schloss.

Sonntag, 9. Dezember

Ava wachte langsam auf, der Verkehr draußen vor dem Fenster war lauter als in der School Road, und ein hartnäckiges, regelmäßiges Geräusch war zu hören. Ihr Gedächtnis fing an, sie mit Fakten zu füttern. Die Party bei Patrick. Die Übernachtung bei Patrick. Izz …

Sie stöhnte.

Izz verursachte das Geräusch, sie schnarchte. Wie ein Traktor. Ein Traktor, der zu viel getrunken hatte und nun auf dem Rücken lag und schnarchte.

»Izz!«, zischte sie probeweise. »Izz, dreh dich um. Pst. Pssst.«

Izz stieß einfach nur in regelmäßigen Intervallen weiter Laute aus, ›rrrrrrrnh … hrrrrrrnnh‹.

Ava holte ihr Handy heraus und sah auf die Uhr. Es war kurz nach sieben. Sie hatte nur knapp vier Stunden geschlafen. Sie drehte sich noch einmal um, kuschelte sich gegen den Luftzug im Zimmer zusammen und wünschte, sie hätte in der Nacht ein Glas Wasser mit nach oben genommen, denn obwohl sie es nicht wie Todd oder Izz übertrieben hatte, war ihr klar, dass sie einen ungesunden Brand hatte. Sie schloss die Augen und versuchte, sowohl den Brand als auch das lautstarke Schnarchen vom Bett gegenüber zu ignorieren und wieder einzuschlafen.

Tiefe Atemzüge … einatmen, zwei, drei, vier … ausatmen, zwei, drei, vier … Denk nicht an den Kuss.

Rrrrrrnnh … hrrrrrrnnh

Einatmen, zwei, drei, vier … ausatmen, zwei, drei, vier … Der Kuss würde Izz verletzen, wenn sie davon erführe. Zum Glück hatte sie sich woanders aufgehalten, als der Kuss Ava aus ihren Sorgen gerissen und ihre Libido wieder zum Leben erweckt hatte.

Rrrrrrnn … hrrrrrnnh

Ihr Handy zwitscherte laut und zeigte eine Kurznachricht an. Ava zuckte zusammen, setzte sich schlagartig auf und grummelte leise.

Auch Izz wachte auf und stützte sich auf ihre Ellbogen, sie blickte ungläubig an sich herunter, auf das Oberteil und ihre Jeans. Dann schloss sie die Augen wieder und stöhnte. »Dein Handy, Ava. Es hat mich aufgeweckt.« Sie klang so betrübt, als sie sich unter lautem Stöhnen und Knurren wieder hinlegte, dass Ava ihren Ärger vergaß und lächeln musste.

»Tut mir leid«, flüsterte sie. »Ich habe vergessen, es auf lautlos zu stellen.«

Innerhalb von drei Sekunden war Izz wieder eingeschlafen.

Ava sah auf das Display ihres Handys und seufzte. Harvey. Eine Nachricht und ein Foto. Voller Vorahnung öffnete sie es, und es schnürte ihr den Magen zusammen.

Ein Schmerz setzte hinter ihrem linken Auge ein.

Ich dachte, die hättest du gelöscht?, schrieb sie hektisch zurück und wünschte, sie hätte nicht recht behalten, als sie an Harveys guten Absichten zweifelte.

Uuups. lol.

Bist du so früh am Morgen betrunken?

Ist es Morgen? Ich bin nicht ins Bett gegangen. Was würdest du davon halten, wenn ich die Fotos deinem Dad schicke? Würde der Bulle Commander Graeme gerne sehen, wie erwachsen sein kleines Mädchen geworden ist?

Ava leckte sich die plötzlich trockenen Lippen. Ihr Dad hatte dreißig Jahre bei der Metropolitan Police ohne jeglichen Makel überlebt. Der Gedanke, dass er durch sie gedemütigt werden könnte, erfüllte sie mit Schmerz. Diese beschissene Situation schien nicht enden zu wollen.

Genau wie Izz' unerträgliches rrrrrrnn … hrrrrnnh.

Ava zog sich ihre Klamotten unter der Decke an, um der schlimmsten Kälte im Zimmer zu entgehen, stieg in ihre Schuhe, streifte ihren Mantel über und ging hinunter auf der Suche nach einer Gallone Wasser.

Sie musste ein wenig in Patricks fragwürdigen Küchenschränken herumsuchen, bevor sie einen Bierkrug fand, der einigermaßen sauber wirkte. Sie trank gerade die zweite Füllung kaltes Wasser daraus, als sie hinter sich eine Stimme hörte und zusammenzuckte.

»Alles in Ordnung?«

Ava schnaubte Wasser durch die Nase. »In Ordnung.« Sie wischte sich unelegant mit dem Handrücken über das Gesicht und schenkte Sam ein schiefes Gutenmorgenlächeln. Er hatte ein anderes T-Shirt an – diesmal stand darauf: *Ich bin nicht komisch, ich bin begabt.* »Warum bist du schon so früh auf?«

»Izz schnarcht, das Zimmer ist kalt, Brand.« Ava fühlte sich ein wenig menschlicher, nachdem sie rehydriert war. »Und du?«

Er sah triefäugig auf seine Uhr. »Ich muss nach Hause und frühstücken, sonst überstehe ich den Tag nicht. Willst du mir Gesellschaft leisten?« Er schob die Arme durch die Ärmel seiner Jacke. Er hatte sich das Haar nur mit den Fingern gekämmt, und seine Bartstoppeln warfen einen Schatten auf seine Wangen, doch ansonsten schien er den Suff und die Nacht in der Unterkunft, die Patrick ihm zugewiesen hatte, unbeschadet überstanden zu haben. Ein richtiger Mann. Katzenwäsche, kurz mal pinkeln, und schon war er bereit, der Welt entgegenzutreten.

»Äh.« Ava starrte auf die leeren Dosen und Flaschen, die neben zwei nicht zusammenpassenden Schuhpaaren im Zimmer herumlagen. Ein großer Milchkaffee und vielleicht ein Lachsbagel erschienen ihr sehr viel reizvoller, als hier mit den verkaterten Gästen herumzuhängen. »Okay. Ich geh schnell rauf, wecke Izz auf und frage sie, ob sie mitkommen will.« Sie trank den zweiten Bierkrug Wasser leer, stellte das Gefäß in die Spüle und lief gähnend die Treppe hinauf.

Im Schlafzimmer hatte sich nichts verändert, nur Izz' Schnarchgeräusche waren noch lauter geworden.

»Izz!«, zischte Ava. »Izz! Izz!« Sie schüttelte sie kräftig an der Schulter.

»Was?« Izz machte nicht einmal die Augen auf.

»Ich gehe mit Sam in ein Café frühstücken. Willst du mitkommen?«

»Wie viel Uhr ist es?«

»7:26«, meldete Ava präzise und sah auf ihr Handy.

»Morgens?« Izz kuschelte sich tiefer in ihre Kissen. »Zu früh. Noch vor Tagesanbruch.«

»Okay. Ich bin in ungefähr einer Stunde zurück.« Ava bezweifelte, dass Izz in einer Stunde wach sein würde oder auch in drei oder vier, doch sie ließ ihr für alle Fälle ein paar Paracetamol und ein Glas Wasser da.

Ava schlich in dem stillen Haus zum Badezimmer, wusch sich ihr Make-up herunter – sie hatte sich in der vergangenen Nacht nicht ganz abgeschminkt –, putzte sich die Zähne und steckte ihr Haar hoch, dann griff sie nach ihrer Tasche und huschte leise hinunter.

Sam saß am Küchentisch, über sein Handy gebeugt, und runzelte die Stirn. Er steckte es in die Tasche. »Kommst du nach dem Frühstück wieder her?«

»Ja. Izz ist nicht gerade eine Frühaufsteherin und wird noch Stunden schlafen. Ich muss außerdem nachsehen, ob mit Todd alles in Ordnung ist.«

Sam zog eine Schublade in der Küche auf, holte einen Schlüssel mit einem grünen Anhänger heraus und warf ihn ihr zu. »Ich gehe danach gleich zur U-Bahn, nimm also lieber Patricks Ersatzschlüssel mit. Leg ihn dann wieder in die Schublade, bevor du nach Hause gehst.« Er war offensichtlich mit Patricks System vertraut.

Die Luft draußen war feuchtkalt, und der Himmel über den Straßenlaternen schien gerade erst aufzuhellen. Sie bummelten zu *Gaz' Caff*, wo bereits andere Frühaufsteher über ihren Kaffeetassen und Speckbrötchen kauerten, der schwere Duft von frittiertem Essen hing in der Luft.

Gaz' Caff war weder gerade modernisiert worden noch besonders trendy. Sam ignorierte das schäbige Ambiente und die dicken Farbschichten an den Wänden, hängte seinen Mantel an einen schiefen Haken und setzte sich auf einen zerschrammten Bugholzstuhl an einem kleinen Fenster, das auf die Sainsbury Street und einen Parkplatz hinausging. Er starrte nicht, wie Harvey das getan hätte, mit verblüfftem Widerwillen auf die Rentner, die sich den Magen mit einem englischen Frühstück vollschlugen, und er wischte nicht den Stuhl ab, bevor er seinen teuer gekleideten Hintern daraufsetzte, er bestand auch nicht darauf, stattdessen zu Starbucks zu gehen.

Dafür ging er das Menü auf der Schiefertafel an der Wand durch. »Was nimmst du?«

Ava drehte sich um und las die Tafel. Keine Lachsbagel. »Rühreier mit Toast und einen Kübel starken Kaffee.« Noch bevor sie den Stuhl zurückschieben konnte, stand Sam schon am Tresen.

Ein großer Kerl mit einem Hut, auf dem mit Textmarker »Gaz« stand, watschelte herbei und kritzelte die Bestellung auf einen Bestellblock, den er aus der Brusttasche seines weißen Arbeitskittels gezogen hatte. »Was darf's sein?«

»Rühreier mit Toast, bitte.« Sam drehte sich zu Ava um. »Weißer Toast oder Vollkorntoast?«

»Hab' nur weißen«, merkte Gaz an und hielt den Stift gezückt.

»Dann weißen und zwei doppelte Kaffee, die größten, die Sie haben.«

»Doppelt heißt hier zwei Löffel Nescafé, okay, Kumpel?« Gaz kritzelte es auf. Als er wegging, blinzelte er Ava unter seinem weißen Hut zu, der seinen restlichen Haarwuchs vom Essen fernhielt. »Hallo, Liebes.«

Sie erwiderte den Gruß freundlich, während Gaz den Deckel von einer Dose Nescafé im Restaurantformat aufmachte, und war glücklich, eine Verbindung mit dem Mann hergestellt zu haben, der das Schicksal ihres Kaffees in Händen hielt.

Sie unterdrückte ein Gähnen, als Sam zwei dampfende Tassen mitbrachte. »Danke.«

Er lächelte sie an, doch sobald er sich wieder gesetzt hatte, starrte er nach draußen in das frühe Morgenlicht, das mit stählernen Fingern die Straßen berührte.

Ava sah sich um und suchte nach einem Thema, mit dem sie die Unterhaltung ins Rollen bringen konnte. »Todd arbeitet sehr gerne mit dir. Izz auch. Nein«, korrigierte sie sich. »Todd arbeitet mit dir, Izz für dich, richtig?«

Er wandte ihr seinen Blick zu. Ava hatte einmal einen Ring mit einem Tigerauge besessen, dessen Stein in derselben braungoldenen Farbe wie seine Augen geglänzt hatte. »Das stimmt. Todd ist Partner. Partner sind freiberuflich tätig, zahlen Miete und belegen einen vollen Büroplatz. Todd ist Grafiker, Manda Jane Kontakterin, Patrick Texter, Jake Fotograf und so weiter. Ich stelle bei Jermyn's im Bereich PR Platz zur Verfügung, basierend auf Sozialkompetenz, Einsatzbereitschaft und Focus auf den Kunden. Wir haben individuelle Kompetenzbereiche, können aber Teams bilden, die an speziellen Projekten arbeiten.«

»Aber Izz hat nur einen befristeten Vertrag und soll das Firmennetzwerk und die Datenbank verbessern?«

Er rührte in seinem Kaffee und nickte. »Die Agentur beschäftigt im Team nur eine Mitarbeiterin in Vollzeit, das ist Barb. Sie sitzt im Vorzimmer – begrüßt die Kunden, geht ans Telefon, sorgt dafür, dass Drucker und Kopierer laufen, macht Kaffee, so Sachen eben.«

»Aber ich habe Todd sagen hören, dass die Agentur einen Technikfreak in Vollzeit gebrauchen könnte.« Ava massierte einen Punkt hinter ihrem Ohr, der leise pochte.

Er trank den ersten Schluck aus seinem Becher und sog seine Oberlippe ein, als hätte er sich verbrannt. »Vielleicht irgendwann mal. Die Agentur ist noch ziemlich jung, es ist also noch etwas zu früh dafür. Und«, fügte er vorsichtig hinzu, »sollte dieser Tag jemals kommen, schulde ich den Partnern die beste Person, die man für diese Position verpflichten kann, jemanden, der die Bedürfnisse der Agentur erkennt, in der Lage ist, andere zu begeistern und sie an Bord zu nehmen.«

Ava seufzte, als sie hörte, was Sam nicht laut aussprach. Izz würde es nicht sein. »Izz ist einfach nur schüchtern. Dadurch wirkt sie ein wenig ungeschickt, das ist alles.« Sie trank einen Schluck Kaffee und wählte ihre nächsten Worte. Sie konnte das Thema nicht einfach fallenlassen, ohne sich zu vergewissern, dass Izz nicht aus dem falschen Grund schlecht wegkam. »Es muss schwer sein«, sagte sie, »objektiv zu bleiben, wenn sich jemand, sagen wir, in der Agentur, seine persönlichen Gefühle für jemand anderen in der Agentur anmerken lässt.«

Sam lehnte sich auf seinem Stuhl zurück, der für ihn zu klein wirkte. Sein Blick schärfte sich. »Wir haben einen Verhaltenskodex. Ich wäre enttäuscht, wenn irgendwer bei Jermyn's wegen seiner persönlichen Gefühle diskriminiert würde oder aus persönlichen Gründen voreingenommen wäre.«

Ava sah ihn von der Seite an. »Auch wenn du vermuten würdest, dass jemand Gefühle für dich hegt?«

»Wenn dem so wäre, würde ich einfach mein professionelles Verhalten gegenüber der betreffenden Person beibehalten.«

Das Essen kam, und Ava fing an, Gaz' perfekt sämige Rühreier zu essen.

Es war Sam, der schließlich das Schweigen brach, nachdem er sich durch seine erste dicke Scheibe Toast gemampft hatte. »Aber, da du das Thema schon mal angeschnitten hast und ich deine Sichtweise dazu gerne wissen würde, hat denn … jemand, den du kennst, oft Gefühle für jemanden?«

Es hatte keinen Sinn, weiter so zu tun, als würden sie nicht über Izz sprechen. »Der Letzte war ein Mitbewohner von Todd, er hieß Frankie. Als Izz erfuhr, dass er sich für das Zeichnen von Comics interessierte, ließ sie von ihm ab. Sie ist nicht scharf auf Comiczeichner, auch wenn sie das bei Todd akzeptiert.«

Sam nahm seinen zweiten Toast in Angriff und

brachte das Gespräch wieder zurück zu höflichem Smalltalk. »Du verstehst dich mit Izz offenbar sehr gut.«

»Absolut. Sie ist wirklich ein liebenswerter Mensch und lustig, wenn man sich die Mühe macht, sie kennenzulernen. Ich lebe gerne mit ihr zusammen. Sie lässt mir meinen Freiraum, es gibt immer genug zu essen, und ihre Wäsche ist tipptopp. Abgesehen davon bin ich ihre Untermieterin, und sie verlangt nicht allzu viel Miete von mir. Ich wohne und arbeite da, woanders kriege ich so etwas niemals.«

»Und du sagst, dass du sie schon seit der Schulzeit kennst?«

»Richtig. Wir haben in Hampshire alle in der Nachbarschaft gewohnt. Izz' Eltern sind reizend. Sie haben ein herrliches Haus mit Swimmingpool, weil Izz' Dad vor ein paar Jahren irgendwelches Spielzeug entworfen hat, mit dem er sich eine goldene Nase verdient hat. Wir waren sehr oft dort. Izz' Zuhause war immer ziemlich exzentrisch, Todds hingegen voller Bücher. Mein Zuhause war im Vergleich dazu eher ein wenig steril. Ich wünschte, meine Eltern wären damals schon so cool gewesen und hätten ein Lesecafé betrieben, statt äußerst ernsthafte Karrieren zu verfolgen, bei denen viel auf dem Spiel stand.«

Sie musste bei der Erinnerung daran lachen. »Eines Tages wurde Izz von einem Jungen in der Schule drangsaliert, der zwei Jahre über ihr war. Ich habe versucht, sie zu verteidigen, doch der Kerl hat angefangen, mich herumzuschubsen. Todd, den wir damals noch nicht einmal kannten, hat sich dazwischengeworfen. Also hat der Typ sich über Todd hergemacht.«

Sam wirkte interessiert, also fuhr sie fort: »Er packte Todd am Hemdkragen und wollte ihm gerade eine verpassen.« Sie musste an Todds angsterfüllten Blick denken, während er darauf wartete, dass der Schlag sein Gesicht treffen würde. »Also habe ich dem Kerl in die Eier getreten.«

Sam zuckte zusammen.

»Danach hat er uns in Ruhe gelassen, und so haben wir angefangen, uns mit Todd herumzutreiben.«

Sie aßen schweigend weiter. Als wollte Sam seine allgemeine Freundlichkeit unterstreichen, stand er auf, als er eine Frau mit einem Gehstock zur Tür eilen sah, und öffnete sie ihr.

Als er wieder zurückkam, schnitt Ava ein anderes Thema an. »Erzähl mir mehr über deine Funktion bei der Agentur.«

Er streckte seine Beine aus und lehnte sich auf dem Stuhl zurück. »Ich bin Partner. Juniorpartner, was das Geld betrifft. Früher habe ich mal für einen Typen Pressearbeit gemacht.«

»Für Chilly, den Fußballstar«, warf Ava ein. »Das hat mir Todd erzählt.«

Er neigte seinen Kopf. »Aiden Chilly Chiltern. Das war eine tolle Erfahrung, aber mir wurde die Reiserei zu viel, also habe ich angefangen, die PR-Agentur zu planen. Dann hat Chilly sich verletzt und musste aufhören, er hat eine Menge Geld in die Agentur reingesteckt und einen wichtigen Kunden gebracht, für den wir die Medienarbeit machen. Ich habe angefangen, nach den richtigen Leuten meine Fühler auszustrecken. Sie sollten unvoreingenommen und leistungswillig sein, Eigenmotivation haben, fähig sein, bei Fristen unter Druck zuverlässig zu arbeiten und den Kunden genau das zu geben, was sie wollen.«

»Todd ist so glücklich, seit er bei Jermyn's arbeitet.«

Sam sah sie an und schien zu prüfen, wie ehrlich diese Aussage war. »Genauso soll es sein. Aber abgesehen davon, dass ich gerne jeden zufrieden sehen möchte, muss ich mich auch den Gegebenheiten anpassen. Ich bin Creative Director. Bewusstsein für Markenimage spielt überall hinein, da komme ich her. Ich berate Kampagnen. Ich prüfe Unterlagen, schlage Medien und Häufigkeit von Auftritten vor, sehe mir Zielvorgaben und Produkte an und schaue allgemein, wie ich mich nützlich machen kann. In einem Fußballverein wäre ich Trainer und Manager in einer Person.«

»Und Eigentümer.«

»Miteigentümer. Chilly ist der Hauptfinanzier. Ich

bin nur ein Arbeitstier, das mehr zu tun und mehr als die anderen Arbeitstiere zu verlieren hat. Ich bin auch der Typ, der wegen Umsatz und Gewinn nervt.«

»Todd schwärmt immer von der Agentur«, gestand sie. »Ich wünschte, ich könnte mir dich leisten.«

Sam lächelte höflich.

Ava wurde rot. »Aber in Wirklichkeit könntest du mir gar nicht so viel Rabatt geben, dass ich mir dich leisten könnte. Ich überlasse dich lieber den Promis.«

»Todd hat erzählt, dass er dir bei deiner Webseite geholfen hat.«

»Ja, wenn du damit meinst, dass Todd Ava eine Webseite gemacht und Ava ihm bei der Farbwahl geholfen hat.« Sie sah auf die Uhr. »Ich schreibe Todd nach dem Frühstück eine Nachricht und sehe mal nach, ob er schon wieder bei Bewusstsein ist und ob Louise mit ihm geredet hat. Vielleicht hätte er auch lieber, dass sie das nicht tut – sie kann ziemlich streng sein.« Wobei ihr wieder einfiel, dass sie Todd nicht gebeten hatte, Louise nichts von Harveys Fotos zu erzählen. Louise hätte bestimmt nicht gezögert, Ava ausführlich zu belehren, und das konnte Ava sicher nicht gebrauchen.

Sam unterbrach diesen trüben Gedanken. »Ich hole später meine Mutter ab, sie kommt ein paar Tage zu mir. Kann ich eine Anprobe für sie organisieren?«

Die Aussicht, behilflich zu sein, Sams Mom an Weihnachten glücklich zu machen, hob sofort ihre

Stimmung. »Natürlich. Ich bin froh, dass es ihr so gut geht, dass sie in die Stadt kommen kann.« Sie war auch froh, dass sie ihn um eine Anzahlung gebeten hatte.

Er stützte das Kinn auf seine Faust. »Ich glaube nicht, dass es ihr so gut geht. Es sind erst knapp vier Wochen seit der großen OP vergangen, aber sie ist fest entschlossen, und die Ärzte haben ihr vorsichtig grünes Licht gegeben.« Er blickte auf den Tisch. »Sie will das Beste aus diesem Weihnachtsfest machen, für den Fall … man weiß ja nie …«

Ava sah ihn bestürzt an. Hinter seinem mürrischen Blick brannte die Angst, er könnte seine Mutter auf eine so harte und langwierige Art und Weise verlieren, dass er danach nie wieder derselbe sein würde. Sie hätte am liebsten ihre Hand über den Tisch nach ihm ausgestreckt. »Dann sollten wir es so unbeschwert wie möglich gestalten.«

Er schluckte. »Stell sie einfach in den Mittelpunkt. Mach ein Ereignis daraus.«

»Das will ich gern tun.« Als sie Sam auf seine Uhr schauen sah, fügte sie hinzu: »Ich sollte dich jetzt besser gehen lassen, nicht wahr?«

Sam griff in seine Tasche.

»Lass uns die Rechnung teilen«, sagte sie hastig.

Sam griff etwas gereizt nach seinem Mantel. »Gut, teilen wir die Rechnung, sonst erinnerst du mich womöglich noch daran, dass wir kein Date haben.«

Sie standen auf und gingen gemeinsam zum Tresen. »Eine völlig unangemessene Bemerkung. Ich wollte nur erklären, warum ich im Moment Abstand von Männern genommen habe«, sagte Ava leichthin. »Ich habe schon genug Probleme.«

»Wirst du es jetzt mit Frauen probieren? Dann sag Bescheid, wenn du Tipps brauchst.«

Sie versuchte, nicht zu lachen. »Nein, ich werde es nicht mit Frauen probieren. Und falls doch, würde ich sicher keine Tipps benötigen. Ich bin selbst eine Frau.«

Er zog seinen Geldbeutel hervor. Ava beschloss, dass es an der Zeit war, die Taktik zu ändern. »Wie dem auch sei, willst du damit andeuten, dass wir ein Date gehabt hätten, wenn du jetzt bezahlen würdest? Und selbst wenn, würde ich …«

Sam hob genervt die Hand. »Ich rede nicht über die Regeln des Bezahlens mit jemandem, mit dem ich nicht ausgehe.«

Sie bezahlten die Rechnungen – getrennt –, dann verabschiedeten sie sich von Gaz und gingen in den Dezembermorgen hinaus. Eine fahle Sonne tauchte die Straßen zögerlich in Farbe.

Sam sah sie nachdenklich an. »Falls du dich wundern solltest, ich wusste, dass es kein Date war. Denn wenn es eines gewesen wäre, wären wir nicht hierhergegangen.«

Ava zögerte. Sie war ziemlich überrascht, dass er

immer noch ein Date im Kopf hatte, wenn er an sie dachte. Sie bedauerte plötzlich, dass sie nicht einfach ja gesagt hatte, als sie die Gelegenheit dazu gehabt hatte. Sie hatte in der vergangenen Woche oft über ihn nachgedacht.

»Aber wenn es an einem hübschen Ort gewesen wäre, hätte ich dich die Rechnung bezahlen lassen müssen, weil ich in den vergangenen Wochen nichts eingenommen habe. Allerdings gehöre ich nicht zu den Frauen, die das mögen.« Und sie würde ihn um eine weitere Anzahlung für den Hut seiner Mutter bitten müssen, damit sie in der kommenden Woche überhaupt irgendein Einkommen hatte, was die Sache ziemlich peinlich machte.

Er blieb stehen und schlüpfte in die Ärmel seines Mantels. Und sah sie dann einfach an.

Sie bemerkte, dass auch sie ihn anstarrte, und fühlte sich idiotisch. Ihr Handy klingelte in ihrer Tasche.

Das schien ihn aus seinen Tagträumen zu reißen, und er zog sich den Mantel ganz über. »Ob bei einem Date oder nicht, ich finde, es ist nichts Schlimmes daran, wenn eine Person die Rechnung einer anderen Person bezahlt, wenn diese gerade einen finanziellen Engpass hat. Du solltest an dein Handy gehen.« Er hob eine Hand zum Gruß und wandte sich ab, in Richtung U-Bahnstation. Dann schwenkte er noch einmal zurück, hob Avas Kinn an, beugte sich zu ihr herab und hauchte ihr einen Kuss auf die Lippen. »Danke. Für den Hut.« Seine Stimme klang schroff. Dann ging er über die Straße und ließ Ava alleine und nur mit dem Gefühl auf ihren Lippen zurück, als hätte er sie dort mit einer Wunderkerze berührt.

Ava kramte in ihrer Handtasche, blieb stehen, nahm das Handy und stöhnte. Auf dem Display erschien Harveys Name. Sie zögerte. Nein! Ja? Ihr Finger schwebte darüber.

Sie drückte auf den grünen Knopf, bevor der Anruf auf die Mailbox umgeleitet wurde.

»Ich rufe dich an, weil ich mich entschuldigen möchte.« Harvey klang kleinlaut und verlegen.

Ava sah Sam nach. Ein Schauder lief ihr den Nacken herunter. »Bist du endlich nüchtern?«

Er ging der Frage aus dem Weg. »Es tut mir wirklich leid. Ich hätte diese Nachrichten nicht schicken sollen. Ich habe die Bilder gelöscht.«

Ava seufzte. »Schwer zu sagen, was man darauf antworten soll.«

»Sag, dass wir es noch einmal miteinander versuchen können. Ich weiß, dass ich mich danebenbenommen habe …«

Ava fiel ihm ins Wort. »Das kommt vom Trinken. Wenn du trinkst, wirst du zum Monster. Es spielt eigentlich nicht wirklich eine Rolle, was du jetzt sagst, Harvey, denn sobald du ein paar Bier intus hast, wirst du zu einem komplett anderen Mann. Im *Blaggard's* letzte Woche hast du mir gedroht und warst brutal.«

Pause. »Ich – ich höre zu trinken auf«, versprach er. »Wenn ich dich damit zurückbekommen kann, höre ich auf.«

»Du solltest dir zuliebe aufhören«, sagte sie so freundlich, wie sie konnte. »Das ist der einzige logische Grund. Du bist derjenige, dem du am meisten schadest.«

»Ich habe jetzt wirklich alle Bilder gelöscht. Auf meinem Handy, auf meinem iPad und auf meinem Laptop. Sogar in der Cloud.«

»Das ist ja phantastisch. Danke.« Sie versuchte, Erleichterung zu verspüren. Doch die Erleichterung stellte sich nicht ein. Harvey war inzwischen so zuverlässig wie ein Regenschirm für 99 Cent.

Diese Fotos konnten überall wieder auftauchen.

Als Sam zur U-Bahnstation lief, drehte er sich noch einmal um und sah, dass Ava immer noch vor dem *Gaz' Caff* stand. Ihr hellgrauer Mantel hatte verschiedene Blumenmuster. Sie stand völlig regungslos da und wirkte wie eine Bleistiftzeichnung in der Morgendämmerung.

Er fühlte sich wie ein Hund, den jemand gepiesackt hatte. Unsicher, gereizt, aber immer noch gewillt zurückzugehen, um mehr zu kriegen.

In seiner Tasche klingelte sein Handy. Einen Augenblick hoffte er, dass es Ava wäre. Doch auf dem Display stand Mom, und Furcht stieg in seiner Brust auf. »Alles in Ordnung?«, fragte er, sobald er den Anruf entgegengenommen hatte.

»O ja.« Wendy schien überrascht, dass er etwas anderes erwartet haben könnte. »Ich wollte nur über die Weihnachtseinkäufe mit dir reden.«

Er musste stehen bleiben und sich an der Bushaltestelle setzen, denn die Erleichterung hatte ihm alle Kraft aus den Beinen gezogen. »Oh, natürlich – tut mir leid, ich war in Gedanken woanders. Ich hole dich heute Nachmittag ab, wenn du dir absolut sicher bist, dass der Arzt nichts dagegen hat.«

Wendys Stimme klang ruhig und bestimmt und fröhlich. »Ja, Liebling, das hatten wir schon mal. Der Arzt sagt, dass ich mein Leben so normal wie möglich weiterleben soll. Der Onkologe hat zugestimmt und meint, es sei in Ordnung, dass wir erst mit der Chemotherapie beginnen, wenn Weihnachten vorbei ist und ich mich noch ein wenig länger von der Operation erholt habe.«

»Und wozu fühlst du dich in der Lage?« Er bemerkte, dass er das Handy fest umklammerte, und versuchte, seine Muskeln zu lockern.

»Ich fühle mich in der Lage, mit Vanessa den Zug

nach London zu nehmen.« Sie klang zögerlich, als hörte sie bereits seine Einwände.

»Aber für heute Nachmittag ist doch schon alles arrangiert. Es besteht keine Notwendigkeit, mit dem Zug zu kommen, wenn ich ein voll funktionstüchtiges Auto habe.«

»Und es gibt einen voll funktionstüchtigen Zug, Liebling. Du musst nichts unternehmen. Ich mag den Zug.« Ihre Stimme nahm einen anderen Tonfall an. »Ich muss anfangen, wieder für mich selbst zu sorgen.«

Seine Hand umklammerte das Handy. *Ich will etwas für dich tun! Du bist krank. Du könntest sterben. Du hast dich Weihnachten immer um mich gekümmert, dein Krebs hat mir furchtbar vor Augen geführt, dass ich das für selbstverständlich gehalten habe. Ich habe dich noch nie zu mir nach Hause oder zu Weihnachtseinkäufen eingeladen. Es sollte doch eine Freude für dich sein. Es wäre kein Aufwand für mich gewesen.*

Der stille Schrei stieg seine Kehle empor und verlieh seiner Stimme ein verdächtiges Brummen. »Hat der Arzt ausdrücklich gesagt, dass du den Zug nehmen darfst?«

»Ja! Wir stecken alles in einen Rollkoffer, Van zieht ihn. Ich werde Aufzüge und Rolltreppen und keine Treppen benutzen. Der Arzt hat gesagt, dass ich nicht mit dem Bus zum Bahnhof fahren soll, also hat Vans neuer Freund Neale angeboten, uns zu fahren.«

Er räusperte sich. »Wie nett von ihm. Ich hole dich also in Euston ab.«

»Ich komm schon klar und nehme mir mit Vanessa ein Taxi.«

»Mom! Lass dich ein paar Tage verwöhnen. Ich habe eine nette Überraschung für dich, wenn du hier bist.« *Aber ich muss sie noch arrangieren.* Er hatte dagestanden und Ava angestarrt, statt einen Termin für die Hutanprobe seiner Mutter auszumachen. Und Ava hatte ihn angesehen, als verhielte er sich wie ein Idiot. Kein Wunder.

»Oh«, sagte Wendy, und ihre Stimme bebte vor Freude. »Eine hübsche Überraschung wäre schön. In letzter Zeit hat es so viele scheußliche gegeben.«

8

Ein Hut – aber bitte keine Samthandschuhe

Dienstag, 11. Dezember

Am Sonntag hatte Sam noch spät angerufen und die Hutanprobe für Dienstagabend vereinbart.

Ava war guter Stimmung. Sie hatte auf Etsy eine ihrer Hutkreationen verkauft und ihr Atelier nun weihnachtlich dekoriert mit Schleifen, Efeu und Silberglöckchen vom Markt. Die ersten Weihnachtskarten waren angekommen, und sie steckte sie oben an den Spiegel. Dann trug sie ihren Schlafzimmerstuhl für Sam ins Atelier, damit er sich setzen könnte, während sie mit seiner Mutter arbeitete.

Sams bedrückter Gesichtsausdruck, wenn er von seiner Mutter sprach, ging ihr nicht mehr aus dem Kopf. Ihr eigener Kummer und ihre Sorgen schienen plötzlich kleiner. Als sie zu Hause war, hatte sie sofort bei ihrer Mutter angerufen, bestürzt von dem Gedanken, was für ein Gefühl es wohl wäre, Katherines warme, sachliche Stimme nie mehr zu hören.

Pünktlich um halb acht erschien Sam, zusammen mit seiner Mutter Wendy und mit Wendys Schwester Vanessa.

»Ich freue mich so!«, strahlte Wendy, ganz außer Atem. Sie sah aus, als könnte die Abendbrise sie jederzeit fortwehen, nicht wie eine Frau, die einen kräftigen Kerl wie Sam geboren hatte. Neben ihm wirkte sie wie ein Kind, ihre Brille schien zu groß für ihr Gesicht.

»Ich hoffe, es macht Ihnen nichts aus, dass ich mitgekommen bin«, sagte Vanessa und schüttelte Ava kräftig die Hand. Sie war ganz offenkundig die größere, gesündere, lebhaftere und kontaktfreudigere der beiden Schwestern. In ihrem modischen Kurzhaarschnitt und in Wendys schulterlangem Bob leuchteten die gleichen dunkelblonden Strähnen wie in Sams Haar.

»Je mehr, desto besser.« Ava führte Wendy langsam und vorsichtig die Treppe hinauf.

Oben sah Wendy sich begeistert im Atelier um. »Oh … was für hübsche Hüte!«

»Schauen Sie sich ruhig um. Ich hole noch einen Stuhl.« Ava gönnte Wendy etwas Zeit, wieder zu Atem zu kommen, und eilte die Treppe hinunter.

Sie hatte nicht bemerkt, dass Sam ihr folgte, bis er ihr in der Küche den Klappstuhl aus der Hand nahm.

»Ich wollte dich nur kurz vorwarnen. Sie ist momentan recht nahe am Wasser gebaut.« Er wirkte gequält. »Als ich ihr gesagt habe, wohin wir gehen, ist sie in Tränen ausgebrochen. Also …«

»Also hast du genau das richtige Geschenk für sie ausgesucht«, beendete Ava freundlich den Satz. »Ich lasse ihr Zeit, damit sie die Anprobe richtig genießen kann.«

»Danke«, sagte er schroff.

Oben setzte Ava sich zu Wendy. »Sind Sie gerne bei Sam zu Besuch?«

Wendy strahlte. »Es ist wunderbar«, sagte sie leise. »Aber London finde ich ein wenig erdrückend. So viele Leute. Sam wohnt schon seit dem Studium in London, und Vanessa hat gelegentlich geschäftlich hier zu tun, aber ich bleibe meistens zu Hause und sorge dafür, dass Sam mich besucht.«

»Wo sind Sie denn zu Hause?«

»In Atchley. Das ist ein Dorf in Hertfordshire, mit alten Cottages und einem Dorfanger.« Wendy kicherte. »Ich habe keine Ahnung, wann ich da einen schicken Hut tragen soll, außer jemand im Dorf heiratet. Mein einziger Hut ist aus Wolle, den setze ich auf, wenn ich mit den Hunden rausgehe.« Sie wirkte eingeschüchtert von Avas extravaganten Hutmodellen. »Die sehen aus, als hätten sie eine Einladung zur Gartenparty im Buckingham Palace verdient.«

Ava sagte zögernd: »Wenn Sie einen Hut aus Wolle haben möchten, dann sind Sie bei mir an der falschen Adresse. Lassen Sie sich von Sam zu nichts überreden, wenn Ihnen die Idee nicht gefällt.«

Hinter ihr unterbrachen Sam und Vanessa ihr Gespräch abrupt. Ava sah Wendy weiter an.

Doch Wendys Augen glänzten. »O nein, ich will einen hübschen Hut. Ich bin einfach nur etwas unsicher … Ich habe mir noch nie ein maßgeschneidertes Kleid anfertigen lassen, geschweige denn so einen herrlich frivolen Hut. Ich fühle mich nur ein wenig seltsam bei dem Gedanken.«

»Dann lassen Sie uns doch einfach sehen, ob es Ihnen Freude machen könnte.« Ava stellte den Spiegel vor Wendy auf und fing an, ihr von verschiedenen Hutformen zu erzählen. Sie ließ sich Zeit, führte ihr unterschiedliche Materialien vor und beschrieb sie als entweder ›fein‹ oder ›üppig‹. Allmählich entspannte Wendy sich, während sie die unterschiedlichen Stoffe befühlte oder knautschte.

Dann setzte Ava ihr verschiedene Hüte auf. »Der Pillbox-Hut ist ein Klassiker.« Sie wechselte zu einem Kontrastmodell: »Oder vielleicht ein Florentinerhut, wenn Sie etwas Verspielteres wollen?« Sie griff nach einem weiteren Modell, einem haubenartigen orangefarbenen Gebilde in Spiralform mit einem herabhängenden Netzschleier. »Ein trendiger Cocktailhut, sehr verführerisch zum Flirten.«

Wendy seufzte glücklich. »Ich finde sie alle wunderschön.«

Ava wappnete sich, auf sensibleres Terrain vorzudringen. Jede Modistin stieß irgendwann einmal auf eine Kundin, die nach einer Chemotherapie mit Haarausfall rechnen musste, und war es gewöhnt, mit Fingerspitzengefühl Kammhalterungen und kratzige Materialien zu vermeiden. »Ich denke an einen hübschen, weichen Filz. Vielleicht eine Cloche? Etwas im Stil der zwanziger Jahre wäre verwegen, würde aber perfekt zu Ihrem Gesicht passen.«

Wendy bewies, dass man sie nicht mit Samthandschuhen anfassen musste. »Wichtig ist, dass er mir passt, wenn mir die Haare ausgefallen sind. Ich bekomme bald eine Chemo.«

Ava warf Sam einen Blick zu. Sein Gesicht schien wie versteinert. »Dann wäre Filz ideal, mit einem elastischen Kopfweitenband, so passt er auch ohne Haare.« Sie zog einen Glockenhut aus ihren Mustern und stülpte ihn ihr vorsichtig auf den Kopf, um Wendy zu zeigen, was sie damit meinte. »Das ist dieses Kopfweitenband, es verläuft im Inneren des Hutes. Für das Futter kann ich Seide nehmen, die weich auf der Kopfhaut aufliegt.«

»Ich halte mein Haar mal hoch, dann bekomme ich eine Vorstellung davon, wie es ohne aussehen wird.«

Ava schnürte es den Hals zu, als sie Wendys Haar so hielt, dass sie den Hut darüberstülpen konnte.

Wendy begutachtete ihr Spiegelbild und drehte

den Kopf zur Seite. »Niemand würde sehen, ob ich Haare habe oder nicht, nicht wahr?«

»Das ist die perfekte Passform«, pflichtete ihr Ava heiser bei. »Er stülpt sich nicht über Ihr Gesicht, ist aber schick genug, um aufzufallen. Wenn Ihnen die Form gefällt, könnten wir über die Farbe sprechen.«

Nachdem Ava viel über Material und Farben und dekorative Elemente erzählt und Skizzen auf Papier gemalt hatte, entschied Wendy sich für einen eleganten Filz in Jadegrün, geschmückt mit goldenen Schleifen und einem Strauß gestutzter Pfauenfedern.

Als Ava gerade Maß nahm, kam Izz nach Hause. Mit aufgeknöpftem Mantel und einer Flasche Wein in jeder Hand stand sie in der Tür. »Wer leistet mir Gesellschaft?« Sie schaute mit einer Mischung aus Hoffnung und Sorge auf Sam. Ava hatte Izz gegenüber nichts darüber verlauten lassen, dass Sam ihr am Samstag ins Bett geholfen hatte, und Izz schien es vergessen zu haben. Oder sich entschlossen zu haben, es zu vergessen.

»Großartig!«, riefen Wendy und Vanessa gleichzeitig.

»Wir sind fertig, wollen Sie schon runtergehen, da ist es gemütlicher?« Ava wollte keine Weinspritzer auf ihren Hüten. »Ich komme gleich nach, wenn ich mit den Notizen fertig bin.«

Sie nahm Block und Bleistift zur Hand. Doch dann merkte sie, dass nur Wendy und Vanessa Izz nach unten gefolgt waren, und blickte auf. Sam beobachtete sie.

»Danke«, murmelte er.

Ava legte ihren Stift beiseite. »Deine Mutter ist eine liebenswerte Frau.«

Er kam näher. »Sie ist eine verängstigte Frau, die versucht, mutig zu sein. Du hast es geschafft, dass sie sich ein wenig auf die Zukunft freut, und mit deinem Hut wird sie phantastisch aussehen.«

Ava stiegen die Tränen in die Augen, und es schnürte ihr den Hals zu. »Wir hätten das Thema Haarausfall vorher besprechen sollen, bevor ich es vor euch allen angesprochen habe. Daran habe ich nicht gedacht.«

»Du hast das wunderbar gemeistert. Egal, wie hoch dein Honorar ist, das war es wert. Du hast sie glücklich gemacht.«

»Ich wünschte, ich könnte dir einen guten Rabatt geben.«

»Kommt gar nicht in Frage.« Sein Lachen klang unsicher. »Ich müsste mir mein Gehirn zermartern, um mir noch ein Weihnachtsgeschenk für sie auszudenken, und nichts wäre auch nur annähernd so gut wie dein Hut. Kannst du mir vielleicht schon sagen, was er kosten wird, oder musst du erst alles zusammenrechnen?«

»Das kann ich dir in ein paar Minuten sagen. Wendy hat sich nichts ausgesucht, was schwer aufzutreiben wäre.« Er setzte sich, während sie sich wieder ihren Notizen widmete, Kataloge im Internet nach Materialkosten durchging und ihre Arbeitszeit einschätzte. Es dauerte nicht lange, dann hatte sie die Gesamtkosten errechnet.

Sam zuckte nicht mit der Wimper. »Wäre es hilfreich, wenn ich die gesamte Summe im Voraus bezahlen würde?«

»Ja, das wäre gut.« Obwohl sie sein Einfühlungsvermögen in ihre heikle finanzielle Lage zu schätzen wusste, fügte sie anstandshalber hinzu: »Die meisten Kunden bezahlen ein Drittel im Voraus.«

Er schob diese Information beiseite. »Gib mir deine Kontonummer, ich überweise es dir heute Abend online.«

Irgendwie schaffte Ava es, nicht aufzuspringen und ihn vor Dankbarkeit zu umarmen. »Danke.« Sie schrieb die nötigen Zahlenreihen auf, als Izz wieder in der Tür stand.

»Ich habe Vanessa noch einmal mitgebracht, weil sie dich noch was fragen möchte.«

»Danke, Ava. Ich schau mal, ob noch Wein da ist«, sagte Sam und trat beiseite, um einer sichtlich nervösen Izz und Vanessa Platz zu machen.

»Könnte ich einen von diesen Fascinators kaufen?«, fragte Vanessa und strich sich etwas befangen über das Haar. »Ich bin demnächst zu einem Abendessen geladen und würde gerne mein Date damit beeindrucken. Sie werden keine Zeit haben, mir einen aus dem Nichts zu zaubern, mein Kleid ist schwarz, er muss farblich also zu nichts passen.«

Ava konnte ihr Glück kaum fassen, dass ihr an einem Abend ein zweiter Verkauf in den Schoß gefallen war. Sie sprang vom Stuhl auf und bat Vanessa, Platz zu nehmen. »Welche Verzierung würde Ihnen gefallen? Wenn das Kleid Pailletten oder so hat, wäre es vielleicht witzig, diese wiederzugeben.« In zwanzig Minuten hatte sie Vanessa einen koketten schwarzweißen Fascinator, geschmückt mit schwarzen Rosen und spiralförmigen Hutfedern, verkauft, einen der teuersten in ihrer Kollektion.

Während sie ihn vorsichtig in Seidenpapier einschlug, dankte sie dem Bankkonto der Jermyns aus tiefstem Herzen.

Als Sam, Wendy und Vanessa sich auf den Weg machten, wirkte Wendy müde, war aber noch in der Lage, Ava begeistert zu umarmen.

Anschließend ließ Ava sich, aufgemuntert von den Ereignissen des Abends, mit Izz im Wohnzimmer nieder und hielt ihren Laptop bereit, um ihre Materialliste für Wendys Hut zu vervollständigen.

Doch Izz wollte plaudern. »Sam hat heute Abend mit mir geredet. Er hat gesagt, dass ich in der Agentur einen guten Job mache.« Sie lächelte unsicher. »Ich weiß nicht – heißt das, er mag mich jetzt ein wenig mehr? Was meinst du?«

»Ich glaube kaum, dass er etwas sagen würde, was er nicht so meint.« Ava versuchte, keine Gefühle ins Spiel zu bringen. Eines war ihr klar: Sollte es Izz jemals gelingen, Sam einzufangen, musste sie versuchen, noch viel weniger zu fühlen. Sie hatte aus gutem Grund Enthaltsamkeit in puncto Männer kundgetan und wollte sich nun nicht Gefühle für Sam eingestehen. Zum einen, weil sie gar nicht wusste, was das für Gefühle waren, zum anderen, weil es zum Ehrenkodex zwischen besten Freundinnen gehörte, nicht auf den Mann zu stehen, der der besten Freundin gefällt, selbst wenn er ihr Boss war und sehr wahrscheinlich eine Beziehung am Arbeitsplatz nicht als angemessen betrachtete.

Izz zappte durch die Kanäle und suchte nach Musikdokus. Ava schenkte sich Wein ein, da kündigte ein Signal auf ihrem Handy eine Nachricht von Harvey an.

Wie wäre es mit einem Abendessen am Freitag? Unterwürfigste Entschuldigungen, dass ich letztens so schwierig gewesen bin. Du hast mich einfach genervt. Wir waren gut zusammen.

Avas Antwort fiel kurz und knapp aus.

Ich gehe momentan nicht aus. Widme meine ganze Aufmerksamkeit geschäftlichen Angelegenheiten.

Gehst du mit niemandem aus? Oder nicht mit mir?

Mit niemandem.

Schwer zu glauben.

Ava verkniff sich ein ›Verpiss dich‹ und stellte ihr Handy auf ›lautlos‹. Sie klappte ihren Laptop auf, doch statt nach Pfauenfedern und Seidenfutter zu suchen, gab sie ›Racheporno‹ auf Google ein und klickte auf das erste Ergebnis.

Als Racheporno bezeichnet man das Teilen intimer Fotos von jemandem ohne dessen Einwilligung, meistens handelt es sich um Fotos von Expartnern.

Sie scrollte die Seite herunter. *Zum gegenwärtigen Zeitpunkt gibt es kein Gesetz, das Rachepornos als Straftat einordnet. Die Polizei kann nur Gesetze gegen Stalking, Telefonterror, Belästigung und Hausfriedensbruch anwenden. In Schottland gab es fünf erfolgreiche Strafverfahren.* Fünf? Von wie vielen? *Das House of Lords hat beschlossen, dass Großbritannien ein gesondertes Gesetz auf den Weg bringen soll, da die aktuelle Gesetzeslage offenbar nicht ausreichend ist.*

Doch auf der Seite stand nicht, wann das passieren sollte.

Izz wandte ihren Blick vom Fernseher ab, als Werbung über den Bildschirm flimmerte. »Bist du auf Facebook?«

»Nein. Ich mache mir Sorgen, weil Harvey sich mit den Fotos wie ein Arschloch verhält. Ich versuche herauszufinden, ob es irgendeinen Weg gibt, ihn aufzuhalten.« Sie nickte zum Fernseher: »Der Hugo-Boss-Weihnachtsmann.«

Doch Izz schaute nicht auf den Bildschirm. »Ich finde es ekelhaft, wie Harvey sich dir gegenüber verhält.«

Ava verzog beipflichtend das Gesicht und widmete sich wieder ihrer Suche im Internet. *Leider ermöglicht die Technik, dass Opfer verhöhnt werden, während der Täter anonym bleiben kann. Ein harmloses Spiel wird zu einer schrecklichen Waffe.*

»Du musst die Polizei einschalten. Harvey bedroht dich. Dein Dad war ein hoher Polizeibeamter.« Izz sah aus, als würde sie gleich losheulen.

Ava rieb sich die Schläfen. »Deshalb will ich ja gerade versuchen, keine Polizei einzuschalten. Bei dem Gedanken, dass er es irgendwie erfahren könnte, windet sich alles in mir. Oder kannst du dir vorstellen, wie ich sage: ›Hör mal, Dad, Harvey hat Nacktfotos von mir, wie ich ihm einen …‹?« Sie ließ den Gedanken im Raum stehen.

»Oh.«

Ava las weiter. *Obwohl auch Männer manchmal Opfer von Rachepornos werden, sind es zu 95 % Frauen. Rachepornos dienen als Schikane, zur Demütigung oder zum Ausüben von Kontrolle. Die Opfer haben typischerweise Angst, schämen sich und sind emotional tief getroffen. Sie empfinden sich als regelrecht bedroht, wohingegen Täter häufig die Bloßstellung im Internet als bloßen Streich sehen.*

Das kam ihr bekannt vor.

Opfer berichten, dass ihnen gesagt wurde, sie hätten niemals die Erlaubnis für die Fotos geben dürfen, und fürchten, dass man sie beschuldigen oder mit der klischeehaften Begründung abweisen würde, dass Frauen bei Problemen sowieso immer überreagierten und hypersensible Zicken seien.

Mit zunehmender Bestürzung erfuhr Ava, dass es Internetadressen gab, die sich ausschließlich dem Einstellen von Rachepornos widmeten – und die daran verdienten, indem sie Werbung auf ebendiesen Seiten mit hohen Besucherzahlen schalteten. Sie las in einer Überschrift, dass es gar kein Problem sei, Frauen mit der heimlichen Veröffentlichung ihrer privaten Fotos zu verärgern. Es gab Anwälte, die für das Recht der Internetnutzer eintraten, alles zu posten, wozu sie Lust hatten, egal, auf welche Weise sie in den Besitz des Materials gelangt waren und wessen Leben sie damit ruinierten. *Es ist mög-*

lich, dass der Schutz der freien Meinungsäußerung in Konflikt gerät mit der Aufgabe des Gesetzes, Geschädigte zu schützen, und dass die demokratischen Rechte der einen auf Kosten der anderen begünstigt werden.

Das Internet ist willkürlich, es gibt keine Gesetze, Grenzen sind nicht definiert. Es gibt keine Haftungsansprüche, keine klaren rechtlichen Zuständigkeitsbereiche. Ein Opfer von Rachepornos formuliert es so: ›Es mag verständlich sein, aber die Polizei beschäftigt sich mehr mit Expartnern, die die Axt schwingen, als mit solchen, die peinliche Fotos veröffentlichen.‹

Am Ende blickte Ava düster vor sich hin.

Durch ihren Kummer drang Izz' Stimme zu ihr vor: »Harvey ist so ein Arschloch.«

Ava blinzelte eine Träne weg. »Dem habe ich nichts hinzuzufügen.«

9

Unverhofftes Zusammentreffen

Mittwoch, 12. Dezember

Es war kein großartiger Tag gewesen. In Anbetracht des Zeitdrucks hatte Ava ihren Lieblingshändler für Hutzubehör in Victoria aufgesucht, statt auf die Lieferung des Materials für Wendys Hut zu warten. Zu ihrer Enttäuschung hatten sie dort keine Pfauenfedern mehr auf Lager gehabt. Avas zweitliebster Händler befand sich in Spitalfields, also war sie mit der District Line in Richtung Osten gefahren.

Den ganzen Tag über waren immer wieder Nachrichten von Harvey auf ihrem Handy eingetrudelt.

Ich glaube, du triffst dich mit dem Typen aus dem Blaggard's.

Ich habe mit dem Trinken aufgehört.

Wenn du mit niemanden ausgehst, warum triffst du dich dann nicht wieder mit mir?

Am Ende hatte Ava geantwortet:

Ich wiederhole: Ich gehe mit niemandem aus. AUCH NICHT MIT DIR.

Als sie schließlich die Pfauenfedern ergattert hatte, die sorgfältig verpackt in einer Papprolle lagen, war es bereits nach fünf, und sie musste dringend auf die Toilette. Jermyn's war nur ein paar Straßen entfernt, also lief sie los und schrieb Izz dabei eine Nachricht.

Bist du in der Agentur? Kann ich vorbeikommen und eure Toilette benutzen? Platze gleich.

Keine Antwort. Sie bog in die Fashion Street ein und schickte dieselbe Nachricht an Todd.

Keine Antwort. Sie bog links auf die Brick Lane ein und eilte den schmalen Gehsteig entlang, an Restaurants, Geschäften und Graffiti vorbei. Hinter der glitzernden Moschee und nahe der Old Truman's Brewery sah sie das Gebäude, in dem Jermyn's PR-Agentur ihre Räume hatte. Sie rauschte an ein paar Leuten vorbei, die gerade das Gebäude verließen. Dann rannte sie in den ersten Stock, platzte in den

Empfangsbereich und wäre beinahe mit Wendy und Vanessa zusammengestoßen.

Wendy strahlte. »Ava! Oh.« Sie blieb stehen. Ihr Lächeln wurde breiter. »Bist du hier mit Sam verabredet?«

»Eigentlich …«

In dem Moment kam Sam den Flur entlang. Als er Ava sah, blieb er stehen. Noch bevor er etwas sagen konnte, redete Wendy schon weiter. »Wir hatten keine Ahnung, dass du Pläne mit Ava hattest. Wir können uns problemlos ein Taxi nehmen und uns um uns selbst kümmern.«

Ava sah von einer zum anderen. Sie wusste nicht genau, warum Wendy glaubte, dass sie Sam auflauerte, doch das konnte Sam klären, während sie dringendere Geschäfte zu erledigen hatte. »Tut mir leid«, unterbrach sie hektisch. »Dürfte ich bitte die Toilette benutzen? Ich meine, sofort?«

»Natürlich.« Sam drehte sich um und ging in die Richtung, aus der er gekommen war, während Ava ungeduldig hinter ihm hertänzelte. Er bog um eine Ecke. »Zweite Tür links.«

»Danke.« Sie ließ ihre Einkäufe im Flur stehen, rannte an ihm vorbei und rauschte durch die Tür, schloss sich in einer Kabine ein und atmete erleichtert aus.

Als sie sich ihre Hände gewaschen und ihre Haare glattgestrichen hatte, ging sie hinaus und traf Sam draußen im Flur, an der Wand lehnend. In seinem anthrazitfarbenen Anzug und dem weißen Hemd erinnerte er sie an die weihnachtliche Hugo-Boss-Werbung. »Du hättest nicht warten müssen.« Sie hob ihre Pakete auf. »Tut mir leid, dass ich so reingeplatzt bin, aber ich war verzweifelt, und weder Izz noch Todd haben auf meine Nachrichten reagiert.«

»Izz ist heute vor fünf gegangen und müsste jetzt in der U-Bahn sein. Todd hat einen Kunden.« Er räusperte sich und steckte seine Hände in die Hosentaschen. »Ich möchte dich um einen Gefallen bitten.«

»Mich? Was denn?« Sie spähte in die Papprolle, um nachzusehen, ob ihre kostbaren Federn auch nicht gelitten hatten, als sie sie einfach auf den Boden hatte fallen lassen.

»Das klingt jetzt bestimmt verdammt faul.«

Fasziniert von seiner unheilschwangeren Stimme, blickte sie ihn aufmerksam an und sah, wie ihm die Farbe ins Gesicht stieg. »Was ist los?«

Er atmete hörbar ein. »Mom denkt, dass du hier bist, weil du mit mir verabredet bist.«

»Aber du kannst doch erklären, dass meine Freunde hier arbeiten und ich nur die Toilette benutzen wollte.«

»Das könnte ich.« Sein Blick glitt zur Seite und kehrte dann wieder zu ihr zurück. »Aber sie sitzt da draußen im Empfang und hofft, dass du zum Abendessen zu uns nach Hause kommst. Sie wartet nun darauf, dass ich dich dazu überrede.«

Ava war erstaunt über sein offensichtliches Unbehagen. »Aber warum?«

»Du machst es mir nicht gerade leicht.«

Sie stellte ihre Tüten wieder ab und verschränkte die Arme vor der Brust. »Sag mir, worum es geht, dann komme ich vielleicht mit. Ist es dir peinlich, dass sie dich gefragt haben?«

Er sah sie mit seinen braungoldenen Augen an. »Ja, es ist mir peinlich. Sie haben gefragt, weil sie denken, dass wir zusammen sind.«

Sam zwang sich, Ava weiterhin in die Augen zu sehen, damit sie es kapierte. Offenbar vergeblich, nach ihrem verwirrten Blick zu schließen.

»Wie kommen sie dazu?«

»Weil ich Mom gesagt habe, dass wir zusammen sind.«

Sie hob verwirrt die Augenbrauen. »Warum?«

Er musste seinen Blick abwenden, während er versuchte, es ihr zu erklären. »Mom ist aufgrund ihrer jetzigen Situation ein wenig nahe am Wasser gebaut. Heute Morgen hat sie geweint und versucht, es zu verbergen. Du wirst einsehen, dass …«, er schluckte, »… die Möglichkeit besteht, dass sie Weihnachten nächstes Jahr nicht mehr erlebt. Die Chancen stehen eins zu zehn, wenn du es genau wissen willst. Und drei zu zehn, dass sie Weihnachten in fünf Jahren nicht mehr erlebt. Und ihr stehen Monate Chemotherapie bevor.« Er sah Ava verstohlen an. Er wünschte, sie würde ihn nicht mit diesen kugelrunden Augen anstarren. Aus irgendeinem Grund hatte das eine unglaublich verführerische Wirkung auf ihn, und jetzt war nicht die richtige Zeit für solche Gefühle. »Das Thema Weihnachtshut hatte ich als Ablenkung aufs Tapet gebracht. Und dabei habe ich angedeutet, dass ich mich in letzter Zeit ein paarmal mit dir getroffen habe. In typisch mütterlicher Art und Weise hat sie die bloße Erwähnung, dass ich mich mit jemandem treffe, sofort aufgegriffen …«

Etwas von seiner Anspannung fiel von ihm ab. »Es hat sie von ihrer Sorge um den Krebs abgelenkt. Es hat sie zum Lächeln gebracht und sie sogar lachen und scherzen lassen. Das ist etwas Unbezahlbares. Jetzt hoffen sie und Tante Van, dass du, die Frau, mit der ich oft zusammen bin, sich zu uns gesellt, und ich hoffe, dass du für heute Abend mein Date sein kannst. Ich stehe wirklich in deiner Schuld, und da zusammen sein ein ungenauer Ausdruck ist und wir an demselben Ort zur selben Zeit schon ein paarmal gewesen sind, ist es nicht wirklich eine Lüge. Und«, fügte er hinzu, »ich verspreche dir, dass das nicht irgendein gruseliger Plan B ist, den ich ausgeheckt habe, weil du mir eine Abfuhr erteilt hast.«

Er wartete.

Sie sah ihn ein paar Sekunden lang nachdenklich an. »Okay«, sagte sie.

Sein Magen schlug einen Purzelbaum vor Überraschung, dass es so leicht gewesen war. »Okay?«

»Okay. Wenn du ehrlich glaubst, dass wir auf so einfache Weise deine Mom aufheitern können und sie nicht erwartet, dass wir am Weihnachtsabend heiraten oder so.« Dann lächelte sie. »Es war ganz schön lustig zu sehen, wie du dich windest.«

Er lächelte zaghaft. »Du solltest die Lage ausnützen.«

»Wenn das so ist, darfst du meine Tüten tragen. Und natürlich die ganze Zeit nett zu mir sein.« Sie drückte ihm die Tüten in die Hand.

Er folgte ihr. »Könnte eine echte Herausforderung darstellen.«

Seit Todd im *Blaggard's* Ava hinter seinem Rücken hervorgezaubert hatte, lag Sams gelegentliche Verärgerung über Ava mit seinem beinahe konstanten Wunsch nach Sex mit ihr im Clinch. Das war neu für ihn.

10

Unter falschem Vorzeichen

Im Taxi auf dem Weg nach Stratford erzählten Sams Mutter und Tante begeistert von ihrem Shopping-Nachmittag, von der Weihnachtsbeleuchtung in der Oxford Street und der heißen Schokolade mit Marshmallows bei Selfridges. Wendy wirkte müde und blass, doch das Lächeln verschwand nur selten aus ihrem Gesicht.

Sam beobachtete verstohlen Ava, während er scheinbar höflich dem Gespräch folgte. Es war das erste Mal, dass er sie mit offenem Haar sah. Es machte ihr Gesicht weicher. Ließ sie entspannter aussehen.

Das Taxi setzte sie vor dem modernen Apartmenthaus ab, wo Sam wohnte, was er sich leisten konnte, weil er für Chilly gearbeitet hatte. Er hielt ihnen die Sicherheitstür auf.

Ava sah sich anerkennend in der Lobby um, während sie auf den verspiegelten Aufzug warteten. »Funktion und Design. Toll.«

Sie glitten zwanzig Stockwerke hinauf. Sam sperrte die Tür zur Wohnung auf. »Unterhaltet ihr euch mit Ava, während ich mich schnell umziehe«, sagte er zu Wendy und Vanessa und stellte Avas Tüten auf das Sofa. Er lächelte Ava zu: *Keine Sorge*.

Dann ging er in sein Zimmer – und sorgte sich. Hatte er völlig den Verstand verloren? Warum zum Teufel hatte er dieses Beziehungsaffentheater überhaupt angefangen? Das wäre ein guter Plot für einen Frauenfilm. Nun hatte er sich selbst in eine verzwickte Lage gebracht.

Das bedeutete vor allem, dass er in Avas Nähe sein würde, was, wie er bereits entdeckt hatte, abwechselnd eine lustige oder frustrierende Erfahrung sein konnte.

Dann dachte er an den Gesichtsausdruck, den seine Mutter heute Morgen gehabt hatte, als sie gemurmelte hatte: »O Sam. Ich wusste gar nicht, dass du wieder eine Freundin hast.« Und die Freude hatte alle Angst und Sorgen, den stoischen Gleichmut und die tapfere Entschlossenheit, die seit ihrer Krebsdiagnose vor über zwei Monaten in ihrem Gesicht zu lesen waren, weggewischt. Sam wollte nur noch sicherstellen, dass dieses Leuchten auf ihrem Gesicht nicht erlosch.

Wenigstens verletzte dieses Affentheater nicht Avas Gefühle, denn sie schien ihr Herz gut im Griff zu haben. Er bemerkte allerdings, dass sein Herz in Gefahr war.

Ava ging vor der deckenhohen Glasfront auf und ab, blickte auf den Bahnhof Stratford Station hinunter und auf das Olympiastadion, in mittlerer Entfernung war die City von London zu sehen wie ein schwarzer, mit vielfarbigen Edelsteinen besetzter Teppich. Dass Sam sich diese Wohnung offensichtlich leisten konnte, schüchterte sie ein. Die Wohnung war nicht groß, doch ein kluger Grundriss ließ sie geräumig wirken. Mit Bedauern verzichtete sie wegen des Regens darauf, auf den Balkon hinauszutreten, und wandte sich wieder um zu Wendy und Vanessa, die erwartungsvoll auf dem Ecksofa saßen.

Sie lächelte und suchte nach einem Gesprächsthema, bei dem es nicht um ihre vermeintliche Beziehung zu Sam ging. »Ich habe das Material für Ihren Hut gekauft, Wendy. Ich zeige es Ihnen.«

Sie öffnete die raschelnden Tüten, und Wendy und Vanessa waren beeindruckt von der Filzglocke, die sich – mit Hilfe von Dampf, Versteifung, Verzierungen und Avas Kunst – in einen wunderschönen Hut verwandeln würde.

»Meine Güte, Sie sind so begabt. Ich wüsste gar nicht, wo ich da anfangen sollte.« Wendy fuhr sich mit den Pfauenfedern über die Wangen.

»Ich habe ziemlich lange dafür geübt. Nähen lernen musste ich auch, aber man braucht noch andere Fähigkeiten, und ich liebe den Reiz der dreidimensionalen Arbeit.«

Wendy legte nur widerwillig die Pfauenfedern beiseite. »Ich vermute, Sam wird mich bis Weihnachten auf den Hut warten lassen.«

»Ich brauche sowieso noch einige Zeit.« Ava breitete das Hutfutter aus und hielt es ans Licht, so dass es wie ein exotisches Insekt schimmerte. »Normalerweise dauert es sogar noch länger, aber momentan habe ich nicht so wahnsinnig viel zu tun.« Untertreibung.

Wendy lehnte sich zurück und zog die Füße unter sich aufs Sofa. Sie flüsterte verschwörerisch: »Ich bin so froh, dass Sam wieder jemandem gefunden hat.«

Vanessa blinzelte. »Wendy, hör auf, sie wird sonst noch rot.«

»Ich werde nicht rot.« Doch Ava spürte sofort, wie der Fluch der Hellhäutigen ihre Wangen erglühen ließ. Sie verstaute die Tüten zwischen Sofa und Stuhl, so dass man nicht versehentlich darauftreten konnte, und nahm sich Zeit für eine angemessen ungenaue Antwort. »Wir kennen uns noch gar nicht lange, wir sind uns nur begegnet, weil meine Freunde in Sams Agentur arbeiten.«

Wendy machte sich nicht die Mühe, ihr Lächeln zu verbergen. »Aber ich habe gesehen, wie er Sie anschaut … Es freut mich einfach. Ich dachte schon, dass er niemals über Mariah hinwegkommen wird. Er war so hingerissen von ihr. Sie waren eine Weile ein Paar.«

Ava lächelte höflich. »Mariah?«

»Wendy«, warnte Vanessa. »Vermutlich verschwendet Sam keinen Gedanken mehr an sie.« Sie sprang auf. »Wir sollten den Wasserkessel aufstellen. Weißt du, was Sam zum Abendessen geplant hat, Wendy? Ich könnte schon mal anfangen.«

Da Sams Wohnzimmer von der Küche nur durch einen ovalen schwarzen Granittresen getrennt war, erwies sich die Zubereitung des Abendessens als nette Gruppenaktivität.

Wendy verbrachte die meiste Zeit auf der Wohnzimmerseite des Tresens, auf einem Barhocker aus Leder und Chrom, während Sam und Vanessa mit Lammsteak, Rosmarin und Zwiebeln verlockende Gerüche erzeugten. Ava machte Kaffee, deckte den Tisch und setzte sich dann zu Wendy.

Sie war beeindruckt, wie locker die Familie miteinander umging. Sam und Vanessa stolperten in der Küche nicht einmal übereinander, während das Lamm bräunte. Sam neckte Wendy und Vanessa sanft, während sie ihn weniger sanft, aber liebevoll aufzogen.

Ava hatte Muße, sich Sams Zuhause einzuprägen. Die Wohnung war einfarbig eingerichtet, hier und da hatte er ein paar Akzente in gedämpftem Blau und Grün gesetzt. In der Küche glänzte ein schwarzer Gasherd, die Arbeitsflächen bestanden aus dem gleichen schwarzen Granit wie der Essbereich. Es wirkte irgendwie praktisch, lässig und schön. Die Sitzmöbel standen im Wohnraum wie eine Runde alter Freunde. Es gab keine Pflanzen, nur wenige Ornamente, doch der Teppichboden war luxuriös dick, und ein Läufer in satten Ozeanfarben war sogar noch dicker.

Sie wollte nicht daran denken, wie lange es noch dauern würde, bis sie sich selbst eine Wohnung leisten konnte, geschweige denn eine so elegante wie diese. Sie vermied es auch, Sam zu fragen, wie lange er diese Wohnung schon hatte oder ob er einen Innenarchitekten beschäftigt hatte. Wendy und Vanessa erwarteten möglicherweise, dass sie bereits über diese Phase des Kennenlernens hinaus waren.

Den Hauptteil der Unterhaltung beim Abendessen bestritten Wendy und Vanessa. Sie stellten Ava Fragen über Fragen zu ihrer Arbeit, ein unverfängliches Gesprächsthema. Ava war sehr froh, dass sie erklären konnte, wie sie dahin gekommen war, wo sie heute stand. »Eine Designerin, Ceri Mallory, hat die Ausstellung meiner Abschlussarbeiten gesehen, und sie haben ihr gefallen. Ich war jahrelang bei ihr als Praktikantin. Es war vermutlich eine gute Erfahrung, aber ich habe nicht viel verdient, und sie hat mich in dem Glauben gelassen, dass sie mich eines Tages als Juniorpartnerin einstellen würde, was aber nicht passiert ist.« Sie spielte herunter, was damals für sie eine Katastrophe gewesen war. »Außerdem hat sie mir die Dinge zugeschanzt, die sie selbst nicht machen wollte, wie die Demonstration des Hutmacherhandwerks bei ihren Vorschauabenden. Sie quatschte lieber mit den Kunden bei Wein und Häppchen und redete über ihre aktuellen Muster, im Grunde führte sie die ganze Zeit Verkaufsgespräche. Das war schon in Ordnung; sie kannte ihre Klientel, und mir gefiel die Vorführungsarbeit gut.«

Sie hielt inne.

Vanessa starrte sie mit erhobener Gabel an. »Sie wären perfekt«, hauchte Vanessa. »Am Samstag ist mein regionales Abendessen beim Rotary Club, die Rednerin musste absagen, weil sie krank ist. Würden Sie für sie einspringen?«

Ava hätte sich beinahe an ihrem Wein verschluckt. »Ich weiß nicht …«

»Das Honorar beträgt 300 Pfund plus Spesen.«

»Oh.« Ava wollte gerade sagen, dass es etwas anderes sei, vor einem Dutzend ausgewählter Kunden einen Hut zu modellieren, als in einem großen Raum vor einem fremden Publikum zu reden. Doch die 300 Pfund hatten ihre Aufmerksamkeit erregt. »Wo ist die Veranstaltung?«

»In einem Hotel außerhalb von Hertford. Sehr hübsch. Ich werde mit meinem Freund Neale und Wendy hingehen. Sie könnten bei uns übernachten, wenn Sie wollen. Sam könnte Sie fahren.«

»Aber …« Ava sah Sam an und erwartete, dass er sagte, er habe andere Pläne. Doch stattdessen sah er nachdenklich aus.

Er nickte. »Es könnte für das Geschäft von Vorteil sein. Viele der weiblichen Gäste sind deine Zielgruppe, Ava. Du könntest einen Stapel Visitenkarten und ein paar Muster mitnehmen. Eine kleine Hutausstellung wäre doch in Ordnung, nicht wahr, Van?«

Vanessa sah erwartungsvoll drein. »Perfekt. Eine Ausstellung, eine Vorführung, eine Modenschau – was immer Sie wollen. Die Leute mögen es, wenn sie nach dem Abendessen etwa vierzig Minuten unterhalten werden. Darf ich Sie also vormerken? Sie tun mir damit einen großen Gefallen, und wenn es gut für das Geschäft ist, wie Sam sagt …«

Ava verspürte eine unglaubliche Aufregung. Vielleicht käme noch etwas Gutes dabei heraus? Sie sah Sam an. »Aber das sieht so aus, als würde ich deine Gutmütigkeit ausnutzen.«

Er grinste. »Ein Vorwand ist so gut wie jeder andere, um mit dir zu Abend zu essen.«

»Als bräuchtest du einen Vorwand!«, lachte Wendy. »Für mich wäre es auch großartig. Im Moment habe ich zwar glücklicherweise viel von Sam, aber ein Zuviel gibt es gar nicht.«

Das Gespräch stockte, als fragten sich alle plötzlich, wie oft Wendy ihre Lieben in Zukunft noch sehen würde. Ava sah den Schmerz, der über Sams Gesicht huschte. »Jederzeit, Mom«, brachte er heraus.

Wendy lächelte immer noch, als wäre ihr Lächeln ein Schutzschild gegen die Welt. »Ich werde bei dem Abendessen Geld sammeln, für eine bessere Aufklärung und Erforschung von Eierstockkrebs und um unsere Selbsthilfegruppe zu unterstützen.«

Ava hatte nicht das Gefühl, dass sie viel zum Schreckgespenst Eierstockkrebs zu sagen hatte, konnte sich aber ihre Neugierde nicht verkneifen, dass die süße kleine Wendy sich für Frauen engagierte. »Sie haben eine Gruppe?«

Wendy senkte den Blick auf ihren Teller. Sie hatte nicht viel von dem gegessen, was darauf lag. »Ich bin eigentlich kein Hitzkopf, aber wenn Frauen unverschuldet in eine missliche Lage geraten, werde ich wütend. Ich habe bei der Gründung der Gruppe *Weder Schuld noch Schande* mitgewirkt. Jetzt haben wir Anwälte, eine Hotline und ein Forum. Die meisten Frauen, die zu uns kommen, haben Gewalt erlebt oder wurden bedroht, manchmal kommen auch Familienangehörige zu uns, die Unterstützung brauchen.«

Ava sah Wendy respektvoll an. Man konnte sich kaum vorstellen, dass die zierliche, zurückhaltende Frau sich mit so einer schmerzvollen Realität beschäftigte. »Falls ich beim Rotary-Essen Aufträge bekomme, werde ich fünf Prozent davon Ihrem Fonds spenden.« Aufträge waren mehr, als sie zu hoffen wagte, doch falls sie auf irgendeine wundersame Weise doch welche an Land ziehen sollte, konnte sie ein kleines Stück ihres Glückes weitergeben für eine Sache, die auch sie selbst betraf.

Wendy strahlte. »Dann hoffe ich, dass Sie viele Aufträge bekommen. Die Rotarier können sehr großzügig sein.«

»Um wie läuft das ab? Muss ich Lotterielose oder so kaufen?« Das hätte Ava gerade noch hinbekommen.

»Es werden Spenden gesammelt an dem Abend.«

Eine Stunde später verkündete Wendy, dass sie müde sei, was Ava zum Anlass nahm, ihre Sachen zusammenzusuchen.

Sam stand auf. »Ich fahre dich nach Hause.«

»Das musst du nicht …«

»Nun lassen Sie ihn doch«, sagte Wendy schnell. »Dann wissen wir alle, dass Sie sicher nach Hause kommen, oder?«

In Anbetracht der vorangegangenen Diskussion hatte Ava das Gefühl, dass sie keine andere Wahl hatte und Wendy ihren Willen lassen musste. Für sie war London vermutlich ein Hexenkessel der Sünde, in dem Frauen nach Anbruch der Dunkelheit nicht mehr alleine herumlaufen sollten. »Dann kann ich mir die lange U-Bahn-Fahrt sparen.« Offensichtlich gehörte es sich, dass ein Mann seine Freundin nach Hause brachte, auch wenn das Zuhause auf der anderen Seite von London lag, also wagte sie nicht, es abzulehnen.

Bald darauf saß sie in Sams rotem BMW in der Garage unter dem Wohnblock.

»Warum überrascht es mich eigentlich gar nicht, dass du einen BMW fährst?« Sie bewunderte die schwarze Innenausstattung. »Ein richtiges Yuppie-Auto.«

»›Yuppie‹ ist echt ein altmodischer Begriff.« Er drehte sich um und sah über seine Schulter zurück, während er sein Statussymbol rückwärts aus der Parklücke fuhr. »Kein Hipster würde das sagen.«

Sie lachte. »Für euch Werbefuzzis gilt, was Hipster sagen?«

»Wenn Hipster ihre Bärte scheren und Weihnachten Rote-Bete-Chips essen, werde ich mich dem anpassen«, pflichtete er ernsthaft bei und fuhr aus der Tiefgarage hinaus.

Ava genoss es, bei Nacht durch London gefahren zu werden. Der Verkehr floss besser als bei Tag, und selbst ein Weihnachtsmuffel konnte sich an den glitzernden Lichtern über den Einkaufsstraßen freuen.

Sam wechselte den Gang an einer Kreuzung und sah sich in beide Richtungen um, bevor er ausscherte. »Danke für das Date.«

»Du hast mir doch auch geholfen.«

Er sah sie an und wandte dann seine Aufmerksamkeit wieder der Straße zu, während die farbigen Lichter über sein Gesicht huschten. »Okay. Die Antwort hatte ich nicht erwartet. So viel habe ich auch wieder nicht getan.«

Sie zuckte die Achseln. »Du hast dafür gesorgt, dass ich gut nach Hause gekommen bin, als ich mich von Harvey bedroht fühlte. Du hast mir mit Todd und Izz geholfen. Hast für deine Mom einen Hut in Auftrag gegeben, was dazu geführt hat, dass Vanessa mir einen Fascinator abgekauft und mir eine Gage für einen Vortrag beim Rotary-Abendessen verschafft hat.«

Sie fuhren in die Mile End Road ein, unter dem eindrucksvollen Schauspiel beleuchteter Schneeflocken. »Freut mich, dass etwas dabei herausgekommen ist.«

»Jede Kleinigkeit hilft. Im Moment werte ich es als Erfolg, wenn ich Schulden vermeiden kann und meine Eltern nicht anpumpen muss.« Sie unterdrückte ein Gähnen. Pseudodates waren gar nicht so schlecht, wenn das hieß, dass man an wuselnden Fußgängern in dicken Mänteln vorbei nach Hause kutschiert wurde. Sie kuschelte sich in den Sitz. Wäre sie jemals reich, würde sie einen Chauffeur beschäftigen.

»Kann ich dir vielleicht noch helfen …«

»Du willst doch nicht etwa anbieten, mir Geld zu leihen, oder?« Sie schloss die Augen und korrigierte sich im Geiste: Sie würde nur einen Chauffeur beschäftigen, der nicht sprach. »Es ist dir vermutlich gar nicht in den Sinn gekommen, doch nur damit du es weißt, ich habe schon meinen Stolz.«

Sein Lachen war kaum mehr als ein Hauch. »Du hast recht, dumme Idee, wenn ich daran denke, wie wütend du warst, als ich dir Rühreier und eine Tasse Kaffee spendieren wollte, nur weil du pleite bist und ich nicht.«

Sie sah ihn prüfend von der Seite an. »Versuche, das doch zu verstehen. Für mich ist es angenehmer, wenn ich mir die Rechnung teile, statt Großzügigkeit zu akzeptieren, egal, wie nett sie gemeint ist. Dann habe ich nicht den Druck, dass ich die Gefälligkeiten erwidern muss und meine Ausgaben nicht mehr unter Kontrolle habe.«

»Okay, das verstehe ich. Tut mir leid, wenn mein Angebot, dir das Frühstück zu spendieren, so ausgelegt wurde, als wollte ich dich in die Schuldenfalle locken.«

Er richtete seine Aufmerksamkeit wieder auf den Verkehr. Als sie schließlich in die School Road einbogen, musste Sam an der Nummer 146 B vorbeifahren, bevor er einen Parkplatz fand. Er zog den Schlüssel aus dem Schloss. »Ich bringe dich noch zur Tür.«

Ava suchte ihre Tüten zusammen. »Das ist nicht nötig.«

Er sah sich um. Es war ziemlich dunkel hier in der Wohnstraße, wo Straßenlaternen und festliche Lichter nur sehr vereinzelt leuchteten. Statt etwas darauf zu erwidern, stellte er eine Frage. »Wäre es in Ordnung, über die Situation mit deinem Ex zu reden?«

Als Ava an Harvey dachte, sah auch sie sich in der Dunkelheit um. Dann wurde ihr klar, was Sam mit seiner Frage angerichtet hatte. »Das ist gemein«, protestierte sie und war nun nicht mehr imstande, ihre Augen von den Schatten abzuwenden.

Er lehnte sich zurück. »Das stimmt, und dafür entschuldige ich mich. Ich habe kein Recht, dafür zu sorgen, dass du Angst hast, in deiner eigenen Straße nach Hause zu gehen. Es ist nur …« Sein Gesicht lag nun zur Hälfte in der Dunkelheit. Er schwieg ein paar Sekunden. Dann seufzte er. »Ich werde dir jetzt etwas sagen, damit du verstehst, wo ich herkomme und warum ich so bin, wie ich bin. Ich erzähle das normalerweise nicht.«

Er schwieg einen Moment. Als er wieder zu reden anfing, klang seine Stimme heiser: »Ich bin das Resultat einer Vergewaltigung.«

11

Weder Schuld noch Schande

Ein paar Sekunden wusste Ava nicht, was sie sagen sollte.

»Es war kein zufälliger, brutaler Übergriff«, fuhr er fort. Seine Stimme klang ruhig, aber angespannt. »Heute würde man sagen: Vergewaltigung während eines Dates. Mom war jung und naiv und war auf eine Party gegangen. Alkohol war noch das geringste Übel an dem Abend. Ein Typ machte sie an, gab ihr einen Drink, in den er vermutlich was gemischt hatte, und als es dann ruhiger auf der Party wurde, fand sie sich plötzlich in einem Zimmer alleine mit ihm wieder. Sie weiß noch, dass ihr schwindelig war und er viel lachte. Er akzeptierte ihr Nein nicht, und so wurde ich gezeugt.«

Ava atmete tief durch, Entsetzen durchflutete sie. »O nein«, flüsterte sie. »Was ist bloß mit manchen Leuten los?«

Er lachte bitter. »Eine ganze Menge.«

»Deine arme Mom. Du Armer.«

Er schüttelte den Kopf. »Abgesehen davon, dass ich keinen Vater hatte – der Scheißkerl, der meine Mutter gezwungen hat, zählt nicht –, hatte ich es leicht. Mom und Tante Van haben mir alles gegeben, wir waren eine richtige Familie, wenn auch eine ungewöhnliche. Meine Großeltern waren natürlich nicht sonderlich erfreut, als Mom, die unter ihrer Sanftmütigkeit viel Courage verbirgt, nicht abtreiben wollte und ging. Tante Van ging mit ihr, sie konzentrierte sich auf ihren Beruf und unterstützte Mom, mich und sich selbst.«

»Hast du jemals … Weißt du, wer er war?«, wagte sie zu fragen.

Er schüttelte nur einmal kurz den Kopf. »Das war so eine Partygeschichte. Niemand schien ihn zu kennen. Ich vermute, dass er ein ungebetener Gast war. Aber zu wissen, woher ich komme, hat mir bewusstgemacht, welchen Schaden unmoralische Vertreter meines Geschlechts anrichten können. Ich hasse Drogen. Und was Alkohol betrifft, trinke ich nur in Maßen. Patrick nennt mich manchmal seinen ›abstinenten Freund‹, aber ein Vorbild bin ich nicht. Ich mache mir einfach nur Gedanken darüber, wem ich meine Existenz zu verdanken habe, und wünschte, ich wäre aus Liebe und Zuneigung auf die Welt gekommen.

Aber jetzt verstehst du, warum Mom in der Frauengruppe involviert ist. Sie kann manchmal sogar richtig kämpferisch werden.« Er lächelte schief. »Auf der Webseite von *Weder Schuld noch Schande* kannst du die häufigsten Gründe dafür nachlesen, warum Übergriffe, Missbrauch oder Belästigungen nicht angezeigt werden, und Mom könnte jedes Kästchen ankreuzen. Ihre Eltern hatten kein Verständnis dafür, dass sie auf eine Party gehen wollte, auf der lauter Leute waren, die sie nicht kannte, und Alkohol angeboten wurde. Darum erzählte sie ihnen nicht, was passiert war. Das tat sie erst, als sie bemerkte, dass sie schwanger war. Die Eltern dachten natürlich, sie hätte sich eine Geschichte ausgedacht, um ihr ›Fehlverhalten‹, wie sie es nannten, zu entschuldigen. Sie beschuldigten sie und beschämten sie zutiefst. Heute ist die Gesellschaft aufgeklärter, aber Schuldzuweisungen und Schamgefühle, die Schaden anrichten, gibt es noch immer.«

Ava griff in der Dunkelheit in dem schnell kühler werdenden Inneren des Autos nach seiner Hand. »Deine Mutter und Vanessa vergöttern dich.«

»Ich weiß, und ich möchte auch nicht, dass du denkst, dass ich irgendeine riesige Last mit mir herumschleppe. Ich fühle mich nicht schuldig. Ich werfe meiner Mutter nichts vor. Ich bin ein ziemlich ausgeglichener Mensch. Nur habe ich durch meine Familiengeschichte einen etwas anderen Blick auf die Dinge als viele andere Menschen.« Sein Lächeln wirkte freudlos. »Ein Grund, weshalb ich dir das erzähle, ist, dass ich dich auf etwas aufmerksam machen will: Was auch immer zwischen dir und deinem Ex abläuft, es gibt Leute, mit denen du darüber reden kannst, die dir mit Informationen und Unterstützung helfen können. Leute, die das verstehen.«

Unterstützung. Verständnis. Genau das, wonach sie sich sehnte. Sie öffnete den Mund, Worte stiegen in ihr hoch, ihre verzweifelten Ängste, was Harvey betraf, drohten sie zu überfluten.

Doch Sam war noch nicht fertig. »Und jetzt verstehst du wohl, warum ich so Dinge tue wie dafür zu sorgen, dass du vom *Blaggard's* sicher nach Hause kommst. Ich wende mich nicht ab, wenn ich das Gefühl habe, dass eine Frau in Gefahr ist, so wie meine Mutter es war.«

Ein schrecklicher Gedanke ließ Ava plötzlich verstummen. Sie war kein junges Mädchen, das auf einer Party zu etwas gedrängt worden war, was sie nicht gewollt hatte, oder eine dieser armen Frauen, die nichtsahnend auf dem Heimweg überfallen worden waren. Ava hatte Harvey eine private Stripshow geliefert und gekichert, während er Fotos von ihr gemacht hatte. Ja, sie hatte sogar noch mehr gekichert, je eindeutiger die Fotos wurden.

Weder Schuld noch Schande? Sie schämte sich natürlich und war sich bewusst, dass Sam vermutlich davon ausging, dass Harvey der Bösewicht war.

Langsam ließ sie seine Hand wieder los. »Du bist

ein guter Mensch.« Sie täuschte ein Gähnen vor. »Zeit, dass ich reingehe. Morgen muss ich mit dem Hut anfangen.«

Sam stieg aus dem Wagen und brachte sie bis zur Haustür. Ava verkniff sich die Bemerkung, dass das nicht nötig gewesen wäre.

Vielleicht war es für Sam nötig.

Ein Psychiater hätte vermutlich gesagt, dass er den unmöglichen Wunsch hegte, seine Mutter beschützt zu haben. Er hatte mit Sicherheit ein überdurchschnittlich ausgeprägtes Verantwortungsbewusstsein, doch es störte Ava nicht, dass er seinem Beschützerdrang nachging. Genau genommen, rührte es sie.

Sam drückte sich in seine Jacke, als sie an der Tür stehen blieb und nach ihrem Schlüssel suchte. »Um ein angenehmeres Thema aufzugreifen: Dir ist schon klar, dass du eine Verabredung mit mir für das Abendessen im Rotary angenommen hast?« Seine Stimme hatte wieder den neckenden Ton, an den sie gewöhnt war.

Ava folgte seinem Beispiel. »Ein sogenanntes Date«, korrigierte sie ihn.

Er lachte und drückte ihr einen Kuss auf die Wange. »Sogenannt oder nicht, du wirst alle langsamen Tänze für mich reservieren müssen, wenn du dich nicht dem geballten Zorn von Mom und Tante Van aussetzen willst.« Er zwinkerte und ging zu seinem Wagen zurück.

Ava rief ihm gute Nacht hinterher. Sie verkniff es sich, beleidigt zu sein, dass er nicht noch geblieben und es nicht darauf angelegt hatte, sich noch auf einen Kaffee einladen zu lassen. ›Sogenannte Dates‹ taten das nicht. ›Sogenannte Dates‹ gingen alleine ins Bett.

Sie wollte keinerlei Gefühle für ihn hochkommen lassen. Es würde bei einem ›sogenannten Date‹ bleiben, auch wenn Sams Verletzlichkeit sie schmerzte und sie wusste, dass er, wie sie zu ihm gesagt hatte, ein guter Mensch war. Zudem hatte er ein Lächeln, das sie zum Schmelzen brachte, und einen Hintern, der in allem gut aussah.

Es stimmte nicht länger, dass sie ihre ganze Kraft nur für ihre berufliche Laufbahn brauchte. Jetzt begriff sie, wie sehr es Sam am Herzen lag, zu helfen und Verständnis zu zeigen … und kam sich im Vergleich zu ihm irgendwie schäbig vor.

12

Das schöne Handwerk der Hutmacherei

Donnerstag, 13. Dezember

Am Donnerstag arbeitete Ava an Wendys Hut. Sie überzog die Filzglocke mit Festiger und saß dabei unter dem Dachfenster, so dass der chemische Geruch besser entweichen konnte. Die Jadefarbe leuchtete in der gleißenden Dezembersonne.

Ein kleiner Glockenhut ließ sich gut auf einer einzelnen Hutform modellieren. Sie zog den Hutstumpen über die Holzform, die sie mit Folie bespannt hatte, um sie vor dem Dampf zu schützen. Sie dehnte das Material und steckte es ab, während der Dampf den Festiger löste, und summte dabei vor sich hin.

Zwischen den einzelnen Arbeitsschritten, während der Filz wieder trocknete, fuhr sie ihren Laptop hoch und öffnete die Webseite von *Weder Schuld noch Schande* und las:

Sie denken vielleicht, dass es niemanden gibt, dem Sie vertrauen können. Doch den gibt es …
Weder Schuld noch Schande.

Im Forum schilderten Frauen ihre verzweifelte Situation. Viele hatten, genau wie Ava, jemandem vertraut, den sie kannten. Oder den sie gut zu kennen glaubten. In vielen Fällen gab es einen lästigen Ex, der Druck ausübte, damit die Frau zu ihm zurückkehrte. *Der Kummer nagt an ihm, behauptet er,* postete eine. *Er kann mich nicht in Ruhe lassen, er will, dass ich ihm die Chance gebe, aus Rache mit mir Schluss zu machen. Er glaubt, damit irgendwie die Zurückweisung wettzumachen, die er erleiden musste.* Ava seufzte, als sie das Fenster schloss. Keine Frau berichtete, dass sie freiwillig für eindeutige Fotos posiert hatte.

Freitag, 14. Dezember

Als Ava dem Hut gerade eine zweite Ladung Dampf verpasst und ihn auf der Hutform zum Trocknen stehen gelassen hatte, erhielt sie eine Nachricht von ihrer Mutter:

Kannst du skypen?

Ja, gib mir noch eine Minute.

Ava fuhr ihren Laptop hoch und klickte auf das Skype-Symbol. Fast zeitgleich poppte ein Fenster auf, *Katherine Blissham ruft an,* und das Gesicht ihrer Mutter, umrahmt von kurzen blonden Haaren, erschien auf dem Bildschirm.

Katherine wirkte entspannt und glücklich. »Hallo, Liebling! Was gibt es Neues?«

»Ihr habt ja Weihnachtsdekoration!« Ava starrte ungläubig auf einige mit Sternen und Glocken dekorierte Zweige, die deutlich hinter ihrer Mutter zu erkennen waren.

Katherine lachte. »Ja, im Lesecafé. *Joyeux Noël* und so – die Kunden erwarten das. Ich wollte mit dir auch über Weihnachten reden. Bist du sicher, dass du nicht herkommen willst?«

Ava wickelte ihr Haar um den Finger. »Ich habe mit Izz was geplant. Ihr feiert doch nie Weihnachten!«

Katherine zuckte unbekümmert mit den Schultern. Vielleicht hatte Katherine das Schulterzucken von den Franzosen übernommen. »Wir haben jetzt einfach mehr Zeit dafür, und Weihnachtsveranstaltungen sind wichtig für die Kunden. Ich finde es sogar ganz amüsant.«

»Feiert Dad auch Weihnachten?« Ava hörte die Empörung in ihrer eigenen Stimme, aber sie konnte es kaum fassen, dass Graeme Blissham, ehemaliger Beamter des Metropolitan Police Service, Schöpfer des Mantras »Wenn du je gesehen hättest, was ich jedes Weihnachten auf den Straßen und in den Zellen gesehen habe, würdest du dich auch fragen, warum wir so viel Aufhebens darum machen«, offensichtlich seine Meinung geändert hatte, wenn auch nur aus kommerziellen Gründen.

»Er verkleidet sich vor den Feiertagen abends im Geschäft sogar als Weihnachtsmann. Bist du sicher, dass du nicht kommen kannst? Du könntest Izz doch mitbringen.«

Ava unterdrückte den Wunsch zu brüllen, »Papa als Weihnachtsmann, verdammt«, und dachte an ihre strapazierten Kreditkarten und ihr leeres Bankkonto. »Vielleicht nächstes Jahr.« Aber mal im Ernst? Papa Noël, verdammt nochmal. Derselbe Mann, der sieben Jahre in Folge am Weihnachtstag nicht zu Hause war.

Katherine neigte ihren Kopf. »Wie schade. Soll ich dir zu Weihnachten ein bisschen Geld schicken, oder hättest du lieber etwas hübsches Französisches?«

Ava war versucht, etwas hübsches Französisches zu sagen. Doch die jüngste Geldspritze auf ihrem Konto war fast augenblicklich von ihren Rechnungen verschlungen worden. »Geld, bitte.« *Frag mich nicht, wofür ich es ausgeben werde. Du willst nicht hören, dass es mir helfen wird, meine Miete zu zahlen, und ich will es dir bestimmt nicht erzählen müssen.*

Sie plauderten noch ein wenig, dann klingelte Katherines Telefon. Ava schaltete Skype mit einem Seufzer aus. Sie ging auf die Webseite von *Cadhoc* und zahlte für jeden Elternteil einen Geschenkgutschein für Weihnachten ein und dachte verbittert darüber nach, dass ihr Vater so was früher als »sinnloses Weihnachtsritual« bezeichnet hatte – dass die Eltern ihr Geld und sie ihnen Geschenkgutscheine schickte.

Geschenke für ihre Eltern sowie die für Izz und Todd – mehr würde sie an Weihnachten nicht aufwenden, beschloss sie. Sie hatte nur E-cards verschickt und ihren Freunden, Tanten, Onkeln und Cousins gesagt, dass sie keine Geschenke mache.

Deprimiert fragte sie sich, wie ihre Mutter wohl ihrem Vater erklärte, dass sie die Weihnachtseinladung abgelehnt hatte, und ob den beiden klar war, wie anders die Dinge gelaufen wären, wenn sie schon vor Jahren beschlossen hätten, Weihnachten gemeinsam zu feiern.

Sie dachte an ihre Gran, die immer Weihnachten gefeiert hatte, als Ava noch klein war, die gebacken, Ava beim Einpacken der Geschenke geholfen, eingekauft und den Weihnachtsbaum aufgestellt hatte, damit sie ihn gemeinsam schmücken konnten. Die Ava nie erlaubte, die Lichter anzufassen, bevor sie sie nicht getestet hatte, »nur für den Fall«. Sie hielt die Tränen zurück. Erst als Gran gestorben war, stellte sich heraus, wie viel Wert Katherine und Graeme auf Weihnachten legten.

Nämlich nicht viel. Damals. Und bestimmt verkleidete sich Papa damals auch nicht als Weihnachtsmann.

Am Abend stapften Ava und Izz durch die verregneten Straßen zu Todds Haus in Kentish Town und überquerten die Kentish Town Road in der Nähe der *Abbey Tavern*. Todd war ein begnadeter Koch. Er hatte ein angeborenes Talent, Zutaten so zu kombinieren, dass sie auf dem Teller perfekt harmonierten, so wie er ein instinktives Verständnis für Farben und Aufmachung hatte, wenn es um Graphiken ging.

Vorsichtig gingen sie über den schwarzweiß gekachelten Weg zu Todds Haustür, der bei nassem Wetter zur Rutschbahn wurde, hängten ihre nassen Mäntel in den Flur und setzten sich an Todds alten Küchentisch, während er in den ramponierten Töpfen auf dem Herd rührte.

Dunc und Frankie, Todds Mitbewohner, schneiten herein und murmelten ein Hallo, verschwanden dann aber wieder und spielten X-Box auf dem großen Flachbildfernseher im Wohnzimmer. Ava beobachtete Izz. Frankie war einmal Izz' großer Schwarm gewesen, doch jetzt würdigte sie ihn kaum eines Blickes.

»Glühwein!«, kündigte Todd an und roch an dem Inhalt eines Kochtopfes, dessen Dampf seine Brille beschlug.

»Kann ich richtigen Wein haben?«, fragte Ava hoffnungsvoll.

Todd reihte drei Glastassen auf. »Noch nicht. Das ist die Jahreszeit für einen Glühwein.« Er goss den heißen Wein aus dem Topf in die Tassen und versicherte sich, dass auch jeder eine Orangenscheibe bekam. »Frohe Weihnachten, Ladys.«

»Frohe Weihnachten«, sagte Izz und pustete auf ihr dampfendes Getränk.

»Ebenso.« Ava akzeptierte das Unausweichliche und genoss die Zimtsüße, sah Todd beim Kochen zu, lauschte Izz' Geplauder und versuchte, sich nicht darüber zu freuen, dass Louise nicht auftauchte.

Todd wollte offenbar das Thema seiner abwesenden Freundin nicht anschneiden, bevor er drei dampfende Teller mit Hühnchen in Rieslingsauce, dazu Babykarotten und perfekte Miniröstkartoffeln aufgetischt hatte. Dazu stellte er den begehrten Rosé auf den Tisch, schenkte drei Gläser aus und prostete Ava zu. »Hiermit entschuldige ich mich offiziell, dass ich mich betrunken habe und Louise überreagiert hat.«

»Du musst dich für Louise nicht entschuldigen.«

»Jemand muss es ja tun.« Louise hatte offenbar nicht die Absicht.

Ava lächelte Todd über den zerschrammten Tisch an und fühlte sich schuldig, dass sie sich das Ende seiner Begeisterung für Louise herbeisehnte. »Hast du Louise gesagt, dass sie überreagiert hat?«

»Na ja …« Todd nahm Messer und Gabel.

»Das darfst du ruhig tun«, sagte Ava freundlich. »Sie war auch ziemlich direkt mit ihren Kommentaren über dein Verhalten.«

»Und ich sollte ihr das heimzahlen?«

»Du könntest dich wenigstens so frei fühlen, es zu dürfen. Wir betrinken uns schließlich alle hin und wieder mal.« Sie stupste Izz an.

Izz verbarg ihre Augen mit den Händen und stöhnte. »Bitte nicht. Ich betrinke mich nie wieder.«

Ava hatte das Gefühl, dass es genug sei, und wechselte das Thema. »Was gibt es Neues in der Agentur?«

Izz sah Ava von der Seite an. »Man hört, du gehst am Samstag mit Sam aus?«

Todd hörte auf zu kauen.

Verärgert spürte Ava, wie sie rot wurde. »Ich habe dir doch erzählt, dass seine Tante mich eingeladen hat, bei einem Abendessen einen Vortrag zu halten.«

»Aber du hast nicht gesagt, dass Sam dich begleitet«, sagte Izz und schnitt in eine Röstkartoffel.

Ava erklärte die Fakten und hoffte, so Izz am wenigsten Kummer zu bereiten: »Er muss sowieso hin und nimmt mich einfach nur mit, ehrlich. Seine Mutter ist dort, um Himmels willen.« Sollte sie sich dafür entschuldigen, dass sie Zeit mit dem Mann verbrachte, in den ihre Freundin sich verknallt hatte? Es war ja nicht so, dass sie sich Sam ausgesucht hatte. Sie hatte gar nicht daran gedacht, dass Izz sich verletzt fühlen könne. Sie legte ihr Besteck beiseite. »Sams Tante Vanessa hat mir die Möglichkeit gegeben, vor den Damen vom Rotary Club zu reden und meine Hutmodelle zu zeigen, daraus könnte sich der eine oder andere Auftrag ergeben. Ohne Mitfahrgelegenheit käme ich da nicht hin.«

Izz stöhnte laut. »Vermutlich nimmt er dich mit, weil er dich mag. Patrick hat sich auch nach dir erkundigt.«

»Hattet ihr keinen interessanteren Gesprächsstoff?«

»Patrick mag Indie-Bands, also haben wir uns über die kommenden Veranstaltungen in Camden unterhalten«, antwortete Izz mit ihrer üblichen Neigung, alles wörtlich zu nehmen.

Todd eilte zur Hilfe. »Ava, hat Izz dir schon erzählt, dass wir diese Woche einen von Sams prominenten Fußballstars in der Agentur hatten? Chilly und seinen Schützling Tyrone Glennister und Tyrones Frau Ruby. Patrick, Jake und Emily wollen eine Kampagne für Ruby starten, um ihr Image wieder aufzumöbeln.«

Dankbar folgte Ava seiner Vorlage. »Ist das nicht die, auf die sich die Presse gestürzt hat, als die Sache mit ihren Brüsten publik wurde?«

»Die Boulevardblätter haben sie ›Titten Glennister‹ genannt«, sagte Izz und sah so gekränkt aus, als wäre es ihr selbst widerfahren. »Es tut mir so leid für sie.«

Todd pflichtete ihr bei. »Ihre einzige Schuld ist, dass sie zu naiv war und zu sehr in die Defensive gegangen ist. Als Tyrone in die erste Liga katapultiert wurde, war das auch für sie eine völlig neue Welt. Plötzlich kann sie fast alles haben, was sie möchte. Die Presse zeigt beinahe so viel Interesse an ihr wie an Tyrone – weil sie natürlich verfügbarer und nicht ständig mit Liverpool oder Manchester United, oder bei wem auch immer Tyrone unterzeichnet hat, unterwegs ist. Sie trat in Nachmittags-Talkshows auf, plauderte über Make-up, Klamotten, Musik, das kam gut an.«

»Und dann kam plötzlich die Sache mit dem E-Körbchen«, fügte Ava hinzu.

Todd verdrehte die Augen. »Richtig. Vermutlich dachte sie, dass niemand so unhöflich sein und nach Details fragen würde, doch da hatte sie die Klatschblätter unterschätzt. An diesem Punkt hätte sie zwei vernünftige Antworten geben können. Sie hätte einfach sagen können: ›Ja, gefallen sie Ihnen? Tyrone mag sie. Ich wollte schon immer so eine Figur haben, und große Brüste sind etwas, das ich im Fitnessstudio nicht antrainieren kann.‹ Oder sie hätte kokett und scherzhaft kontern können: ›Haben Sie noch nie was von Wonderbra gehört?‹ Oder: ›Ich habe sie dem Weihnachtsmann auf den Wunschzettel geschrieben.‹« Todd seufzte. »Stattdessen hat sie das denkbar Schlimmste getan – sie hat die Brustvergrößerung empört abgestritten. Die Boulevardblätter fanden das natürlich in kürzester Zeit heraus.«

Ava runzelte die Stirn. »Arme Frau. Ich nehme an, wenn man mit einem Promi liiert ist, muss man das Gute wie das Schlechte nehmen, wie es kommt, aber das scheint mir schon sehr grausam.«

Todd tunkte mit seiner letzten Röstkartoffel die restliche Sauce auf. »Für die Social Media war das ein gefundenes Fressen, die Leute haben die Artikel geteilt oder Rubys Bilder mit eigenen Kommentaren versehen.

Eine richtige Schlammschlacht. ›Titten Glennister‹ trendete auf Facebook und Twitter. Ruby nimmt noch immer Schaden, darum hat Sam zu einer Kampagne geraten, um ihr Image aufzupolieren. Er sagt, man müsse zeigen, dass sie Spaß verstehe. Mit Sinn für Humor kommt man bei den Medien weiter, Ruby muss lernen, peinlichen Fragen mit einem Witz aus dem Weg zu gehen.«

»Es muss toll sein, mit Promis zu arbeiten«, seufzte Ava neidisch. Sie arbeitete gerne in ihrem Atelier, doch einem Fußballer oder einer Spielerfrau begegnete sie höchstens, wenn sie während ihrer Arbeit Radio hörte. »Ich denke, Tyrone und Ruby sind für Hipster okay.«

Todd lachte. »Sams Lieblingswort. Er benutzt es aber meistens ironisch. Ich bin mir sicher, er würde sagen, Tyrone und Ruby seien viel zu massenkompatibel, um Hipster zu sein.«

Er runzelte die Stirn und wandte sich Ava zu. »Wo wir gerade von Sam reden – Harvey hat mir gesimst und gefragt, ob du dich wieder mit irgendjemandem triffst. Ich habe nicht geantwortet, aber ich kann ihm sagen, dass er sich verpissen soll, wenn du willst.«

Ava nippte langsam an ihrem Glas und ließ den kühlen Wein über ihre Zunge fließen. Sie erinnerte sich an die Ratschläge auf der Website *Weder Schuld noch Schande* und überdachte ihre Lage. »Ich will es nicht noch schlimmer machen, also ignoriere ich ihn. Hoffentlich wird er der Geschichte bald überdrüssig und hört auf damit.«

Sie wünschte sich so sehr, Harvey würde endlich aus ihrem Leben verschwinden. Sie hatte heute Morgen eine weitere SMS von ihm erhalten:

Nur damit du es weißt, habe mir eine App besorgt, um meinen Alkoholkonsum zu überwachen.

Ava hätte am liebsten darauf geantwortet: *Wen interessiert das*? Doch sie war sich der Tatsache bewusst, dass er unberechenbar werden konnte, wenn er wütend war, und hatte stattdessen geantwortet:

Gute Idee.

Ich kann dir die Ergebnisse gerne schicken, dann kannst du es selbst sehen.

Tu das für dich, nicht für mich.

Was konnte eine App ausrichten, die er selbst mit Daten fütterte?

Wollen wir uns irgendwann mal auf einen Drink treffen?

? Witz, wieder trinken? Tut mir leid. Ich verabrede mich momentan nicht.

Sie sollte ihrem eigenen Rat folgen und ihn ignorieren.

13

Ein festliches Dinner

Samstag, 15. Dezember

Ava bereitete sich für das Abendessen im Rotary Club vor. Izz half ihr dabei und stapelte Hutschachteln und Hutformen im engen Flur, die sie in Sams Auto verfrachten wollten.

»Danke«, sagte Ava. Sie trippelte in ihren Partypumps über den Gehsteig – ausnahmsweise regnete es einmal nicht – und sah zu, wie Sam und Izz sich die Haare rauften und überlegten, wie sie fünf sechseckige Schachteln in den Kofferraum packen sollten.

Sam bedankte sich freundlich bei Izz für die Hilfe und stieg in den Wagen ein, offensichtlich ohne einen weiteren Gedanken an sie zu verschwenden, während Ava, die Izz liebevoll umarmt hatte, sich insgeheim Vorwürfe machte, weil sie sie auf dem Gehsteig allein zurückließ.

Dichter Verkehr vergällte ihnen die Fahrt durch London. Ava starrte aus dem Fenster und versuchte, sich daran zu erinnern, wie die Straßen ohne Weihnachtsdekoration aussahen. Der Wechsel auf die Autobahn war eine wahre Erleichterung.

Als sie über eine Stunde später auf dem Schotterweg vor dem rosafarbenen Royal Leonard Hotel ankamen, erstrahlte das Gemäuer bereits im Glanz der Scheinwerfer der vielen Autos, die vor der Einfahrt zum Parkplatz warteten. Sam hielt am Fuß der Steintreppe, die von riesigen Blumenkübeln flankiert wurde. Sogleich tauchte ein Mann in schwarzem Anzug auf und erklärte ihm, er könne hier nicht parken.

Sam sprang heraus. »Helfen Sie mir, die Sachen auszuladen, die die Gastrednerin braucht, dann parke ich, wo immer Sie wollen.« Der entnervte Mann, der Veranstaltungsmanager, wie sich herausstellte, sah sich gezwungen, einen Stapel Hutschachteln hineinzuschleppen, während Ava unbeschwert die Treppe hochging. Sie würde sich mühelos daran gewöhnen können, dass man sie und ihr Material abholte und für sie transportierte.

Wendy und Vanessa begrüßten sie im Foyer – »Sie sehen ja hinreißend aus!« – und führten sie sogleich auf die prunkvolle, in Gold und Weiß dekorierte Damentoilette, wo Ava ihren Mantel abgeben und ihren schwarzen Fascinator, der zu ihrem Kleid passte, seitlich an ihrer Hochfrisur anbringen konnte. Viele Frauen trugen Schwarz, das wusste Ava, doch

Schwarz passte zu jedem Hut, den sie aufsetzen oder zur Bewunderung des Publikums hochhalten würde.

Zudem besaß sie nur ein Abendkleid. Und das war schwarz.

Vanessa rückte liebevoll ihren eigenen Kopfschmuck zurecht. »Die Leute fragen mich schon danach. Hoffentlich wollen am Ende des Abends alle einen haben.«

»Das wäre wunderbar«, sagte Ava und versuchte, erfreut und nicht allzu begierig zu klingen.

»Ich kann es kaum erwarten, meinen Hut zu sehen.« Wendy holte nachdenklich ihren Kamm heraus.

Ava wurde das Herz schwer, und sie fragte sich, wie oft Wendy sich in Zukunft noch kämmen könnte. »Ich mache ihn, so schön ich kann.«

Wendy lächelte. »Sie sind so reizend. Wir wissen, dass man nichts überstürzen soll, außerdem hat Sam uns die strickte Anweisung erteilt, Sie nicht zu bedrängen, aber er bedeutet uns so viel, und es ist schön, ihn wieder so glücklich zu sehen. Nach der Sache mit Mariah.«

Diesmal konnte Ava ihre Neugierde nicht unterdrücken. »Er hat mir nicht viel von Mariah erzählt …« Eigentlich kein Wort.

Wendy schnaubte und holte ihren Lippenstift heraus. »Sam hatte eine Freundin, Mariah, und einen besten Freund, Elliot – danach hatte er weder die eine noch den anderen, wenn Sie verstehen, was ich meine. Und noch dazu passierte es um die Weihnachtszeit.«

Vanessa sah ihre Schwester finster an. »Er hätte es Ava erzählt, wenn er gewollt hätte, dass sie davon erfährt, oder?«

»Keine Sorge«, sagte Ava schnell, als sie Wendys betrübtes Gesicht sah. »Ich werde es nicht erwähnen.« Armer Sam, er war offenbar ein Opfer des allseits gefürchteten Doppelbetrugs unter Freunden. Kein Wunder, dass Wendy ihn glücklich sehen wollte. Ava drückte kurz Wendys Hand, als sie zu den glitzernden Lichtern des Ballsaals eilten. Dann kehrte Vanessa die Gastgeberin hervor und platzierte Wendy auf einem Stuhl. »Wir wollen doch nicht, dass du zu früh ermüdest«, sagte sie und stellte Ava dann ihren geduldig wartenden Freund vor. Neale schien ein wenig älter als Vanessa zu sein, er hatte kurzes silbergraues Haar und faszinierend dunkle Augen. Vanessa strahlte ihn an.

Ava fand ihre Hutschachteln und -ständer hinter einem Tisch am anderen Ende des Saals. Sam packte mit Vanessa die Hüte aus, so dass Ava sie aufstellen konnte. Nach einer halben Stunde war Ava mit der farbenfrohen Anordnung zufrieden. Vielleicht würden diese Hutständer ja doch nicht auf eBay landen.

Während sie ihre Visitenkarten auslegte, bot Sam sich an, ihr bei Bedarf die Hüte zu reichen. »Mach es mir aber mit den Farben nicht so schwer. Sag nicht so was wie ›Braunrot‹ oder ›Veilchenblau‹.«

Der Geräuschpegel im Saal stieg an, als die Gäste hereinströmten und Vanessa Ava und Sam den wichtigen Leuten des Hertfordshirer Rotary Clubs vorstellte. Bei den wenigen Gelegenheiten, bei denen Ava an einem Dinner in Abendgarderobe teilgenommen hatte, hatte sie hinten im Saal gesessen, und sie genoss es, erstmals selbst als VIP am Ehrentisch zu sitzen.

Sam griff nach den Champagnergläsern, die ein Kellner auf einem Tablett vorbeitrug. Sie hatten nun Zeit, sich in dem Ballsaal umzusehen: weiß gedeckte Tische mit glänzendem Silberbesteck darauf, große Ölporträts irgendwelcher Vorfahren starrten stolz auf sie herab. Verstohlen musterte Ava Sam. Sein glänzend weißes Hemd, das er zur Smokingjacke trug, hatte kleine Onyx-Knöpfe, die zu seinen Manschettenknöpfen passten. Er schien sich darin genauso wohl zu fühlen wie in seinen T-Shirts.

Sam hatte auch sie aufmerksam betrachtet. »Du siehst toll aus«, murmelte er.

Ava war sich ihres tiefen Ausschnittes bewusst und unterdrückte den Drang zu kontrollieren, ob sie nicht allzu deutlichen Einblick gewährte. Sie lächelte. »Du auch. Deine Mom auch.«

Sam folgte Avas Blick. Wendy hatte inzwischen ihren Stuhl wieder verlassen und plauderte vergnügt, der sanfte Maulbeerton ihres fließenden Kleides verlieh ihren Wangen Farbe. »Ich hoffe, sie steht nicht zu lange und überanstrengt sich nicht.« Das Gedränge nahm zu, und so rückte Sam näher an Ava heran.

»Sie könnte sich doch die Arbeit beim Einsammeln von Spendengeldern mit anderen teilen.«

Er nickte. »Chilly kommt noch, sie hofft, dass er die Leute heute Abend so beeindruckt, dass sie tief in ihre Taschen greifen.«

Ava sah überrascht auf. »Deine Mom bekommt Unterstützung von Aidan Chiltern?« In ihrer Vorstellung sah sie einen Mann vor sich, der es in fast jede Zeitschrift und Zeitung dieser Welt geschafft hatte und den Mitgliedern des Rotary Clubs den Sammelteller unter die Nase hielt.

»Mom ist ihm in der Agentur begegnet. Ich habe ihm von ihrer Krankheit erzählt, und er hat sich spontan bereit erklärt, heute zu kommen.«

Ava fühlte, wie es ihr warm ums Herz wurde. »Schön zu wissen, dass Promis sich nicht zu schade sind, anderen zu helfen.«

»Wohltätigkeit ist gut fürs Image. Damit will ich aber nicht sagen, dass Chilly es deshalb tut«, verbesserte er sich schnell. »Es ist nicht einmal Presse da.«

Ava wollte ihn gerade nach seiner Kampagne für Ruby Glennister fragen, hielt sich dann aber zurück, weil sie nicht wusste, ob Todd und Izz über die Promis der Agentur reden durften.

Der Toastmeister rief die Gäste zu ihren Sitzplätzen. Zuerst wurde am Ehrentisch serviert, ein weiterer Vorteil, wenn man Gastredner war. Vanessa beugte sich über Sam und Wendy hinweg zu Ava. »Du kommst dran, wenn das Dessert abgeräumt und der Kaffee serviert wurde. Ich stelle dich dann vor, und du bekommst ein Mikrophon. Danach wird ein wenig getanzt. Wendys Spendenaufruf ist für elf geplant, wenn die Brieftaschen durch den Alkohol schon lockerer sitzen.«

»Oh.« Ein ganzer Schwarm Schmetterlinge startete in Avas Bauch, als sie wieder daran dachte, dass sie nicht nur hier war, um hofiert zu werden. Sie hatte einen Job zu erledigen, und Vanessa verließ sich darauf, dass sie es nicht vermasselte.

Sie trank kaum Alkohol, spielte mit ihrem Essen und versuchte, die beängstigende Anzahl der Leute zu ignorieren, die im Saal an den Tischen saßen. Die Tanzfläche war jetzt leer, und während der Vorstellungsrunde hatte Ava gar nicht mitbekommen, dass der Ehrentisch alleine auf der Bühne stand, oberhalb der kleineren, runden Tische im Saal.

Sie würde im Scheinwerferlicht förmlich erstarren, wenn sie mit dem Mikrophon aufstehen musste. Sie versuchte krampfhaft, sich daran zu erinnern, wie sie beginnen wollte. Irgendetwas über sich selbst und ihre Ausbildung. Oder sollte sie einfach über Hüte reden? Die Materialien? Das Hutmacherhandwerk? Ihr Gehirn war wie gelähmt. Der Duft ihres eigenen Parfüms verursachte ihr Übelkeit.

»Was ist los?«, murmelte Sam. »Schmeckt dir die Suppe nicht?«

Sie wischte sich mit der Serviette den Schweiß von der Oberlippe. »Frag Vanessa, wie das mit dem Mikrophon gehen soll. Ich brauche beide Hände, um die Hüte zu präsentieren, dabei kann ich kein Mikrophon halten.«

»Keine Sorge. Ich denke, man wird dir eines anstecken.« Er aß seine Suppe und legte den Löffel dann ordentlich in den Teller.

Ava stupste ihn an. »Bitte frag Vanessa. Ich habe noch nie mit einem Mikrophon gearbeitet.«

»Verstanden.« Er wandte sich an Wendy und beriet sich flüsternd mit ihr. Dann erklärte er Ava: »Das Mikrophon ist ganz klein. Der Techniker wird es dir im richtigen Abstand anklemmen. Van hat vor unserer Ankunft schon einen Soundcheck gemacht. Du kannst es buchstäblich vergessen. Versuch nicht, deinen Mund zum Mikrophon zu senken, und schrei nicht, als könnte man dich nicht hören.«

»In Ordnung.« Ava versuchte, Sams beruhigende Worte in sich aufzunehmen.

»Wenn du dich unwohl dabei fühlst, direkt ins Publikum zu schauen, dann blick über ihre Köpfe hinweg. Aber das Publikum ist nicht dein Feind. Diese Leute wollen dich mögen. Lass sie. Plaudere, als säßen nur zehn Leute vor dir, die du gut kennst. Sei du selbst. Sie werden dich lieben.«

»Danke«, flüsterte sie dankbar. Ein paar Schmetterlinge setzten zur Landung an.

Sam beobachtete, wie Ava sich noch immer nervös die Hände rieb. Er wechselte den Ton. »Und vergiss die langsamen Tänze nicht. Die gehören alle mir.« Er war bei seinem zweiten Glas Wein. Ava hatte ihr erstes kaum angerührt. »Du tanzt doch Tango?«

Sie starrte ihn panisch an. »Was? Nein!«

»Oje«, sagte er ernst. »Kannst du Rumba? Oder Lambada? Von den Gastrednern wird erwartet, dass sie eine Tanzeinlage liefern, wenn sie mit ihrer Rede fertig sind. Ich habe gehört, letztes Jahr war es Pole Dance. Ich helfe dir auch auf den Tisch.«

Zuerst war sie fassungslos, dann musste sie lachen. »Du Idiot, ich hätte dir das beinahe abgenommen.«

Er grinste, gebannt von ihrem plötzlichen Strahlen. »Das ist eine Methode, um mit einer angespannten Situation zurechtzukommen, ich habe sie bei Chilly angewandt, wenn er nervös war. Ich habe ihm Angst eingejagt, und danach erschien ihm alles, wovor er vorher Angst gehabt hatte, nichts im Vergleich dazu.«

Sie nickte reumütig. »Das funktioniert.«

»Nachher stelle ich dir Chilly vor. Er wird dich mögen.« Jeder echte Kerl würde sie mögen. Ava sah in ihrem schwarzen Kleid mit dem schwingenden Saum und dem wie ein Korsett geschnürten Rückenteil phantastisch aus. Ihr quadratisch eingerahmtes Dekolleté war für Sam eine Qual. Er musste sich den ganzen Abend zwingen, woanders hinzuschauen.

»Ich glaube, ich bin noch nie einem richtigen Promi begegnet«, sagte Ava fasziniert. »Während meiner Arbeit bei Ceri habe ich viele betuchte Leute getroffen, von denen war aber niemand wirklich berühmt.«

»Für den Anfang ist da Chilly großartig. Er ist ein netter Kerl.«

Sam gab einige Anekdoten zum Besten, erzählte, wie es war, immer der mit dem kühlen Kopf zu sein, der stets darauf achtete, welchen Eindruck Chilly in den Medien hinterließ. Er erzählte weiter, während das Personal den Tisch abräumte. Dann wurde die Beleuchtung im Saal gedimmt, und eine Frau in einem Hosenanzug klemmte Ava ein Mikrophon an den Ausschnitt.

»Hallo, ich bin für die Technik verantwortlich. Tolles Kleid«, flüsterte sie. »Ich schalte das Mikrophon ab, sobald Sie zu Ende geredet haben, dann nehme ich es Ihnen wieder ab. Ich schalte es an, sobald Sie aufstehen, und reguliere die Lautstärke, wenn nötig.«

Ava sah besorgt aus, nickte aber.

»Es geht los«, flüsterte Vanessa. »Ich stelle Sie jetzt vor.«

»Die Hüte!«, wisperte Ava Sam zu.

Sam hatte sich bereits erhoben. »Welche?«

»Das weiß ich nicht mehr!«

»Ich glaube, das kriege ich hin.« Er wählte Schwarz, Blassblau, Helllila, Gelb und Hellorange. Okay, Pfirsich. Im Handumdrehen hatte er die Hüte links neben Ava platziert.

Dann dröhnte die Stimme des Toastmeisters. »Meine Damen und Herren! Vanessa Jermyn, Sekretärin der Veranstaltung.« Er reichte Vanessa das Mikrophon weiter, die aufstand und selbstbewusst das Publikum begrüßte und einige Dankesworte sprach.

Sam beugte sich zu Ava vor und drückte seine Lippen an ihr Ohr, als sie eilig aus ihrem Wasserglas trank. »Plane deine Moves für den Pole Dance.«

Ihr Kichern wurde vom Mikrophon übertragen. Das Publikum applaudierte, sie stand auf und lächelte noch immer. Man hörte, wie sie tief einatmete, aber sie blieb nicht stecken, wie er befürchtet hatte. »Normalerweise spreche ich vor kleineren Gruppen von Menschen, doch Vanessa hat gesagt, Sie seien ein sehr freundliches Publikum – also enttäuschen Sie

sie nicht.« Ihr Vortrag wirkte ein wenig atemlos, doch das Publikum lachte.

Sam entspannte sich. Auch Chillys besten TV-Talkshows waren nervenaufreibende Momente vorausgegangen.

Ava befeuchtete ihre Lippen. »Ich werde Ihnen heute Abend etwas über meine Arbeit als Modistin berichten und ein paar Damen bitten, mir zu helfen. Meine Herren, Sie werden sicher nichts dagegen haben, dabei zuzusehen.«

Männergelächter.

Sam lauschte, während Ava immer mehr Selbstvertrauen gewann. Sie erklärte, dass in Fabriken hergestellte Hüte auch gut aussehen könnten, aber Massenware seien, mit einem nach Maß gefertigten Hut überhaupt nicht vergleichbar.

Alle Blicke ruhten auf ihr, als sie ein kleines, hellblaues, flauschiges Ding hochhob. »Das ist ein Cocktailhut, weil er eine dreidimensionale Basis hat, und ich habe ihm seine Form verliehen, indem ich ihn auf einer hölzernen Form gedämpft habe. Die Federn wurden beschnitten, so dass nur noch die Spitzen übrig blieben, die Bewegung erzeugen. Vanessa, könnten Sie uns das vorführen?«

Sie entfernte geschickt Vanessas Fascinator und setzte ihr den kleinen Hut auf, der nicht größer als eine Kaffeedose war. »Vanessa, vielleicht gehen Sie hinunter auf die Tanzfläche, während ich Ihnen erzähle, wie dieser Hut gemacht wurde, aus welchen Materialien er besteht und zu welchen Anlässen man ihn trägt.« Vanessa glitt hilfsbereit um den Tisch, ging die beiden Stufen zur Tanzfläche hinunter und schwenkte ein wenig die Hüften, was mit allgemeiner Belustigung quittiert wurde.

Als der blaue Cocktailhut seinen Auftritt im Scheinwerferlicht absolviert hatte, kehrte Vanessa zurück, Ava nahm ihr den Hut ab und steckte ihr mit einem Handgriff wieder den Fascinator an.

Sam ertappte sich dabei, wie er ihre Hände beobachtete. Sie hatte kurze Fingernägel, doch ihre langen, schlanken Finger bewegten sich anmutig, während sie sprach. Schöne Hände.

Avas Hut-Show dauerte vierzig Minuten. Die Männer im Publikum schienen ebenso gefesselt wie die Frauen. Ob das daran lag, dass Männer gerne hörten, wie etwas fabriziert wurde, oder weil Ava mit ihrem blonden, hochgesteckten Haar, das im Scheinwerferlicht glänzte, wenn sie vorführte, wie ein bestimmter Hut zu tragen war, so bezaubernd aussah, wusste er nicht.

Sie kam zum Ende der Vorführung. »Falls jemand näher kommen und sich die Muster ansehen, sie probieren oder mir Fragen stellen möchte, gerne. Meine Visitenkarten liegen hier aus. Ein Prozentsatz des Erlöses heute Abend geht an die genannten Organisationen, und da wir kurz vor Weihnachten sind, gibt es auch Geschenkgutscheine, die das ganze nächste Jahr über eingelöst werden können.«

»Sag, dass alle, die Geschenkgutscheine wollen, mir ihre Daten geben sollen, damit wir die Sache bearbeiten können«, murmelte Sam.

Ava wiederholte gelassen die Information und bedankte sich bei allen für die Aufmerksamkeit.

Applaus. Das Mikrophon machte ein dumpfes Geräusch, als es abgeschaltet wurde. Ava ließ sich auf ihren Stuhl nieder und seufzte auf.

»Megageil«, sagte Sam grinsend und klatschte immer weiter. Als sie sich zu ihm drehen und ihm antworten wollte, beugte er sich zu ihr vor und drückte ihr einen sanften Kuss auf die Lippen.

14

Fußballstar und Busenwunder

Überdreht vor Erleichterung erwiderte Ava Sams Kuss ganz spontan.

Dann drängten sich die Leute auch schon um sie. Sie redeten auf sie ein, begutachteten ihre Hüte und probierten sie auf. Die Visitenkarten wanderten vom Tisch in die Abendtäschchen. Manche Frauen überlegten, zu welchen Gelegenheiten sie demnächst einen der Hüte tragen könnten. Die Beleuchtung wurde wieder gedimmt, und ein DJ sprang auf die kleine Tonbühne in der Ecke des Saals. Musik durchflutete den Raum, während das Gedränge um Ava weiter den Platz zwischen dem Ehrentisch und der Hutausstellung füllte.

Sam nahm einen Stapel Visitenkarten, zwinkerte ihr zu und gesellte sich zu den Leuten. Sie sah, wie er umherschlenderte, plauderte und dabei unbeschwert lächelte. Als er nahe genug war, hörte sie Satzfetzen wie: *aufregende Designerin … hat immer Spaß an*

Kreativität … Mutter und Tante haben beide gekauft … ein echtes Glück, die Möglichkeit zu haben, ihre Arbeit zu sehen … Doch er machte es so unauffällig, dass es nicht wie eine Verkaufsmasche wirkte, aber Begeisterung weckte. Ein paar Männer steckten ihm ihre Visitenkarten zu, und sie spürte, wie ihr bei dem Gedanken, sie könnten Geschenkgutscheine kaufen, das Herz aufging, Todd hatte den Gutschein für sie entworfen, doch bisher hatte sie nur einen verkauft.

Dann musste Ava selbst einen Haufen Fragen beantworten.

»Wie soll ich den tragen? Schräg?«

»Wie viel würde der blaue Hut kosten?«

»Veranstalten Sie Workshops?«

Ava trank noch einen Schluck und stellte ihr Weinglas ab. Dann half sie dabei, den Frauen die Hüte jeweils im schönsten Winkel auf dem Kopf zu platzieren.

Aus den Abendtäschchen wurden Smartphones hervorgeholt, man fotografierte einander, um zu prüfen, wie schön man mit dem besonderen Modell aussah. Ava war sich sicher, dass ein paar Fotos den Weg auf Facebook finden und nach ein paar Klicks auch Leute erreichen würden, die es für ein Kavaliersdelikt hielten, Entwürfe zu kopieren. Im Vergleich zu der Aussicht, dass Harvey gewisse andere Fotos veröffentlichen könnte, schienen ein paar nichtautorisierte Bilder ihrer Hüte keine große Rolle zu spielen. Trotzdem nahm Ava sich vor, zur nächsten Veranstaltung einen Spiegel mitzunehmen.

Schließlich hatten alle die Hüte zurückgegeben, die Leute kehrten zu ihren Tischen zurück oder begaben sich auf die Tanzfläche. Ava nahm ihr Weinglas und ließ sich auf ihren Stuhl fallen.

Sam prostete ihr zu. »Super gemacht.«

»Ich hoffe, ich habe den Eindruck erweckt, ich wäre diese Reaktion gewohnt, und habe nicht überfordert gewirkt. Wenigstens bin ich jetzt ein wenig zuversichtlicher, was meine Finanzen betrifft. Selbst wenn ich heute Abend nur zwei Aufträge bekäme, würde mir das schon helfen. Vier wären großartig, sechs phantastisch.«

Mit einem zufriedenen Lächeln legte er einen kleinen Stapel Visitenkarten vor sie hin und einen Papierfetzen, den jemand von der Menükarte abgerissen hatte. »Sechs Leute haben sich für deine Geschenkgutscheine interessiert.«

»Wow«, sagte sie, atmete tief durch und betrachtete ehrfurchtsvoll die Ausbeute. »Danke! Ich bin so froh über diese Chance heute Abend.« Ihre Finger zitterten förmlich, als sie ihre Ausbeute in das Abendtäschchen stopfte. Ihre Gedanken kreisten plötzlich um Geschäft und Geld. »Ich müsste dir Benzingeld geben, weil du mich hergefahren hast …«

»Ava, du nervst gewaltig«, sagte er freundlich.

Sie zwinkerte und verstand zunächst nicht, was er meinte. »Wie bitte?«

Sam stellte sein Weinglas entschlossen auf die Tischdecke, die die zur Musik pulsierenden Farben reflektierte. »Du hast Vanessa aus der Patsche geholfen und Wendy eine große Freude gemacht. Also nörgle nicht wegen Kleingeld rum. Das ist beleidigend.«

»Tut mir leid, wenn es beleidigend ist, einem Mann mit einem BMW Geld für Benzin anzubieten. Das ist meiner Armut zuzuschreiben.«

Seine Verärgerung verflog, er tätschelte ihre Hand und murmelte bedauernd: »Ich muss mich entschuldigen. Ich habe es genossen, deinen Erfolg mit dir zu teilen, und es schmerzt mich, dass du mich nicht als Freund betrachtest und nicht die kleinste Kleinigkeit von mir annehmen willst.«

Ava spürte, wie ihr Herz schneller klopfte. Von seiner warmen Haut schien ein Kribbeln auf sie überzugreifen.

»Ich werde versuchen, daran zu denken.«

Er wollte etwas darauf sagen, unterbrach sich dann aber. »Warte mal, eine Nachricht«, sagte er und zog sein Handy raus. »Ah. Chilly ist im Foyer. Komm, ich stell ihn dir vor.« Jegliche Unstimmigkeit war vergessen, er zog sie von ihrem Stuhl hoch. Sie liefen an der Tanzfläche vorbei, die Temperatur im Raum schien angestiegen. Ava war sich nicht sicher, ob das von den dichtgedrängten Körpern auf der Tanzfläche kam oder davon, dass Sam seinen Arm locker um sie gelegt hatte, um sie vor den Ellbogen der schwungvollen Tänzer zu bewahren.

Es war paradox, dachte sie, dass sie im selben Moment, in dem sie sich mit der Tatsache ihrer knappen Finanzen beschäftigte, einen großen Fußballstar treffen würde, den sie aus den Zeitschriften *Hello* oder *OK!* kannte und der die Fernsehnachrichten beherrscht hatte, als er wegen seiner Knieverletzung seine Karriere beenden musste. Aiden Chilterns schwarze Locken und sein von Akne leicht vernarbtes Gesicht waren weltweit hinreichend bekannt, um ihm auch weiterhin Sponsoren, Werbeeinnahmen und Geld für Auftritte zu sichern.

Sie betraten das hell erleuchtete, kühle und ruhige Foyer. Ein halbes Dutzend Mitglieder des Rotary Clubs starrten zu den drei Leuten hinüber, die an einer verschnörkelten Anrichte lehnten, die vermutlich nicht für eine so zwanglose Behandlung gedacht war.

Sam fluchte leiste. »Er hat die Glennisters mitgebracht.«

Ava blieb beinahe die Luft weg, als sie hörte, von wem er sprach. »Ruby und Tyrone Glennister?«

»Tyrone ist ein guter Freund von Chilly, aber ich hatte keine Ahnung, dass er ihn heute Abend mitbringen würde.« Sam klang nicht so, als empfände er die Glennisters als Bereicherung.

»Sam!« Chilly strahlte, ging auf Sam zu und schüttelte ihm die Hand. Dann wandte er sich an Ava, noch bevor Sam sie vorstellen konnte. »Ich bin Aidan. Die Leute hier nennen mich Chilly.«

»Ich bin Ava.« Ava wünschte, ihre Stimme würde nicht so piepsig klingen.

Chilly hatte dunkelbraune, freundlich wirkende Augen und sah in seinem perlgrauen Straßenanzug mit roter Krawatte liebenswert normal aus. Ava war nicht sicher, was sie von Promis erwartete, vielleicht, dass sie von einer schillernden Aura umgeben waren, die sie vor Otto Normalverbraucher schützte.

Ruby Glennister sah eher so aus, wie Ava sich einen Promi vorstellte. Sie hatte langes, glänzendes kastanienfarbenes Haar, ihre Augen waren perfekt geschminkt, ihre Haut makellos gebräunt. Ava wagte nicht zu schätzen, wie viel ihr Kleid gekostet hatte, doch es unterstrich noch die Sache mit den Brüsten, die ihr so viele Probleme mit der Presse eingehandelt hatte.

Ruby lächelte und war offensichtlich darauf aus, sich so freundlich wie Chilly zu geben. »Hallo, Ava, schön dich kennenzulernen. Ty, sag Ava Hallo.«

Ava war fassungslos, als sie der aktuelle Fußballsuperstar, Held und Mädchenschwarm Tyrone Glennister auf beide Wangen küsste – wenn auch etwas verschwitzt und nur kurz. Er roch nach Bier, trug einen Anzug ohne Krawatte, und das eine Ende seines Hemdkragens stand hoch wie ein gehobenes Hundebein.

»Alles klar?«, murmelte er. »Sam, kriegen wir was zu trinken?«

»Ich denke, zuerst müssen wir etwas besprechen«, sagte Sam auffallend ernst. »Da ich nur Chilly erwartet habe, muss ich mich vergewissern, dass wir uns über unsere Erwartungen einig sind.« Er sagte kurz etwas zu Kampagnenstrategien und Aufmerksamkeit, was Ava mental als PR-Rede über die Bedeutung richtiger Mittel für eine Kampagne einstufte.

Ruby und Tyrone hörten ihm ernst zu. Chilly grinste hingegen und schien Sam nicht ernst zu nehmen. Kurz darauf nahm er seine Hand aus der Tasche und legte sie Sam begütigend auf den Arm. »Hör mal, Kumpel – wir haben keinerlei Erwartungen an diesen Abend, wir wollen nur für deine Mom ein paar Pfund sammeln. Eine Strategie gibt es nicht. Ruby erwartet nicht von dir, dass du die Presse zusammentrommelst und dafür sorgst, dass sie plötzlich verständnisvoll reagiert. Wir waren gemeinsam aus und haben dann beschlossen, gemeinsam herzukommen, okay?«

Sam sah ihn lange an. Dann nickte er. »Okay. Ich kümmere mich um euch.«

Tyrone grinste. »Wir brauchen niemanden, der sich um uns kümmert. Zeig uns einfach, wo die Bar ist.«

Sams fragender Blick glitt zu ihm, und etwas Unausgesprochenes hing in der Luft.

Ava beobachtete es und war von Sams grimmigem Gesicht fasziniert. Doch dann erhaschte sie seinen Blick, der vielsagend in ihre Richtung glitt, und bemerkte, dass er etwas zurückhielt, das er in ihrer Anwesenheit nicht aussprechen wollte. Oh. Klar. Wenn Sam nicht wohl dabei war, dass sie sich unter diese Promis mischte, dann fühlte sie sich auch nicht wohl dabei. Vor allem, weil er sich in prominenter Gesellschaft enttäuschend veränderte und vor Anspannung fast schon bebte.

»Äh, schön, Sie kennengelernt zu haben«, sagte Ava strahlend zu den dreien, die sich wie ungezogene Kinder vor Sam aufgereiht hatten. »Aber ich muss wieder zurück in den Ballsaal.«

Sam nickte. »Ich komme gleich nach.« Als Ava ging, hörte sie, wie Sam zu seinem einleitenden Schachzug ansetzte. »Okay, das Problem ist …« Sam war in die Rolle des Big Boss geschlüpft.

Sie wurde ein paarmal von Leuten aufgehalten, die ihr versicherten, wie sehr ihnen ihre Vorführung gefallen hatte, und war noch nicht wieder bei ihrem Stuhl angelangt, als Sam sie einholte. Wenigstens sah er entspannter aus als noch vor ein paar Minuten.

»Ich habe gesagt, dass wir uns an der Bar zu ihnen gesellen. Mom und Vanessa sind schon auf dem Weg dahin.«

»Soll ich dich nicht lieber deinen Promis überlassen, damit du dich um sie kümmern kannst?«

Er legte seine Hand um ihre Taille, drehte sie herum und schob sie vom Tisch weg zur Bar. »Nein, lieber nicht«, sagte er und verdrehte die Augen. »Danke, dass du die Andeutung verstanden und mir eine Minute mit ihnen gegeben hast. Ich musste sicherstellen, dass Tyrone heute Abend nicht zu viel trinkt. Er ist ein Trottel, wenn er betrunken ist, und wenn er den Spendenaufruf meiner Mutter torpediert oder meine Tante vor den Bonzen des Rotary Clubs blamiert, wäre ich stinksauer. Und da einige meiner Partner bald mit seiner Frau arbeiten, würden die stinksauer, wenn ich stinksauer auf ihn würde. Außerdem«, jetzt flüsterte er, »ist Tyrone der wichtige Kunde, für den wir das Medienmanagement abwickeln, was uns unsere monatlichen Fixkosten einbringt. Aber auch wenn ich mich um ihn und Ruby kümmern muss, weigere ich mich, mein Date mit Ava Bliss völlig sausen zu lassen.«

Ava lachte, wie er das von ihr erhoffte, war aber sogleich mitfühlend. »Leute, die ihr Trinkverhalten nicht unter Kontrolle haben, sind wie geschaffen dafür, peinliche Situationen heraufzubeschwören.« Harvey zum Beispiel.

Als sie sah, dass Wendy und Vanessa bereits an der Bar standen, blendete sie Harvey aus. Chilly stellte alle vor. Wendy und Vanessa starrten Ruby in ihren hohen Absätzen und dem wie aufgesprüht wirkenden Kleid an, als Sam und Ava sich zu der Gruppe gesellten. Ava überkam das Gefühl, dass jeder im Raum ganz unauffällig zu ihnen hinschaute.

Es war durchaus witzig, Teil des allgemeinen Interesses zu sein, doch wer immer skandalöses Verhalten von Chilly oder den Glennisters erwartet hatte, wurde enttäuscht. Tyrone blieb ruhig, und Ruby erzählte ungezwungen von ihrem Vater, der auch Mitglied des Rotary Clubs gewesen sei, dann aber zur dunklen Seite gewechselt habe – den Freimaurern. Wendy lachte, also ging Ava davon aus, dass das ein Witz sein sollte.

Viel interessanter war hingegen die leise Unterhaltung zwischen Chilly und Sam, die sie mithören konnte.

»Haben wir alles im Griff?«, fragte Chilly und runzelte unsicher die Stirn.

Sam nickte und zuckte gleichzeitig mit den Schultern. »Ich war einfach nicht darauf vorbereitet, dass er auch kommen würde. Du weißt, dass ich normalerweise eigens jemanden abstelle, der auf ihn aufpasst. Und du weißt auch, warum. Ich mag Ruby und will ihr helfen und vermeiden, dass er ihr alles vermasselt … oder der Agentur.«

»Kapiert«, murmelte Chilly. »Ich habe nicht weiter nachgedacht, als ich ihnen vorgeschlagen habe, mich zu begleiten. Ich werde dafür sorgen, dass er sich benimmt.«

Sam klopfte Chilly auf die Schulter, wie um zu sagen: ›Dann haben wir alles im Griff.‹

Vanessa forderte seine Aufmerksamkeit ein. »Sam, der Spendenaufruf deiner Mom ist in einer halben Stunde dran. Der Toastmeister hat veranlasst, dass der Ehrentisch entfernt wird.« Sie begann zu flüstern. »Die Leute werden mich für die heutigen Gäste lieben. Dürfte ich Neale holen und ihm Chilly und die Glennisters vorstellen? Er ist ein großer Fußballfan. Ich werde natürlich verhindern, dass er etwas so Peinliches tut, wie nach einem Autogramm zu fragen.«

Sam zog die Schultern hoch, als wollte er erneut seufzen, lächelte dann aber und fragte Chilly: »Wäre das okay für dich?«

Chilly schenkte ihm ein entspanntes Lächeln. »Natürlich. Bring ihn her.«

15

Wendys großer Auftritt

Es war fast Mitternacht. Ava und Sam standen noch immer an der Bar, als Vanessa wieder die große Bühne bestieg. Sie musste sich nicht sonderlich um Aufmerksamkeit bemühen – bei so vielen Promis im Raum warteten alle auf eine besondere Darbietung. Als die Musik langsam verebbte und das Licht im Saal wieder heller wurde, erstarb der Geräuschpegel zu einem leisen Gemurmel.

»Wir kommen nun zum Spendenaufruf des heutigen Abends, den meine Schwester Wendy organisiert«, sagte Vanessa in das Mikrophon in ihrer Hand. »Wir sammeln Geld – zum einen zur Erforschung von Eierstockkrebs und zum anderen für die Organisation *Weder Schuld noch Schande*, die Frauen unterstützt, die Opfer von Gewalt geworden sind.«

Ihre Stimme stockte. »Gerade eben erst habe ich erfahren, dass Wendy eine Überraschung für uns vorbereitet hat, aber Sie werden den Grund dafür, glaube ich, verstehen, wenn ich Ihnen sage, dass sie sich kurz nach Weihnachten einer Chemotherapie unterziehen muss.« Sie machte eine Pause, mitfühlendes Gemurmel war zu hören. »Ich hoffe nun, dass Sie für den guten Zweck tief in ihre Taschen greifen werden. Und nun darf ich Ihnen Wendy und ihre Ehrengäste, Aiden Chiltern und Ruby Glennister, vorstellen!«

»Mist«, murmelte Sam, als Ruby und Chilly sich zwischen den Smokings und Paillettenröcken hindurch ihren Weg zur Bühne bahnten und alle die beiden anstarrten.

Ava blickte Sam an. »Weißt du, was jetzt kommt?«

Er schüttelte den Kopf. »Nein. Ich wurde vermutlich absichtlich nicht eingeweiht, aber ich habe eine böse Vorahnung.«

Ava sah wieder auf die Bühne und beobachtete Wendy, die zwischen Chilly und Ruby, unter dem Applaus des Publikums, schüchtern auf Vanessa zuging. Ruby und Chilly lächelten professionell ins Publikum, Wendys Lächeln wirkte hingegen eher nervös.

Chilly nahm Vanessa das Mikrophon ab, hob eine Hand und bat um Ruhe. »Wir haben eine sehr mutige Dame hier, darum weiß ich, dass wir aus Bewunderung für sie heute Abend ein großartiges Sammelergebnis erzielen werden.« Wieder Applaus.

Vanessa brachte einen hohen Barhocker herbei und stellte ihn mitten auf die Bühne.

Sie half Wendy darauf, während Chilly Vanessa auf die Schulter klopfte, ihr das Mikrophon zurückreichte und Ruby seine Hand entgegenstreckte.

Daraufhin holte Ruby etwas hinter ihrem Rücken hervor, das auf den ersten Blick auch wie ein Mikrophon aussah. Doch sobald sie einen Knopf daran drückte, erfüllte ein Surren den Raum.

Als Ava begriff, was das war, schlug sie entsetzt die Hände vor den Mund. »Sie wollen Wendy die Haare abrasieren! Ruby hat eine Haarschneidemaschine dabei.«

»O verdammt«, sagte Sam heiser.

Plötzlich war es still im Saal, als alle sahen, was sogleich passieren würde. Ava ertappte sich dabei, wie sie nach Sams Hand suchte und sie festhielt, während Chilly Wendy freundlich fragte: »Bist du bereit?«

Wendy nickte stumm, die Hände fest gefaltet im Schoß ihres maulbeerfarbenen Kleides.

»Sicher?«

Wendy nickte erneut. »Na los«, sagte sie laut und deutlich.

Das Summen der Haarschneidemaschine durchdrang die Stille. Behutsam fuhr Chilly mit der Maschine ein erstes Mal über Wendys Kopf. Wie in Zeitlupe fielen ihre schulterlangen Haare auf den Boden.

Ihr Lächeln geriet ins Wanken, doch sie riss sich zusammen.

Das Publikum begann zu klatschen, zuerst verhalten, dann immer lauter, während der Rasierer saubergeschorene Reihen hinterließ.

Avas Herz klopfte wie wild, und ihre Hand schwitzte in Sams Hand, als Chilly mit Wendys rechter Seite fertig war und Ruby den Rasierer reichte, die sich systematisch und achtsam Wendys linker Seite widmete, während sie unaufhörlich auf Wendy einredete.

Es fiel schwer, den kahlen Kopf anzuschauen. Ava merkte, wie sie blinzelte und die Augen zukniff. Und sie sah, wie Wendys Lächeln unsicher wurde, bis sie schließlich gleichzeitig lachte und weinte.

Sam presste die Lippen fest zusammen.

»Das ist unglaublich mutig von ihr«, flüsterte Ava und hielt seine Hand mit beiden Händen fest, als könnte sie damit seinen Schmerz ein wenig lindern.

Als die Tat vollbracht war, weinte Vanessa unverhohlen. Wendy stand langsam auf und fegte die Reste ihrer einstigen Lockenpracht von den Schultern auf den Boden.

Chilly ergriff wieder das Mikrophon. »Applaus für diese tapfere Frau!« Der Applaus erreichte eine neue Lautstärke, Chilly und Ruby klatschten mit hocherhobenen Händen mit.

Dann spürte Ava plötzlich, dass Sam ihre Hand

losgelassen hatte und der Platz neben ihr leer war. Auf Zehenspitzen folgte sie ihm, als er sich seinen Weg durch die Menge bahnte, auf die Bühne sprang und seine Mutter umarmte.

Die beiden klammerten sich aneinander wie zwei Überlebende eines Schiffbruchs.

16

Widersprüchliche Signale

Sonntag, 16. Dezember (früher Morgen)

Es war halb eins, und Sam hatte sein Ziel, das er sich für den Abend gesetzt hatte, bisher nicht erreicht, nämlich Ava während der langsamen Tänze im Arm zu halten. Er sah sich im Raum um, konnte sie aber nirgends entdecken.

Wenigstens hatten Ruby und Tyrone keinen Ärger gemacht. Tyrone hatte sich auf ein paar Bier beschränkt, und Ruby verhielt sich wie die liebenswerte Person, die er kannte und die sich hinter ihrem Image der Promifrau mit chirurgisch vergrößerten Brüsten verbarg.

Vielleicht hatte Tyrones Aufstieg in die erste Liga sie verwirrt, doch nach den Demütigungen durch die Medien war die authentische, warmherzige Ruby wieder zum Vorschein gekommen. Sie hatte keinen Grund gehabt, heute Abend hier aufzutauchen, außer mit Chilly abzuhängen und etwas für einen guten

Zweck zu tun. Wendy, die verlegen unter ihrem neuen Kahlkopf strahlte, hatte Sam anvertraut: »Ich finde Ruby wirklich nett. Eine anständige Person. Sie war unglaublich freundlich.«

Seine Mutter war eine Mordslady – auch wenn sie sein Herz heute Abend durch die Mangel gedreht hatte –, und wenn Ruby für Wendy in Ordnung war, würde sie das für ihn auch sein.

Wendy hatte sich endlich gesetzt, ab und zu strich sie sich über ihren kahlrasierten Kopf, während sie sich gelassen mit Vanessa, Neale und ihren Freunden unterhielt. Sam wusste durchaus, dass es nicht ungeschickt war, durch den öffentlichen Auftritt für einen guten Zweck Aufsehen zu erregen, und während der Chemotherapie würde sie ihre Haare sowieso verlieren. Doch insgeheim hoffte er, dass sich ihre Arbeit für den Verein *Weder Schuld noch Schande* künftig darauf beschränken würde, im lokalen Radiosender oder vor Frauengruppen zu reden.

Ava hatte sich ihm von hinten genähert. »Glaub bloß nicht, dass du dich nun um die Tänze drücken kannst, die du mir versprochen hast.«

Er drehte sich um. »Und glaub du bloß nicht, dass ich es vergessen habe, nur weil ich mich wie ein sentimentaler Idiot aufgeführt habe.« Er bot ihr seinen Arm an.

Auf der Tanzfläche legte Ava ihre Hände leicht auf

seine Schultern und schmiegte sich zu den Schmusetänzen am Ende des Abends behutsam an ihn.

Wie die meisten Männer hatte Sam nichts gegen das Tanzen, wenn er dabei jemandem nahe kommen konnte, dem er nahe kommen wollte. Er hatte viele Gelegenheiten gehabt, sie heute Abend zu beobachten, und war sich sicher, mit geschlossenen Augen das schwarze Band lösen zu können, das ihr Kleid am Rücken zusammenhielt. Er konzentrierte sich auf den Duft ihres Haares, die Bewegung ihrer Hüften, bis er das Gefühl hatte, als wären sie die Einzigen im Raum.

Er räusperte sich. »Ich weine übrigens nur selten in Gegenwart einer Frau.«

Sie blieb ernst. »Ich glaube, die meisten würden dir das unter diesen Umständen verzeihen. Deine Mom war sehr mutig.«

Er atmete tief ein. »Ich bin so stolz auf sie. Sie hat sich bei mir dafür entschuldigt, dass sie mir von ihrem Plan nichts erzählt hat. Sie wollte verhindern, dass ich sie davon abhalte.«

»Das war auch für dich hart.«

»Es war eine intensive Konfrontation mit der Krebserkrankung meiner Mutter.«

»Die Spenden scheinen jedenfalls reichlich geflossen zu sein. Chilly und Ruby haben das toll gemacht.«

»Sogar Tyrone hat sich ordentlich benommen«,

stellte er trocken fest und zog Ava ein wenig näher an sich. Sie legte ihren Kopf zurück und schlang ihre Arme um seinen Hals. Sie sah müde aus, mit schweren Augenlidern. Aber immer noch wahnsinnig heiß. »Ich war überrascht, wie unangenehm es dir war, die Glennisters zu treffen.«

»Es hat mich gestört, dass ich vom Freizeitmodus auf den Geschäftsmodus schalten und mich darum kümmern musste, dass Tyrone nicht auffällig würde.«

»Aber jetzt sind sie weg, du kannst also den Big Boss ablegen.« Ein Grübchen tauchte auf ihrer Wange auf. »Weißt du, es hat mich total genervt, wenn Izz und Todd von dir erzählt haben. Als ich dich dann kennengelernt habe, hast du so einen glatten und irgendwie selbstgefälligen Eindruck auf mich gemacht …«

»Selbstgefällig?«, protestierte er.

»… aber inzwischen verstehe ich, was die anderen an dir so mögen. Dass du ziemlich süß bist. Du machst deiner Mutter ein großes – und teures – Weihnachtsgeschenk, du willst, dass sie sich um dich keine Sorgen machen muss, und du hast allen heute Abend mit der großen Umarmung gezeigt, wie sehr du sie liebst.«

»Ich bin nicht süß«, protestierte er. »Nimm das zurück.« An der Art, wie er sie begehrte, war definitiv nichts Süßes.

Normalerweise hätte er mit einem Achselzucken jede Frau, die bis jetzt sein Interesse nicht erwidert hätte, sausen lassen, doch Ava aufzugeben war ziemlich schwer. Falls sie irgendein Spiel spielte, hatte ihm niemand die Regeln erklärt. Jetzt lächelte sie zu ihm auf und löste ihr Haar, das seine Hand streichelte, und wartete ganz offensichtlich darauf, dass er noch etwas erwiderte.

Ihm kam der Gedanke, dass er heute Nacht vielleicht etwas erreichen könnte.

Die Musik verebbte zum letzten Mal, und er flüsterte: »Dann lass mich dir doch zeigen, ob ich süß bin.« Die Tanzfläche lichtete sich, die Leute gähnten und machten sich auf den Weg, um Mäntel und Taschen zu holen.

Avas sah ihm in die Augen. Er wartete auf ein Lächeln und ihre Zustimmung.

Doch dann sagte sie leise: »Wir werden beobachtet.«

»Spielt das eine Rolle?«

Die Lichter gingen an, plötzlich wirkte sie wieder distanziert.

Und dann beantwortete sie seine Frage auf völlig unerwartete Art und Weise. »Ich denke schon, dass das eine Rolle spielt. Wir können nicht ewig eine Beziehung vortäuschen, nur um deiner Mom eine Freude zu machen. Wann denkst du denn, das Täuschungsmanöver zu beenden?«

Er ließ sie los. Vielleicht war sie kurz bereit gewesen, Interesse zu zeigen, doch der Moment war vorbei. Enttäuschung ließ seine Antwort pampig ausfallen. »Entweder wenn ihr von der Chemo so kotzübel ist, dass ihr alles egal ist, oder wenn es ihr bessergeht und sie hinnehmen kann, dass wir uns getrennt haben. Du hast hier und jetzt die Wahl.« Er rückte von ihr ab. »Ich könnte aber auch gleich einen Streit vom Zaun brechen, wenn du möchtest, dass es sofort aus ist. Ich weiß nicht so recht, was besser ist, und bezweifle jetzt auch, ob es richtig war, ihr etwas vorzumachen, denn Mom hat schon genügend am Hals und sollte nicht auch noch angelogen werden. Aber es war der Wunsch, sie glücklich zu sehen, der mich zögern ließ, ihren Irrtum richtigzustellen. Und falls du nicht begriffen hast, warum ich vorhin gesagt habe, dass du sehr nervig sein kannst, dann lass dir die letzten Minuten noch einmal durch den Kopf gehen.«

Sie sah ihn trotzig an. »Sogar ›verfickt nervig‹, nehme ich an.«

Sie standen nun alleine auf der Tanzfläche, und er senkte kaum seine Stimme. »Ganz egal, wie nervig du bist, wenn ich an Ficken denke, denke ich an dich.«

Ihre Augen funkelten, doch sie senkte ihren Blick nicht. »Du hattest recht. Du bist kein bisschen süß.« Sie wich einen Schritt zurück.

Er wandte sich ab. »Komm, wir suchen dein Zeug zusammen und verschwinden von hier.«

Zorn schwelte zwischen ihnen, wo Sekunden zuvor noch Erregung geherrscht hatte. Sam öffnete die Hutschachteln, so dass Ava ihre Hüte in der richtigen Reihenfolge hineinlegen konnte, während er die Hutständer einsammelte. Sie arbeiteten schweigend, und Ava gähnte hinter vorgehaltener Hand.

Wendy und Vanessa kamen heran. »Sie sind müde«, sagte Wendy mitfühlend und sah selbst erschöpft aus. Sie tätschelte Avas Arm. »Warum bleibt ihr beiden heute Nacht nicht bei uns? Nach Atchley sind es nur zehn Minuten mit dem Wagen.«

Plötzlich verflog Sams Ärger, und er unterdrückte ein Lächeln.

Ava suchte erleichtert nach einer netten Antwort, sah dann Sam an und zögerte. »Das ist sehr freundlich. Aber ich habe gar nichts dabei.«

Vanessa stieß ihre Schwester vielsagend an. »Vielleicht wollen sie lieber nach Hause fahren, in ihr eigenes Bett.«

Wendy kicherte: »Oh!«

Ava fummelte an einem Hutkarton herum, um ihn zu verschließen.

Sam schloss ihn für sie, während seine Mutter und seine Tante sich lächelnd entfernten, um ihre Mäntel zu holen.

»Sie haben nur ein freies Bett, und ihr fetter, dämlicher Labrador schläft auf dem Sofa. Ich bin dafür, dass wir uns das Bett teilen, wenn du nichts dagegen hast«, murmelte er.

Sie warf ihren Kopf zurück. »Mit deiner Mom im Nebenzimmer?«

Als sie sich einer weiteren Schachtel zuwenden wollte, stellte er sich absichtlich dazwischen. »Wie wäre es mit deiner Wohnung? Oder geht das wegen Izz nicht?«

Sie hielt seinem Blick stand und schob sich an ihm vorbei. »Arme Izz.«

Er trat zur Seite. »Bleibt also nur noch mein Bett. Ich lebe alleine.«

»Jetzt verstehe ich auch, warum.«

Er lachte und trat einen Schritt zurück. Er konnte nicht genau sagen, warum er sie so gerne provozierte. Und dennoch wusste er es. Er tat es, weil sie ihm nicht dahin gefolgt war, wohin er sie haben wollte. Ungestilltes Verlangen war ein Biest.

Die Nacht war sternenklar. Sam brauchte zehn Minuten, um die Autofenster vom Eis zu befreien, seine Hände schmerzten. Als er endlich an den Stufen vor dem Hotel vorfuhr, stand Ava zitternd neben einem Berg von Hutschachteln und atmete weiße Wölkchen in die Luft, hinter ihr in der Eingangshalle brannten nur noch wenige Lichter. Sie steckte gerade ihr Handy weg.

Er sprang aus dem Auto. »Tut mir leid, dass es so lange gedauert hat. Die Windschutzscheibe war vereist.«

Ava versuchte, eine Hutschachtel hochzunehmen, ließ sie aber fallen. »Kein Problem.« Ihre Stimme zitterte vor Kälte.

Sie tat ihm leid. »Steig ein, ich lade alles ein.«

Ausnahmsweise einmal hatte sie nichts einzuwenden, sondern lief die Steintreppe hinunter um den Wagen herum zur Beifahrertür. Er packte den Kofferraum und den Rücksitz voll, und gleich darauf schnurrte der Wagen die Einfahrt hinunter.

Ava gähnte.

»Schlaf ruhig, wenn du willst«, schlug er vor.

Sie versank im Sitz. »Was? Damit du sagen kannst, dass ich bei dir geschlafen habe?«

Er machte den Blinker an, fuhr am Ende der Einfahrt nach rechts und warf ihr einen Blick zu. »Ich benutze keine bescheuerten Machotricks, um vorzutäuschen, was zwischen mir und einer Frau läuft. Das ist unangenehm für sie und gibt mir das Gefühl, ein Arschloch zu sein. Ich wollte uns beiden einfach nur eine Chance geben. Aber du hast sehr deutlich gezeigt, dass du kein Interesse hast, also schön. Ende der Geschichte.«

Schweigen.

Er klammerte sich ans Lenkrad. »Mist«, fluchte er leise. »Nun habe ich mich doch wie ein Arschloch benommen und mich von meiner Wut mitreißen lassen. Es tut mir echt leid.«

»Sicher.«

Was sollte das heißen? Er fuhr durch die dunkle, frostschillernde Nacht und machte sich Vorwürfe. Warum hatte er das gesagt? Das war gegen seinen persönlichen Ehrenkodex. Er war enttäuscht worden, aber das war keine Entschuldigung dafür, sich fies zu benehmen.

»Da fällt mir etwas ein. Ich habe auf Facebook eine Freundschaftsanfrage von einem gewissen Harvey Snaith bekommen. Scheint dein Ex zu sein.«

Ava schreckte zusammen und sah ihn an. »Warum macht er so was? Hast du angenommen?«

»Ich habe ihn weder angenommen noch ignoriert. Was soll ich tun?«

»Ignoriere ihn«, stöhnte Ava. »Es tut mir leid. Ich glaube, ich habe ihm erzählt, dass du mit Todd zusammenarbeitest.«

Sam zuckte die Achseln. »Dann hätte er ja nur auf die Webseite der Agentur schauen und mein Foto mit meinem Namen vergleichen müssen. Keine Sorge, ich bin sehr pingelig, wen ich auf sozialen Netzwerken akzeptiere.«

Er versuchte, die Unterhaltung in etwas lockerere

Bahnen zu lenken. »Nach heute Abend sollte sich deine Finanzlage verbessern.«

»Ja«, sagte sie, und als hätte sie bemerkt, dass er sich Mühe gab, fügte sie hinzu: »Danke für deine Hilfe als Chauffeur und Geschäftsguru. Ich weiß das wirklich zu schätzen.« Trotzdem klang ihre Stimme gequält.

Er ließ ihr eine Minute Zeit. Dann versuchte er es erneut. »Alles in Ordnung, Ava?«

Ihre Stimme schwankte. »Sei nicht so nett. Erinnere mich nicht immer daran, wie korrekt du bist. Bitte. Und baggere mich nicht mehr so an wie heute Abend. Ich habe einfach zu viel um die Ohren, um mit jemandem etwas anzufangen. Harvey ist immer noch ein Problem, ich will nicht, dass noch jemand in diesen Albtraum hineingezogen wird.«

Er traf eine schnelle Entscheidung, fuhr den Wagen in eine Parkbucht und stellte den Motor ab. »Hey«, sagte er sanft und versuchte, in der Dunkelheit ihr Gesicht zu sehen. »Warum ist er ein Albtraum? Er hat nur versucht, über Facebook eine Verbindung mit mir aufzunehmen, weil er uns zusammen gesehen hat, das ist keine große Sache.«

Im Licht des Armaturenbretts sah er, dass sie in ihrer Tasche kramte und ein Taschentuch herauszog. »Du hast recht. Ich denke zu viel darüber nach. Können wir weiterfahren?«

Er sah sie an und schwieg. Dann ließ er den Motor

wieder an. Was war ihm entgangen? Was war mit ihrem Ex?

Sam fuhr durch die Nacht und ärgerte sich, dass ihn der Drang nach einem für ihn untypischen Machogehabe überkommen hatte. Ava schien jemanden zu brauchen, dem sie vertrauen konnte, stattdessen hatte er ihr nur wieder Grund gegeben, ihm zu misstrauen.

Sie sah auf die Straße, die sich im Mondlicht wie ein Leuchtband vor dem Wagen entrollte, so kalt und grau. Ava wusste, dass sie ihre Befürchtung, Harvey könnte Sam kontaktieren, gezeigt hatte.

Doch während sie an der Treppe auf Sam gewartet hatte, hatte sie ihr Handy kontrolliert, und der Schreck war ihr in die Glieder gefahren, als sie die Mitteilung fand: *Harvey Snaith hat dich auf einem Foto auf Facebook getaggt*. Es hatte eine Ewigkeit gedauert, bis sie sich endlich in der Lage fühlte, mit verschwitzten Fingern auf *Foto ansehen* zu drücken, obwohl sie es unbedingt sehen wollte. Sie war starr vor Angst, bis das Bild endlich hochgeladen war: Ava in Pose geworfen – aber vollständig angezogen. Keiner ihrer gemeinsamen Freunde hatte auf *Gefällt mir* geklickt, vermutlich fragten sie sich, wieso Harvey Fotos von ihr postete, obwohl sie getrennt waren. Sie hätte sich gewünscht, dass es außer einem *Gefällt-mir*-Knopf auch einen *Verpiss-dich-und-stirb*-Knopf gäbe.

Ava zitterte immer noch, sie wusste, dass Harvey und seine fiesen Spielchen sich nicht in Luft auflösen würden. Er wollte sie unter Druck setzen.

Sie bemerkte, dass Sam ihr neugierige Blicke zuwarf. Sie hätte ihm am liebsten von der Demütigung erzählt, mit der Harvey sie bedrängte. Doch sie unterdrückte dieses Bedürfnis, genauso wie sie heute Abend den Drang unterdrückt hatte, auf ihn einzugehen, als sie beim Tanzen seine Wärme durch ihr Kleid hindurch gespürt hatte. Warum hatte Harvey versucht, Sam zu *adden*?

Das verhieß nichts Gutes.

Nicht einmal sie wollte in den Social Media mit Sam befreundet sein. Was, wenn Harvey anfing, eindeutige Fotos von ihr herumzuschicken? Sie kniff vor Scham die Augen zusammen.

Diese Fotos waren eine Art virtueller Krebs, noch schlummerten sie, doch wenn sie einmal explodierten, würden sie Verwüstung anrichten.

Sie durfte Sam nicht wiedersehen.

Oder jedenfalls nur während Wendys zweiter Anprobe. Selbst wenn Sam wirklich verwunden hatte, was zwischen seiner Exfreundin und seinem besten Freund passiert war …

Bester Freund. Izz. Avas Gewissen meldete sich

brutal zurück, als sie an die wehmütige, einsame Gestalt ihrer Freundin dachte, wie sie am frühen Abend verlassen am Straßenrand gestanden hatte. Ava durfte nicht mit Sam zusammen sein oder sich, wie heute, beim Tanzen so an ihn schmiegen. Was hätte Izz empfunden, wenn sie das mitbekommen hätte – oder die gelegentlichen Küsse, die inzwischen irgendwie zum Normalfall geworden waren? Leidenschaftliche Küsse, nicht nur harmlose – Küsse, die sie innerlich explodieren ließen.

Es waren die Umstände, die sie kürzlich zusammengebracht hatten, und sie beschloss im Stillen, damit Schluss zu machen … Ava setzte sich nicht über die Gefühle ihrer Freunde hinweg. Sie fand Wege, um ihnen zu helfen und sie glücklich zu machen. Sie atmete tief durch. »Würdest du mal mit Izz ausgehen?«

Der Wagen wich plötzlich zur Seite, als Sam sich zu ihr drehte. »Was? Warum?« Er klang verblüfft. »Ich habe dir schon gesagt, dass darauf keine Aussicht besteht. Und erzähl mir nicht, ich solle mich nur mal so mit ihr treffen. Sich mit zwei Frauen nur zum Schein zu treffen macht es nicht besser.«

Er wandte seine Aufmerksamkeit wieder der Straße zu.

Sie bewegte ihre Zehen in den Abendschuhen. »Ich fühle mich einfach schlecht, weil sie so für dich schwärmt und ich mit dir getanzt habe und so.«

Er fuhr schweigend weiter. Dann sagte er: »Ich habe mich noch nie mit jemanden verabredet, der für mich arbeitet.«

Er nahm eine Hand vom Steuer und fuhr sich mit den Fingern durchs Haar. »Es tut mir leid, dass unsere Verabredung ein Thema zwischen dir und Izz ist. Daran habe ich nicht gedacht, als ich es vorgeschlagen habe.«

Ava starrte hinaus auf die Lichtkegel der Scheinwerfer in der Dunkelheit. »Nein, ich auch nicht. Ich wollte nur, dass sie sich besser fühlt. Aber das war wohl eine dumme Idee. Womöglich macht sie sich dann noch mehr Hoffnungen.«

Seine Stimme wurde sanft. »Du bist eine gute Freundin. Du machst dir Gedanken um ihre Gefühle, obwohl du bestimmt selbst genug Probleme hast.«

Sie fuhren von der Landstraße auf die hell beleuchtete Autobahn. Es waren nur wenige Wagen unterwegs, und der Asphalt glitzerte frostig zwischen den Reifenspuren.

Als sie die School Road erreichten, konnte Ava vor Müdigkeit kaum mehr die Augen offen halten, und sie zögerte, die Wärme des Autos zu verlassen.

Sam stellte den Motor ab und drehte sich auf seinem Sitz zu ihr um. Er seufzte tief auf. »Okay, ich habe einen Plan, aber der ist vermutlich ein wenig manipulativ und könnte dir missfallen.«

»Noch kenne ich ihn nicht.«

Sein Lächeln wirkte nachdenklich. »Ich stimme einem ›zufälligen Treffen‹ zu.«

»Ich habe keine Ahnung, wovon du redest.«

»Mit Izz. Du hast doch bestimmt als Teenager auch ›zufällige Treffen‹ geplant, oder? Wenn du wusstest, wohin jemand ging, der dir gefiel, hast du es irgendwie so arrangiert, dass du auch dort warst?«

»Oh. Klar. Ja. Ich nehme mal an, das macht jeder.«

»Genau. Triff dich irgendwo mit Izz in der Nähe der Agentur, ich komme dann rein zufällig vorbei.«

»Das klingt kindisch.«

Er lachte kurz auf. »Manche Leute würden behaupten, dass jede Schwärmerei kindisch ist.«

Ava überdachte die Idee. »Du würdest Izz dann nicht spüren lassen, dass du an einem Gespräch mit ihr gar nicht interessiert bist?«

»Ich würde dafür sorgen, mich ihr gegenüber angemessen zu verhalten.«

»Okay«, stimmte Ava langsam zu und versuchte, nicht allzu genau zu ergründen, warum seine plötzliche Bereitschaft bei ihr ein seltsames Gefühl der Leere hinterließ. Es war nicht ehrlich, was sie vorhatten, aber vielleicht war es ein Weg, Izz zu unterstützen. Ava blendete ihre eigenen Gefühle aus. Sie einigten sich auf Donnerstag, und er trug so leise wie möglich ihre Schachteln ins Haus.

Erst als er sie sanft, aber keusch auf die Lippen

küsste und dann wegfuhr, wurde ihr klar, dass ihr Einverständnis auch bedeutete, Sam wiederzusehen. Das war nicht ihre Absicht gewesen, sagte sie sich, als sie sich die Schuhe auszog und mit den Zehen wackelte. Es bedeutete nur, dass sie Sam noch zweimal statt nur einmal sehen würde.

17

Patrick versucht es

Mittwoch, 19. Dezember

Am Mittwoch stellte Ava drei Geschenkgutscheine aus, sie tippte Namen und Beträge in die Vorlagen, die Todd ihr erstellt hatte, und versah jeden mit einer Bestellnummer.

Ihr Herz machte einen kleinen Satz, als sie die Geldeingänge auf ihrem Konto sah, später kam noch eine Anfrage per Mail – alles Ergebnisse des Dinners im Rotary Club, und ein wohlig warmes Gefühl der Zufriedenheit durchflutete sie. Jemand hatte wegen der Hochzeit der Tochter bereits für die erste Januarhälfte einen Termin für eine Hutanprobe vereinbart.

Dann erhielt sie eine Nachricht von Sam, er bat sie, Wendys zweite Anprobe für Freitag in einer Woche zu planen.

Ava antwortete und bestätigte ihm zudem, dass das ›Zufallstreffen‹ mit Izz am nächsten Abend stattfinden sollte. Sie überlegte, ob sie die beiden alleine lassen konnte, wenn sich herausstellen sollte, dass Izz und Sam zwanglos miteinander ins Gespräch kamen. Vielleicht würde Izz sogar ohne Ava besser zurechtkommen.

Sie holte ihre Nähmaschine hervor und machte sich an das Futter für Wendys Hut, nähte es dann sorgfältig fest, bevor sie das Kopfweitenband einfügte. Sie plante, die Verzierungen nach der zweiten Anprobe fertig zu haben, und fing an, mit einem Cutter die Pfauenfedernaugen zurechtzuschneiden. Sie breitete sie auf ihrem Arbeitstisch aus und schlang das goldene Band probeweise darüber, um die Wirkung zu bewundern.

Seit Ewigkeiten hatte sie zum ersten Mal wieder einen produktiven Tag. Am Ende des Tages zog sie sich um und machte sich auf den Weg ins Fitnessstudio. Der Jahresbeitrag, den sie zu umsatzreicheren Zeiten entrichtet hatte, lief erst Ende Dezember aus, noch konnte sie also zum Booiaka-Kurs um sechs gehen.

Der Kurs war schnell und laut. Ava genoss den Spaß.

Nach der Dusche drückte sie sich durch das Drehkreuz am Empfang, um nach Hause zu gehen.

»Ava!«

Überrascht blieb sie stehen. »Patrick? Was machst du denn hier?«

Patrick war noch in seinen üblichen Büroklamotten und hatte keine Sportsachen dabei. »Ich überlege mir, hier Mitglied zu werden. Bist du Mitglied?«

»Im Moment noch. Warum willst du einem Fitnessstudio in Camden beitreten? Das ist doch nicht gerade praktisch von Balham aus, oder?«

Er grinste jungenhaft. »Ich gehe gerne direkt nach der Arbeit ins Fitnessstudio, außerdem ist es hier billiger als in der Brick Lane. Ich war bei einem Kunden in der Nähe und wollte hier nur mal vorbeischauen. Wie praktisch«, fuhr er fort, bevor Ava Zeit fand, daran zu zweifeln, ob er wirklich zufällig hier in der Nähe einen Kunden besucht hatte, »dass du das Studio schon kennst, dann kannst du mich ein wenig einführen. Vielleicht bei einer Tasse Kaffee?«

Ava verlagerte ihre Tasche von einer Schulter auf die andere, sie dachte an Izz, die ihr erzählt hatte, dass Patrick sich immer wieder nach ihr erkundigt habe, und überlegte, ob es klug wäre, ihn auch nur im Geringsten zu ermutigen. Doch ein Americano klang verlockend. »Okay. Oben gibt es eine Bar.«

Patrick folgte Ava mit einem breiten Grinsen hinauf zu einer Galerie, von der aus man auf die Fitnesshamster auf ihren Laufbändern schauen konnte. Die Luft war warm und der Geräuschpegel nur ein zartes Brummen. Ava schnappte sich einen Tisch, während Patrick den Kaffee bestellte.

Er kehrte mit zwei großen Americanos und der Speisekarte zurück. »Ich bin am Verhungern. Die

Kunden sind manchmal richtige Sklaventreiber. Ich hatte keine Chance, irgendwas zu essen.«

Ava hatte selbst seit Mittag nur eine Banane gegessen, und ihr Magen fing an zu grummeln, als Patrick sich laut zwischen einer Reihe von Wraps und Baguettes zu entscheiden suchte. »Ich glaube, ich nehme das mit Garnelen. Was ist mit dir?« Er drehte die Karte um, so dass sie einen Blick darauf werfen konnte.

Ava hatte eigentlich vorgehabt, zu Hause zu essen, doch jetzt hatte sie auch Hunger. »Das mit Grillhähnchen klingt gut.« Sie bückte sich zu ihrer Sporttasche hinunter. In Anbetracht der unsicheren Schließfächer nahm sie niemals ihren Geldbeutel mit ins Sportstudio und hatte für alle Fälle immer einen Zehner in der Innentasche stecken. Doch Patrick sprang auf und stand schon an der Bar, bevor sie sich wieder aufgerichtet hatte.

Als er zurückkam, wies er ihren Versuch, ihm Geld zu geben, einfach zurück. »Wir zahlen, wenn das Essen fertig ist. Also, was gefällt dir hier an diesem Studio? Es scheint eine ziemlich große Geräteauswahl zu geben. Hast du einen Personal Trainer?«

»Das Studio ist mehr oder weniger so wie alle anderen auch. Geräte, Trainer, Kurse im Studio.«

Das Thema hatte sich erschöpft, als ihre Bestellung aufgerufen wurde. Patrick kam mit zwei Gläsern Rosé und den Baguettes auf einem Tablett zurück.

»Patrick!«, protestierte Ava. »Ich habe keinen Wein bestellt.« Ihr Zehner reichte dafür nicht. Doch der Wein, an dessen Glas die kühlen Tropfen perlten, sah lecker aus.

Er grinste jungenhaft. »Ich habe kaum Bargeld dabei, und sie hätten meine Karte nicht akzeptiert für einen Betrag unter 15 Pfund. Wie dem auch sei, ich habe dich hier überfallen, das ist also das mindeste.«

In Anbetracht ihrer begrenzten Bargeldmittel konnte sich Ava nicht wirklich darüber streiten. »Ich habe Ruby Glennister getroffen, sie hat mir erzählt, dass du an einer Kampagne für sie arbeitest.«

Patricks Lächeln erstrahlte wieder. Es schien ihn zu interessieren, dass sie Ruby kennengelernt hatte, aber er fragte nicht nach Einzelheiten. »Ich arbeite mit Manda Jane und Emily daran, Ruby für die Weihnachtsausgaben in den Medien zu platzieren. Manda Jane hat Einfluss auf ein paar Online-Magazine. Die Promizeitungen halten ihre Titelseiten immer bis auf den letzten Drücker frei, aber das Thema muss entweder einzigartig und aktuell sein, oder eine Geschichte aus dem Privatleben muss groß genug aufgezogen werden.«

»Also keine Kampagne, die dich nach Camden bringt. Denkst du wirklich darüber nach, hier Mitglied zu werden?« Sie brach ein Stück von ihrem Baguette ab und verstreute dabei die Krümel über den halben Tisch.

Patrick widmete sich seinem Essen. »Ausgeschlossen ist das nicht.«

»Aber unwahrscheinlich«, antwortete Ava trocken.

Er überging den Punkt mit einem Zwinkern. »Was hältst du davon, bald einmal mit mir zu Abend zu essen?«

Sie lächelte vage. »Danke, aber ich verabrede mich derzeit nicht.«

Er sah niedergeschlagen aus. »Aus irgendeinem bestimmten Grund?«

»Ich muss mich auf meine Arbeit konzentrieren.«

»Verstehe.«

Eine Weile aßen sie schweigend. Dann wischte Patrick sich seine Hände an der Papierserviette ab. »Weißt du, wenn du auf Sam aus bist, dann verschwendest du vermutlich deine Zeit. Er geht in letzter Zeit Beziehungen aus dem Weg. Er konzentriert sich auf die Agentur.« Patrick erwärmte sich für das Thema, während er gierig den Wein schlürfte.

Ava war ein wenig überrascht, dass Patrick ihr nicht die Mariah-hat-Sam-das-Herz-gebrochen-Geschichte auftischte. Sie öffnete schon den Mund, um zu sagen: ›Sam hat mich aber um eine Verabredung gebeten‹, unterließ es dann aber. Warum erwähnen, dass sie Sam abgewiesen hatte? Etwas an Patricks plumper Art, ihr Sam zu vergraulen, gefiel ihr nicht.

Er schien auch nicht viel besser als Sams alter bester Freund, der unbekannte Elliot.

Sam verließ die Agentur ausnahmsweise einmal rechtzeitig. Für Online-Einkäufe wurde die Zeit knapp, und auf seiner abendlichen To-do-Liste stand, sich zu organisieren, um Weihnachten ein guter Gastgeber für Mutter und Tante zu sein.

»Sam?« Gerade als er dachte, erfolgreich entkommen zu können, rief Barb aus dem Empfang hinter ihm her und hielt das Telefon in der Hand. »Ein Kerl fragt nach deiner Handynummer. Ich habe nach seinem Namen gefragt, er sagt, er heiße Harvey.«

Sam dachte über diese überraschende Information nach. Er fragte nicht erst ›Harvey, wer?‹, denn er war sich ziemlich sicher, dass er die Antwort kannte. Seine erste Reaktion war, Avas Ex möglichst auf Abstand zu halten, doch wenn Harvey nach Sams Nummer fragte, dann hatte er einen Grund dafür, und es machte ihm offenbar nichts aus, dass Sam wusste, dass Harvey sie wollte. Interessanter Denkansatz.

Der Wunsch, Avas Lage zu verbessern, stieg in ihm auf. »Gib sie ihm«, sagte er und wandte sich zur Tür.

Als er später mit seinem iPad und der Lebensmittelliste für Weihnachten auf dem Sofa faulenzte, gab Sams Handy den üblichen Schluckaufton von sich, der besagte, dass er eine Nachricht hatte. Auf dem Display sah er eine unbekannte Nummer.

Glückwunsch, dass du dir die schöne Ava geschnappt hast.

Sam schrieb zurück:

??? Tut mir leid, aber ich habe Ihre Nummer nicht in meinen Kontakten.

Eine Minute verging, das Handy hickste wieder.

Sie ist ein tolles Mädchen.

Er starrte auf das Display. Das konnte nur Harvey sein. Gründete er seine Vermutung, dass Sam sich mit Ava traf, auf die flüchtige Szene im *Blaggard's* – wo Ava nicht nur mit ihm, sondern mit einer Gruppe von Leuten gewesen war?

Oder hatte er sie seitdem einmal zusammen gesehen? Unbehagen schickte ihm Gänsehaut über den Rücken. Wie hatte Harvey sie sehen können? Hatte er herumgelungert und gesehen, wie Sam Ava nach Hause gebracht hatte?

Er öffnete ein neues Fenster auf seinem Browser, um sich ins Gedächtnis zu rufen, was auf der Seite

Weder Schuld noch Schande über eskalierendes Verhalten stand.

Nichts Gutes, wusste er zehn Minuten später. Er runzelte die Stirn, während er in die Nacht hinaus auf das Olympiastadion und den wilden, wunderschönen Aussichtsturm des Stahlkonzerns ArcelorMittal schaute.

Er sollte Ava von der Nachricht erzählen. Aber sollte er ihr auch sagen, dass er sich Sorgen machte?

Gute Frage.

18

Die Galerie der Schande

Donnerstag, 20. Dezember

Als Patrick hereinkam, stand Sam an der Kaffeemaschine, »Hi, Boss.« Patrick warf seine Tasche auf seinen Arbeitsplatz und wartete, bis er selbst mit der morgendlichen Koffeindosis an der Reihe war.

»Du siehst zufrieden aus.« Sam sah dem dampfenden Wasser und milchigen Schaum zu, die aus zwei Düsen in seine Tasse flossen, und genoss den milden Kaffeeduft, der in der Luft hing. Dann trat er beiseite, um Patrick an die Maschine zu lassen, Patrick drückte ein paar Knöpfe und zwinkerte Sam zu. »War ein toller Abend gestern.«

Sam nippte an seinem Schaum. »Irgendwer, den ich kenne?« Die Kaffeemaschine fing zu gluckern an.

»Ava. Wir waren essen.«

Sam schmeckte der Kaffee plötzlich seltsam. »Ihr hattet ein Date?«

Patrick strich über seine Jackentasche, als steckte

dort seine Brieftasche. »War jeden Penny wert. Man muss es langsam angehen, sie ist ein wenig vorsichtig, weißt du, wegen dem Ex und so. Aber ich habe sie gefragt, ob wir uns wiedersehen.« Er warf Sam ein Du-weißt-Bescheid-Grinsen zu, schnappte sich sein Getränk und ging pfeifend zu seinem Schreibtisch.

Sam musste sich beherrschen, um Patrick nicht hinterherzurufen: ›Geh zur Hölle!‹ Er wusste, dass Patrick sich nie an den Ehrenkodex zwischen Kerlen hielt: nicht mit unlauteren Mitteln Mädchen aufzureißen, wenn ein Freund bereits Interesse gezeigt hatte. Patrick hielt sich eher an den Jeder-ist-sich-selbst-der-Nächste-Kodex.

Er stieß seine Bürotür zu und versuchte, seinen Ärger zu unterdrücken. Er hatte keinerlei Ansprüche in dieser Angelegenheit. Es gab keinen Grund, weshalb sie sich nicht mit Patrick treffen sollte. Selbst wenn sie es ablehnte, sich aus Nur-Karriere-keinen-Mann-Gründen ernsthaft mit Sam zu treffen, schien das für Patrick offensichtlich nicht zu gelten.

Es war an der Zeit zu akzeptieren, dass, selbst wenn er sich danach sehnte, Ava ins Bett zu kriegen, sie dafür sorgen würde, dass das nicht passierte.

Aber … Schwachsinn. Einfach Superschwachsinn.

Die Bar lag in der Nähe der Agentur, sie befand sich in einem ehemaligen Fabrikgebäude und hatte hohe Fenster, die einst dem Fabrikbesitzer dazu gedient hatten, an seiner Stromrechnung zu sparen. Innen war sie mit rotem Lametta und übergroßen Weihnachtskugeln in mattem Blau geschmückt, was nicht zu den leeren Ziegelwänden passte.

Da sie schon früh gekommen waren, hatten Ava und Izz sich bequeme, weiche Ledersitze in einer Ecke organisiert, so dass sie nicht im weiten Ödland der Bar herumstehen mussten, die den Großteil des Lokals ausmachte. Ava setzte sich so, dass Izz die Tür im Blick hatte.

Sie bestellte ein großes Glas Wein und hörte Izz zu, die über Sam redete, der sich offenbar den ganzen Tag in seinem Büro eingeschlossen hatte. »Das hat jeder bemerkt, weil er normalerweise reihum mit jedem über Projekte redet.«

»Und was sagt er über deine?«

Izz verhielt sich plötzlich wie ein Erdmännchen, sie richtete sich kerzengerade auf und starrte durch das Lokal. »Da ist er!«

»Wer?« Ava nippte an ihrem Glas und sah sich um.

»Sam!«

Diesmal täuschte Ava leichtes Interesse vor. »Echt?«

»Er ist zur Bar gegangen.«

»Ich nehme an, er will einen Drink bestellen.«

Izz reckte den Hals. »Er trinkt ein Cobra. Er schaut auf sein Handy. Jetzt schaut er sich im Lokal um. Er hat uns gesehen!« Dann fügte sie ungläubig hinzu. »Er kommt rüber.«

Kurz darauf türmte Sam sich über ihnen auf. Er sah toll aus in seinem dunklen Anzug und dem düsteren Gesichtsausdruck. »Erwartet ihr noch wen, oder darf sich ein müder, abgekämpfter Kerl zu euch setzen?«

»Setz dich«, lud Ava ihn ein, nachdem Izz so rot wie das Lametta über ihr geworden war und vorübergehend sprachlos schien. »Erzähl uns, warum du abgekämpft bist.«

Sam ließ sich auf den Stuhl fallen. »Wir jagen unserem eigenen Schwanz hinterher – Izz, du hast bestimmt schon von der Ruby-Glennister-Kampagne gehört. Das Problem ist, dass Ruby sich in den Kopf gesetzt hat, wir könnten über Weihnachten Wunder für sie vollbringen, wir haben also nicht viel Zeit für die Planung.« Sam zog seine Krawatte aus und steckte sie in die Tasche.

Die kommende Stunde sprach er über die Arbeit. Mit Izz.

Izz war so fassungslos, als wäre der Weihnachtsmann von Hugo Boss höchstpersönlich in die Bar spaziert und hätte sie angebaggert, doch der Unterhaltung war das nicht sehr zuträglich.

Während Sam sich bemühte, mehr als nur einsilbige Antworten von Izz zu bekommen, wurde Ava klar, dass sie die Unterhaltung etwas in Schwung bringen musste. »Jetzt, wo ich ein paar Pfund habe, wollte ich mich mal informieren, welche Bands an Weihnachten spielen. Hast du schon mal geschaut, Izz? Vibe's ist ja nur die Straße hoch, oder?« Jeder konnte mit Izz über Bands reden. Sie war ein wandelndes Lexikon über angesagte Musik.

Sobald man Izz' Lieblingsgesprächsstoff erwähnte, würde sie ganz bestimmt Veranstaltungstermine herunterrattern, die sie im Kopf hatte – es war unglaublich, welche Menge an Informationen sie abrufen konnte. Alles, was Ava tun musste, war, sich zurückzulehnen und zu nicken, während Izz und Sam sich über ihre Lieblingskünstler unterhielten.

Sie hatten bereits ihre zweiten Drinks zur Hälfte ausgetrunken, als Sam ein neues Thema anschnitt. »Geht irgendwer von euch nächstes Jahr auf das Comic Con oder zu den True Believers?«

Ava sah Sam überrascht an.

Izz runzelte die Stirn. »Todd geht da hin, aber mit seinen Mitbewohnern.«

Sam schaute sie an. »Ich war da noch nie. Vielleicht kann mich Todd mal mitnehmen?«

»Stehst du auf Comics?«, fragte Ava ungläubig. Die Bar füllte sich langsam, und sie musste lauter sprechen, damit man sie bei dem Geräuschpegel in dem hohen Raum hörte.

Sam sah sie an. »Ich habe eine Sammlung. Althergebrachtes Zeug, wisst ihr – *Gerechtigkeitsliga* und Ligamitglieder wie *Superman* und *Green Lantern.*« Er wandte sich wieder an Izz. »Was ist mit dir?«

Izz starrte ihn an, als hätte er sich vom Hugo-Boss-Weihnachtsmann in den Riddler verwandelt. »Wir stehen nicht auf Comics.«

Sam zog die Augenbrauen hoch. »Aber ihr wart doch auf Todds Balcom-Kostümfest.«

»Nur weil Todd wollte, dass wir zu seiner Weihnachtsveranstaltung kommen, nicht weil wir auf Superhelden in Strumpfhosen stehen.« Izz schaute etwas beleidigt drein.

Sam zog seine Mundwinkel herunter. »Schande. Ein Comicroman kann eine fesselnde Flucht aus der Wirklichkeit sein.«

Izz starrte ihn weiter an. »Todd wird jeden Augenblick da sein, dann kannst du dich mit ihm über die ›Kunst der sequentiellen Erzählweise‹ unterhalten.«

»Ach, er kommt?« Ava sah ihre Freundin überrascht an.

Izz nickte. »Ich habe ihm heute bei der Arbeit erzählt, dass du und ich uns treffen, da hat er gesagt, er würde auch vorbeikommen.«

Sam warf eilig ein: »Ich vermute, dass er sich mit Comics viel besser auskennt als ich.«

Er stellte Augenkontakt mit Ava her, und sie sah den Schrecken in seinem Blick. Der Groschen fiel. »Todd ist ein wahrer Kenner«, stimmte sie sanft zu. »Mach dir keine Sorgen, wenn du das Gefühl hast, dass dein Wissen seinem nicht gleichkommt. Er wird sich freuen, wenn er dir etwas beibringen kann.«

»Ein Kenner wovon?«, fragte Todd plötzlich hinter Ava, Louise im Schlepptau, die Todds Arm umklammerte und damit signalisierte: ›Er gehört mir, und wo er hingeht, gehe ich auch hin.‹

Izz runzelte die Stirn. »Du hast uns gar nicht erzählt, dass Sam auch auf Comics steht.«

Todd strahlte und drehte sich zu Sam um. »Ernsthaft? Das wusste ich, ehrlich gesagt, nicht. Worauf stehst du?«

Dann kämpfte Sam darum, seinen Teil zur Unterhaltung beizutragen, während Todd freundlich alle möglichen Wissenslücken über Comics im Allgemeinen und die *Gerechtigkeitsliga* im Besonderen bei Sam füllte.

Sie wurden unterbrochen, als Izz' Handy klingelte. Sie schien froh, außer dem Gespräch über Comics noch etwas anderes zu tun zu haben, sie drückte das Telefon an ein Ohr und eine Hand über das andere. »Mom? … Tut mir leid, wiederhol das noch einmal. Was ist mit Weihnachten?«

Während Izz ihr Gesicht verzog und angestrengt versuchte zu verstehen, was am Telefon gesagt wurde, versuchte Louise, das Thema zu wechseln. »Apropos Weihnachten, was macht ihr? Wir haben Pläne mit meiner Familie. Wir packen am Wochenende Geschenke ein, stimmt's Todd?«

Todd sagte nichts, sah aber aus, als wäre dieses Thema nicht besonders anregend.

»Wie ihr wisst, bin ich kein großer Fan von Weihnachten«, steuerte Ava bei. »Nachdem Todd zu tun hat, werden Izz und ich dieses Jahr alleine Weihnachten feiern. Wir werden uns was zu essen machen, Fernsehen schauen und Schampus trinken.«

Izz beendete ihr Telefonat und sah entsetzt aus. »O Ava! Ich muss über Weihnachten zu meinen Eltern. Das eben war Mom. Meine Schwester Danielle ist ständig krank, seit sie das Baby hat, und Mom sagt, dass sie und Dad es mit den Großeltern nicht alleine schaffen. Opa fällt dauernd hin, und Oma kann ihr Essen nicht mehr selbst zerschneiden.«

Ava starrte Izz an, eisige Tentakel der Enttäuschung schlangen sich um sie. »Wir verbringen den Weihnachtstag nicht zusammen?«

»Ich konnte wirklich nicht nein sagen«, Izz stiegen die Tränen in die Augen. »Du kannst ja mitkommen, aber du weißt, wie sie Weihnachten feiern. So in der Art …«

»Schonungslos«, beendete Ava den Satz für sie, die von den unzähligen Stunden Sklavenarbeit in der Küche wusste. Weihnachtshüte während des gesamten Abendessens, Weihnachtspudding, ausgefallene Geschenke und Familiengeschichten nach der Ansprache der Queen. »Ich möchte mich nicht aufdrängen, Izz.«

Louise unterbrach das peinliche Schweigen und klang ausnahmsweise einmal mitfühlend. »Ava, du könntest deine Eltern besuchen. Französische Weihnachten sind bestimmt lustig.«

Ava nickte, aber sie wusste, dass um diese Zeit die Flüge unerschwinglich waren, vor allem, weil sie Wendys Hut noch fertig machen musste und vor dem Weihnachtsabend nicht fliegen könnte. Sie blinzelte und versuchte, Izz nicht anzusehen, sie wollte kein Schuldbewusstsein auf ihrem Gesicht sehen für etwas, das nicht ihre Schuld war, oder Todd, der mehr Mitgefühl mit einem Blick vermitteln konnte als die meisten Leute in einem ganzen Aufsatz. Sie brauchte einen Moment, um die Tatsache sacken zu lassen, dass sie am Weihnachtstag alleine aufwachen würde. Und den Tag alleine verbringen würde.

Das war selbst für ihre Verhältnisse ein düsteres Weihnachten. Sogar düsterer als die Weihnachten nach Omas Tod, als ihre Eltern alles daransetzten, um den nervigen Weihnachtsfeiertagen so schnell wie möglich aus dem Weg zu gehen.

Weihnachten nervte echt.

Sam stieß sie an. »Ich wage kaum zu fragen, ob du mir dabei helfen würdest, Weihnachten für meine

Mutter und meine Tante auszurichten. Wie du weißt, ist es das erste Mal, dass ich das tun muss, und ich schwimme gerade total.«

Ava bekam ein wackeliges Lächeln hin. »Das ist nett von dir, aber ich komme schon klar. Ich habe immer gesagt, dass ich gerne so tun würde, als gäbe es Weihnachten nicht. Jetzt habe ich die Gelegenheit dazu.«

Er seufzte, stützte seine Wange auf eine Hand, auf der bereits die Schatten der Bartstoppeln am Ende eines Tages lagen. »Wenn das verlockender ist, als mir zu helfen, kann ich das völlig verstehen. Tante Van wird mir helfen, aber sie hat nur ein paar Tage an Weihnachten frei, also wollte ich ihr wirklich mal eine Pause gönnen. Außerdem wollte ich, dass sie Mom davon abhält, irgendwas zu tun.« Er senkte die Stimme. »Du weiß, warum dieses Weihnachten … etwas so Besonderes ist.«

Avas Lächeln wirkte wie festgefroren. »Ich denke immer noch …«

»Du würdest mir einen riesengroßen Gefallen tun. Damit könnten wir verhindern, dass Mom zu sehr ins Grübeln gerät, und Van die Freiheit lassen, den Weihnachtsabend mit Neale zu verbringen. Ich hatte gehofft, Mary Berry oder Nigella würden vorbeischauen, aber sie scheinen viel zu tun zu haben. Also, kommst du?« Er nahm seinen Drink und hielt ihn bereit, um mit Ava anzustoßen und die Abmachung zu besiegeln.

Ava versuchte, das Funkeln in seinen Augen zu lesen. Sie wollte herausfinden, ob es klug war, das Spiel für Wendy noch zu vertiefen, denn Wendy schien sie bereits als gegeben zu betrachten, doch Todd und Izz wirkten so erleichtert, dass Ava sich matt sagen hörte, »na ja … okay. Danke.«

Izz trank ihren Drink aus und seufzte. »Ich geh dann mal rüber zu Piccadilly. Nachdem ich jetzt doch nach Hause fahre, möchte Mom, dass ich alles Mögliche bei Fortnum's besorge.«

Ava hatte den Verdacht, dass ihr Drang einzukaufen eher ein Drang zu verschwinden war, weil sie das Gefühl hatte, Ava enttäuscht zu haben. Sie versuchte, Izz' Blick zu erhaschen und ihr ein beruhigendes Lächeln zuzuwerfen, doch Izz verabschiedete sich schon bald über die Schulter hinweg und bahnte sich ihren Weg durch die laute Menge zwischen Bar und Tür.

Dann vibrierte Avas Handy, und sie stellte mit pochendem Herzen fest, dass Harvey ihr eine Nachricht geschickt hatte.

Hab mir gerade die Fotos angeschaut. Scharf auf einen kleinen Weihnachtsfick?

Ihr Herz schlug bis zum Hals. Das Schwein. Er hörte einfach nicht auf!

Alle Gefühle der vergangenen Wochen, die Geldsorgen, die Sorgen wegen Harvey brachten das Blut in Avas Gehirn zum Kochen. Vor Wut flogen ihre Finger nur so über die Tastatur:

Nicht wenn du der kleine Fick im Angebot bist.

Sie drückte auf *Senden*.

Dann pfefferte sie ihr Handy in die Tasche.

Doch gleich darauf ergriff sie die nackte Angst und löschte ihren Ärger.

Was hatte sie nur getan?

Vielleicht öffnete Harvey gerade die Nachricht. Las sie. Reagierte. Es gab keine Möglichkeit, den Weg der Nachricht durch das Netz rückgängig zu machen.

Sie zitterte. Vermutlich hatte sie ihren Verstand verloren! Harvey war widerlich, wenn er betrunken war. Die ganze Zeit hatte sie sich zusammengerissen, war cool geblieben, hatte darauf geachtet, ihn nicht zu verärgern, und darauf gewartet, dass er verschwand – und das alles hatte sie jetzt mit einem unüberlegten Wutausbruch gefährdet.

Ihr Handy vibrierte erneut.

Wart's ab, du Schlampe!!!

Wieder ein Vibrieren. Diesmal war es ein Foto. Zitternd öffnet Ava es. Ein Bild von ihr, auf dem sie in die Kamera lachte. Ein Fascinator aus extravaganten kirschroten Federn war alles, was sie schmückte und sie wie einen kitschigen Pornostar aus den vierziger Jahren aussehen ließ.

Ihre Hände schwitzten, so schämte sie sich, sie fummelte an ihrem Handy herum, um das Foto wieder zu schließen.

»Alles in Ordnung?«

Ava zuckte zusammen. Während sie mit Harveys beschissenen Mätzchen beschäftigt gewesen war, hatte Louise offenbar Todds volle Aufmerksamkeit in Anspruch genommen. Sam hingegen sah Ava an und runzelte die Stirn. »Ja.« Sie steckte ihr Handy weg und wischte sich ihre feuchten Hände an ihrem Kleid ab.

Sams Blick ließ nicht von ihr ab. »Sicher?«

Sie versuchte zu lächeln, doch ihre Lippen kräuselten sich nur erbärmlich. »Eindeutig.« *Frag nicht weiter. Ich bin eh schon den Tränen nahe, glaub mir.* Sie griff mit zitternden Händen nach ihrer Tasche. »Bin gleich wieder da.«

Sie flüchtete sich auf die Damentoilette, schloss sich in einer Kabine ein, setzte sich aufs Klo und schlug die Hände vors Gesicht. Sie fühlte sich merkwürdig. Zittrig. Ihre Hände und Füße kribbelten, als wären ihre Adern mit Prosecco gefüllt, sie hatte Ohrensausen.

Die ihr vertrauten weißen Blitze tauchten am Rand ihres Blickfeldes auf. Ein festes Band legte sich um ihre linke Kopfhälfte. Sie war kaum in der Lage, ihre Hände zu bewegen, kramte in ihrer Tasche nach dem Migränemittel und schluckte die weiche weiße Tablette herunter.

Sie nahm nur flüchtig die Leute wahr, die vor der Kabine kamen und gingen, mit den Türen knallten, die Spülungen zogen und sich die Hände wuschen. Und einander fragten, ob die verschlossene Kabine kaputt sei. Die kicherten, weil vielleicht jemand drin wäre und sie hören könnte. Flüsterten, ob es jemandem darin vielleicht schlechtgehe.

Schließlich wurde die Außentür geöffnet. »Ava? Bist du da drin? Alles in Ordnung?«

Louises Stimme erwischte Ava in dem Moment, als sie versuchte, richtig einzuatmen. Dann noch einmal. Der Prosecco und das Ohrensausen schienen sich zu bessern. Die weißen Blitze verblassten. Sie fuhr sich mit der Zunge über die Lippen. »Ja. Ich komme gleich.« Ihre Stimme schien von weit weg zu kommen.

»Oh, okay.« Louise zögerte. »Dann gehe ich zu den anderen zurück.« Die Tür quietschte, als sie sich öffnete und wieder schloss.

Ava erhob sich, stand auf wackeligen Beinen und atmete tief aus und ein. Verwundert blickte sie auf ihre Hände. Sie zitterten. Waren verschwitzt. Ihr dämmerte, dass sie außer einer beginnenden Migräne wohl auch eine Panikattacke gehabt hatte.

Sie versuchte, ihre Lage zu überblicken: Ihr Handy schwieg. Keiner ihrer Freunde hatte ihr eine Nachricht mit *Was verdammt?* oder *O mein Gott* geschickt. Vielleicht würde die Welt am Ende doch nicht untergehen? Vielleicht war Harvey ganz harmlos bewusstlos geworden und würde am Morgen mit einem massigen Kater und ohne Erinnerung aufwachen.

Sie atmete weiter und sorgte dafür, dass ihr Gehirn mit Sauerstoff versorgt wurde. Kribbeln und Flattern verschwanden.

Als sie sich schließlich stark genug fühlte, um den Zufluchtsort in der Kabine zu verlassen, wusch sie sich die Hände und Handgelenke unter kaltem Wasser, kämmte sich die Haare und wagte sich wieder zurück in die lärmige Bar.

Todd, Sam und sogar Louise unterbrachen ihr Gespräch und sahen sie mit unterschiedlichem Grad an Neugier und Besorgnis an. Sie hatte keine Ahnung, wie lange sie gebraucht hatte, doch da Louise ausgesandt worden war, um nach ihr zu sehen, hatte es offensichtlich länger als nur einmal kurz pinkeln gedauert. »War ich so lange weg? Tut mir leid. Ich dachte, ich bekäme eine Migräne, ich habe ein Imigran genommen und mich kurz ruhig hingesetzt.«

»Soll ich dich nach Hause bringen?«, fragte Todd besorgt.

»Nein, es geht mir gleich besser, danke. Das Medikament sorgt dafür, dass es gar nicht erst so weit kommt.« Sie ließ sich auf ihren Stuhl fallen. Panikattacke oder Migräne, was auf der Damentoilette passiert war, hatte ihre Muskeln zu Pampe gemacht.

Todd und Louise widmeten sich wieder ihrem Gespräch. Auf unheimliche Art wurde ihr klar, dass Sam sie anstarrte, als könnte er ihre Gedanken lesen, also sah sie sich um, um ihn abzulenken.

»Ich bin mir nicht sicher, ob es moralisch einwandfrei ist, ein Zufallstreffen zu verabreden und Izz dann vorsätzlich abzuschütteln«, sagte sie vorwurfsvoll. »Du erinnerst dich doch daran, dass ich dir erzählt habe, dass sie sich von Frankie getrennt hat, weil er sich plötzlich für Comics interessierte?«

Er zog seinen Mundwinkel an einer Seite hoch. »Schuldig.«

»Ich wette, du besitzt kein einziges Comic von der *Gerechtigkeitsliga*.«

»Ich besitze Hunderte … sie liegen auf Moms Speicher. Aber ich habe sie seit meinem fünfzehnten Lebensjahr nicht mehr angeschaut. Irgendwann werde ich sie rausholen und für einen guten Zweck versteigern. Und das Geld dann vielleicht der Gruppe *Weder Schuld noch Schande* spenden.«

»Arme Izz.«

Sams Gesichtausdruck zeigte keinerlei Verständnis. »Ich kann mich nicht in eine Frau verlieben, nur weil sie deine Freundin ist und sie dein Herz rührt, Ava. Was ich getan habe, war vielleicht ein wenig kindisch, aber das hilft ihr dabei, mit ihrer Schwärmerei aufzuhören, damit sie weiter unbeschwert bei Jermyn's arbeiten kann, ohne dass einer von uns sich unwohl fühlen muss. Eine unelegante, aber effektive Lösung.«

»Vermutlich«, gab Ava widerwillig zu.

»Danke, dass du Weihnachten zu uns kommst.«

Wieder so ein Thema für eine Panikattacke. »Es war nett von dir, mir das anzubieten, aber …«

»Du machst doch jetzt keinen Rückzieher, oder?« Er zog sein Jackett aus und legte es neben sich auf den Stuhl, woraus Ava schloss, dass es in der Bar jetzt heiß war. Komisch. Ihr war kalt. Sie sah sich um. Alles, was sie sah, waren Leute, die herumstanden, ein paar hatten sich auf die Sitze in der anderen Ecke gedrückt.

Er beugte sich zu ihr vor und sagte leise. »Und du bist sicher, dass alles in Ordnung ist? Du bist sehr blass.«

»Und du bist sicher, dass ich deine Familienfeier Weihnachten nicht sprenge? Ich bin nicht sehr gut im Weihnachtenfeiern, weißt du.«

»Ganz sicher. Ich habe das ernst gemeint, als ich dir sagte, dass du mir einen großen Gefallen tust.« Er schenkte ihr ein gequältes Lächeln. »Du kannst dir gar nicht vorstellen, wie sehr Mom sich freuen wird.«

Ava rang mit ihrem Gewissen. »Je tiefer wir da hineinrutschen, desto mehr wird Wendy sich aufregen, wenn es vorbei ist.«

»Aber wir wollen doch, dass sie ein glückliches Weihnachtsfest verbringt.« Seine Stimme klang düster.

Sie seufzte. »Okay, ich bin dabei.«

Dann fing Todd an, eine Geschichte über Frankie zu erzählen, der von einer Eroberung verfolgt wurde, die den Spaß nicht auf ein Wochenende beschränken wollte, und Ava stimmte ins Gelächter ein, als Todd Frankies gejagten Blick beschrieb. Sie fühlte sich langsam wieder normal.

Sie wandte sich Sam zu und wollte ihm scherzhaft Tipps für Frankie geben, hielt aber inne.

Sam starrte fassungslos auf sein Handy.

Und dann auf sie.

19

Ein Zombie namens Ava

Ava beschlich ein ungutes Gefühl. Sie konnte sich nicht dazu überwinden, Sam zu fragen, warum er dreinblickte, als ob man sein Bankkonto geplündert hätte.

Todds Stimme drang zu ihr vor. Todd hatte an diesem Abend bereits einiges getrunken, davon zeugten die roten Flecken auf seinen Wangen. »Wir würden jetzt zu Louise fahren, wenn du dir sicher bist, dass du auch alleine gut nach Hause kommst.«

Das Sausen in Avas Ohren setzte wieder ein. »Na klar.« Ihr Herz hämmerte so laut, dass sie sich kaum selbst sprechen hörte.

»Sicher? Gut, also, bis dann. Sam, wir sehen uns morgen.«

»Ja.« Sam hörte sich an, als wäre er eben erst aus einem Traum erwacht. Er sah Ava erneut an, diesmal spiegelten sich die Gefühle offen auf seinem Gesicht. Verwunderung. Entsetzen. Mitgefühl.

Grauen erfasste Ava, so wie in diesen Träumen, in denen ein großer Sattelschlepper sie niederdrückte und sie ihre Beine nicht bewegen konnte, um davonzulaufen.

Louise hakte sich bei Todd ein, und die beiden verschwanden in der Menge.

Ava starrte auf ihr Weinglas. Eines Tages würde sie einen Hut machen, der genau die gleiche Farbe wie der Zinfandel Rosé hätte. Es war wirklich das perfekte Zartrosa. Vielleicht könnte sie passend dazu Schuhe einfärben lassen.

»Ava?«

Ihre Lungen erschlafften wie nutzlose leere Säcke. Schweiß rann ihr den Rücken hinunter.

Er beugte sich zu ihr vor. »Wir müssen reden.« Er versuchte, ihre Aufmerksamkeit zu erringen, und drückte ihre Hand.

In ihren Ohren sauste es so stark, dass sie ihn kaum hörte. Sie wollte nichts hören. Wenn sie ihren Beinen vertraut hätte, wäre sie aufgesprungen und aus der Bar gerannt, statt sich anhören zu müssen, was er ihr sagen würde.

Er legte seinen Mund an ihr Ohr. »Dein furchtbarer Ex hat mir gerade Bilder geschickt.«

Das Sausen wurde schlimmer. Ein unglaubliches Gefühl der Demütigung ergriff Ava, und sie kniff lieber die Augen zu, als Sam ins Gesicht zu sehen.

»Davor hast du dich gefürchtet, nicht wahr?«

Seine Hand schloss sich fester um ihre. »Dieses Arschloch hat diese Fotos von dir, setzt dich unter Druck und bedroht dich damit.«

Sams Mund war trocken. Er hatte ein paar Sekunden gebraucht, um die Tatsache zu verarbeiten, dass die kichernde nackte Frau auf seinem Handydisplay mit dem wallenden Haar, das über ihre Brüste fiel, Ava war, die direkt vor ihm saß. Doch als sich der Schock langsam legte und sein Gehirn wieder so arbeitete, wie er es von ihm erwartete, war ihm plötzlich alles glasklar.

Wie sich ihre Gesichtsfarbe bei einer scheinbar so banalen Handlung, wie eine Nachricht zu schreiben, verändert hatte.

Ihr langer Aufenthalt auf der Damentoilette.

Ihr zeitweise launisches Verhalten.

Er kochte vor Wut und verspürte den Drang, Harvey Snaith an der Gurgel zu packen. Und zwar fest.

Doch momentan galt seine Sorge Ava und der Frage, wie sie die nächsten Minuten überstehen würde. Ihre Hand lag verschwitzt in seiner, doch ihre Haut war eiskalt. Sie atmete stoßweise, und er versuchte, sich daran zu erinnern, was zu tun war, wenn jemand hyperventilierte. Oder sogar einen Kreislaufkollaps erlitt.

Beschwichtigung schien vorerst das Beste. »Alles wird gut.« Er hatte nicht wirklich eine Ahnung, ob das überhaupt möglich wäre. »Mach dir keine Sorgen.« Natürlich machte sie sich Sorgen. Sie hatte Angst. »Ich werde dir helfen.« So viel konnte er versprechen. »Aber wir müssen reden, und ich glaube kaum, dass hier der geeignete Ort dafür ist, oder?«

Er griff nach ihrem Mantel. »Ich fahre dich nach Hause.« Mist. Über kurz oder lang würde Izz zu Hause auftauchen und Ava sich ihr dann vermutlich anvertrauen. Doch bessere Chancen, der Sache auf den Grund zu gehen, hatte er, wenn sie nicht dabei war. »Wir fahren zu mir«, korrigierte er sich, »da können wir die Sache klären, okay? Komm jetzt.« Er wusste, dass er mit ihr wie mit einem Kind redete, doch so konnte er sie dazu bringen, aufzustehen und sich den Mantel anzuziehen. Er legte ihr behutsam den Schal um den Hals, ergriff ihre eiskalte Hand und führte sie durch die lärmende Menge hinaus.

Draußen auf der Straße schlug ihnen frischer Wind entgegen und spuckte Regentropfen in ihre Gesichter, unter roter und grüner Neonbeleuchtung gingen Menschen in den nahe gelegenen indischen Restaurants ein und aus. Doch wenigstens lockte die Menge Taxis an, und bald schon hatte Sam eines entdeckt, das frei war. Er drängte vier Mädchen mit Folienballons beiseite und legte seine Hand auf den Autogriff. »Tut mir leid, aber meiner Freundin geht es nicht gut.«

Er ignorierte die Proteste und verfrachtete Ava auf den Rücksitz.

»Wir werden das klären«, wiederholte er, als er einstieg und sich neben sie setzte. Ava saß regungslos da und starrte während der ganzen Fahrt nach Stratford vor sich hin. Sie widersprach nicht, als er das Taxi bezahlte. Er legte seinen Arm um den Zombie, vormals Ava Blissham, und führte sie durch die Lobby zum Lift. In seiner Wohnung setzte er sie auf das Sofa. »Ich mach dir einen Kaffee.«

Als er sie wieder ansah, hatte sie ihren Kopf in die Hände gelegt, ein Bild der Verzweiflung. Es zeriss ihm das Herz.

Er wünschte, seine Mom wäre hier. Sie wusste, was man zu Frauen sagte, die so verzweifelt waren wie Ava. Er musste jetzt auf alles zurückgreifen, was er von seiner Mutter gelernt hatte, Mitgefühl und gesunden Menschenverstand zeigen und improvisieren.

Er stellte die dampfenden Kaffeetassen auf den Tisch. »Er hat diese Bilder gegen dich in der Hand«, deutete er zaghaft an.

Sie nickte hinter ihren Händen.

Er setzte sich auf das Sofa und streifte mit seiner Schulter leicht ihre Schulter, so dass sie wusste, dass er da war, aber ihr nicht zu nahetreten würde. »Hat er dich erpresst? Will er Geld? Bist du deshalb so pleite?«

Sie schüttelte den Kopf.

»Du kannst mir vertrauen, Ava. Erzähl mir, was passiert ist, damit ich dir helfen kann.«

Das Schweigen schien endlos. Dann flüsterte sie: »Ich schäme mich so.«

Wieder packte ihn die Wut, doch er unterdrückte sie. Er würde später schon einen Weg finden, um es Harvey Snaith heimzuzahlen. Nun war Ava dran, Takt und Mitgefühl waren gefragt. »Das musst du nicht. Wirklich nicht. Ich glaube nicht, dass du etwas Falsches getan hast.«

Sanft führte er mit seinen Fingern zuerst die eine, dann die andre Hand weg von ihrem Gesicht und drückte ihr eine Kaffeetasse in die Hand. »Komm, trink was.«

Mit abgewandtem Blick begann sie lustlos zu schlürfen.

»Nur weil du ein wenig Spaß mit deinem Freund und einer Digitalkamera hattest – das machen viele Leute. Es ist Harvey, der etwas Falsches tut. Wir müssen sehen, was für Möglichkeiten du hast und was wir tun können, damit er dich nicht mehr verletzt.«

Keine Antwort.

»Ich glaube, du solltest mit jemandem reden und dir Hilfe holen. Wenn du nicht mit mir reden willst, dann kann Mom dir jemanden empfehlen. Oder du rufst den Frauennotruf an. Was ist mit der Polizei?«

Ein kurzes, heftiges Kopfschütteln.

»Die haben aber Einfluss. Du könntest nach einer Polizistin verlangen.«

Sie verzog das Gesicht und trank zwei Schluck Kaffee. Ihre Stimme kehrte zurück, wenn auch etwas heiser. »Die Polizei benötigt mehr als nur die Androhung einer Straftat, für die es keine Zeugen gibt. Wenn ich die Fotos als Beweis heranziehe, dann können jeder Polizist und Zivilbeamte und alle Anwälte, die daran beteiligt sind, sie einsehen. Ich kann Harvey jetzt nicht einmal mehr anzeigen, weil er mich geschubst hat, denn die Polizei würde wissen wollen, warum ich es nicht sofort zur Anzeige gebracht habe. Sie sind darauf trainiert nachzubohren. Mein Dad war Senior Police Officer bei der Metropolitan Police. Ich weiß alles über strikte Diskretion, aber … Ich weiß auch, wie sich der Klatsch bei der Polizei verbreitet. Die Demütigung würde ihn umbringen, wenn ihm einer seiner alten Kollegen das erzählen würde. Harvey …« Ihre Stimme schwankte. »Harvey hat gesagt, dass er die Bilder meinem Dad schickt, wenn ich zur Polizei gehe. Kannst du dir das vorstellen?« Sie schlug wieder eine Hand über die Augen.

Schweigend ließ Sam sich alle Wörter mit ›Fuck‹ durch den Kopf gehen, die ihm in den Sinn kamen.

Verzweiflung schwang in ihrer Stimme mit. »Digitalfotos können sich wie eine Seuche verbreiten. Youtube. Red Tube. Twitter. Facebook. Seiten für fiese Lustmolche.«

Es war schwer, dagegen zu argumentieren. In seinem Job hatte er auch schon erlebt, was simples Gerede, Hacking oder ›versehentlich‹ weitergeleitete Informationen anrichten konnten. Er hatte schon mehrmals an Kampagnen mitgearbeitet, die das Bild eines Opfers zurechtrückten, indem man positive Informationen zu verbreiten suchte, die letztlich das negative Bild aus der Öffentlichkeit verdrängten.

Er ließ die Frage einen Moment fallen. »Wenn es nicht um Geld geht … worum geht es dann? Um Sex?« Sein Magen krampfte sich zusammen.

»Nein!« Sie tauchte mit entsetztem Blick wieder hinter ihrer Hand auf. »Na ja, außer wenn man bedenkt, dass er wieder mit mir zusammenkommen und bestimmt keine keusche Beziehung führen möchte.« Sie erschauderte. »Es ist ja klar, dass er die Fotos gemacht hat, als wir noch zusammen waren. Das war nur Spaß. Ich habe sie gleich gelöscht und dann eigentlich nie wieder daran gedacht. Auch nicht an ein automatisches Backup, und selbst wenn, hätte ich niemals geglaubt, dass Harvey sich als ein derartiger Mistkerl entpuppt.«

Aus Hilflosigkeit sprudelten die Sätze nur so aus ihr heraus. Sie erzählte, dass Harvey beim bitteren Ende ihrer Beziehung sich von ihr der Lächerlichkeit preisgegeben gefühlt hatte. Dass er immer wieder versucht hatte, die Beziehung wiederaufzunehmen, um ihr gleich darauf wieder mit Rache zu drohen. Und dass sie wusste, dass sie an allem schuld war …

»Es ist nicht deine Schuld.«

Ihr Blick war schmerzerfüllt. »Die Fotos wurden im gegenseitigen Einverständnis gemacht.«

Er nahm ihre Hand. »Du hattest Spaß und warst einverstanden, dass dein Freund intime Fotos macht. Du hast ihm vertraut. Harvey ist an allem schuld. Er hat sich falsch verhalten.«

»Aber wenn ich ihm nicht erlaubt hätte, diese Fotos zu machen, könnte er mir jetzt nicht mit ihnen drohen.«

»Du konntest doch nicht ahnen, was passieren würde.« Er streichelte über ihre Finger. »Meinst du, er ist tatsächlich so dämlich, macht seine Drohung wahr und schickt deinem Dad die Fotos? Einem ehemaligen Polizisten?«

»Keine Ahnung. Aber der Gedanke, dass Dad eine Nachricht aufmacht und sieht …!« Ihre Stimme wurde zu einem Schluchzen, und sie verzog gequält den Mund. »Das wäre unerträglich.«

»Wenn das deine größte Sorge ist«, sagte er langsam, »denke ich, solltest du deinen Dad anrufen. Ihm die Lage schildern. Es mit Harvey darauf ankommen lassen.«

Bestürzung überkam Ava. »Das geht nicht«, flüsterte sie.

Sam lachte auf, wenn auch grimmig. »Aber denk

darüber nach. Harveys Waffe ist der Schock, dass dein Dad völlig ahnungslos die Nachricht aufmacht. Aber wenn du deinen Dad vorwarnst, hat er die Wahl, die Nachricht ungelesen zu löschen oder Harveys Nummer zu sperren.«

Ava überlegte ein paar Sekunden lang und schwankte zwischen Hoffnung und Hoffnungslosigkeit. »Aber das wird Harvey nicht daran hindern, die Bilder auf Facebook hochzuladen oder sie anderen Freunden zu schicken.«

Sam runzelte nachdenklich die Stirn. »Die Bilder wären vermutlich nicht lange auf Facebook. Es gibt ziemlich strenge Richtlinien über Nacktheit und Belästigung. Hast du dir schon mal die Seite mit den Gemeinschaftsstandards angeschaut?«

Ava zweifelte. »Aber so ein Foto muss nur ein paar Sekunden online sein, und die Leute kopieren es! Danach könnte es überall auftauchen.« Ihr fiel auf, dass sie Sams Hand umklammerte und sie ihre schrille Stimme kaum mehr beherrschen konnte. »Und wenn Harvey nur leere Drohungen macht, hätte ich meine Eltern grundlos beunruhigt.«

Im Gegensatz dazu klang seine Stimme beschwichtigend. »Und wenn er seine Drohung doch wahrmachen sollte? Wie wäre das für deinen Dad? Es liegt nicht in deiner Hand, ob Harvey deinen Eltern Fotos schickt oder nicht. Doch wie sie von der Existenz dieser Fotos erfahren, liegt sehr wohl in deiner Hand.«

Sie saßen schweigend da und hielten einander an den Händen. Ava fühlte sich von Traurigkeit und Furcht völlig niedergedrückt. Graeme und Katherine lebten ihren Traum in der Dordogne. Der drohte zu zerbrechen, wenn sie auf dem schlimmstmöglichen Weg mit einer so hässlichen Wahrheit konfrontiert wurden.

Langsam löste sie bedrückt ihre Hand aus seiner, griff nach ihrem Handy und rief ihre Kontaktliste auf.

»Möchtest du etwas Privatsphäre?«, fragte Sam sanft und mitfühlend.

»Nein, bitte bleib hier, falls ich am Ende doch kneife.« Sie wusste, wie jämmerlich sie klang, hatte aber das Gefühl, dass nur Sam sie von einer weiteren Panikattacke abhielt.

Rrrriiiing. »O Mist«, stöhnte sie und ballte die freie Hand zur Faust.

Rrrriiing. Sie wimmerte.

»Was für eine nette Überraschung.« Die Stimme ihres Vaters drang über Hunderte Meilen vom Stadtrand in Bordeaux direkt in Avas Herz. »Wir haben Nachbarn auf Besuch. Warte, ich gehe kurz in ein anderes Zimmer, dann höre ich dich besser.« Die Stimmen im Hintergrund wurden leiser, eine Tür wurde geöffnet und wieder geschlossen. »So ist es besser«, sagte Graeme. »Wie läuft's?«

Ava schluckte, ihr Herz pochte wie wild. »Dad, ich

muss dir was erzählen. Es ist nicht besonders schön, und es wird dir nicht gefallen, aber es ist besser, wenn du es von mir erfährst.« Sie kniff die Augen zu, sammelte allen Mut zusammen und erzählte ihm die ganze ekelhafte Geschichte.

Graeme schwieg während der kläglichen Beichte und gab nur durch ein gelegentliches Knurren zu verstehen, dass er ihr zuhörte. Als Avas Stimme leise und von Tränen erstickt verstummte, sagte er endlich etwas. »So etwas macht mich wirklich wütend.« Seine Stimme zitterte bei jedem Wort vor Wut.

Ava schluckte. »Es tut mir leid! Du musst mir nicht sagen, wie dumm ich gewesen bin.«

»Ich bin nicht wütend auf dich!«, zischte Graeme. »Ich bin sauer auf Snaith, den Scheißkerl. Ich würde ihm am liebsten sein Handy in seinen idiotischen Hintern stecken.« Er schnaubte wie ein Bulle, während Ava schniefte und zu begreifen versuchte, dass nicht sie einem Hagel an Beschuldigungen ausgesetzt war.

Als Graeme wieder sprach, klang seine Stimme noch immer barsch, aber er hatte sich offensichtlich gefangen. »Ich kann mir nicht helfen, aber irgendwie habe ich das Gefühl, dass das auch meine Schuld ist.«

»Deine?«

Graeme fluchte. »Ich mochte den Kerl von Anfang an nicht. Ich habe einen Kumpel, der hat sich mit ihm beschäftigt, also habe ich mal meine Fühler ausgestreckt. Er kannte Snaith.«

»Harvey ist der Polizei bekannt?«, wiederholte Ava verblüfft. Sie nahm sogar ihr Handy vom Ohr und starrte es verwundert an.

»Es war nichts Ernsthaftes, sonst hätte ich keine andere Wahl gehabt und hätte mit dir reden müssen. Alkohol war im Spiel – er gehörte zu den lokalen Machos, die wegen Trunkenheit, Erregung öffentlichen Ärgernisses und Prügeleien aufgegabelt wurden. Er hat ein paar Nächte in der Zelle verbracht und wurde zweimal verwarnt.«

Ava hatte das Gefühl, als müsste sie sich selbst kneifen. »Als er mit mir zusammen war, hat er nie Probleme mit der Polizei bekommen.«

»Das ist ein häufiges Verhaltensmuster«, schnaubte Graeme. »Das ist so was wie Rudelinstinkt. Junge Burschen gehen mit ihren Kumpels aus, verhalten sich wie Idioten, geben an, sind aggressiv und überlassen das Reden ihrem Testosteron. Ganz anders mit ihren Freundinnen.« Seine Stimme wurde sanfter, er seufzte. »Ich musste ziemlich mit mir ringen, ob ich es dir erzählen sollte oder nicht, aber du warst ziemlich unabhängig, hattest deinen Job bei Ceri aufgegeben und bist alleine losgezogen. Ich hatte das Gefühl, du wolltest uns auf Abstand halten, und war mir nicht sicher, ob es dir gepasst hätte, dass ich mich einmische.«

»Wow«, Ava atmete durch, sie konnte seine Version der Geschichte kaum glauben. »Ich wusste nicht, dass ich euch auf Abstand gehalten habe. Ich wollte einfach, dass ihr euch frei fühlt, nach Frankreich in den Ruhestand zu gehen. Du warst immer so erpicht darauf, dass ich auf eigenen Füßen stehe.«

»Nun, vielleicht. Aber wenn du die Wahrheit gewusst hättest, hättest du dich vielleicht früher von Harvey getrennt und hättest dem ganzen Ärger aus dem Weg gehen können. Wie dem auch sei«, fuhr er plötzlich sachlich fort. »Wichtig ist jetzt, dass wir die Möglichkeiten durchgehen, wie wir Snaith mal ausbremsen.«

Als Ava schließlich auflegte, drehte sich alles in ihrem Kopf. Sam wartete geduldig neben ihr ab. Sie fasste zusammen, was ihr Vater gesagt hatte. »Er hat gesagt, dass ich ihm einen Tag oder so lassen soll, damit er sich Gedanken machen kann, was wir tun können.«

Sams Gesichtsaudruck entspannte sich, er lächelte. »Er scheint ein toller Kerl zu sein.«

»Ja.« Ava wischte sich den Schweiß von den Händen. »Er hat Ungerechtigkeit natürlich immer schon gehasst, deshalb ist er auch Polizist geworden. Wenn es darum ging, freiwillig irgendwelche Pflichten zu übernehmen, hatte Dad meistens die Hand oben. Er hat hart dafür gearbeitet, um zu dem Polizisten zu werden, dem jeder vertrauen konnte, um den Menschen in Not zu helfen. Ich habe nie seine Hilfe benötigt, darum war mir nie richtig klar … na ja, wie großartig er ist.«

»Fabelhaft«, antwortete Sam geistesabwesend.

Als Ava sich zu ihm wandte und ihn ansah, schaute er nicht einmal in ihre Richtung. Er sah stirnrunzelnd aus dem Fenster über die Lichter der Stadt.

Avas vorübergehende Euphorie versiegte allmählich. Sams düsterer Blick erinnerte sie daran, dass die Angelegenheit noch lange nicht geklärt war. Sie ließ ihren Kopf auf die weiche Sofalehne sinken. »Wie viele Fotos hat Harvey dir geschickt?« Sie musste noch einmal Luft holen, bevor sie den nächsten Satz zusammenbrachte. »Waren sie sehr … schlimm?«

»Was? Oh. Ja. Nein!« Er schüttelte den Kopf und lächelte sie an. »Tut mir leid. Ich habe gerade über etwas nachgedacht. Er hat zwei Fotos geschickt. Eines war ziemlich eindeutig, das andere irgendwie süß.«

Sie stöhnte, und Schamgefühl kam wieder in ihr hoch. »Süß?«

»Wirklich.« Er runzelte wieder die Stirn, nahm ihre Hand und verflocht seine Finger mit ihren. »Hör zu, ich habe eine Idee. Oder zumindest den Ansatz einer Idee. Ich brauche Zeit, um sie auszuarbeiten, aber hast du schon mal den Spruch ›Erfolg ist die beste Rache‹ gehört? Darauf basiert sie.« Er atmete ruhig ein. »Aber dafür musst du mir vertrauen. Meine Idee hat etwas mit deinen Fotos zu tun.«

20

Ein ziemlich dreister Plan

Ava sah ihn schweigend an, ihre Augen wirkten größer als sonst.

»Und das bedeutet«, fuhr er fort, denn er wollte ihr alle unangenehmen Details am besten auf einmal übermitteln, »dass ich den Leuten zumindest eine flüchtige Version der Fakten liefere. Und zu diesen Leuten gehört auch Patrick.«

Sie runzelte die Stirn. »Warum Patrick?«

Er sah auf ihre ineinander verflochtenen Hände herab. Mist. Vermutlich sollte er mit Ava nicht Händchen halten, denn sein Ehrenkodex verbot dergleichen eigentlich. Sein Herz wurde ihm schwer, als er auf ihre Finger blickte, die sich zärtlich um seine schlangen.

»Er ist Teil meines Plans, er ist der Texter von Ruby Glennisters Kampagne. Mir ist schon klar, dass es für dich sehr unangenehm ist, jemandem nach der ersten Verabredung sagen zu müssen, dass dein Ex

Schlafzimmerfotos von dir gemacht hat, aber wenn meine Idee funktionieren soll, brauche ich ihn im Boot.«

»Welche Verabredung?«

Er sah sie plötzlich an. »Gehst du nicht mit ihm aus?«

»Nein.« Sie schüttelte den Kopf. Dann lachte sie ungläubig und wiederholte. »Nein!«

»Ach.« Er brauchte einen Moment, um seine Gedanken wieder zu ordnen. »Er hat erwähnt, dass ihr beide gestern Abend miteinander ausgegangen seid.«

»Ich habe mit dir im *Gaz' Caff* gefrühstückt, und das war trotzdem keine Verabredung.«

»Jetzt erinnere ich mich«, pflichtete er ihr trocken bei. »Keine Ahnung, warum ich das bei Patrick vermutet habe.« Er versuchte, die Unterhaltung vom Morgen noch einmal im Kopf durchzugehen. Hatte Patrick wirklich von einem Date gesprochen? Er klammerte sich an ein Detail, das er definitiv gehört hatte. »Es hat sich angehört, als hätte er dir das Abendessen spendiert, also …«

»Hatten wir uns nicht darauf geeinigt, dass es altmodisch ist zu glauben, dass es sich um eine Verabredung handelt, wenn der Mann zahlt?«, sagte sie vorwurfsvoll, doch sie lächelte ihn an. »Er stand gestern Abend plötzlich vor meinem Fitnessstudio und sagte, er denke über eine Mitgliedschaft nach. Dann bat er mich, ihm bei einer Tasse Kaffee die Örtlichkeiten zu zeigen, und irgendwie kamen dann noch Baguette und Wein dazu. Ich hatte nur einen Zehner dabei, also hat er bezahlt. Ich habe ihm übrigens heute über Izz meinen Anteil zurückgezahlt. Ehrlich gesagt …«, sagte Ava und verdrehte die Augen, »… glaube ich, dass er Izz nach meinen Hobbys ausgequetscht und dann irgendwas erfunden hat, um einfach am Ende meines Kurses aufzukreuzen.«

»Alles klar.« Also hatte Patrick es womöglich absichtlich so klingen lassen, als wäre es ein Date gewesen.

Sie hüstelte vorsichtig. »Ich möchte ja nicht egomanisch oder so wirken, aber können wir jetzt wieder davon reden, wozu zum Teufel du eines dieser Fotos brauchst und warum andere Leute davon erfahren müssen.«

Sams Gedanken kehrten wieder in die Gegenwart zurück. »Ich will dir keine falschen Hoffnungen machen, aber wenn meine Idee funktioniert, schlagen wir mehrere Fliegen mit einer Klappe.« Er schaute in die Nacht hinaus und fasste für sich die Gedanken zusammen, die ihm vor ein paar Minuten in den Sinn gekommen waren.

Er begann langsam zu lächeln. »Es könnte funktionieren. Aber wir müssen sofort daran arbeiten, Mom und Tante Van kommen morgen, ich werde sie bitten müssen, sich von Euston aus ein Taxi zu nehmen. Ruby Glennister muss noch zustimmen, doch sobald diese Voraussetzungen einmal vorhanden sind, werden alle anderen im Nu die Idee aufgreifen.« Etwas an der Nachtlandschaft, die stillen und die blinkenden Lichter der Weihnachtsbeleuchtung, beflügelte seine Vorstellungskraft.

»Aber was?«, wollte Ava wissen und schüttelte seine Hand, als wollte sie ihn wachrütteln. »Was für eine Idee? Und was hat Ruby damit zu tun?«

Er zwinkerte. »Für dich sind zwei Dinge von höchster Bedeutung: erstens Harveys Mobbing; zweitens dein geringer Umsatz. Ich denke, ich kann das eine nutzen, um das andere anzukurbeln. Was Ruby betrifft, so wäre das eine einzigartige Gelegenheit, wie ihr euch gegenseitig helfen könntet. Ihr würde es auch nützen, aber sie müsste wirklich einverstanden sein, denn die Idee ist ziemlich dreist. Ich hoffe, dass sie ihr gefällt und dass es den anderen nichts ausmacht, dass ich in ihre Kampagne platze. Bisher hatten sie sowieso noch keine zündende Idee.«

Er hob eine Hand, um ihre nächste Frage abzuwehren, die ihr ganz offensichtlich auf den Lippen lag. »Aber ich brauche etwas Zeit, um mir Gedanken darüber zu machen. Könntest du dir ein Taxi bestellen? Ich rufe dich morgen an. Kannst du dir den Tag freihalten? Du bist auch involviert. Ich kann dir jetzt nicht mehr dazu sagen, weil ich an der Idee feilen muss, solange sie noch frisch ist, und wenn ich zu früh mit dir darüber rede, könnte sie sich in Luft auflösen, fürchte ich.«

Sie zögerte. »Okay, aber … na ja, welches Foto brauchst du dafür?«

Er sah die Angst auf ihrem Gesicht und empfand wieder Mitleid für sie. »Das süße Foto! Natürlich nur das süße.« Er kramte hastig sein Handy aus der Tasche, um ihr zu beweisen, dass sie nichts von ihm zu befürchten hatte. »Da. Es sind die letzten beiden Fotos, du kannst das andere also selber löschen. Das süße Foto muss sowieso wegen der Qualität und dem Copyright bearbeitet werden, aber vorerst lasse ich es so, damit ich einen Bezug habe.«

Ava ergriff zögernd sein Handy. Er beobachtete sie, während sie die Fotos aufrief. Ihre Unterlippe zitterte kaum merklich, bevor sie das kränkende Bild mit einem schonungslosen kleinen Fingerstrich löschte.

»Prüfe meine Einstellungen und versichere dich, dass meine Bilder nicht automatisch auf einem anderen Gerät gespeichert werden. Ich bin mir ziemlich sicher, dass sie das nicht tun, weil ich gerne verschiedene Ordner an verschiedenen Orten verwalte und die Sachen manuell verschiebe, wenn es sein muss.«

»Das muss ich nicht.« Sie wollte ihm das Handy zurückgeben.

Er hielt sie sanft davon ab. »Überprüfe es. Dann

weißt du, dass du mir vertrauen kannst. Ich werde dich auch brauchen.«

Er sah ihr zu, während sie alles kontrollierte, ihre Bewegungen wirkten nun ruhiger. Dann kehrte sie zu dem Bild zurück, das sie nicht gelöscht hatte. Er beobachtete sie, wie sie es sich ansah. »Und das nennst du süß?«

»Ich finde, das trifft es.« Er schaute wieder aus dem Fenster, damit sie wusste, dass er sie nicht anstarrte. Das Foto hatte sich sowieso in sein Gedächtnis gebrannt – Ava von der Hüfte aufwärts, ein großer Fascinator mit langen Federn steckte in ihrem Haar, über den Brüsten hielt sie jeweils einen Hut: einen roten und einen blauen. Sie strahlte Spaß und Schalk aus.

Er wünschte, er könnte mehr von dieser Ava sehen. Der glücklichen Ava.

21

Hut ab vor Ava Bliss

Freitag, 21. Dezember

Gegen halb zehn rief Sam Ava an: »Kannst du so gegen eins vorbeikommen? Arbeitsessen und Ideenfindung.«

»Ja, gut«, willigte sie vorsichtig ein – überlegte, wie sie sich ein Arbeitsessen in einer PR-Agentur vorzustellen hatte. Izz konnte sie nicht fragen, sie war bereits aus dem Haus. »Was habe ich denn da groß beizutragen?«

Sam klang überrascht. »Ohne deine Einwilligung können wir wenig ausrichten – oder? Bis später.« Dann legte er auf.

Ausrichten? Der Morgen verstrich langsam in dem stillen Haus, und Ava versuchte, sich zu beschäftigen. Am Abend stand Wendys zweite Anprobe bevor, der noch unverzierte Hut wartete schon auf dem Hutständer. Sie putzte das Atelier, machte das Wohnzimmer sauber und legte die kürzlich eingetroffenen Weihnachtskarten in eine Reihe nebeneinander.

Sie hatte ihre Haare zu einem braven Knoten hochgesteckt und wollte gerade in ihren Mantel schlüpfen, als jemand an die Haustür klopfte.

Ungeduldig riss sie sie auf. »Dad?«

Graemes faltige Mundwinkel formten ein Lächeln. »Darf ich reinkommen?«

»O Dad!« Ava warf sich in die sicheren, wärmenden Arme ihres Vaters. »Du hast mir gefehlt! Es tut mir leid, dass ich so dumm war. Aber es ist toll, dass du hier bist.«

Graeme drückte sie fest an sich. »Du fehlst uns, Liebling. Wir haben überlegt, dass es besser wäre, wenn ich rüberkommen und dir beistehen würde, also habe ich den ersten Flieger von Bordeaux genommen.«

Avas Tränen versickerten im Mantel ihres Vaters. »Das ist großartig, Dad. Oh«, sie löste sich. »Ich muss jetzt rüber nach Brick Lane.« Sie erklärte ihm rasch, was sie bisher von Sams Einladung verstanden hatte – was nicht viel war, als sie es vor dem scharfen Blick ihres Vaters darlegte.

Graeme nickte kurz. »Das ist gut, vor allem das Mittagessen. Ich komme direkt von Gatwick und habe seit einem Croissant auf dem Flughafen in Bordeaux noch nichts gegessen. Ich komme mit.«

Während sie unter einem stürmisch grauen Himmel zur U-Bahn-Station Camden Town liefen, unterhielten sie sich über Frankreich, Weihnachten, Hüte und vieles mehr, außer über Harvey und die Fotos. Erst als sie die Aldgate Station erreichten und wieder ans trübe Tageslicht auftauchten, zog Graeme sein Handy heraus. »Gib mir mal Snaiths Telefonnummer und seine E-Mail-Adresse, okay?«

Ava kramte ihr Handy heraus und öffnete die Kontaktliste. »Was hast du damit vor?« Sie rief Harveys Daten auf und tippte auf *Teilen*.

»Ich habe da so eine Idee.«

Ava zog den Kopf unter dem Nieselregen ein und vergrub ihre Hände in die Taschen. »Ich hoffe, diese Idee verjagt ihn endgültig. Mir wird jedes Mal schlecht, wenn ich eine Nachricht von ihm bekomme. Was er schreibt, ist so ekelhaft, Dad. Du willst es nicht sehen, glaub mir.«

Graeme blieb stehen. »Enthalten seine Nachrichten Drohungen oder Beleidigungen. Zeig mal!«

Das Herz rutschte ihr in die Hose. »Du würdest dich nur aufregen und müsstest dir auch die Fotos ansehen.«

Er zögerte. »Verstehe. Aber wenn die Nachrichten so beleidigend sind, musst du mir ein paar davon vorlesen.« Er zog sie in eine Nische zwischen zwei Geschäften, wo Ava nuschelnd ein paar Nachrichten vorlas und sich vor Scham krümmte.

»Perfekt!«, grinste Graeme triumphierend. »Egal,

was du tust, lösch das bloß nicht. Der Idiot hat offensichtlich noch nie was vom Gesetz gegen Hassbotschaften gehört. Du weißt, dass du mit diesen Beweisen zur Polizei gehen könntest, oder? Die sind ja handfest.«

Ängstlich schob Ava ihr Handy tief in ihre Tasche. »Was, ihn anzeigen? Mich dem Verhör bei der Polizei aussetzen?«

Graemes Blick wurde milder. »Ich könnte dich begleiten. Aber ich verstehe, wenn du zuerst auf anderem Wege versuchen möchtest, dem Spuk ein Ende zu setzen.«

»Keine Frage«, seufzte Ava inbrünstig.

Als sie bei Jermyn's ankamen, brach Ava der Angstschweiß aus. Sie hatte keine Ahnung, auf was sie sich gefasst machen musste, und fürchtete, dass alle in der Agentur herumsitzen und über ihre Dummheit herziehen würden. Doch gleichzeitig hoffte sie wider alle Hoffnung, dass Sam doch etwas einfallen würde, was die Lage verbessern könnte, und so drückte sie auf den Knopf an der Gegensprechanlage und sagte mit fester Stimme. »Ava Blissham für Sam Jermyn.«

Es knackte. »Bitte kommen Sie in den ersten Stock.« Die Tür klickte und öffnete sich.

Graeme klopfte ihr beruhigend auf die Schulter. »Komm, lass uns hören, worum es geht.«

Seine Wärme und sein Mitgefühl sorgten dafür, dass Ava sich ein wenig besser fühlte.

Als sie oben ankamen, umarmte Barb Ava, als wären sie alte Freundinnen. »Hallo, Liebes! Sie sind alle schon im großen Besprechungsraum. Ich zeig dir, wo es ist. – Und wer ist das? Dein Vater? Verflixt, was für ein gutaussehender Dad!«

Sie liefen einen kurzen Flur entlang, wo üppige Grünpflanzen in weißen Übertöpfen standen, und folgten Barb in einen quadratischen Raum mit einem runden Tisch. Ein paar Leute standen noch herum, manche saßen bereits, einige Stühle waren noch leer. An zwei Wänden hingen Whiteboards. Izz war nicht da, aber Ava hatte auch nicht mit ihr gerechnet. Sie klebte vermutlich vor einem Computer und schlug sich mit Datenbanken herum.

Todds Kopf tauchte aus der Menge auf. »Graeme! Dich hätte ich nicht erwartet.« Er ging auf ihn zu, schüttelte ihm die Hand, umarmte dann Ava und flüsterte ihr zu. »Lass nicht zu, dass dich das Arschloch Harvey fertigmacht.«

Als Ava wieder aus Todds Umarmung auftauchte, sah sie, dass Sam sich ihrem Dad bereits vorgestellt hatte. »Wir haben viel Arbeit vor uns, wollen wir gleich anfangen?« Er küsste Ava auf die Wange. »Setzt du dich bitte neben Ruby?«

Ava bemerkte Ruby erst jetzt. Ruby winkte ihr fast unmerklich mit den Fingerspitzen zu und schien ebenso nervös zu sein wie Ava. Avas Gefühl von Unwirklichkeit wuchs, als sie sich auf den leeren Stuhl neben der Spielerfrau setzte, die von allen Boulevardzeitungen und Social Media Titten-Ruby genannt wurde.

»Alles klar«, fing Sam an, was den Effekt hatte, dass jeder, der noch stand, sich sogleich einen Stuhl suchte. »Wegen unserer Gäste stelle ich die Teilnehmer der Runde vor. Ruby Glennister, unsere Auftraggeberin, Ava, von Ava-Bliss-Hutmoden, Todd, Graphikdesign, Jake, Fotograf, Manda Jane, Medienkauf, Emily, Social-Media-Manager, Patrick, Texter, Graeme, Avas Dad.«

Ava versuchte, jeden anzulächeln, doch Sam fuhr bereits fort. »Das Ziel der Agentur ist es, ein besseres Verhältnis zwischen Ruby und der Boulevardpresse zu generieren, die ihr derzeit das Leben schwermacht. Es ist zwar nicht leicht, die Meinung der Leute zu ändern, aber möglich ist es durchaus. Meine Idee wäre, Ruby und Ava die letzten Tage vor Weihnachten gemeinsam in eine Kampagne einzubeziehen. Die Idee ist so dreist wie einfach und basiert auf Rubys Bereitschaft, sich über sich selbst lustig zu machen, und zugleich auf der Bereitschaft des Publikums, an Weihnachten auch Blödsinn auszutauschen, wenn über die Server mehr E-Cards und witzige Botschaften als arbeitsbezogene E-Mails verschickt werden.«

Er unterbrach sich, als Barb mit einem Rollwagen voller dampfender Tassen Kaffee und Tee, einem

Tablett mit dreieckigen Sandwiches und einer Schüssel grünem Salat hereinkam, den sie sofort Ruby reichte.

Sam fuhr fort, während die Sandwiches herumgereicht wurden. »Ruby, Ava ist etwas passiert, das mich auf eine aufregende Idee gebracht hat. Aber mein Plan hängt davon ab, ob Ava bereit ist mitzumachen. Sie kann sich auf diesem Weg einem breiteren Publikum bekannt machen, und ich hoffe, dass du nichts dagegen hast, dass ihr beide von der Sache profitiert.«

Ruby zuckte die Achseln und nickte. Sie wirkte so ratlos, wie Ava sich fühlte.

Ava wollte nicht wirklich etwas essen, ihr wurde aber bewusst, dass sie seit gestern nichts mehr zwischen die Zähne bekommen hatte, und nahm ein Sandwich, um daran zu knabbern, und eine Tasse Kaffee und zwang sich zur Geduld.

Graeme saß neben ihr, blickte düster drein und tippte irgendwas in sein Handy.

Sam fuhr ruhig fort. »Als Plattform für das virale Marketing unserer Kampagne schlage ich eine standardmäßige Veröffentlichung in einem Onlinemagazin vor. Der Beitrag wird so aussehen, dass Ava Hüte für Ruby macht – oder zumindest so tut. Ava, du hast dafür genügend Hüte.«

»Was soll das denn bringen?«, warf Ruby ein und wirkte enttäuscht.

Sam brachte sie mit einer Geste zum Schweigen. »Das ist nur eine Plattform. Da wir keinen Draht zu Printmedien haben, hat Manda Jane einen Kontakt zum Onlinemagazin *Alive Today* genutzt, das eine hohe Trefferquote auf seinen Promi-Tratschseiten hat. Der Beitrag soll morgen erscheinen, ich möchte also, dass Jake und Patrick heute Nachmittag wegen Bildern und Text Ava und Ruby in Avas Atelier begleiten.«

Patrick schnaubte. »Und die Deadline ist heute Abend?«

»Um sechs«, bestätigte Sam. »Ruby, die Story wird sein, dass du diese phantastische junge Modistin gefunden und dich in ihre Hüte verliebt hast, die dir dabei geholfen haben, eine schwere Zeit zu überstehen.«

Ruby zuckte erneut die Achseln und wirkte auch nicht begeisterter als vorher. »Das klingt zwar nicht besonders originell, aber okay.«

»Der Interviewer«, er wies dabei mit dem Stift auf Patrick, während er auf die Notizen auf seinem Tablet sah, »wird aus dir herauskitzeln, du hättest inzwischen erkannt, dass deine jüngsten Äußerungen der Presse gegenüber unklug waren. Patrick, deine Reaktion wird sein: ›defensive Antwort‹ und ›verständlicher Fehler‹, okay? Du bist hervorragend bei der Wahl überzeugender Worte – meide brutale Ausdrücke wie ›Lügen‹. Als Aufhänger nutzt du einen

Untertitel oder einen Witz über ›die nackte Wahrheit‹. Dann sollte Ruby am Ende sagen: ›Ich ziehe meinen Hut vor Ava Bliss.‹ Die Inhalte von *Alive Today* schaffen es oft auf *BuzzFeed* und so. Das ist dein Ziel.«

Patrick wirkte interessiert. »Verstanden.« Er fing an, Notizen in seinen Laptop zu tippen.

»Das Interview muss stattfinden, während Ava Ruby Hüte aufsetzt, als wäre sie zur Anprobe dort. Okay, Ava?« Sam sah sie an.

»Bisher sehr einfach.«

Ihr Vater, der neben ihr saß, nahm erneut sein Handy zur Hand, tippte auf das Display und rief »Ha!«

Ava wandte sich ihm zu, doch Sam wies mit seinem Stift bereits auf Jake. »Währenddessen machst du viele Fotos von Ruby, wie toll diese super Spielerfrau in Avas Hüten aussieht. Ich habe Ruby gebeten, ein paar Oberteile und Schmuck mitzubringen.« Er sah Ruby fragend an. Sie hob zur Bestätigung eine Tasche in Krokodillederoptik hoch.

Sam klappte neben seinem Tablet einen Laptop auf. »Diese Bilder werden den geringeren Platz in dem Beitrag einnehmen. Ihr wisst alle, wie überladen *Alive Today* mit Fotos ist. Die beiden Hauptfotos zeigen Ava und Ruby, jedes davon basiert hierauf«, sagte er und nahm eine kleine Fernbedienung zur Hand. Fast lautlos glitt eine Leinwand herab.

Sam tippte auf ein paar Tasten auf seinem Laptop, und schon erschien Avas süßes Foto, das Harvey von ihr gemacht hatte, in voller Größe auf der Leinwand. Ruby lachte entzückt. »Das ist toll, Schätzchen! Ava, du siehst toll aus.«

Patrick pfiff leise.

Ava spürte, wie ihr die Hitze ins Gesicht stieg. Sie konnte ihren Vater nicht ansehen.

Graeme räusperte sich und sah Sam finster an. »Ich hoffe, das ist notwendig.«

Sam sah ihn gelassen an. »Ich denke schon.«

»Wirklich?«, platzte Ava heraus. »Willst du ernsthaft damit sagen, dass mein Foto auf *Alive Today* veröffentlicht werden soll. Warum ich?«

»Weil du toll aussiehst, Schätzchen«, wiederholte Ruby und lächelte noch immer über das Foto. »Siehst du uns nicht beide, wie wir außer den Hüten über unseren Titten nichts anhaben? Wir werden toll aussehen. Sam, du frecher Kerl – was für ein durchtriebener Hinweis auf meine Tittensache.«

Sam lächelte, und seine Gesichtszüge wurden weicher. »Man muss deinen Sinn für Humor mitbekommen. Und du wirst genauso gut aussehen wie Ava, nicht wahr, Jake?«

Jake studierte noch immer Avas Bild. »Kein Problem. Ihr beide werdet Furore machen. Ava, das ist ein tolles Foto.«

Ava meinte, dass sie kaum noch mehr erröten konnte, doch wenigstens sah niemand sie entsetzt oder verächtlich an.

Genau genommen, sah Patrick sie offenkundig voller Bewunderung an. »Und wie«, pflichtete er bei.

Sam schnitt ihm das Wort ab. »Jake, ganz wichtig ist, dass du für Avas neues Foto nicht die gleichen Hüte benutzt. Wir wollen nicht, dass der Fotograf dieses Bildes behaupten kann, wir hätten sein Urheberrecht verletzt, denn er ist Avas Exfreund, die beiden liegen sozusagen … gerade im Streit.«

Ava sah über diese meisterhafte Untertreibung hinweg, denn langsam wurde ihr klar, was Sam mit Rache und Erfolg gemeint hatte. »Aber sobald er das Bild sieht, wird er wissen, dass es seine Idee war.«

Ein zufriedenes Funkeln blitzte in Sams Augen auf. »Genau.« Er machte eine Pause und schenkte sich einen schwarzen Kaffee ein. »Und er wird das Bild sehen, keine Sorge.« Sein Gesicht sah abgespannt aus, doch seine Stimme klang energisch und voller Enthusiasmus. »Der Werbespot, der Teil der Kampagne werden soll, ist ein wenig kniffliger und wird Todd einiges an Arbeit abverlangen, die er in kürzester Zeit erledigen muss. Er wird seinen Feierabend und vermutlich das Wochenende streichen müssen.«

Todd nickte gelassen. »Ich wusste doch, dass ihr mich auch braucht.«

Sam klickte zur nächsten Seite. »Was wir brauchen, Todd, ist eine bewegte Weihnachtskarte, etwa in dieser Art – eine animierte Karte, auf die die Leute ihr Gesicht hochladen können.« Er klickte auf das Dreieck in der Mitte des Bildes, das sich in eine Band aus Cartoonkörpern mit fotografierten Gesichtern verwandelte, die Jingle Bells sangen und dazu tanzten.

»Ich weiß schon, so eine Art Star im eigenen Cartoon.« Todd grinste, als er sah, dass jedes Bandmitglied ein Gesicht von Mitarbeitern der Agentur trug, die Mundbewegungen simulierten.

»Ganz genau. Ich will, dass sie singen und tanzen. Lediglich zwei Gesichter können nicht ausgetauscht werden – das von Ruby und das von Ava. Sie tragen darauf dieselben Hüte wie auf Jakes Fotos, aber hier halten sie sie vor die Brust. Bei den drei anderen Bandmitgliedern können die Leute hingegen Fotos von ihren Gesichtern hochladen, um selbst Teil des Cartoons zu werden.«

»Das könnte super werden!«, rief Emily und tanzte förmlich auf ihrem Stuhl. »Wenn es clever und lustig genug gemacht wird, könnten wir es durch die Social Media jagen. Wir können es mit der Plattform von *Alive Today* verlinken, dann kapiert jeder den Witz. Der Beitrag und die Karte sollten überall zu sehen sein!« Sie wand sich vor Aufregung.

»Super«, hauchte Ruby.

Sam wandte sich an Ruby und zwinkerte ihr zu. »Es gibt noch eine Pointe.«

»Ach ja?« Fragend sah sie ihn an: »Das ist der

Punkt, an dem die gute alte Ruby sich auf die Schippe nimmt, nicht wahr?«

Sein Grinsen wurde breiter. »Erinnerst du dich an die letzte Zeile des Beitrags? ›Ich ziehe meinen Hut vor Ava Bliss.‹ Das wird dein Satz – du nimmst ihn auf –, dann fliegen die Hüte runter. Avas Avatar wird erröten und entsetzt dreinschauen. Die restlichen Bandmitglieder applaudieren.«

Ruby starrte ihn fünf volle Sekunden lang an. Dann brach sie in begeistertes Gelächter aus. »Sam Jermyn! Mein Cartoon lässt tatsächlich *ihre* Titten aufblitzen?«

»In der Tat«, bestätigte er. Sein Grinsen war boshaft.

Ruby warf ihren Kopf zurück und lachte laut auf. »Das ist dreist, Sam Jermyn. Ja, dann mach das, wenn du glaubst, dass das die Presseschakale beeindruckt. Nur zu. Ava, Baby, wir werden einen Megaerfolg damit landen. Wir werden so heiß aussehen!«

»Hm«, brummte Ava unsicher. Es war verwirrend, aber aufregend. Sie hatte Mühe mitzukommen, als Sam weitere Details erläuterte, während die Leute angeregt miteinander flüsterten, auf ihre Tablets drückten, Sam unterbrachen und nachfragten.

Ava arbeitete stets alleine. Sie hatte noch nie in einem kleinen Raum mit so vielen anderen gesessen, die sich vor lauter Ideen buchstäblich überschlugen. Sie hatte das Gefühl, als hätte sie jemand ans Stromnetz angesteckt.

Sie machten das alles für sie und Ruby. Ihr kamen fast die Tränen, als sie mitbekam, wie Emily Ruby anwies, ihre Follower auf Twitter nach Spielerfrauen und Fußballkumpeln zu durchsuchen. Sie sollten sich bereit erklären, sorgfältig von Emily gewählte Tweets rauszuschicken, und sich auch als Bandmitglieder zur Verfügung stellen, indem sie die Karte mit ihren Gesichtern auf ihren Facebook-Seiten posteten.

»Ich glaube schon fast an Weihnachten«, schniefte Ava.

Selbst Ruby, die es eher gewohnt war, ein Team um sich zu haben, das Dinge für sie erledigte, strahlte über das ganze Gesicht. »Super! Ihr Jungs reißt einen förmlich mit.«

Sam feuerte pausenlos Anweisungen ab. »Ava und Ruby, ein Wagen wartet unten auf euch und bringt euch zu Avas Atelier. Wenn ihr ankommt, legt Make-up auf. Patrick und Jake, für euch kommt der Wagen in einer halben Stunde, also sucht euer Zeug zusammen. Jake, ich habe dir die Originalfotos per Mail geschickt. Ich will, dass die beiden Ladys vor Vergnügen strahlen. Nimm einen einfachen Hintergrund.«

»Schwarz«, warf Ruby ein. »Mit Weiß sehe ich zehn Jahre älter aus.« Sie sah nicht aus, als wolle sie das zulassen.

Sam stand auf. »Todd, soll ich dir helfen bei der Animation?«

»Du hast schon genug vorgelegt, womit ich arbeiten kann. Überlass das vorerst mir.« Todd schnappte sich sein Tablet und eilte aus dem Zimmer.

Ruby hakte sich bei Ava ein. »Ava, Baby, komm. Sobald wir im Auto sind, rufe ich meine Kosmetikerin an und frage mal nach, ob sie jemanden bei dir vorbeischicken kann. Wir müssen Nägel und Gesicht machen lassen, okay? Denn unsere Hände wird man auch sehen. French Nails sind vermutlich am besten, damit sich unsere Nägel nicht mit den Farben deiner Hüte beißen.«

Ava sah auf ihre Hände herab. »Meine Nägel sind nicht vorzeigbar. Ich arbeite mit meinen Händen, sie stecken ständig in Dampf und Fixiermittel.«

Ruby schob sich stolz durch die Agenturtür. »Sie soll dir für den Tag falsche Nägel dranmachen. Ist ganz leicht.«

22

Androhung juristischer Kollateralschäden

Das geschäftige Schwirren im Raum hatte sich gelegt, nur Sam und Graeme Blissham waren noch da. Sam sank auf seinen Stuhl, er war müde, kein Wunder nach nur zwei Stunden Schlaf in der vergangenen Nacht, und die Energie, die er noch während des Meetings empfunden hatte, war verflogen. Doch dass seine Ideen so begierig aufgenommen worden waren, erfüllte ihn mit Genugtuung. Das war sein Job. Andere zu begeistern.

Im Moment spielte es keine Rolle, dass seine Pläne für den Tag und für das Wochenende über den Haufen geworfen worden waren. Alle waren begeistert, Ruby war zufrieden. Ava … Ava hatte ihn mit großen Augen angestarrt, als wäre er der Kerl, der auf alles eine Antwort hatte.

Graeme schenkte Sam noch etwas Kaffee ein. »Wenn Sie das erfolgreich durchziehen, werden wir alle den Hut vor Ihnen ziehen.« Dann fügte er zögernd hinzu: »Sie sehen todmüde aus, könnten Sie trotzdem noch eine Stunde erübrigen? Ich würde ganz gerne mit Ihnen zu Harvey Snaiths Arbeitsplatz fahren.«

Sam atmete den Kaffeeduft ein und versuchte, Graemes Worte zu entschlüsseln. »Wo arbeitet er denn? Warum wollen Sie, dass ich da mitkomme?«

Grame lehnte sich entspannt zurück. »Er ist Buchhalter in Hoxton. Ich möchte ihm die Leviten lesen und brauche einen Zeugen. Jemanden, der sich nur an das erinnert, an was er sich erinnern soll. Und mir scheint, dafür wären Sie der Richtige.«

»Okay«, hörte Sam sich sagen, und die Neugierde lud seine leeren Batterien wieder auf. Der Richtige zu sein könnte auch ihm nutzen.

Ava hatte es langsam satt, Ruby einen Hut nach dem anderen auf ihr glänzendes schwarzes Haar zu setzen, und sie hatte es satt, auf ihre ungewohnt langen Nägel zu achten. Sie war es leid, Jake sagen zu hören: »Noch einmal, Ava. Und schau dabei auf zu mir«, während Patrick gleichzeitig Rubys »Interview« mit seinem Handy aufnahm, was sie als Zeitverschwendung empfand, denn beide wussten, was er fragen und was Ruby antworten sollte.

Aber während sie einen kanariengelben Strohhut

schräg auf Rubys Kopf platzierte, erkannte sie, dass Patrick es hervorragend verstand, so lange immer wieder auf ein Thema zurückzukommen, bis er die Antworten hatte, die er wollte. Genau wie an jenem Tag, als er bei ihrem Fitnessstudio aufgekreuzt war. Er näherte sich seinem Ziel auf Umwegen und hoffte, die Abwehr seines Gegenübers zu unterlaufen.

»Sehe ich in dem Gelb nicht blass aus?«, fragte Ruby.

Jake legte nachdenklich seinen Kopf zur Seite. »Ich glaube, das ist eher die Herbstfarbe deines Oberteils. Probier mal das Weiße.«

Patrick wedelte mit seinem Handy vor Avas Nase herum. »Wo würde Ruby so einen Hut tragen?«

Ava unterdrückte das Verlangen, ihn wie eine Fliege zu verscheuchen. »In Ascot oder bei einer schicken Gartenparty. Oder auf einer Hochzeit.«

Alle warteten, während Ruby sich aus einer bronzefarben gestreiften Bluse schälte und unbefangen in BH und Leibchen dastand, während sie ein luftiges weißes Top im Lagenlook herauszog und dazu Ohrringe mit weißen Sternen anlegte, die an Goldkettchen von ihren Ohrläppchen baumelten.

Während Ava zusah, wie Ruby sich im Spiegel begutachtete und winzige Korrekturen vornahm, dachte sie an ihre Zeit bei Ceri, wo die betuchten Kundinnen, die nach den Anproben noch endlos weiter an sich herumzupften, sie oft gelangweilt hatten.

Doch diesmal machte es Ava nichts aus. Alles war ihr recht, was den schrecklichen Moment, wenn Jake Harveys ›süßes‹ Tittenfoto nachstellte, noch ein wenig hinausschieben würde. Jake hatte bereits vier Cocktailhüte ausgewählt, schwarz und rotbraun für Ruby, himmelblau und goldfarben für Ava. Noch fühlte sie sich in ihrem schlichten schwarzen Stretchkleid, das mit Rubys aufwendigen Klamotten nicht konkurrierte, sicher.

»Ava?«

Sie blinzelte. »Ja?«

Jake wedelte ungeduldig mit der Hand. »Der Hut? Auf Rubys Kopf?«

»Oh! Tut mir leid.« Ava griff wieder nach dem kanariengelben Hut.

Ruby prüfte ihr Spiegelbild. »Danke, Baby. Nehmen wir als nächsten den weißen mit den schwarzen Federn? Könntest du dafür meine Haare hochstecken? Ich habe ein schwarzes Seidenkleid mit Blumenmuster dabei, das toll dazu passt.«

»Okay, Ruby, lächle unter der Krempe zu Ava auf. Ava, neige deinen Kopf, als würdest du gerade die letzten Handgriffe machen … Jetzt, Ava, schau mich an und lächle. Ruby, schau in den Spiegel.«

Als sie mit dem kanariengelben Hut durch waren, wandten Jake und Patrick sich ab, während Ruby sich das schwarzweiße Kleid anzog, das großartig an ihr aussah.

Ava schaute ein wenig neidisch zu. Dass Ruby so viel besaß, machte ihr erst bewusst, wie sehr sie sich daran gewöhnt hatte, so wenig zu besitzen.

Doch schließlich beendeten sie die Sitzung zum Thema »Ruby deckt sich mit Hüten ein«. »Jetzt kommen die ›behüteten Titten‹«, kündigte Jake an. »Patrick hilft mit dem Hintergrund, inzwischen könnt ihr Mädchen euch umziehen.«

Avas Herz begann heftiger zu pochen. Doch sie hatte keine Wahl, sie führte Ruby in ihr Schlafzimmer, wo sie sich ihrer Kleider entledigen konnten.

Avas Hände zitterten, als sie ihr Kleid auszog und ihren BH öffnete.

»Wahnsinn, du bist wunderschön.« Ruby hatte sich bereits aus ihren Sachen geschält. »Gut, dass wir richtige Slips anhaben, oder? Denn Jake hat gesagt, dass wir keine Strumpfhosen tragen dürfen, falls die zu hoch sitzen und ins Bild reichen.«

Ava nickte. Normalerweise trug sie Tangas, jetzt war sie aber froh, dass sie auch ein paar einfache schwarze Hüftslips in ihrer Sammlung hatte. »Glaubst du, Patrick bleibt auch da?« Nun war die Zeit gekommen, fast alle Hüllen fallen zu lassen, ihr wurde übel.

Ruby hatte einen rosafarbenen Seidenkimono mitgebracht, in den sie jetzt mit einem fröhlichen Grinsen schlüpfte. »Der Kerl hat die Augen überall, was? Den werden wir vertreiben.«

»Das machen wir«, pflichtete ihr Ava aus tiefstem Herzen bei.

Da Ava keinen rosafarbenen Seidenkimono besaß, entschied sich für ihren dicken weißen Frotteebademantel, schnürte den Gürtel eng zu und lief hinter Ruby her ins Atelier. Als sie hereinrauschte, gab Ruby Patrick gerade einen flüchtigen Kuss auf die Wange und wedelte mit den Fingern. »Bis bald, Darling. Du hast bestimmt viel zu schreiben, was?«

Patrick hatte bereits seinen dünnen Laptop aufgeklappt. »Ich kann hier schreiben, die Zeit drängt ja.«

Ruby winkte ihn zur Ateliertür. »Phantastisch! Dann geh runter in die Küche. Ich und Ava wollen nicht dein Getippe hören, während wir fotografiert werden. Oder, Ava?«

Ava hielt ihren Bademantel fest geschlossen und schüttelte den Kopf. Ihre Kehle war so trocken, dass ihr die Worte bestimmt im Hals steckengeblieben wären.

Patricks dunkle Augen ruhten einen Augenblick auf ihr. »Okay.« Er verließ den Raum, und Ruby schloss die Tür hinter ihm.

Jake blickte auf sein iPad. »Dieses Originalbild hat wirklich was, Ava.«

Sie seufzte kläglich.

Er hob seinen Blick. »Ist dir das Shooting unangenehm?«

Mit trockener Kehle flüsterte sie: »Ein wenig.«

Für Jake war diese Situation ganz offensichtlich nichts Neues. »Mach dir keine Sorgen. Du zeigst im Bikini vermutlich mehr als auf dem fertigen Foto, und ich werde mich umdrehen, wenn ihr euch zurechtmacht«, sagte er leichthin und widmete sich wieder seinem iPad. »Ich glaube, du stehst auf dem Originalfoto, oder? Das sollten wir auch so machen, weil es für die Pose besser ist. Darf ich die Blende vor das Dachfenster ziehen? Ich möchte nicht, dass der Hintergrund oben heller wirkt.«

Er zog die Blende vor das Fenster und wandte dann sein Gesicht zur Wand. »Gut, Ladys, dann schnappt euch die Hüte. Sagt mir, wenn ihr so weit seid und ich mich umdrehen kann.«

»Los geht's, Baby.« Ruby schüttelte ihren Umhang ab und griff nach den vorgesehenen Hüten.

Zitternd und zögerlich folgte Ava ihrem Beispiel, die kühle Luft auf ihrer nackten Haut ließ sie erschaudern. Dieses Shooting rief böse Erinnerungen in ihr wach.

»Graeme Blissham für Harvey Snaith.« Graeme lächelte dem gertenschlanken Mädchen am Empfang zu, wo stachelige Skulpturen auf glänzend weißen Sockeln ins Auge stachen. »Mr Snaith hat gesagt, dass er heute Nachmittag da sei, wenn ich vorbeikommen wolle – Jyoti«, fügte er nach einem Blick auf ihr Namensschild hinzu.

Jyoti nickte, lächelte und nahm den Telefonhörer in die Hand. Ihre mit Kajal umrandeten braunen Augen und ihr dichtes schwarzes Haar schimmerten unter dem fluoreszierenden Licht.

»Ich glaube nicht, dass er das gesagt hat«, murmelte Sam.

»Natürlich nicht«, murmelte Graeme zurück. »Aber dann hätte sie vermutlich sofort erklärt, er wäre nicht da. Die wichtigste Aufgabe des Empfangs ist es doch, Besucher abzuwimmeln.«

Jyoti hielt den Telefonhörer mit professionellem Bedauern vom Ohr weg. »Tut mir leid, ich fürchte, Harvey ist gerade auf dem Sprung. Er hat gefragt, ob Sie eine Telefonnummer hinterlassen wollen, unter der er Sie erreichen kann.«

Graeme lächelte noch herzlicher und sagte so laut, dass Harvey es am anderen Ende der Leitung hören musste. »Wenn Harvey nicht verfügbar ist, kann ich gerne auch mit einem der Seniorpartner sprechen.«

Jyoti schien überrascht, dass Graeme so unverfroren einen Seniorpartner erwähnte, doch ein Brummen aus dem Hörer bewahrte sie davor, nach einer eleganten Ausrede suchen zu müssen, um die höheren Etagen vor dem Pöbel zu schützen. »Oh … Okay.

Danke«, sagte sie erleichtert ins Telefon, bevor sie den Hörer wieder auflegte. »Harvey sagt, fünf Minuten hat er für Sie. Ich bringe Sie in den Konferenzraum Nummer zwei.«

»Wunderbar«, sagte Graeme und lächelte wie ein Krokodil.

Im Konferenzraum zwei standen ein Tisch und fünf dunkelblaue Stühle, die Fenster gingen auf eine Seitenstraße hinaus. Während sie auf Harvey warteten, vibrierte Sams Handy, er bekam eine Nachricht von Jake.

Habe LowRes-Dateien auf Server geschickt, kannst sie dir ansehen. Habe zur Info auch alles an Todd weitergeleitet.

Sam klickte auf den Link und gab sein Passwort ein. Gleich darauf konnte er die Beispiele von Jakes Shooting durchgehen.

Die Kamera liebte offenbar die schmollende, glühende Ruby. Doch Ava glich einem hölzernen Kaninchen im Licht eines Autoscheinwerfers. Schnell schrieb er an Jake zurück:

Ich brauche bei Ava mehr Wärme und Funkeln.

Jake antwortete in Sekundenschnelle.

Ich auch!!! Sie versucht es, aber sie kann das mit den Hüten nicht leiden. Vorher, als sie noch vollständig angezogen war, war es okay.

Sam sah auf seine Uhr.

Ich versuche vorbeizukommen. Macht Kaffeepause und quatscht über andere Sachen. Vielleicht entspannt sie sich dann ein wenig. Rubys Fotos gehen.

Okay. Ja, Ruby ist toll.

Sam hatte nicht daran gedacht, dass das Nachstellen des Originalfotos dieses Problem aufwerfen könnte. Er runzelte die Stirn und steckte sein Handy weg, als Harvey Snaith die Tür öffnete und schnell wieder hinter sich schloss. Sams Nacken prickelte, und er gab sich der Vorstellung hin, Harvey grob an die Gurgel zu gehen. Der Blick, den Harvey Sam zuwarf, war so voller Ablehnung, dass Sam sich irgendwie besser fühlte. Hätte ein so ekelhaftes Wesen ihn gemocht, wäre das eine Beleidigung gewesen.

Im dunkelblauen Geschäftsanzug mit stinknormalem weißem Hemd stand Harvey vor ihnen, räusperte sich und streckte eine Hand aus. »Graeme.«

Graeme behielt seine Hände in den Taschen. »Setz dich.«

Harvey setzte sich schweigend. Er wirkte sogar noch verlegener als Ava auf den Fotos, die Sam gerade gesehen hatte. Er drückte seine Hände auf die Tischplatte.

Graeme schaute Harvey unverwandt böse an. »Harvey Snaith, du hast meiner Tochter eine Menge Ärger bereitet.«

»Ich weiß nicht, wovon …«

»Du weißt genau, wovon ich rede, also verarsch mich nicht.« Graemes Ruhe war irgendwie beängstigender als Wutgebrüll. »Hol dein Handy raus.«

Harvey zögerte.

Ein Fehler, sagte Sam im Geist zu ihm.

Graemes Stimme fiel um eine ganze Oktave. »Hol dein verdammtes Handy raus, sonst mach ich dir das Leben zur Hölle, und dann ist es mir scheißegal, ob du leidest.«

Widerwillig griff Harvey in seine Jacketttasche und holte ein iPhone heraus. Er hielt es Graeme hin.

Graeme schüttelte den Kopf. »Such diese Fotos von Ava raus.«

Harvey fummelte herum und versuchte es. Er probierte es über eine Minute lang. Dann hob er langsam den Blick.

In vorgetäuschtem Erstaunen breitete Graeme seine Hände aus und grinste. »Oje. Sind sie verschwunden?« Er beugte sich vor. »Du wirst feststellen, dass sie von deinem Tablet, deinem Laptop und deiner Cloud verschwunden sind. Seltsam, nicht wahr?«

Sam verbarg seine Verwunderung, hätte aber am liebsten laut geklatscht.

Harveys dunkle Augen wirkten skeptisch und verwirrt, er hielt weiterhin Graeme im Blick.

»Was noch nicht verschwunden ist, sind die Drohungen und Beleidigungen, die du meiner Tochter geschickt hast.« Graeme schüttelte freundlich den Kopf. »Dämlicher Junge. Was für eine Dummheit, einem ehemaligen Cop so eindeutige Beweise zu liefern. Die Gesetze gegen Hassbotschaften und Mobbing wurden gerade verschärft, genau der richtige Moment also, um dir ein paar Dinge klarzumachen.« Er lehnte sich zurück und legte die Fingerspitzen aneinander. »Eine strafrechtliche Verurteilung hat unangenehme Folgen. Eine strafrechtliche Verurteilung muss man bei Bewerbungen angeben, man darf in bestimmte Länder nicht einreisen, sie kann sogar Versicherungen und Kreditwürdigkeit beeinflussen. Wäre es nicht schrecklich, wenn dir das passieren würde? Manche Leute landeten nach einer Verurteilung wegen Hassbotschaften sogar im Gefängnis.«

Entsetzen verzerrte Harveys Züge.

Graeme erhob sich und legte seine Hände flach vor Harvey auf den Tisch, damit er ihm direkt ins Gesicht schauen konnte. Seine Stimme wurde zu einem gefährlichen Flüstern, jeder Tag seines vergangenen Polizistenlebens schien in sein Gesicht eingraviert. »Für den Fall, dass du diese Fotos noch irgendwo hortest, wovon wir nichts wissen, werden wir deine Texte hübsch aufbewahren und dafür sorgen, dass die Fotos nie wieder ihren Weg auf eine öffentliche Plattform finden.«

Harvey schüttelte den Kopf. Schweiß glänzte auf seiner blassen Stirn.

Sams Herz klopfte wie wild vor Genugtuung. Es schadete Harvey nicht, einmal einen Eindruck davon zu bekommen, was er Ava angetan hatte. Auch Sam stand auf. »Falls du mal eine freie Minute hast, dann such nach der Selbsthilfegruppe *Weder Schuld noch Schande*. Lies ihre Webseite und nimm dir ein paar Tipps zu Herzen, wie man anständig mit Frauen umgeht.«

Harvey nickte langsam.

»Also dann, auf Wiedersehen.« Graeme klang fast heiter. »Ich hoffe, ich muss dich nicht noch einmal behelligen.«

Harvey schüttelte den Kopf.

Zurück auf dem Gehsteig vor dem Gebäude, brauchten Sam und Graeme ihren nächsten Schritt nicht zu besprechen. Graeme rief ein Taxi herbei, gab Avas Adresse an, und Sam setzte sich neben ihn auf den Rücksitz.

»Das war spitze«, sagte Sam aufrichtig. Nur leicht verschleierte Drohungen durch einen ehemaligen

Polizeibeamten waren vermutlich wirkungsvoller, als Harvey an seinem blütenweißen Hemd zu packen, über den Tisch zu ziehen und zu würgen, wie Sam es sich ausgemalt hatte, und barg auch weniger Risiken.

Graeme schien mit sich selbst zufrieden. »Ich bin froh, dass Ava mich um Hilfe gebeten hat. Aber dass sie versucht hat, alleine damit zurechtzukommen, verdient auch Bewunderung. Wir haben unser Mädchen zur Selbständigkeit erzogen. Das bedeutete, sie wurde manchmal ins kalte Wasser geworfen, sie ist aber eine Schwimmerin und ertrinkt nicht.«

Trotz des offensichtlichen Stolzes in Graemes Stimme hielt Sam inne, als er sich anschnallte. Der plötzliche Einblick in Avas Innenleben erklärte einiges. Ihre Widerborstigkeit, was Geld betraf. Wie sie auf fast selbstzerstörerische Art und Weise versucht hatte, ihre Verzweiflung zu verbergen – der Gedanke daran schnürte ihm den Magen zu. »Sind Sie sicher, dass sie das wollte?« Das Taxi wechselte plötzlich die Fahrspur, denn der Fahrer nutzte eine Lücke in der Autokolonne. Sam erhaschte Graemes Blick und hielt ihm stand. »Selbständigkeit ist eine gute Sache, aber etwas anderes ist es, wenn man als Frau ganz alleine zurechtkommen muss.«

Graemes zufriedenes Lächeln verschwand. Er runzelte die Stirn und wandte seinen Blick ab.

Als sie am Ende ihrer recht schweigsamen Fahrt angelangt waren, trafen sie Ava, Ruby, Jake und Patrick bei der Kaffeepause in Avas Atelier an. Ruby, zauberhaft in Seide gehüllt, strahlte. Ava kauerte, in ihren Frotteebademantel eingehüllt, jämmerlich neben ihr.

Sam hätte sie am liebsten tröstend in den Arm genommen und ihr gesagt, dass alles gut werden würde. Doch das war heute nicht sein Job.

»Es tut mir leid«, platzte sie heraus, sobald sie ihn sah. »Jake war toll, aber ich wirke wie eine schlechtgelaunte Schaufensterpuppe.«

Er versuchte erst gar nicht, so zu tun, als sähe er das anders. »Ist schon okay. Dein Dad wird dich gleich aufheitern.«

Ihr Blick glitt zu ihrem Vater. »Wie?«

Graeme zog sie von ihrem Stuhl hoch und nahm sie fest in seine väterlichen Arme. Etwas von seinem vorherigen Schwung war vielleicht verschwunden, doch sein Lächeln vermittelte immer noch Zuversicht. »Dein alter Vater ist ein Zauberer, Liebling. Ich habe den Zauberstab geschwenkt – na ja, eigentlich habe ich Kontakt zu einer privaten Hightech-Security-Firma aufgenommen, mit der ich früher beruflich zu tun hatte –, und alles ist verschwunden.«

Ava löste sich aus seinen Armen und musterte sein Gesicht. »Verschwunden? Was denn?«

»Alle Fotos auf allen Geräten, Clouds und anderen Onlinespeichern, die mit Harvey Snaiths E-Mail-Programm und jeglichem anderen Zugang von seinen Geräten aus verbunden sind. Harvey wurde gehackt. Armer Kerl. Die einzigen Aufzeichnungen der Fotos, die er hatte, befinden sich vermutlich auf deinem Handy – und die werden wir zusammen mit den Nachrichten gut aufbewahren, nicht wahr? Für den Fall, dass wir sie noch mal brauchen sollten.« Er lächelte boshaft.

»Dad«, japste Ava, und ihre Augen begannen zu leuchten. »So etwas darfst du doch gar nicht.«

»Was denn?« Er zuckte die Achseln und zog seinen Mantel aus. »Ich habe doch gar nichts getan. Jemand, den ich aus meiner aktiven Zeit kenne, hat sich darüber geärgert, dass man uns bedrängt hat, mehr nicht. Abrakadabra.« Dann fügte er leise hinzu: »Ich würde alles tun, um dir zu helfen, Liebling. Ich hoffe, du weißt das.«

Avas Gesicht strahlte vor Freude. Sie stieß einen kleinen Schrei aus. »Dad! Ich liebe dich!«

Sie warf sich in seine Arme, wirbelte mit ihm im Kreis umher und schwenkte dann zu Sam, um auch ihn in ihren triumphierenden Tanz zu verwickeln.

Ihren Körper an seinem zu spüren fühlte sich toll an, auch wenn sie in diesen unförmigen Bademantel gehüllt war. Wie Weihnachten. Vermutlich hielt er sie länger als nötig fest, der Ansturm auf seine Sinne hatte ihn vorübergehend in Schockstarre versetzt; der Duft ihres Haars, der Klang ihres Lachens.

»Und was ist mit Umarmungen für uns?«, forderte Patrick.

Ava grinste aus Sams Umarmung hervor. »Dad? Patrick braucht eine Umarmung.«

Alle brüllten vor Lachen, als sie Patricks verschrecktes Gesicht sahen. Dann blickte er mit einem schrägen Lächeln von Sam zu Ava und nickte unmerklich, als wollte er bestätigen, dass nicht er für das Umarmen von Ava zuständig war.

Als sie sich schließlich voneinander lösten, musste Sam zuerst schlucken, bevor er sie anlächeln konnte. »Jetzt wäre ein guter Zeitpunkt, um es noch einmal mit dem Shooting zu versuchen, Jake. Ich denke, Ava kriegt das hin.«

23

Unterschwelliges Brodeln

Ava summte vor sich hin und wartete darauf, dass die Uhr sieben anzeigte und Wendy zur Anprobe käme.

Sie hatte nach dem Shooting nur ein wenig aufräumen müssen. Danach hatte sie geduscht und war wieder in ihr schwarzes Kleid geschlüpft. Aber vor Erleichterung, Harvey endlich bezwungen zu haben, war sie viel zu hibbelig, um sich mit der Fernbedienung aufs Sofa zu werfen.

Stattdessen saß sie im Schneidersitz auf Izz' Bett und half ihr, die Geschenke für ihre Familie in Hampshire einzupacken. Dabei erzählte sie fröhlich von Harveys Untergang und ihrer überwältigenden Erleichterung über das, was ihr Vater erreicht hatte.

»Das Fotoshooting hat am Ende dann doch noch Spaß gemacht. Ruby war so wütend, als sie das ganze Ausmaß von Harveys Cyberattacken erfahren hat, dass sie sich immer neue Strafen für ihn ausdachte.

Wir haben sehr gelacht. Ein Hodenabszess war dabei noch das geringste Übel.«

Izz kicherte. »Das sollte er mal auf Facebook posten.«

»Am Ende fand ich es richtig schade, dass alle losmussten, um die Deadlines einzuhalten.« Ava griff nach einem knisternden hellroten Geschenkpapier. »Dad ist bei einem Polizeikumpel untergekommen, der ein Gästezimmer hat, wir hätten ihm ja nur das Sofa anbieten können. Ich treffe ihn noch einmal, bevor er am Sonntag zurückfliegt. Er besteht förmlich darauf, dass ich für alle Fälle die Drohungen von Harvey speichere. Hast du eine Ahnung, wie ich das anstellen kann?« Avas lähmende Angst, von Harvey bloßgestellt zu werden, war verschwunden, aber sie war auch nicht so übermütig, dass sie jegliche Vorsicht in den Wind geschlagen hätte.

Izz streckte ihre Hand aus. »Gib mir dein Handy, dann speichere ich alles auf iTunes.«

»Ernsthaft? Das wäre großartig.« Ava reichte ihr bereitwillig ihr Handy. Heute schien sich alles zu ihren Gunsten zu entwickeln. »Es tut mir wirklich leid, dass du Weihnachten nicht da bist. Du wirst mir fehlen, Izz.«

»Sam ist doch bei dir.« Izz hielt ihren Kopf gesenkt und sah auf das Handy, während ihre Finger und Daumen sich auf dem Display bewegten.

»Aber nur, weil du andere Pläne hast.« Ava zögerte.

Es gab keine Hinweise darauf, ob Sams Trick, sich als Comicnerd zu präsentieren, Izz' Schwärmerei erstickt hatte. Dieser Gedanke dämpfte Avas Euphorie ein wenig. »Schwärmst du noch immer für Sam?«, fragte sie vorsichtig.

Izz zuckte die Achseln. Dann sah sie mit geröteten Wangen zu Ava auf. »Ehrlich gesagt … ich gehe heute Abend aus. Mit Patrick. Er ist in der Agentur aufgetaucht, als ich gerade gehen wollte, und hat mir erzählt, wie die Ruby-Glennister-Kampagne läuft und warum die Agentur am Nachmittag praktisch menschenleer war. Wir haben geredet. Dann hat er ein paar Konzerte gecheckt und gesagt, dass heute Abend eine Indie-Band im *Koko* spiele und ob ich Lust hätte mitzukommen.«

»Wow«, sagte Ava. Aber als ihr klar wurde, dass das eher erstaunt als erfreut klang, fügte sie hinzu: »Das ist ja toll, du hast mich jetzt echt überrumpelt! Ihr habt monatelang zusammengearbeitet, ich wusste gar nicht, dass du ihn magst.«

Izz gab Ava das Handy zurück. »Hier, es ist alles gespeichert. Wir scheinen nicht gerade füreinander geschaffen, was? Ich denke, – na ja, ich bin vorher noch nie mit einem solchen Großmaul ausgegangen. So großspurige Männer baggern mich normalerweise nicht an, also dachte ich mir, hey, versuch es mal. Er hat nicht von einem richtigen Date gesprochen.«

»Für mich klingt das aber wie ein Date«, sagte Ava strahlend, erfreut, dass Patrick Izz wohl mochte, wenn er sie auf einen Gig in Camden mitnahm. »Viel Spaß.« Ava umarmte Izz begeistert. »Und was ziehst du an?«

»Flache Schuhe«, sagte Izz pragmatisch. »Und einen dankbaren Gesichtsausdruck.«

»Izz!«, protestierte Ava.

Izz lachte, ihr Blick tanzte. »Okay. Das dunkelrote Oberteil und dazu meine Glitzerjeans.«

»In dem Oberteil siehst du toll aus«, versicherte ihr Ava. »Und ich sag dir jetzt auch nicht, dass Patrick heute Abend früh nach Hause gehen sollte, weil alle an Rubys Kampagne Beteiligten – ich inbegriffen – sich morgen zu einem Social-Media-Meeting in der Agentur treffen, obwohl Samstag ist. Ehrlich gesagt, hoffe ich sogar, dass sich dein Abend bis zum Frühstück hinzieht.« Sie hielt Patrick nicht unbedingt für das richtige Date für Izz, aber schließlich konnte man das nie wissen, vielleicht lockte er sie ja ein wenig aus ihrem Schneckenhaus. Und vielleicht konnte Izz ihn im Gegenzug dazu bringen, etwas weniger, nun ja, patrickartig zu sein.

Dann klingelte es an der Tür, und Ava schwang ihre Beine vom Bett. »Das ist bestimmt Sam, der Wendy zur Hutanprobe vorbeibringt. Willst du auch hochkommen? Es dauert diesmal bestimmt nicht so lange, wir könnten sie fragen, ob sie noch auf ein

Glas Wein bleiben wollen. Ich habe außerdem Mince Pie gekauft.«

Izz sah verlegen auf ihre Uhr. »Ich muss mich fertigmachen.«

»Okay. Aber das Angebot steht, wenn du deine Meinung doch noch ändern solltest.« Ava umarmte sie ein letztes Mal und eilte die Treppe hinunter.

Als sie die Tür öffnete, stand Wendy davor und trug bereits einen Hut in Form eines gestrickten Plumpuddings samt Stechpalmenzweigen. Sie strahlte. »Ava! Ich bin total aufgeregt, will mir aber die Weihnachtsüberraschung nicht verderben. Darf ich die Anprobe mit geschlossenen Augen machen?«

»Es spricht nichts dagegen«, sagte Ava lachend und trat zur Seite, um ihre Gäste einzulassen. Wendy eilte sogleich über die Türschwelle und zog Vanessa hinter sich her.

Sam folgte ihnen, mit den Händen in den Hosentaschen. Er küsste Ava auf die Schläfe. »Ich bin total erledigt, aber das hat heute alles sehr gut geklappt. Die Fotos waren großartig, wir haben sie bereits an *Alive Today* geschickt. Ich zeig sie dir später.« Er unterdrückte ein Gähnen.

»Ihr habt alle so geschuftet«, sagte Ava und drückte ihn dankbar. »Kommt, wir gehen hinauf ins Atelier. Es dauert nicht lange, danach könnt ihr gleich nach Hause fahren, wenn ihr wollt.«

Ein wenig enttäuscht verwarf sie ihren Plan, danach noch eine Flasche Wein zu öffnen. Sie musste sich offenbar damit abfinden, diesen Freitagabend alleine zu verbringen.

Da Wendy es ernst gemeint hatte und ihren Hut anprobieren wollte, ohne ihn anzusehen, lief Ava vor und versteckte ihn. Wendy folgte ihr munter, sie ließ sich auf den Stuhl fallen und schloss die Augen. »Ich bin so weit!« Lächelnd nahm sie ihren Plumpudding-Hut ab. Alle im Raum starrten ihre weiße Kopfhaut an, auf der sich wieder etwas Flaum gebildet hatte.

Ava schluckte. »Na, dann wollen wir mal.« Sie beobachtete Sam, der seine Mutter mit verdächtig schmerzvollem Blick ansah, und hob die Schachtel, die sie über den jadefarbenen Filz gestülpt hatte, und stellte sich hinter Wendy.

»Die Weihnachtszeit ist wunderbar dieses Jahr«, gestand Wendy. »Sam hat einen Wagen geschickt, der uns heute Nachmittag in Euston abgeholt hat. Kein normales Taxi, sondern einen hübschen weißen Wagen. Ich habe mich wie eine Königin gefühlt. Wir haben sogar die Hunde mitnehmen können.«

Ava drehte den Hut in ihren Händen und suchte die Vorderseite. »Ich wusste nicht, dass Sie die Hunde mitbringen würden. Wie heißen sie denn?«

»Mars und Snickers«, kicherte Wendy. »Weil es schokoladenbraune Labradors sind. Wir konnten sie nicht über Weihnachten bei Freunden lassen.«

Ava sah im Spiegel, wie Wendy die Augen immer noch zusammenkniff und erwartungsvoll lächelte. Der Hut glitt problemlos auf ihren Kopf und rahmte Wendys schmale Gesichtszüge perfekt ein. Sie hörte, wie Vanessa hinter ihr plötzlich aufatmete.

»Wie sieht es aus?« Wendy lächelte erwartungsvoll.

»Wunderschön.« Ava verschob ihn probeweise ein wenig und studierte die Wirkung im Spiegel. »Wie fühlt er sich an? Ist er weich genug?«

»O ja. Ich spüre ihn kaum auf dem Kopf.«

»Ist er nicht zu eng?«

»Kein bisschen.«

»Schütteln Sie mal ein wenig den Kopf, um zu sehen, ob er verrutscht. Nein? Dann sind wir fertig, glaube ich. Warten Sie noch einen Moment, dann decke ich ihn wieder zu … Okay, jetzt können Sie die Augen öffnen.«

Wendy blinzelte vergnügt ins Licht. »Ich kann es kaum erwarten, den fertigen Hut zu sehen. Und Sam hat mir erzählt, dass Sie an Weihnachten zu uns kommen! Das ist so, so wunderbar, nicht wahr, Van?«

Vanessa warf ihrer Schwester ein liebevolles Lächeln zu. »Phantastisch.«

Wendy nahm ihren Puddinghut und stülpte ihn sich wieder über den Kopf. »Wir gehen jetzt ins Kino und schauen uns *Gefährten* an.«

Sam, der die ganze Zeit an der Wand neben der Tür gelehnt hatte, richtete sich auf. »Ach, tun wir das?«

»Ja, tun *wir*«, sagte Vanessa und klopfte ihm auf die Schulter. »Wir wissen, dass der Film nichts für dich ist. Gleich kommt ein Taxi und holt uns ab. Du kannst bei Ava bleiben.«

Sam runzelte die Stirn. »Seid ihr sicher? Ich könnte euch hinfahren und wieder abholen. Es ist ein trauriger Film.«

Wendy schüttelte energisch den Kopf. »Verbringe etwas Zeit mit deiner – mit Ava. Vanessa und ich werden ein paar Tränen über das Pferdchen vergießen, danach in der Bar ein Glas Wein trinken und dann ein Taxi zu deiner Wohnung nehmen. Vanessa sagt, dass sie danach mit Mars und Snickers die letzte Runde dreht. Ich kann am Morgen ausschlafen, wenn ich müde bin, oder?« Wendy drückte Ava einen flüchtigen Kuss auf und umarmte sie. »Wir sehen uns spätestens am Weihnachtstag. Ist das nicht großartig? Ein gemeinsames Weihnachtsfest?«

»Ja, wunderbar«, antwortete Ava. Ihr war ganz schwindelig davon, wie schnell die Hutanprobe vorbei war.

»Vanessa sieht schon auf die Uhr – es wird Zeit, dass wir gehen!« Und in wenigen Minuten waren Wendy und Vanessa verschwunden.

Sam wandte sich von der Haustür ab, nachdem er

beide sicher ins Taxi gesetzt hatte, und fuhr sich müde mit der Hand über das Gesicht. »Tut mir leid, die beiden wollen uns offensichtlich alleine lassen.«

»Das ist wirklich süß von ihnen«, sagte Ava zögernd und kam sich ein wenig wie ein Teenager vor, dessen Freundinnen etwas arrangiert hatten. »Wir könnten eine Flasche Wein aufmachen, es gibt auch Kaffee, um dich wach zu halten. Ich wäre aber auch nicht beleidigt, wenn du lieber direkt nach Hause fahren möchtest.«

Doch Sam war bereits auf dem Weg ins Wohnzimmer, warf seine Jacke über einen Stuhl und ließ sich auf das Sofa sinken, als gäben die Muskeln in seinen Beinen einfach nach. »Beides, bitte. Und bring gleich deinen Laptop mit, dann logge ich mich auf dem Server der Agentur ein und zeige dir, welche Fotos wir ausgewählt haben.«

Ava hatte förmlich Schmetterlinge im Bauch, als er auf die kecken Fotos zu sprechen kam, die ein riesiger Erfolg werden sollten, falls die Kampagne funktionierte. Waren die *Kalender Girls* auch so aufgeregt gewesen? Ava öffnete den Wein und füllte den Kessel mit Wasser. Dann holte sie den Laptop aus ihrem Zimmer und setzte sich neben Sam.

Er tippte etwas ein, rief in wenigen Sekunden die Bilder auf und drehte dann den Bildschirm zu ihr. »Du siehst phantastisch aus.«

Ava trank einen großen, erfrischenden Schluck

Wein und riskierte dann einen Blick. »Oh …!« Eine ihr seltsamerweise gar nicht vertraute Ava sah sie mit funkelnden Augen, strahlend vor Lachen und verdächtig triumphierend an. Ava war beeindruckt, wie Jake ihre Sinnlichkeit auf dem Foto eingefangen hatte und wie ihr Körper über den schützenden Hüten emporragte. Wer hätte gedacht, dass Schultern so sexy sein konnten? Der schwarze Hintergrund war toll, ihre Haut leuchtete, und ihr Haar, das sie auf einer Seite mit einem türkisfarbenen Fascinator hochgesteckt hatte, fiel wie flüssiges Gold über eine Schulter. Das Foto zeigte eine selbstsichere, sinnliche Frau, mit der Ava sich nur schwer identifizieren konnte.

Ihr war sehr bewusst, dass Sam neben ihr saß und sich dasselbe Bild ansah.

»Wir nehmen das. Und dieses hier von Ruby.« Er klickte auf ein weiteres Foto, auf dem Ruby ins Objektiv lächelte.

»Sie sieht großartig aus«, sagte Ava spontan. »Sie ist so entspannt vor der Kamera.«

Sam sah sich das Bild kritisch an und nickte. »Sie hat diese Ausstrahlung, die sagt ›professionelles Model‹. Du wirkst weniger gekünstelt und daher interessanter.« Er klickte wieder auf ihr Bild. »Du wirkst so kompliziert und geheimnisvoll wie die Mona Lisa – aber auch, als würdest du ein pikantes Geheimnis hüten, als ob die Gefühle in dir unterschwellig brodeln. Ich schicke dir eine Kopie davon, aber behalte sie vorerst für dich. Emily wird dir morgen erklären, wie du das Beste rausholen kannst.« Er schloss das Foto, während Ava sich noch fragte, was er mit ›unterschwellig brodeln‹ gemeint hatte.

Er klickte auf einen weiteren Ordner. »Patricks Text ist auch gut. Das Team von *Alive Today* wird die Fotos von Ruby einfügen, auf denen sie ganz normal deine Hüte probiert.«

Ava war erleichtert, als sie wieder zu den Bildern übergingen, auf denen alle bekleidet waren. »Man sieht mich auf diesen Fotos ja öfter, als ich gedacht hätte.« Sie schaute sich die Fotos genauer an, auf denen sie den gelben Hut zurechtschob, ihr Gesichtsausdruck wirkte dabei ernst und konzentriert. Dann wieder sah sie in die Kamera, als sie Ruby den weißen Hut vom Kopf nahm, und lächelte schließlich, als sie Ruby ins Gesicht blickte. »Rubys Make-up-Artistin hat ganze Arbeit geleistet.«

Sam stellte den Computer auf ihren Schoß, so dass sie den Ordner selber durchgehen konnte, und griff nach seinem Weinglas. »Wenn sie es nicht fertigbrächte, dass ihr beide blendend ausseht, bräuchte sie wohl einen anderen Job.« Er schloss die Augen und lehnte sich auf dem Sofa zurück.

Ava begann, Patricks Artikel zu lesen. Rubys Stimme war klar herauszuhören: gesprächig, scherzhaft, aber überschattet von einer etwas nachdenklicheren Note, als sie von ihrer schwierigen Zeit und ihren dämlichen Fehlern zu erzählen begann. *Mein Leben kam mir in letzter Zeit so vor wie das Fallbeispiel aus einem Ratgeber mit dem Titel »Das tut man nicht«. Ein einziger Fehler, und schon brach ein gewaltiger Shitstorm über mich herein.*

Rubys vermeintliches Interesse an Hüten wirkte in dem Artikel völlig natürlich, als wäre eine Modistin genau die richtige Person, die sie zum Trost aufsuchen würde. *Und Ava ist eine Freundin geworden. Sie hat mir geholfen, so gut wie möglich auszusehen, stimmt's, Ava?*, sagte Ruby und warf einen kritischen Blick auf sich selbst in dem kecken Hut, den Ava für eine Hochzeit im Frühling angefertigt hatte. *Das ist vermutlich das Model in mir: Ich putze mich heraus, wenn ich mich aufheitern muss.*

Weisungsgemäß schloss Patrick mit: *Ruby sagt: Ich ziehe meinen Hut vor dir, Ava Bliss.* Ruby war zu sehen, wie sie den weißen Hut in die Kamera hielt.

Ava stellte nachdenklich den Laptop ab und war beeindruckt, was Sam Jermyn und Partner zuwege gebracht hatten. »Danke«, sagte sie leise. »Ruby sagt, dass sie ihr Leben umkrempeln will. Du und Dad, ihr habt meines herumgedreht. Dad kann ich ja noch verstehen, aber du hättest das Ganze leicht auch ohne mich hinbekommen. Ganz offensichtlich hat dieser Beitrag Potential. Viele Leute werden ihn sehen und meinen Namen hören. Ich könnte viele neue Kunden bekommen.«

Sam lachte leise, mit geschlossenen Augen. »Wenn du nicht viele neue Kunden bekämest, könnte ich mich gleich zur Make-up-Artistin gesellen und mir einen neuen Job suchen.«

Ava sah ihn ernst an. »Es ist unglaublich. Warum hilfst du mir?«

Sam öffnete die Augen, richtete sich auf, stellte sein Weinglas ab und nahm seinen Kaffee. Er lächelte schief. »Das würde doch jeder vorgebliche Freund für seine vorgebliche Freundin tun.« Als sie ihn daraufhin skeptisch ansah, gab er zu: »Harvey hat mich wütend gemacht. Mir hat der Gedanke gefallen, dir dabei zu helfen, ihm eins auszuwischen. Du warst während einer besonders beschissenen Zeit großartig zu Mom. Hätte sie gewusst, was du durchgemacht hast, hätte sie gewollt, dass ich dir helfe. Das Foto von dir mit den beiden Hüten hat mir die zündende Idee gegeben, dass ich es auch für Ruby nutzen könnte. Warum solltest du also nicht auch davon profitieren?«

Eine Vielzahl an Gefühlen stieg plötzlich in Ava hoch. »Danke.«

Er sah sie einen Moment lang an. Dann griff er wieder nach dem Laptop. »Jetzt zeige ich dir, was Todd sich ausgedacht hat. In den Social Media werden sie ganz verrückt nach diesem vorweihnachtlichen Wahnsinn sein.« Seine Finger flogen über die Tastatur. »Er hat eine Seite auf unserer Homepage eingerichtet, auf der die Leute ihre eigenen Fotos auf die E-Card hochladen können. Sie können die Karten an jeden in ihrem Adressbuch verschicken, wenn sie wollen, und wir wollen natürlich, dass sie das tun. So etwas kostet auf anderen Webseiten ein Pfund oder so, bei uns ist es kostenlos, weil wir die Leute zur Teilnahme animieren wollen.«

Schon bald konnte Ava fünf kleine Zeichentrickfiguren sehen, die, in einer Reihe aufgestellt, zu *Jingle Bells* tanzten. Es waren burleske Körper mit fotografierten Köpfen darauf – Ava und Ruby mit Todd, Louise und Patrick.

Avas und Rubys Trickfiguren tanzten nicht richtig. Während die anderen versuchten, sich unterzuhaken, mussten Ava und Ruby irgendwie die Hüte vor ihre Brüste halten, um sich keine Blöße zu geben.

Ava kicherte und errötete über ihre Miniaturversion.

Dann kam der finale Moment, bei dem die Mini-Ruby ihr Kinn hob und versuchte, etwas zu sagen. Rubys fröhliche Stimme war zu hören: »Ich ziehe meinen Hut vor dir, Ava Bliss!« Dann zog sie ihre Hüte weg, und darunter waren ihre nackten Brüste mit kleinen Stichen zu sehen.

Der Mini-Ava fiel vor Entsetzen die Kinnlade herunter, und der Cartoon endete mit diesem Bild.

»Wow!«, japste Ava. »Hat Ruby das schon gesehen? Wird es ihr was ausmachen?«

»Ich musste mir ganz schön was anhören«, gab Sam zu. »Doch dann hat sie vor Lachen gebrüllt.«

Er tippte auf den Bildschirm, um das Video noch einmal abzuspielen. »Ein Glück, dass Todd ein paar Kumpel beim Trickfilm hat, die über eine Software verfügen, mit der man in kurzer Zeit so etwas produzieren kann. Denn morgen geht es an die Öffentlichkeit.«

24

Überschäumende Gefühle

Nachdem Sam ungefähr zwanzigmal gegähnt hatte, nahm Ava ihm die leere Kaffeetasse aus der Hand. »Warum fährst du nicht nach Hause, solange du noch fahren kannst?«

»Vielleicht sollte ich das tun.« Doch noch bevor Sams Gähnattacke vorüber war, klingelten Todd und Louise an der Haustür.

»Tut uns leid, dass wir noch so spät hereinschneien«, sagte Todd, dessen Brille sofort beschlug, als er aus der Kälte hereinkam. »Diese verdammte Glennister-Blissham-Kampagne hat mich an meinen Computer gefesselt.« Er stellte seine Einkaufstüten ab und umarmte Ava fest.

Sie drückte ihn noch fester. »Ich habe sie gerade gesehen, deine *Sei-der-Star-deiner-Cartoon-E-Card*. Sie ist toll. Du bist ein Genie.«

»Sie ist verdammt heiß, stimmt's?«, grinste Todd unbescheiden.

Louise schlüpfte schnell in den Flur und schloss die Tür hinter sich. Sie war in einen Daunenmantel gehüllt, der ihr das Aussehen einer Larve verlieh. »Weil Todd von der Arbeit aufgehalten wurde, habe ich heute Abend alle Geschenke eingepackt. Und zwar alleine.«

Vermutlich erwartete sie irgendeine Entschuldigung, doch Ava bot ihnen lediglich etwas zu trinken an. Sam setzte sich wieder und nahm eine weitere Tasse Kaffee entgegen.

Todd wickelte sich aus einem langen schwarzen Schal. »Wir sind gekommen, um dir dein Geschenk unter den Weihnachtsbaum zu legen.« Sein Geschenk war in kitschiges Bärchenpapier eingewickelt, und er sah sich im Zimmer um, als könnte hinter einem Vorhang plötzlich ein Weihnachtsbaum auftauchen.

»Ich habe zwar keinen Baum, aber ich habe auch ein Päckchen für euch.« Ava griff neben das Sofa, wo sie die Geschenke gestapelt hatte, die sie verteilen wollte. »Es ist ein Geschenk für euch beide«, fügte sie eilig hinzu, weil ihr nicht in den Sinn gekommen war, auch für Louise etwas zu besorgen. Es handelte sich um einen Arkham-Asylum-Legobaukasten, denn man konnte bei Todd nichts falsch machen, wenn man ihm irgendwas von Batman schenkte, und er konnte ja immer noch Louise bitten, ihm beim Aufbau zu helfen. Vielleicht hätte sie besser *Ironman Mr Potato Head* besorgen sollen, dann hätten Louise und Todd es mit Louises Familie spielen können.

Todd nahm sein Geschenk entgegen und schüttelte es, seine Augen leuchteten auf. »Klingt nach Spaß.«

Louise warf Ava einen gequälten Blick zu, kämpfte sich dann aber aus ihrem dicken Mantel, setzte sich und nahm ein Glas Wein an. »Ich hatte eine Geschenkeliste für Todd, davon hättest du was aussuchen können.«

»Aber Ava weiß, was ich mag«, antwortete Todd nachdrücklich. »Bisher haben wir es auch geschafft, uns ohne Wunschzettel Geschenke zu machen.«

Ava unterdrückte das Verlangen, trotzdem nach dem Wunschzettel zu fragen, nur um zu sehen, welche Gräuel Louise miteinbezogen hatte. Vermutlich zusammenpassendes Tischgeschirr oder Geschenkgutscheine für eine Kostümwebseite.

»Hi, Izz«, Todd sah an Ava vorbei zur Tür. »Gehst du noch weg? Ich habe ein Geschenk für dich.«

Ava drehte sich um und sah Izz in der Tür stehen. Sie trug ihren weiten schwarzen Mantel über dem Arm und eine Geschenktüte in der Hand. Sie errötete ein wenig, in ihren schmalen Jeans und den Schuhen mit Kitten-Heel-Absatz sah sie umwerfend aus. »Ich muss los, aber frohe Weihnachten. Ich weiß nicht, ob ich euch noch sehe, bevor ich nach Hampshire fahre.« Sie tauschte Geschenke mit Todd, und die beiden umarmten sich.

»Wo gehst du hin?«, wollte Louise wissen.

Izz wechselte Blicke mit Ava. »Ich gehe mit einem Freund zu einem Konzert.«

»Was für ein Freund?«, fragte Louise interessiert.

Izz wurde rot, doch Todd hatte offensichtlich seinen selbstbewussten Tag. »Das geht uns doch nichts an, Louise. Bis bald, Izz. Viel Vergnügen.«

Louise wirkte verärgert, weil Todd sie innerhalb von zwei Minuten zweimal zurechtgewiesen hatte. Ava sprang auf und begleitete Izz zur Haustür. »Amüsiert euch schön, du und Patrick«, flüsterte sie, während Izz sich ihren Mantel anzog. »Du siehst toll aus.«

Izz trat ängstlich und aufgeregt von einem Fuß auf den anderen. »Erzähl Sam besser nichts davon, wer …«

Ava nickte bereits. »In Ordnung, ich verstehe. Wir halten die Kollegen raus.« Sie blieb noch einen Augenblick an der Tür stehen, nachdem Izz gegangen war, irgendwie erstaunt, dass Izz und Patrick nun gemeinsam ausgingen.

Sie kehrte ins Wohnzimmer zurück, wo Todd und Louise sich bereits wieder die Mäntel anzogen. »Geht ihr schon wieder?«, rief sie bestürzt. »Ich dachte, ihr würdet noch etwas bleiben.«

»Ich bringe Louise zur U-Bahn. Sie fährt nach Hause«, sagte Todd kurz.

»Oh, okay.« Ava wünschte ihnen nicht frohe Weihnachten, denn sie sahen alles andere als froh aus.

Nachdem sie die beiden verabschiedet hatte, kehrte sie zu Sam zurück und sah ihn an. »Haben sie sich gestritten?«

Sam grinste. »Vermutlich streiten sie gerade jetzt. Louise hat Todd gesagt, dass er nicht so mit ihr reden dürfe, und er hat geantwortet, es sei an der Zeit, dass sie lerne, wer austeile, müsse auch einstecken können. Deshalb sind sie so plötzlich aufgebrochen.« Er gähnte. »Vermutlich war diese Auseinandersetzung schon lange fällig, und entweder werden sie die Grenzen in ihrer Beziehung neu ziehen, oder Todd wird am Ende an Weihnachten doch hier sein.«

»Du bist völlig erschöpft«, sagte Ava, als sie ihn erneut gähnen sah. »Du solltest auch nach Hause gehen.«

Er streckte sich. »Das sollte ich. Aber was ist mit dir? Ich kann noch dableiben, wenn du magst. Oder willst du Izz und ihrem Freund Gesellschaft leisten?«

»O nein«, wehrte Ava hastig ab. Da sie nur versprochen hatte, Sam die Identität von Izz' Begleitung zu verschweigen, aber nicht das Programm des Abends, vertraute sie ihm an: »Sie triff sich mit einem Mann. Ich komme schon klar, und du bist erschöpft nach der Kampagne. Ich trinke noch ein Glas

Wein und denke darüber nach, was für eine gute Wendung alles genommen hat – trotz meiner Dummheit. Dank der Jungs von Jermyn's.«

Er seufzte und schloss wieder die Augen. »Du wurdest von jemandem enttäuscht, dem du vertraut hast. Wenn du weiterhin Schamgefühle hast, Ava, dann hat er gewonnen. Er hat dir geschadet. Lass ihn nicht gewinnen!«

Da er nicht aufstand, um zu gehen, setzte sie sich wieder neben ihn. »Aber denk mal darüber nach, was die Leute von mir gehalten hätten, wenn diese Fotos veröffentlicht worden wären.« Ihr Magen krampfte sich bei dem Gedanken zusammen.

»Ich unterschätze nicht den Schrecken und die Demütigung, wenn das passiert wäre. Aber deine Freunde und deine Familie wären deinetwegen außer sich gewesen, sie hätten dir keine Schuld dafür gegeben.«

»Aber sie hätten den Respekt verloren.«

»Nein.« Er suchte nach ihrer Hand und drückte sie tröstend. »Das hätten sie nicht. Sie hätten mit dir gefühlt. Sie hätten Mitleid gehabt und dich nicht verurteilt.«

Er hielt die Augen geschlossen, während er redete, und sie ließ ihren Blick über seine Haare gleiten, die sich hinter seinen Ohren lockten, über seine Bartstoppeln, die seinen Wangen nach dem langen, anstrengenden Tag ein hohles Aussehen verliehen. Sein dunkelblaues Hemd schmiegte sich an seinen Oberkörper und spannte bei jedem Atemzug über seiner Brust. Sie überlegte, wie oft er in der kurzen Zeit, seit sie ihn kannte, schon ihre Hand gehalten hatte, als sie Trost brauchte.

Er war mehr eine Stütze gewesen, als viele echte Liebhaber es je geschafft hatten.

Plötzlich kam ihr ein Gedanke: Wenn Izz sich verabredet hatte, hieß das, dass sie über Sam hinweggekommen war!

Das befreite Ava doch vom Einhalten des Ehrenkodexes zwischen besten Freundinnen?

Sie schenkte sich ein weiteres Glas Zinfandel ein und nahm einen großen Schluck. Dann ließ sie ihre Gedanken unzensiert über die Lippen kommen. »Willst du noch immer mit mir schlafen?« Als sie sich diese Worte laut aussprechen hörte, spürte sie ihr Herz in einem anderen Rhythmus schlagen.

Sam öffnete langsam die Augen. Etwas Hartes flammte in seinem nicht länger verschlafenen Blick auf. »Verdammt nochmal. Nachdem du mir schonungslos auf jede erdenkliche Art und Weise klargemacht hast, dass du für einen Mann in deinem Leben keinen Platz hast, kann es sich ja nur um eine rein rhetorische Frage handeln. Du nutzt also die Tatsache, dass ich auf dich stehe, um dein Selbstbewusstsein wieder zu stärken. Dafür kannst du dir jemand anderen suchen. Ich stehe für so etwas nicht zur Verfügung.« Er ließ ihre Hand los und stand auf. »Wir sehen uns morgen in der Agentur.«

Ava starrte ihn bestürzt an. »So war meine Frage nicht gemeint. Ich würde dich niemals benutzen.« Nach dem aufreibenden Wechselbad der Gefühle an diesem Tag begann ihre Stimme zu zittern.

Sams Gesicht zeigte plötzlich Verständnis. Langsam sank er wieder auf das Sofa zurück. »O verdammt, es tut mir leid. Ich habe das völlig falsch verstanden und überreagiert. Ich bin sehr müde, sehr erschöpft, da funktioniere ich nicht mehr richtig.« Er sah sie reumütig an. »Fragst du mich, ob ich dich wegen dieser Fotos nicht mehr begehre? Die Antwort lautet: Sie halten mich nicht davon ab. Für dich sind es ›schreckliche Fotos‹. Für mich – wie vermutlich für jeden Mann – ist keines dieser Fotos schrecklich.«

Seine Verlegenheit über seine vorschnelle Reaktion wirkte so komisch auf Ava, dass ihre Bestürzung verflog und sie am liebsten laut losgekichert hätte. Sie bemühte sich, nicht zu grinsen. »So habe ich das auch nicht gemeint, aber danke, dass du mich beruhigen willst.«

Nun war seine Aufmerksamkeit erregt.

Seine volle, unerschütterliche, intensive Aufmerksamkeit. Sein Blick brannte auf ihr. »Okay, jetzt wird es langsam interessant. Dann erkläre mal ganz genau, was du gemeint hast.« Seine Stimme klang tief und sanft.

Sie wich seinem Blick nicht aus. »Ich muss mich nun nicht mehr so ausschließlich auf meine Arbeit konzentrieren, seit sich meine finanzielle Lage bessert – dank dir. Du weißt von Harvey und lehnst mich deswegen nicht ab. Izz scheint irgendwie auch versorgt … also habe ich noch einmal über deinen Vorschlag nachgedacht, es miteinander zu versuchen.«

Er antwortete nicht darauf. Doch sein Lächeln sprach Bände.

»Aber ich habe offenbar unterschätzt, wie erschöpft du bist«, fügte sie sanft hinzu und sah übertrieben desinteressiert auf ihre Nägel herab. »Mach dir keine Gedanken. Geh nach Hause und schlaf dich aus.«

Er nahm ihre Hand und fuhr mit ihren Fingerspitzen über seine Lippen, was eine Welle des Verlangens durch ihren Körper schickte. »Ich bin plötzlich gar nicht mehr müde. Ich kann dir gerne zeigen, wie sehr ich mit dir schlafen möchte. Ich bin sehr für genaue Angaben.«

Sie reizte ihn noch ein paar Sekunden. »Bist du dir sicher, dass du nicht zu müde bist?«

Er grinste. »Ziemlich sicher.« Er zog sie behutsam an sich. »Aber ins Bett will ich schon … wenn es deins ist.« Seine Lippen legten sich sanft und heiß auf ihre und brachten sie zum Glühen.

Als er mit seinem Mund über ihren Hals fuhr, bog

sie ihren Kopf zurück. »Ich glaube, ich will in meinen Weihnachtsstrumpf einen heißen Mann.«

Seine Hand bewegte sich weiter nach unten. »Du trägst Strümpfe zu einem so kurzen Kleid?«

Ihr blieb fast die Stimme im Hals stecken, als sie seine Hand auf ihrem Körper spürte. »Meine Strumpfhose habe ich vorhin zerrissen, deshalb brauchte ich Ersatz.«

»Du musst dich für die Strümpfe nicht entschuldigen.« Er streichelte ihre Schenkel, zuerst über dem Stoff ihres Kleides, dann darunter, er holte hörbar Luft, als er auf die nackte Haut traf.

Obwohl sich die Wärme seiner Hände in Wellen über ihren Körper ausbreitete, bewahrte sie den Überblick. »Oben. Ich weiß, dass Izz weg ist, aber ich fände es schrecklich, wenn sie zurückkäme, während wir ...«

»Natürlich, nach oben.« Er sprang auf und zog Ava mit sich.

Es dauerte, bis sie über zwei Treppenabsätze den Weg hinaufschafften, vor allem, nachdem Sam ihr Kleid hochgezogen und seine Handfläche auf ihre nackten Pobacken gelegt hatte. Er stöhnte. »Du trägst einen String«, sagte er fast vorwurfsvoll. Er stützte sich an die Wand des engen Treppenaufgangs, um weiter nachzuforschen, riss sie an sich, wand sich um sie, biss ihr in den Nacken und umklammerte ihre Pobacken. Als er mit seinen Fingerspitzen der Linie ihres Strings folgte, blieb ihr die Luft weg. Ihr Versuch zu murmeln: »Genau, lass uns in mein Zimmer gehen«, kam als Gestammel an.

Er lachte mit seinen Lippen an ihrem Hals. Sein Griff wurde fester, er streckte sich und trug sie die restlichen Stufen hinauf in das oberste Stockwerk.

Ihre Lungen schienen kurz vorm Platzen. »Mein Schlafzimmer ist hinter dieser Tür da …«

»Glaubst du, das wüsste ich nicht schon längst? Immer wenn ich in deinem Atelier war, habe ich an dieses Zimmer gedacht und gehofft, dass ich es einmal zu sehen bekäme.«

Er atmete schnell, aber seine Bewegungen waren langsam, als er die Tür mit seinem Rücken zudrückte und sie beide im Zimmer einschloss, das nur von dem Licht der fernen Straßenlaterne erhellt wurde. Er ließ sie an seinem Körper herabgleiten. Er küsste sie. Nahm sich Zeit. Streichelte sie. Suchte nach den kleinen Knöpfen hinten auf ihrem Kleid, öffnet sie, eins … zwei … drei – hielt inne, um ihren Rücken zu streicheln – vier. Er berührte sie, als hätte alles in seinem Leben ihn zu diesem Moment geführt, sie endlich unter seinen Händen zu spüren.

Ava gab sich der Lust hin, langsam entkleidet zu werden, während ihre Finger unter sein Hemd, über seinen Brustkorb, seinen Rücken und seinen Bauch glitten. Sie erkundete ihn; seine Form, seinen Geruch. Sie ließ ihre Hand in den Bund seiner Jeans wandern.

Sie erschauderte, als ihr das Kleid von den Schultern rutschte, seine Hände es leicht an ihrem Körper hinabstreiften, sie erkundeten, ihren BH-Verschluss öffneten und auch ihn langsam auszogen. Die kühle Luft traf auf ihre Haut, Gänsehaut.

Seine suchenden Hände hielten an ihrem Kreuz inne. »Was ist das?«

Sie streckte selbst ihre Hand nach hinten und berührte den kleinen Metallring. »Stringverzierung. Wo sich die Teile zusammenfügen.«

»Licht an«, sagte er heiser. »Ich muss die Stringverzierung sehen.«

Sie kicherte. »Neben dem Bett.«

Er schob sie in der Dunkelheit zu ihrem Bett, neben dem auf einem Nachttisch ein kleines Lämpchen stand. Sie blinzelte in den Lichtkegel.

Doch sein Blick blieb standhaft, hungrig, brannte ihren Körper herab, als er sie herumdrehte. »Das ist heiß«, sagte er heiser und fuhr auf eine Art und Weise mit dem Daumennagel über das Spiralmuster des Reifens, dass ein Schauder ihren Körper ergriff. Seine Hände fuhren an ihrem Rücken empor und ihr Schlüsselbein entlang, vorne an ihr herab, er nahm ihre Brüste in seine warmen Hände. »Du bist wunderschön.« Er drückte sich an sie und ließ sie spüren, wie sehr er sich nach ihr sehnte.

Stöhnend schmiegte sie ihre Hüften an ihn.

In Zeitlupe schlang er sich um sie, drehte sie zu

sich herum, so dass sie an seine Brust gepresst dastand. Sie stellte sich auf die Zehenspitzen, legte ihre Arme um seinen Hals und drückte ihre Lippen daran.

Es war der perfekte Augenblick. Die Luft um sie herum wirkte dick und weich.

Dann geriet Sam plötzlich in Aktion. »Ich muss dich haben.« Er zog sich das Hemd über den Kopf, drückte ihr einen Kuss auf den Mund, versuchte, den Kontakt zu halten, während er hastig an seinem Gürtel zog und seine Jeans aufknöpfte. Sie wollte ihm dabei helfen, doch sie konnte nur versuchen, in der Hektik auf den Füßen zu bleiben, während er sich seiner Kleider entledigte.

Er brauchte nicht lange, bis er nackt dastand. Dann drückte er sie rücklings auf das Bett. Sie landete auf der kühlen Bettdecke, vor ihr die Hitze eines großen, erregten Mannes.

»Ja, ich dich auch«, stöhnte sie, wölbte sich ihm entgegen, als sein Mund eine Kussspur auf ihren Brüsten hinterließ, während er ihr den String herunterzog, dann fluchte, als er bemerkte, dass seine Brieftasche in seiner Jeans steckte und seine Jeans irgendwo in der Nähe der Tür lag. Und die Kondome waren in seiner Brieftasche.

Sie hatte nicht die Zeit zu erwähnen, dass sie als moderne Frau eigentlich Kondome in ihrer Nachtkästchenschublade hatte. Er löste sich von ihr, der

Raum zwischen ihnen war plötzlich leer, er kämpfte mit der Brieftasche, bis sie aus der Hosentasche kam, und anschließend mit der Kondomverpackung. Dann war er wieder da, lag auf ihr. Brennend, stoßend, gleitend.

Sie konnte nicht mehr klar denken.

Aber ihre Stimme funktionierte noch. Es war sinnloses Zeug, aber zufriedenstellend laut, es brachte Sam zum Lachen, als er heftiger und schneller wurde.

Er schien kein bisschen müde zu sein.

25

Ein Riesenerfolg

Samstag, 22. Dezember

Als Sam aufwachte, wurde ihm bewusst, dass er nicht in seinem Bett lag. Er lag weich und bequem, aber nicht in seinem Bett.

Er zwang sich, vollends wach zu werden. Ein weicher, warmer Frauenkörper schmiegte sich an ihn.

Ava.

Einzelne Haarsträhnen hatten sich in seinen Bartstoppeln verfangen. Normalerweise hasste er das, doch diesmal kitzelten sie ihn nicht. Es war Ava.

Ava. Erregung ergriff ihn, als ihm plötzlich die letzten Stunden wieder in den Sinn kamen. Das erste Mal war schnell und ungestüm gewesen. Beim nächsten Mal konnte er sich ein wenig besser kontrollieren. Ein wenig.

Ava. Die glückliche, spitzbübische Ava, er hatte gewusst, dass es sie irgendwo gab. Ava, die sich lachend auf ihn gerollt und ihn in sich aufgenommen hatte, als wäre er ihr neues Lieblingsspielzeug, die ihn mit Händen und Lippen erforschte. Die ihn bis zu dem Punkt erschöpft hatte, dass er nicht einmal mehr wusste, wann er eingeschlafen war. Ava.

Wie lange war das her? Neben dem Bett stand ein Wecker, er zeigte 5.33 Uhr an. Verdammt. Er musste los.

Er rutschte auf eine Seite, schmiegte seinen Arm an Avas Kurven, bis seine Hand auf ihrem Hintern liegen blieb. Ein Mordshintern. Diese kleine Ringverzierung an ihrem String, der sich tief auf ihrem Rücken in die Grübchen schmiegte, hatte es ihm wirklich angetan.

Mit Bedauern fuhr er mit der Hand ihren Rücken empor, bevor er völlig vergaß, dass er eigentlich gehen musste. Er schnupperte an ihrem Haar. »Hey«, murmelte er. »Ich muss nach Hause, mich duschen und umziehen. Wir haben heute einen vollen Tag.«

Sie protestierte verschlafen und kuschelte sich an ihn. »Jetzt gleich?«

»Schon vor fünf Minuten.« Seine Hand rutschte zurück zu den knackigen Hügeln ihres Hinterns.

»Hm.« Sie knabberte an seinem Hals. »Ich nehme an, ich darf mich nicht beklagen. Ich sehe dich dort gegen zehn.«

»Gegen neun«, verbesserte er sie. »Oder sogar halb neun. Ruby hat gesagt, dass sie gegen halb neun kommt.« Ihre Brüste schmiegten sich an ihn, und mehr als alles andere auf der Welt wäre er gerne mit dem Gesicht voran darin versunken. »Wir haben noch viel Social-Network-Arbeit vor uns.«

»Sklaventreiber.«

»Ja. Bring deinen Laptop mit.« Er japste, als ihre Finger über seinen Bauch hinauffuhren. Und dann wieder abwärts. »Ava! Ich versuche gerade, standhaft zu bleiben.«

Ihr Lachen klang verschlafen und sexy. »Okay. Zeig ihnen, wo der Hammer hängt. Wir sehen uns in der Brick Lane.«

Ein letzter langer Kuss. Er nahm sich vor, so schnell wie möglich wieder in ihr Bett zurückzukehren, und verfluchte die Kampagne, die ihn an einem Samstagmorgen in die Agentur zog, auch wenn Ava ein entscheidender Teil davon war. Es war eine Qual, sich von ihrem warmen Körper zu lösen und in den kalten Dezembermorgen hinauszugehen.

Diese Kampagne sollte besser ein Erfolg werden.

Ava schaffte es pünktlich zu Jermyn's, wenn man den Umstand berücksichtigte, dass sie nie halb neun vereinbart hatte und berechtigterweise neun als pünktlich bezeichnen konnte. Nachdem Sam gegangen war, war sie wieder eingeschlafen und erst um sieben aufgewacht, weil er sie angerufen und geflüstert hatte, »Ava, bist du noch im Bett?«

Schuldbewusst kroch sie unter der Decke hervor, damit sie ihm wahrheitsgemäß antworten konnte. »Nein.«

Sein Kichern sagte ihr, dass er ihr nicht glaubte. »Aber du stehst jetzt auf?«

Sie grinste albern ins Telefon. »Versprochen.« Doch dann schlüpfte sie doch noch einmal für ein paar herrliche Minuten unter die Bettdecke zurück, während ihre Gedanken wie Nebelschwaden im frühen Morgenlicht schwelgten und sie sich erinnerte, wie er sie langsam zum Schmelzen gebracht hatte.

Schließlich machte sie sich widerwillig und gähnend auf den Weg ins Badezimmer. Bevor sie ihren Mantel anzog, um zur U-Bahn zu eilen, blieb sie auf dem Treppenabsatz stehen und lauschte, doch aus Izz' Zimmer war kein Mucks zu hören.

Als sie knapp eine Stunde später die Agentur erreichte, öffnete Todd die Tür für sie.

»Alles okay?«, flüsterte sie, als sie im Flur auf ihn traf. »Ich meine, mit dir und Louise …?«

»… alles okay«, beendete er den Satz, »nachdem wir ein paar Dinge klargestellt haben.« Er nickte einmal nachdrücklich.

»Gut.« Ava umarmte ihn schnell, dann legte er ihren Mantel und Schirm ab, während sie im Spiegel

Haare und Mascara kontrollierte. Ein leichtes Magenflattern erinnerte sie daran, dass sie jeden Augenblick Sam wiedersehen würde, und das Wissen darum, was vergangene Nacht passiert war, würde zwischen ihnen stehen. Ein aufregendes Geheimnis.

Todd brachte sie in dasselbe Besprechungszimmer wie zuvor. Ruby rief laut nach ihr, hielt in der einen Hand ihr Tablet und in der anderen eine große Tasse Kaffee. »Morgen, Ava, Schätzchen!« Ihr Make-up war perfekt, ihr Haar zu einem weichen Dutt hochgesteckt. »Hast du schon gesehen, was diese dreisten Ärsche mit der E-Card gemacht haben? Das ist super, oder? Die wird an alle Boulevardjournalisten rausgehen, mit Tyrones und Chillys Gesichtern neben unseren. Der Beitrag in *Alive Today* ist großartig. Wir sehen heiß aus.«

Emily, Todd, Manda Jane, Patrick und Sam waren bereits anwesend, die Atmosphäre brodelte, während die Finger geschäftig über Laptoptastaturen oder Tablets huschten.

Sam sah auf, sein Blick bedachte sie mit einem langen Lächeln, was sie nur noch flatteriger machte. Doch er blieb sachlich. »Schön, dass du kommen konntest. Hast du deinen Laptop dabei? Großartig. Öffne alle deine sozialen Netzwerke, Emily bringt dann alles in Gang.« Er zog einladend einen leeren Stuhl zwischen sich und Emily hervor.

Obwohl sie versuchte, sich so zu verhalten, als

wäre zwischen gestern und heute nichts passiert, spürte Ava, dass sie dunkelrot angelaufen war. Sams Augen funkelten vor Vergnügen, dann wandte er sich Todd auf der anderen Seite zu und überließ Emily die Aufgabe, Ava auf den neuesten Stand zu bringen.

Emily sah in ihren Jeans, dem Pullover mit Aztekenmuster und dem Pferdeschwanz ganz nach Wochenende aus. »Alles ziemlich einfach«, sagte sie munter. »Als Erstes verschickst du die Weihnachtskarten. Hast du Fotos von deinen Freunden auf deinem Laptop? Du musst einfach nur ihre Gesichter ausschneiden und sie auf die Karte hochladen … schau, ich zeig dir, wie.« Ihre Hände glitten geschäftig über die Tastatur ihres flippigen violetten Laptops »Ich habe dich mit unserem Wifi-Netz verbunden. Und vergiss nicht, jede Karte mit dem Artikel zu verlinken und eine persönliche Nachricht zu schreiben, damit es nicht wie Spam aussieht. Ich habe schon ein paar vorformulierte Sätze, die kannst du benutzen, wenn du willst.

Jede Karte hat einen anderen Link, für den Fall, dass die Leute ihre persönliche Version erstellen und selbst verschicken wollen, sie werden also hoffentlich alle auf die Seite zugreifen. Ich überwache die Treffer. Die Leute können deine Karte oder ihre eigene Version auf Facebook oder Twitter etc. posten. Nachdem du jedem, den du kennst, die Karte geschickt hast – egal, wie gut du die Leute kennst oder ob du ihnen schon eine Weihnachtskarte geschickt hattest, verschick diese trotzdem noch einmal –, fangen wir mit deinen Social Media an. Ich hole inzwischen noch eine Kanne Kaffee. Er müsste jetzt durchgelaufen sein.«

Sie eilte fort und ließ Ava mit ihrer Kontaktliste zurück, die sie abarbeiten sollte. Ein- oder zweimal sah sie zu Patrick hinüber, fragte sich, wie seine Verabredung mit Izz gelaufen war, und wünschte sich, Izz wäre heute Morgen schon auf gewesen, dann hätte Ava sich vergewissern können, ob alles in Ordnung war. Izz war nicht besonders erfolgreich bei Verabredungen, und Patrick war ein Macho. Patrick sah blass und verkatert aus. Er schaute kaum auf von seiner Arbeit.

»Lustig, oder?«, rief Ruby von der anderen Seite des runden Tisches, den Kopf über ihr Tablet gebeugt. »Ich schicke jedem, der mir einfällt, diese Karte, allen Fußballern und ihren Frauen und Freundinnen, jedem, den ich beim Fernsehen, Radio oder auf Partys getroffen habe.«

Manda Jane krähte triumphierend: »Twitter reagiert gerade auf den *Alive-Today*-Artikel. Ruby, du wirst wahrscheinlich Interviews geben müssen.« Sie wandte sich an Sam. »Wen hast du für Enthüllungsartikel in der Liste?«

Er riss sich von seinem Bildschirm los. »Ich warte

auf Angebote. Eine Boulevardzeitung wäre gut. Kontrolliert bitte den Posteingang, prüft die direkten Nachrichten auf euren Social-Network-Accounts.«

»Was ist ein Enthüllungsartikel?«, wollte Ava wissen.

Ruby tippte auf ihr Tablet. »Eine Plattform, auf der ich zugeben kann, dass ich geflunkert habe.«

Manda Jane nickte zustimmend. »Das ist ein Artikel, der die Lücken füllt, die *Alive Today* hinterlässt. Da *Alive Today* selbst keine Enthüllungsgeschichten veröffentlicht, werden die Hinweise dort so großes Interesse auslösen, dass die Journalisten sich um die Hintergrundgeschichte reißen werden. Wir haben dafür gesorgt, dass sie unter dem Beitrag eine Fußzeile veröffentlichen, auf der steht, dass Jermyn's für Ruby tätig ist. Wir verlinken zurück zum Originalartikel, damit das alles im Trubel nicht untergeht, keine Sorge.«

Es brauchte einen Moment, bis Ava klar wurde, dass Manda Jane ihr gerade mitteilte, dass sie versuchten, auch Avas Geschäft als Modistin der Öffentlichkeit zu präsentieren. Sie wagte kaum, an ein Wunder zu glauben.

»Äh, danke«, sagte Ava und widmete sich wieder ihrem Laptop. Es war ziemlich zeitaufwendig, auf jede Karte Gesichter hochzuladen, machte aber Spaß. Ihre Posts auf Twitter, Facebook und LinkedIn brachten ihr Smileys und begeisterte Kommentare ein. Auf alle Nachrichten zu antworten glich einer Sisyphusarbeit.

Einmal musste Sam hinter Avas Rücken etwas mit Emily besprechen, dabei fuhr er beiläufig mit seiner Hand über ihren Rücken. Ava errötete, sie wusste, dass er nach dem String suchte. Doch diesmal trug sie einen Slip. Vielleicht fand er das später heraus …

»Wisst ihr was?«, erklärte Ruby. »Ich habe das Shooting gestern richtig genossen. Ich glaube, ich versuche mich noch einmal als Model, dabei könnte diese Kampagne richtig hilfreich sein.« Sie faltete ihre Hände unter dem Kinn und neigte anmutig ihren Kopf, als wollte sie ihre Referenzen unter Beweis stellen. »Ava, wie fändest du es, wenn ich in Ascot und Cannes Ava-Bliss-Hüte tragen würde? Ich könnte zum Gesicht von Ava Bliss werden.«

»Äh …« Ava wurde blass bei so viel unerwarteter Großzügigkeit.

»Nimm es an«, riet Sam ihr, ohne von dem aufzuschauen, was er gerade tat. »Wir können später darüber nachdenken, was wir damit anfangen.«

»Ja, natürlich. Das wäre toll, Ruby.« Ava hoffte, dass sie nicht naiv und verstört klänge. Aber sie war so sehr in ihre kühnsten Träume vertieft, dass sie kaum aufnehmen konnte, was vor sich ging. Und dann hatte Sam auch noch von wir gesprochen. Auch darüber musste sie nachdenken. Sollte es tatsächlich ein Wir geben?

Um die Mittagszeit tauchte der Lieferant eines nahe gelegenen Cafés mit Salaten und Sandwiches auf.

Während Patrick das Tablett in die Mitte des Tisches stellte, verteilte Emily weiße Pappteller und Servietten, die in einem Schrank in der Ecke aufbewahrt wurden, und brachte frischen Kaffee. Die Agentur war natürlich für Arbeitsessen ausgestattet. Die Leute streckten sich, gönnten sich eine Pause von ihren Geräten und griffen nach dem Essen.

Nur Todd blieb stirnrunzelnd an seinem Laptop sitzen. »Wieso hat jemand heute Nacht Daten auf unseren Server geladen?« Er tippte und klickte. Dann fiel ihm die Kinnlade herunter. »Wow! O verdammt.« Er tippte und klickte erneut.

»Was?«, fragte Sam, sah auf und runzelte die Stirn.

Todd räusperte sich, dann glitt sein Blick zögernd zu Ava. »Es ist ein File mit ungefähr sechs Fotos. Von dir.« Er sah äußerst betreten aus. »Sie sind … Es sind diese Bilder.«

Wenn Todd aufgesprungen wäre und Ava in den Magen geboxt hätte, hätte sie das nicht mehr umhauen können. Das Herz rutschte ihr in die Hose. Eben noch gleißendes Glück, nun Angst und Schrecken.

Sie schlug sich die Hand vor den Mund und stand kurz davor, sich zu übergeben. »Nein«, wimmerte sie. Ein Geräusch wie das eines fahrenden Zuges setzte in ihren Ohren ein. »Dad hat gesagt, sie seien verschwunden. Wie konnte Harvey sie dann herschicken?« Hatte Todd sie gesehen? Nein! Das war nicht fair! Es war doch alles gelöscht worden!

Sie wäre vor Scham am liebsten im Boden versunken. Schmerz machte sich hinter ihrem Auge bemerkbar, Blitze leuchteten an ihrem Blickfeldrand.

Sam starrte Todd mit seinem Raubvogelblick an. »Was zum Teufel?«, zischte er.

Todd wandte sich bedauernd an Ava. »Ich verstehe nicht, wie er das tun konnte, außer er verfügt über Hackerwissen. Wie konnte er sich Zugriff auf unseren Server verschaffen?« Er tippte wieder auf seine Tastatur. Dann erstarrte er. »Ava, die Dateien kommen offenbar direkt von deinem Handy. Ava, zwei null sechs heute Nacht.«

Ava war schockiert. Um 02.06 Uhr war sie im Bett gewesen …

Wut stieg in ihr hoch, glühend und zerstörerisch wie ein Lavastrom, der alles auf seinem Weg vernichtete.

Jemand anders war um 02.06 Uhr heute Morgen in der Nähe ihres Handys gewesen.

26

Hotspot unter Verdacht

Es war ein Albtraum. Sie fuhr herum und sah Sam an, so aufgewühlt, dass sie kaum sprechen konnte. »Wie konntest du nur? Warum? Du hast immer gesagt, was für ein Arschloch Harvey sei. Und dann speicherst du die Bilder auf deinem Server? Warum?«

»Ich?«, donnerte Sam. »Du gehst doch nicht im Ernst davon aus …« Er sprang auf und stieß dabei heftig gegen den Tisch.

Ava bebte vor Abscheu und starrte ihn an. »Wer soll es denn sonst gewesen sein? Oder willst du andeuten, dass ich es im Schlaf getan habe?« Der Kummer schnürte ihr die Kehle zusammen. »Wie konntest du nur?«, wiederholte sie.

»Wie konnte ich? Wie kannst gerade du davon ausgehen, dass ich so etwas tun würde? Verdammt nochmal«, zischte er. »Was denkst du …?« Dann riss er sich zusammen und blickte finster in die Runde, bis alle ihre Blicke wieder auf ihre Arbeit richteten.

Er begnügte sich damit, Ava böse anzustarren, setzte sich dann wieder und schob den Teller weg, den Emily ihm hingestellt hatte.

In eisigem Schweigen wandte er seine Aufmerksamkeit wieder dem Bildschirm zu.

»Sam würde so was nie …«, murmelte Manda Jane zögernd.

»Nie im Leben«, pflichtete Emily ihr bei.

Ava konnte ihren Blick nicht von Sam lösen. Das Blut pochte durch ihren Kopf, bis sie überhaupt nicht mehr vernünftig denken konnte.

Die letzte Nacht war so wunderbar gewesen. Und sie war dumm genug gewesen zu glauben, es könnte ein Anfang sein … Und dass diese schrecklichen Bilder sicher auf ihrem Handy gespeichert waren und sie sie vergessen konnte.

In ihrem Gehirn hämmerte immer wieder dieselbe Frage: Wie konnte er nur …?

»Äh, warte.« Todd saß immer noch stirnrunzelnd vor seinem Computer, seine Brillengläser glitzerten unter der Deckenbeleuchtung. »Ava, du hast noch ein iPhone 4, stimmt's?«

Ava musste sich schwer darauf konzentrieren, nicht loszuschreien. »Ja! Wen interessiert das denn?« Aber es war nicht Todds Schuld, dass ihr Herz brach, weil Sam auch nicht besser war als Harvey Snaith, egal, wie sehr er sich bemüht hatte, sie vom Gegenteil zu überzeugen. »Ja«, murmelte sie.

»Aber die Bildschirmauflösung ist für ein 4er zu hoch. Sie hat 414 x 736. Das war ein sehr viel neueres Handy. Eher ein 6er oder ein 6 Plus.«

Sam sah alarmiert auf. »Und welche Erklärung hast du dafür? Tethering?«

Todd nickte langsam. »Könnte sein.«

Ava sah von einem zum anderen. Ihre Wut schien im Raum zu schweben wie ein Dämon, der direkt über ihr innegehalten hatte.

Sam sah aus, als hätte ihn sein eigener Dämon im Griff. »Aber wer immer das gewesen ist, muss Zugang zu den Fotos gehabt haben«, knurrte er.

»Ja«, sagte Todd und seufzte schwer.

»Und Zugang zum Haus. Und er muss ein iPhone 6 oder 6 Plus besitzen.«

Todd nickte düster.

Sam warf Ava einen herausfordernden Blick zu, der besagte, er erwarte von ihr, dass sie die Punkte zusammenführte.

Doch Avas Gehirn brauchte etwas länger, um die neue Information zu verarbeiten. »Was?«, wollte sie von Todd wissen. »Was sagst du da?«

Er wandte seinen Blick vom Bildschirm ab. »Die Auflösung der Fotos stimmt nicht mit deinem Handy überein, jemand anders muss dein mobiles Signal benutzt haben. Tethering.«

»Das Hotspot-Ding?«

Todd nickte. »Ich gehe davon aus, dass Sam zur

fraglichen Zeit bei dir war.« Diese Erkenntnis schien ihn nicht weiter zu erschüttern. »Aber er hat ein Handy von Sony – das hat wieder eine andere Bildauflösung.«

Ava schüttelte langsam den Kopf, ihr wurde plötzlich bewusst, dass bis auf Sam alle Anwesenden sie anstarrten. Ihr unüberlegtes Verhalten begann ihr Unbehagen zu verursachen. »Was soll das heißen? Kannst du das jemandem erklären, der keine Ahnung von Technik hat?«

Mitleid spiegelte sich in Todds freundlichen Augen. »Für mich sieht das so aus, als habe der Betreffende gewusst, dass die Adresse des Internetanbieters ihn verraten würde, darum hat er dein Handysignal benutzt, um den Download zu tätigen. Darf ich mal dein Handy haben? Gib deinen Code ein, dann komme ich rein.«

Ava kramte aufgeregt in ihrer Tasche. Es war ihr gar nicht in den Sinn gekommen, dass Sam, der sie noch immer bewusst nicht anschaute, überhaupt keine Möglichkeit gehabt hätte, an ihren Zahlencode zu kommen.

Todd machte sich sogleich über ihr iPhone her. Ava hatte sich nie die Mühe gemacht zu verstehen, wie es funktionierte. Er knurrte. »Ja. Da ist ein gesonderter Upload. Hast du kürzlich deinen Laptop mit dem Handy verbunden?«

Ava schüttelte verschämt den Kopf.

»Kennt Izz das Passwort deines Hotspots?«

»Sie weiß, dass ich für die meisten Sachen dasselbe Passwort benutze. Aber doch nicht Izz!«

Todds Gesicht war von Kummer gezeichnet. »Es muss jemand sein, der Zugang zum Haus hat«, sagte er behutsam. »Wenn du in deinem Schlafzimmer warst, hätte diese Person dein Handysignal, sagen wir, vom Treppenabsatz aus benutzen können, hat dann aber vermutlich nicht daran gedacht, dass die unterschiedliche Bildauflösung verdächtig sein könnte. Aber das ist nur eine Vermutung. Ich kann dir jedenfalls definitiv versichern, dass Sam es nicht gewesen ist. Trotzdem hätte nicht jeder Zugriff auf die Bilder gehabt.«

Ava erhob krächzend ihre Stimme. »Dad hat darauf bestanden, dass ich sie behalte, deshalb hat Izz sie gestern auf meinem iTunes-Account gespeichert.«

»Mist«, murmelte Todd.

In dem auf diese Aussage folgenden Schweigen versuchte Ava sich vorzustellen, wie Izz auf dem Treppenabsatz gelauert hatte. Ava und Sam waren nicht gerade leise gewesen, schließlich waren sie davon ausgegangen, alleine im Haus zu sein. Aber Izz hätte doch bestimmt nicht …? Ava war kaum in der Lage, das Entsetzen zu ermessen, das dieses Szenario andeutete, und wandte sich langsam zu dem Mann rechts neben ihr – der unverwandt auf seinen Bildschirm starrte. Der Mann, der sie vergangene

Nacht heftig und leidenschaftlich geliebt hatte. Und der sie heute Morgen mit einem sanften Kuss geweckt hatte. Der sich um sie gekümmert hatte, seit er in ihr Leben getreten war. Ihr Herzschlag dröhnte in ihren Ohren. »Sam, es tut mir leid. Ich hätte dich niemals verdächtigen dürfen.« Ihre Worte schienen ihr selbst peinlich und unangemessen.

Sam widmete sich weiterhin seinem Computer. »Das stimmt. Ich würde vorschlagen, du machst deinen Hotspot aus und änderst alle deine Passwörter. Manda Jane, haben irgendwelche Zeitungen schon wegen Interviews Kontakt mit uns aufgenommen?«

»*The Sun* und *The Daily Mail*«, hauchte Manda Jane, als täte sie ihren letzten Atemzug.

»Gut. Sieh dir beide Angebote an. Und sag mir, was du vorschlägst. Eine Berichterstattung ist mir lieber als ein Exklusivbericht.«

Dann stand er auf und verließ den Raum.

Die Stille, die er hinterließ, wurde nur vom Tippen auf den Tastaturen und dem gelegentlichen Klappern einer Kaffeetasse unterbrochen. Ava spürte die Ablehnung und die Empörung, die förmlich in der Luft hingen und auf sie zukamen. Alle Mitarbeiter von Jermyn's liebten Sam, und Ava hatte ihn auf das Niederträchtigste verdächtigt und gekränkt.

Sie konnte ihre Finger nicht dazu bringen, Rubys Tweets mit dem *Alive-Today*-Beitrag zu verlinken, was eigentlich ihre Aufgabe gewesen wäre. Langsam dämmerte ihr, wie unerhört sie sich gerade aufgeführt hatte. Sie nahm all ihren Mut zusammen und folgte Sam aus dem Raum.

Er hatte sich in seinem Büro hinter seinem schicken dunkelgrauen Schreibtisch verschanzt und sah sie düster an. Ihre Stimme bebte durch den Raum. »Es tut mir so leid, Sam. Es war voreilig von mir, so schreckliche Schlüsse zu ziehen. Ich hätte das nie tun dürfen.«

»Jau«, pflichtete er ihr mürrisch bei und richtete seinen Blick weiter auf den Bildschirm seines Computers, während er ihn hochfuhr.

»Dich vor versammelter Mannschaft zu beschuldigen …«

»Verdammt unverschämt.« Er klang überhaupt nicht wie er selbst.

»Es tut mir leid! Ich habe Panik bekommen …«

Er mied immer noch ihren Blick. »Ich akzeptiere deine Entschuldigung, und ob du es glaubst oder nicht, ich kann nachvollziehen, warum du diese Vermutung hegtest. Harvey hat deinen Glauben an Männer zerstört, deshalb war es wohl verständlich, dass du den Anschein für bare Münze genommen und mir nicht geglaubt hast. Für mich kam das aber völlig überraschend, deshalb bitte ich dich jetzt zu gehen, damit ich mich beruhigen kann. Ich muss Izz' Zugang annullieren, Passwörter ändern und neue Tastencodes eingeben. Dann muss ich ihr mailen und sie am Montag um neun in mein Büro bestellen, um herauszufinden, ob Todds Verdacht stimmt.« Er wies mit den Augen zur Tür.

»Aber …«

»Es gibt viel zu tun. Nebenan sitzt die Person, die uns bezahlt. Ich muss mich so schnell wie möglich wieder an die Arbeit machen, sobald ich das hier geregelt habe.«

Ava schämte sich zutiefst. *Die Person, die uns bezahlt …*

Ruby zahlte, Ava schnorrte. Sie wollte, sie hätte Sam keine Rechnung für Wendys Hut ausgestellt, doch Sam hätte sowieso darauf bestanden, sie zu bezahlen. Ava irgendetwas schuldig zu bleiben hätte keinesfalls seinem gegenwärtigen Gemütszustand entsprochen.

Jetzt zeigte er mit dem Finger direkt auf die Tür. »Ava, bitte.« Er wartete, lehnte sich zurück und zitterte vor Anstrengung, seine Wut nicht in Worte zu fassen.

»Tut mir so leid«, murmelte Ava kläglich und ging.

Die E-Mail, die er an Izz geschickt hatte, bevor er wieder in den Konferenzraum zurückkehrte, war von eiskalter Höflichkeit. Er hätte ihr einfach schreiben können, dass ihre Dienste nicht länger erforderlich seien und man sie nach ordnungsgemäßer Rechnungslegung auszahlen werde. Doch nicht, ohne sie vorher anzuhören, denn das war nicht Sams Art. Obwohl Sam vor Wut kochte, musste er sich seine Gefühle für den restlichen Nachmittag verkneifen, denn die Kampagne lief so hervorragend, dass sie alle Erwartungen übertraf.

Die E-Card wurde zigtausendmal heruntergeladen, er erwartete eine gewaltige Trefferquote für den Beitrag auf *Alive Today*, die Journalisten standen Schlange, um zu hören, was Ruby zu sagen hatte. Nämlich, dass sie sich nach dem Eingriff verletzlich gefühlt und daher erst einmal ihre Brustvergrößerung abgestritten hatte. Jetzt wollte sie mit allen Journalisten reinen Tisch machen, mit denen sie, ihrer Aussage nach, vorher ein so tolles Verhältnis gehabt hatte.

#RubyGlennister lief auf Twitter und wurde von den Nachrichtenseiten aufgegriffen.

Nachdem er Ava aus dem Büro gewiesen hatte, sah er nun, wie sie ihre Finger mechanisch über die Tastatur ihres Laptops bewegte und nur, wenn jemand sie direkt ansprach, reagierte. Sie war kreidebleich, doch sie stand den Tag durch und tat alles, was sie nach Emilys und Manda Janes Meinung tun sollte.

Der Rausch der vergangenen Nacht war vorbei. Seine Selbstbeherrschung und Professionalität hatten kurz auf ›Aus‹ geschaltet, als Ava – wenn auch nur für eine Minute – in Erwägung gezogen hatte, er wäre dazu fähig, die Fotos von ihrem Handy zu stehlen, ihn für jemand gehalten hatte, der er nicht war.

Sam war noch nie so enttäuscht worden.

Und just dann kam auch noch eine fröhliche Nachricht von seiner Mutter herein.

Sehen wir Ava heute Abend? Vanessa kocht.

Er fluchte leise. Bald musste er nach Hause fahren und als Gastgeber eines fröhlichen Weihnachtsfestes auftreten. Seine Gäste hatten sich damit abfinden müssen, dass er noch arbeitete, obwohl er versprochen hatte, dass heute der erste Tag ihrer gemeinsamen Weihnachtsferien zwischen der Operation und der Chemotherapie seiner Mom sein würde.

Er versuchte, seine Antwort so neutral wie möglich zu formulieren.

Ava hat schon was vor. Wieso kocht Van? Sie macht doch Ferien, ich habe im Olympiaviertel einen Tisch reserviert.

Er hatte mit ihnen Searcy's Champagne Bar besuchen wollen, doch jetzt war ihm nicht sonderlich zum Feiern zumute.

Es ist doch überall so voll. Wir dachten an ein schönes Essen zu Hause. Ava könnte ihren Dad mitbringen, falls sie mit ihm verabredet ist. Würde ihn gerne kennenlernen.

Er ignorierte die Frage nach Avas Dad. Auf die absehbaren verwandtschaftlichen Verwicklungen und Missverständnisse, die das mit sich brachte, würde er verzichten.

Bist du müde?

Nein! Ich genieße die Weihnachtsstimmung. Kommt Ava mit uns zum Weihnachtsmarkt am Leicester Square?

Sam starrte auf sein Handy. Er hatte es gehofft. Als er in den frühen Morgenstunden durch London gefahren war, hatte er überlegt, Ava am letzten Wochenende vor Weihnachten, an Heiligabend und am ersten Weihnachtsfeiertag dabei zu haben. Er hatte gehofft, Ava ein Gefühl dafür zu vermitteln, wie schön Weihnachten sein konnte. Hoffnung konnte sich in grausame Enttäuschung verwandeln.

Er beobachtete, wie sie weiter in ihre Tasten tippte, wie ein Roboter. Er konnte nicht am Ende dieses Nachmittags die Tür hinter ihr schließen und vergessen, dass sie jemals in sein Leben getreten war, mit ihren kecken kleinen Hüten und ihrem rundlichen Körper. Ihrem verletzten Blick. Ihren Geheimnissen. Ihrem Lachen, ihrem Lächeln, ihrem Humor, ihrer Offenheit, ihrer Sorge um andere.

Er stöhnte innerlich auf. Ava sollte Heiligabend mit seiner Familie verbringen.

Verdammtes Weihnachten. Absolut beschissen.

Okay, sie hatte auch nicht verdient, was das Leben ihr diesmal zu Weihnachten beschert hatte.

Er aber auch nicht.

Die Zeiger der Uhr krabbelten langsam auf sechs zu, die vereinbarte Zeit, zu der das Glennister-Festival der Social-Media-und-Presse-Manipulation ein Ende finden sollte. Ava wusste, dass ein paar Mitarbeiter am Montag, an Heiligabend, ins Büro kommen würden, während die anderen sich weiterhin von zu Hause aus einloggten. Sie hatten erklärt, dass noch viel wichtige Arbeit geleistet und die Weihnachtskarte auch morgen und am Montag noch verschickt werden musste. Weil das die besten Tage waren. Danach würden sie die Welt Weihnachten feiern lassen und dann, nach einer Bestandsaufnahme, feststellen, was sie erreicht hatten. Aber erst, wenn sie wieder zur Arbeit kämen, was bei den meisten nicht vor Neujahr sein würde.

Ava war den ganzen Nachmittag übel gewesen, während sie fröhliche Nachrichten verschickte, die in keiner Weise der Realität dieser besonders beschissenen Vorweihnachtszeit entsprachen. Wieso hatte sie nicht erst mit Sam gesprochen, statt gleich mit ihren Anschuldigungen herauszuplatzen? Und was zum Teufel sollte sie jetzt Izz sagen?

Doch wenigstens konnte Ava bald nach Hause gehen. Der kühl distanzierten Höflichkeit der anderen aus dem Weg gehen. An diesem Abend musste sie nicht nur einen Weg finden, um ihre beste Freundin irgendwie mit dem schrecklichen Verdacht zu konfrontieren, sie musste auch noch weiter an den Social Media dranbleiben und ein Abendessen für ihren Vater vorbereiten. Vielleicht konnten sie mit ihrer Mom skypen. Ava verspürte plötzlich die Sehnsucht, ihre Mutter wirklich und nicht über das Internet zu sehen. In die Arme genommen und gedrückt zu werden, auch wenn das bedeutete, Katherines Gereiztheit über das Chaos in Kauf zu nehmen, das Ava veranstaltet hatte.

»Ava?« Sams Stimme klang kalt und unpersönlich, doch Avas Herz machte einen Satz. Er wandte seine Aufmerksamkeit nicht von seinem Bildschirm ab. »Würdest du bitte dein E-Mail-Konto prüfen, das mit deiner Webseite verbunden ist? Wir müssen die Anzahl der Zugriffe überprüfen.«

Ava wusste nicht genau, was er damit meinte, tat

aber, was er wollte. Zu ihrer Überraschung hatte sie acht Anfragen für Hüte. Zwei der Namen hatte Ava schon gehört – die Sängerin einer Rockband und eine Schauspielerin.

»Wow.« Sie war unfähig, eine Erklärung zu formulieren, und drehte ihren Laptop so, dass er den Bildschirm sehen konnte.

Er nickte. »Guter Anfang. Es wäre toll, wenn du Emily auf dem Laufenden halten könntest. Ich gehe davon aus, dass es noch mehr werden.«

Manda Jane schaltete sich ein. »Ich habe eine Anfrage von einem Frauenmagazin für dich, Ava. Sie planen einen Beitrag zu der Frage, ob Hüte wieder in Mode kommen.«

»Bei einigen Gruppen sind sie schon jetzt total angesagt«, fing Ava automatisch an. »Die Steampunker-Szene zum Beispiel.«

»Toll.« Manda Jane tippte wieder in ihre Tasten und schien froh, Ava nicht weiter ansehen zu müssen. »Ich schicke ihr etwas Textmaterial dazu, dass Hüte sich von einem exklusiven Nischenprodukt zum Mainstream entwickeln und ein Muss sind. Ich gebe ihr deine Kontaktdaten und bitte sie, sich wegen Zitaten an dich zu wenden.«

Sam fuhr fort. »Manda Jane, was haben wir für Ruby?« Er unterdrückte ein Gähnen.

Ava wandte ihre Aufmerksamkeit wieder ihrem Computer zu. Vor ihrem Megaausrutscher hätte sie ihm ein kleines, verschwörerisches Lächeln geschickt: *Wir beide wissen, warum du so müde bist …*

Und er hätte vielsagend zurückgelächelt: *Und glaube mir, ich habe Lust auf mehr*. Doch nun konnte sie nur Reue und Scham empfinden.

Wenn ein paar dieser Anfragen zu Bestellungen führten, würde sie im Frühjahr vielleicht ihre Eltern besuchen. Eine Weile aus London verschwinden.

Die letzten Minuten verstrichen. Als die anderen ihre Laptops zuklappten und ihre Taschen an sich nahmen, setzte sie sich auch in Bewegung.

»Ava?« Sie zuckte wieder zusammen, als Sam ihren Namen sagte. Er stand jetzt mit Patrick an der Tür. »Hättest du noch einen Moment für uns?«

Sie hatte das Gefühl, alle Blicke im Raum seien auf sie gerichtet, als sie aufstand und den Männern in Sams Büro folgte. Sie war überzeugt, dass sie ihr mitteilen würden, sie sei bei der restlichen Kampagne nicht mehr dabei. Sie hatten ihr einen riesigen Gefallen getan, und sie hatte sich wie eine superdoofe Kuh verhalten.

Ihre Beine zitterten, als Sam die Tür hinter sich zuzog.

Noch bevor die Tür richtig ins Schloss fiel, sagte Patrick: »Ich war es.«

27

Weihnachtsblues

Sam starrte Patrick an. »Du?«, wiederholte er dümmlich.

Patrick lächelte ausnahmsweise nicht. Stockend begann er zu erzählen. »Wir hatten getrunken. Ich konnte Izz nicht alleine nach Hause gehen lassen.« Er machte eine Pause und schluckte. »Als wir bei ihr zu Hause waren, habe ich ihr nach oben geholfen.«

Sein Blick zuckte zu Ava, die wie angewurzelt dastand. »Es tut mir wahnsinnig leid«, sagte er. »Aber wir konnten euch hören. Ich war mir nicht sicher, ob Izz sich deswegen aufregen würde, also habe ich ein paar Witze gerissen und gesagt, ich hoffte, Harvey und sein Handy wären nicht auch dort oben. Dann hat Izz mir erzählt, dass sie die Nachrichten und Fotos für Ava gespeichert habe, um Beweise für die Drohungen ihres Exfreundes zu haben, falls das nötig werden würde. Dann habe ich gesagt …« Er schloss die Augen und holte tief Luft. »Ich war betrunken. Ich habe ihr gesagt, dass die Bilder auf dem Server der Agentur sicherer wären und wir sie vielleicht dorthin schicken sollten. Ich habe gelacht, es war eine verrückte Idee, wir hatten eigentlich nicht die Absicht, sie in die Tat umzusetzen. Izz fing an, mit technischen Details um sich zu schmeißen, also dass man anhand einer IP-Adresse herausfinden könne, woher eine Nachricht käme, dann hat sie gekichert und gesagt, dass es wahrscheinlich ziemliche Verwirrung stiften würde, wenn die Bilder von Avas Handy kämen. Sie hat mir erklärt, wie das funktionieren könnte. Ich habe sie gebeten, es mir zu zeigen. Und – dann haben wir es einfach gemacht. Wir fanden es irgendwie lustig.«

Ava sah ihn entsetzt an. »Willst du damit sagen, dass du die Fotos gesehen hast?«

»Nein!«, versicherte Patrick eilig. »Ich schwöre, ich habe die einzelnen Fotos nicht gesehen. Es war nur eine Datei.«

»Und warum war es dann so lustig?«, flüsterte Ava.

Patrick zuckte zusammen. »Weil wir betrunken waren. Ich konnte Sams Stimme hören und wusste, wer da bei dir oben war, und in meinem Zustand der Benebelung habe ich gedacht, dass so ein kleiner Scherz eine Gelegenheit wäre, um mich auf dumme, kindische Art und Weise dafür zu rächen, dass er bei dir gelandet ist. Ich meine, er hatte Erfolg bei dir und ich nicht. Ava, es tut mir wahnsinnig leid. Sam, du hasst mich jetzt wahrscheinlich.«

»Im Augenblick«, fauchte Sam, »fällt es mir schwer, mit dir zu sprechen. Du weißt, dass ich nach dieser Geschichte meinen Vertrag mit dir kündigen könnte, oder?«

Ein entsetzter Ausdruck huschte über Patricks Gesicht. »Ich habe gedacht, es ließe sich wieder einrenken. Ich habe den ganzen Morgen versucht, auf den Server zuzugreifen, um die Datei zu löschen, aber so, wie wir heute gearbeitet haben, hatte ich nicht den ruhigen Moment, den ich dazu gebraucht hätte. Ich habe Izz immer wieder Nachrichten geschickt, aber sie ist erst am Nachmittag aufgewacht, und dann konnte sie sich nicht mehr ins System einloggen.«

»Weil ich ihren Zugang gesperrt habe.« Wenn Sam vorher auf Ava wütend gewesen war, so war das nichts im Vergleich zu jetzt. Er fürchtete ernsthaft um seinen Blutdruck.

»Sie hat mich panisch angeschrieben, aber da war es schon zu spät – ich musste ihr mitteilen, dass Todd die Datei bereits gefunden hatte.«

Ava sah ihn traurig an. »War Izz wirklich so wütend, als sie begriff, dass ich mit Sam zusammen war?«

Patrick ließ seinen Kopf in die Hände sinken. »Nein! Wir haben kaum von dir geredet. Wir – wir haben einfach einen tollen Abend verbracht. Drei Bands haben gespielt, und sie kannte jemanden im *Koko*, deshalb konnten wir in den Backstagebereich gehen. Wenn man Izz' Abwehrhaltung erst einmal überwunden hat, ist sie eine gute Begleitung.«

»Toll, dass du das endlich erkannt hast«, zischte Ava erbost.

Als Ava nach Hause kam, saß Izz im Dunkeln im Wohnzimmer und stieß würgende Schluchzer aus, die schmerzhaft mit anzuhören waren. Ein Berg feuchter Taschentücher umgab sie.

Ava knipste eine Lampe an und ließ sich in den roten Sessel fallen, völlig kaputt. »Heulen bringt auch nichts«, sagte sie ausdruckslos. »Ich weiß, was passiert ist. Ich weiß, dass du betrunken warst. Ich weiß, dass du nicht vorhattest, den Schaden anzurichten, den du aber angerichtet hast. Patrick hat es erklärt und alle Schuld auf sich genommen.«

»Es tut mir so leid!«, heulte Izz. »Ich habe ihm gezeigt, wie es geht.«

»Ich weiß. Du warst betrunken. Es kam dir vor wie ein simpler Streich.«

Izz heulte nur noch mehr. »Sei nicht so – nett zu mir! Und – verzeih mir nicht!«, schluchzte sie. »Patrick hat angerufen und gesagt, dass du eine schlimme

Auseinandersetzung mit Sam hattest und ihr kaum mehr miteinander redet.«

»Das stimmt«, sagte Ava wie betäubt. »Ich denke, es ist vorbei, bevor es richtig angefangen hat.«

»O nein! Das wollte ich nicht. Ehrlich, Ava, ich habe meine dämliche Schwärmerei für Sam überwunden.«

Ava zuckte die Achseln. »Ich denke, es war ein kindischer Scherz, aber der Schaden ist angerichtet. So wie Sam sich von mir betrogen und verletzt gefühlt hat, genauso fühle ich mich von dir betrogen und verletzt, aber wir beide können wenigstens verstehen, wie das passiert ist.« Sie stand langsam auf. »Mein Dad kommt gleich. Würdest du mir den Gefallen tun und verschwinden? Ich habe keine Lust auf peinliche Erklärungen.« Sie wandte sich zur Treppe.

Izz schluchzte. »Sam hat mir gesagt, dass ich mich von der Agentur fernhalten soll. Er wird mich im neuen Jahr wieder kontaktieren und in der Zwischenzeit überlegen, was er tun soll.«

»Ich weiß«, sagte Ava und ging weiter. »Dasselbe hat er auch zu Patrick gesagt.«

Während sie das Abendessen zubereitete, griff Ava immer wieder nach ihrem Laptop. Sie fing Links auf, um sie zu verbreiten und so viele Webseiten und

Blogs wie möglich zu teilen, die ihre Geschichte aufgegriffen hatten. Sie ging alle Themen durch, aber ohne die Begeisterung, die sie noch am Morgen verspürt hatte. Die Links kamen von Emily, von Manda Jane und von Sam. Die Mädchen waren ihr gegenüber kalkuliert höflich, Sam hingegen kurz angebunden und distanziert. Sie konnte ihm nicht vorwerfen, dass er ihre Entschuldigung nur formal angenommen hatte.

Sie wusste, welch eine Leidenschaft und Verletzlichkeit in ihm brodelten. Wie viel Stolz und wie viel Integrität. Und nun hatte sie seine Wut kennengelernt. Ava hatte Sam ohne jeglichen Beweis und ohne zu zögern beschuldigt.

Als ihr Handy klingelte, sah sie auf das Display, es war Todd, sie nahm ab.

»Bist du okay?« Seine Stimme klang mitfühlend.

Ava musste sich zusammenreißen, um nicht loszuheulen. »Es wird schon wieder.«

»Hör zu …« Er machte eine Pause. »Wegen Weihnachten. Ich muss nicht unbedingt mit zu Louises Familie fahren. Wir könnten Weihnachten gemeinsam verbringen.«

Ava war zutiefst gerührt, dass er bereit war, ihretwegen Louises Zorn auf sich zu ziehen. »Das kann ich nicht von dir verlangen. Aber du bist ein wunderbarer Freund, Todd.«

Als sie das Telefonat beendeten, war es still im

Haus. Aus Izz' Zimmer drang kein Laut, denn sie hatte ihr Zeug gepackt und war zerknirscht nach Hampshire aufgebrochen. Patrick hatte Blumen geschickt, die vermutlich zu dieser Jahreszeit und so kurzfristig ein Vermögen gekostet hatten. Sie hatte den Strauß zu einem nahe gelegenen Bürgerhaus gebracht. Die Leiterin hatte ihn gerne entgegengenommen und gesagt, er werde am Abend zu Gunsten des Weihnachtsessens für die Obdachlosen verlost.

Eine halbe Stunde später erschien Graeme, seine Augen glänzten verdächtig. »Ich war mit einem alten Kumpel etwas trinken«, erklärte er und drückte ihr einen bierseligen Kuss auf die Stirn. »Hm, irgendwas riecht hier richtig gut.«

»Bolognese. Sehr unweihnachtlich«, Ava umarmte ihn fest und empfand es als tröstlich, ihn zu sehen, auch wenn es schon spät war. Sie war froh, überhaupt irgendwen zu sehen, der sie weder vorwurfsvoll noch schuldbewusst ansah. »War das der Typ von der Hightech-Überwachung, der Sachen verschwinden lassen kann?«

Graeme tippte sich seitlich an die Nase. »Sachen verschwinden lassen? Ich habe keine Ahnung, wovon du redest.« Er grinste und ließ sich bewusst tollpatschig auf den Stuhl fallen, auf dem normalerweise Izz saß. »Was hast du denn heute Aufregendes gemacht?«

Ava erzählte von der Glennister-Kampagne, während sie das Knoblauchbrot wärmte, die Teller auf die Frühstücksbar stellte und einen großen Krug kalten Wassers dazuschob für den Fall, dass ihr Dad nüchtern werden wollte. Sie erwähnte nichts davon, dass sie Sam beschuldigt hatte, ihr die Fotos vom Handy geklaut zu haben.

Oder von Sams Schmerz. Keine Frage, sie hatte Sam Jermyn furchtbar verletzt: Sie hatte ihn öffentlich beschuldigt, keinen Anstand zu besitzen. Und das zu allem Überfluss auch noch am Morgen nach ihrer leidenschaftlichen gemeinsamen Nacht.

Sie unterdrückte ihre Verzweiflung, stellte das Essen auf den Tisch und setzte sich.

»Du bist schweigsam«, sagte Graeme, nachdem er eine halbe Stunde von seinem Buchladen *Les Livres Anglais* erzählt und Ava weniger als die Hälfte ihres Tellers leergegessen hatte.

Sie blinzelte. »Ich dachte, wir könnten nach dem Abendessen mit Mom skypen.«

»Gute Idee.« Er riss sich ein großes Stück Knoblauchbrot ab und sah sie mit durchdringendem Blick an. »Aber warum erzählst du mir vorher nicht, was seit gestern in deinem Leben falsch läuft? Du warst so euphorisch, als ich dich gestern verlassen habe, nachdem wir den schrecklichen Snaith entmachtet hatten. Jetzt siehst du aus, als wäre dein Schoßhund gerade gestorben.«

Ava unterdrückte ein Schluchzen.

»Egal, was es ist, Liebling, du kannst es mir sagen. Bist du seit dem Mist mit Harvey noch immer nicht davon überzeugt?« Er zögerte und räusperte sich. »Ich werde immer an deiner Seite sein, das weißt du.«

In Avas Gesicht zuckte es.

»Hey, hey«, polterte Graeme. Er kletterte von seinem Stuhl, dann fand Ava sich in seinen Armen wieder, während ihr die Tränen über das Gesicht liefen und sie stotternd und schluchzend die ganze traurige Geschichte erzählte.

Graeme hielt sie fest, bis sie endlich zu schluchzen aufhörte und sein Kaschmirpullover an der Schulter durchnässt war.

Ava wusste nicht, ob sie sich nun besser fühlte oder noch schlechter, griff nach der Küchenrolle und schnäuzte sich bedrückt. »Ich komme mir abgrundtief schlecht vor, Sam hasst mich.«

Graeme hielt Ava weiterhin fest im Arm. »Momentan tut er das vielleicht noch. Lass ihm Zeit. Du hast ihn tief verletzt, aber du hast dich bei ihm entschuldigt, mehr kannst du nicht tun. Lass ihm Zeit, damit er sich beruhigen kann.«

Ava stieß ein ersticktes Lachen aus. »Gibt es denn keinen Zauberer, der das für mich regelt, Dad? Es ungeschehen macht?«

»Ich fürchte nein«, sagte er bedauernd und streichelte ihr über das Haar. »Die Einzigen, die das regeln können, seid ihr beide.«

Ava presste ihre Wange an seine starke, vertraute Schulter und schloss ihre brennenden Augen. »Danke, dass du nach England gekommen bist und mir mit Harvey geholfen hast. Du warst toll, und es muss teuer für dich gewesen sein, auf die letzte Minute kurz vor Weihnachten noch zu fliegen. Ich hab dich lieb.«

Er hielt sie weiter eng an sich gedrückt. »Ich liebe dich auch. Kommst du klar, wenn ich morgen wieder nach Hause fliege, Liebling? Ich könnte versuchen, meinen Flug auf Montag zu verschieben.«

Sie entzog sich kurz und putzte sich noch einmal die Nase. »Auf Heiligabend? Ich bezweifle, dass das möglich sein wird. Ich komme klar. Ich komm schon alleine zurecht.«

Er lächelte traurig. »So haben wir dich erzogen, nicht wahr? Das hast du auch gesagt, als wir mit dir darüber sprachen, dass wir nach Frankreich gehen wollten. Und stimmte das?«

Ava lachte unsicher. »Finanziell war es ein wenig härter, als ich vermutet hätte, aber jetzt sieht es viel besser aus.« *Sam hat mir viel geholfen. Zu viel, um es zu ertragen, jetzt daran zu denken.* »Ich habe heute sogar überlegt, dass ich es mir vermutlich werde leisten können, dich und Mom im Frühling zu besuchen.«

»Warum kommst du nicht mit und bleibst über Weihnachten bei uns? Wir haben Pläne. Wir haben für die Kinder unserer Kunden Süßigkeiten für Christingles besorgt, und ich verkleide mich im Laden als Weihnachtsmann …«

»Warum jetzt so was?«, fragte Ava vorsichtig.

Graeme zögerte.

Das abgelaufene Jahr hatte sich für Ava als einzige Katastrophe erwiesen, und vielleicht deshalb maß sie seiner Antwort so große Bedeutung bei. »Warum feierst du plötzlich Weihnachten, jetzt, wo dein einziges Kind erwachsen ist? Warum verkleidest du dich als Weihnachtsmann für andere Kinder?« Ava hörte die Verletzung in ihrer Stimme, konnte sich aber nicht zurückhalten. »Als ich noch ein Kind war, war Weihnachten für dich nur lästig. Zusatzschichten, zusätzlicher Druck, idiotischer Konsumrausch, Geldgier, bequeme Religion und totale Heuchelei. Du und Mom, ihr habt die Weihnachtstage gewöhnlich zwischen euch aufgeteilt, so dass einer bei mir war, während der andere draußen das Verbrechen bekämpfte oder Leben rettete. Ihr habt euch freiwillig gemeldet.«

Frische Tränen liefen ihr wieder über die Wangen. »Du hast dafür gesorgt, dass auch ich Weihnachten gehasst habe.«

»Verdammter Mist«, schnaufte Graeme. Seine Arme schlossen sich um Ava, bis sie kaum mehr atmen konnte. »Liebling, es tut mir so leid. Wir dachten, es wäre für beide Seiten das Beste. Wir waren ehrgeizig und karriereorientiert, und dann kamst du …«

»Und ich habe alles verdorben.«

»Nein.« Er schluckte hörbar. »Du warst ein wenig eine Überraschung, aber wir haben dich vergöttert vom ersten Augenblick an, als wir wussten, dass du unterwegs warst. Ich wollte sagen: Du kamst, und wir dachten, dass wir dich einfach in unsere Welt integrieren könnten. Wir hatten gewisse Ideale und haben daran festgehalten.« Das schlechte Gewissen schien seine Stimme zu belegen. »Wir dachten, wir könnten dich wie eine kleine Erwachsene aufziehen, die sich um andere Gedanken macht und auf der Seite des Guten steht. Wir haben nicht wirklich begriffen, dass Kinder manchmal Kinder sein müssen und das Recht haben, sich über Weihnachten zu freuen.«

Ein tiefer Seufzer erschütterte ihn. »Du liegst nicht falsch damit, wie wir über Weihnachten gedacht haben. Es kann eine Zeit der Geldmacherei, bequemer Religion und Heuchelei sein. Aber jetzt sind wir entspannter, im Ruhestand, in unserem neuen Leben, und haben entdeckt, dass es noch eine andere Seite gibt: eine Zeit der Familie, der Liebe, der Gemeinschaft. Eine Zeit des Genießens. Eine Zeit des Gebens und Nehmens, des Teilens und Lachens.«

Ava wischte sich mit dem Stück durchweichten Küchenpapiers die Tränen weg und lugte lange genug aus ihrer Trostlosigkeit hervor, um zu sehen, dass Graemes Gesicht von Schmerz zerfurcht war. »Das klingt schön«, sagte sie schuldbewusst. Sie atmete zitternd ein und versuchte zu lachen, doch es gelang ihr nicht richtig. »Es tut mir leid, dass ich geweint habe, Dad. Ich nerve heute nur. Ich wollte nicht das arme, vernachlässigte Kind hervorkehren. Ich freue mich wirklich, dass du dein neues Leben so genießt.«

Graeme ließ sie nicht los. Als sie sich ihm entziehen wollte, nahm er ihre Hand. Die winzigen Falten um seine Augen glänzten feucht. »Warum kommst du nicht mit mir und verbringst Weihnachten mit uns? Es ist noch nicht zu spät. Ich gehe ins Internet und suche Flüge oder einen Platz im Eurostar. Schlimmstenfalls nehme ich einen Mietwagen, und wir fahren. Du könntest französische Weihnachtslieder lernen und mit uns in die Mitternachtsmesse gehen. Mom würde sich wahnsinnig freuen.«

Kurz war Ava versucht, es wieder einmal ihrem Dad zu überlassen, die Welt für sie zurechtzurücken. Sie könnte ihren Eltern ein Weihnachtsfest bescheren, wie sie es sich selbst immer so gewünscht hatte. Sie könnte sich verwöhnen und lieben lassen.

Aber das war nicht sie. »Nächstes Jahr gerne, Dad. Das klingt großartig, aber ich muss vor Weihnachten noch eine Arbeit beenden, und für Heiligabend habe ich auch schon Pläne.«

Sie wollte sich bei Sam für all das revanchieren, was er für sie getan hatte. Sie wollte deshalb in England bleiben und ihm helfen, dieses Weihnachtsfest für seine Mutter auszurichten. Falls er ihr nicht absagte, was sehr gut sein konnte.

Grame zögerte. »Bist du dir sicher, dass deine Pläne aufgehen werden?«

Ava riss ein frisches Stück von der Küchenrolle ab und putzte sich trotzig die Nase. »Niemand hat bisher etwas Gegenteiliges gesagt.«

Wenn Sam die Einladung zurücknähme, würde sie Weihnachten einfach ignorieren. Sie mochte es sowieso nicht.

Wendy sah erschöpft aus. Sie aß wenig von dem, was Vanessa vorbereitet hatte, obwohl es das delikate leichte Abendessen war, das sie so mochte. Sam war froh, dass er nicht auf dem Restaurantbesuch bestanden hatte. Ab neun Uhr fiel es seiner Mutter sichtlich schwer, sich noch an der Unterhaltung zu beteiligen. Mars und Snickers lagen zu ihren Füßen und sahen sie besorgt an.

»Mom, wenn du schon schlafen gehen möchtest, dann mach das ruhig«, sagte Sam und sah, wie sie ihre halb leergetrunkene Tasse Kaffee nach dem Abendessen beiseiteschob.

»Das finde ich aber nicht richtig, wenn wir schon mal bei dir zu Besuch sind.«

Er umarmte sie vorsichtig. Sie war schon immer ein zierliches Persönchen gewesen, doch jetzt fühlte sie sich zerbrechlich an. »Du bist meine Mutter. Du musst dich bei mir nicht wie ein Besuch benehmen. Geh ins Bett, steh auf, geh raus, bleib drinnen, niemand hat etwas dagegen. Fühl dich wie zu Haue.«

»Sehen wir Ava morgen? Oder Heiligabend?«

Er bemühte sich, locker zu klingen. »Sie hat viele Kundenanfragen erhalten, ich würde nicht unbedingt damit rechnen.«

Wendys Blick war arglos, sie schien keinen Verdacht zu schöpfen. »Um wie viel Uhr kommt sie am ersten Weihnachtstag?«

»Das ist auch noch nicht ganz klar. Es läuft gerade ziemlich hektisch.«

Wendy gähnte und löste sich aus seiner Umarmung. »Natürlich. Aber sie wird es doch hoffentlich nicht vergessen, oder?«

»Wohl kaum«, brachte er heiser heraus und setzte ein breites Lächeln auf, als seine Mutter im Schlafzimmer verschwand.

Vanessa kuschelte sich auf einem Polstersessel zusammen und wartete, bis Wendy außer Hörweite war. »Ich glaube, Wendy hat sich heute übernommen.

Sie ist so begeistert, hier zu sein, und wollte unbedingt zu einer Matinee-Vorstellung von *White Christmas* und anschließend essen gehen und so weiter. Der Geist war willig, aber das Fleisch war schwach.«

»Genau.« Sam rieb sich die Augen. Sie brannten vor Müdigkeit.

»Aber sie wird das schon überstehen.« Vanessa wechselte auf das Sofa und tätschelte beruhigend seinen Arm. »Sie war so aufgeregt, dass sie die letzte Nacht, vermutlich sogar die vergangenen beiden Nächte, nicht gut geschlafen hat. Wenn wir uns morgen früh Zeit lassen und behaupten, dass wir ausschlafen müssen, wird sie sich nicht so sehr verausgaben.«

Er nickte. »Ausschlafen klingt toll.«

»Falls du morgen früh da bist. Gehst du heute Abend nicht zu Ava?« Ihr Blick glänzte schelmisch.

Er schüttelte den Kopf und wechselte das Thema. »Was ist mit dir? Hast du Lust, noch auf einen Drink rauszugehen oder zu einer Spätvorstellung ins Kino?«

Sie lächelte und fuhr ihm mit der Hand durchs Haar, womit nur eine Frau ungestraft davonkam, die ihr Leben um Sam und seine Mutter aufgebaut hatte. »Du musst deine alte Tante nicht unterhalten, Sam. Komm, verschwinde zu Ava, wenn du willst.«

»Ich treffe mich heute Abend nicht mit ihr«, beharrte er wahrheitsgetreu und wehrte sich gedanklich gegen sein Bedürfnis, nach Camden zu fahren und nachzusehen, ob er noch etwas retten konnte.

»Okay, aber ich möchte nun in mein Zimmer gehen und mit Neale skypen, also tu dir keinen Zwang an und mach, was du willst.«

Er fragte sich, wie alt man wohl werden musste, bevor eine Tante aufhörte, einen herumzukommandieren, und lächelte. »Ich bring die Hunde noch mal raus und gehe dann auch früh ins Bett.«

»Dann geh«, sagte sie. »Ich rede mit meinem lieben Neale.«

Ungeachtet der Tatsache, dass seine Tante ihn weggescheucht hatte, schenkte Sam sich einen Schluck Jack Daniel's on the rocks ein und starrte eine Weile ins Leere. Er fühlte sich elend und wusste nicht, was er dagegen tun sollte. Er nippte an der kühlen Flüssigkeit, die sogleich seine Kehle entflammte, als könnte sie damit Avas Geschmack vernichten. Eine Nacht, und sie fehlte ihm bereits.

Sein Handy vibrierte und zeigte eine Nachricht an.

Tut mir leid, dass ich nicht mehr die Möglichkeit hatte, mich persönlich von Ihnen zu verabschieden. Ich habe versucht, Ava zu überreden, Weihnachten bei uns in Frankreich zu verbringen, aber sie meinte, sie habe schon etwas vor, ich fliege also morgen zurück. Zu Ihrer Information, Sie hatten recht, ich habe Ava auf ihre Selb-

ständigkeit angesprochen und herausgefunden, dass sie manchmal Hilfe braucht genau wie jeder andere, und Fehler macht, wie wir alle auch. Graeme Blissham.

Avas jüngster »Fehler« war zu heftig gewesen für Sam. Also dankte er höflich für die Nachricht, setzte sich die Kopfhörer auf und lauschte *Radiohead*, um Avas Anschuldigungen nicht mehr zu hören. Und er spielte ein hirnloses, grellbuntes Spiel auf seinem Handy, um auch ihre entsetzte Miene nicht mehr vor Augen zu haben.

Aber er konnte nicht anders und ging doch noch einmal durch, was er ihr in der Hitze des Gefechts vorgeworfen hatte: *… dass du den Anschein für bare Münze genommen und mir nicht geglaubt hast … deshalb bitte ich dich, jetzt zu gehen … Es gibt viel zu tun. Nebenan sitzt die Person, die uns bezahlt.*

Worte konnten sehr verletzen. Das stand auch deutlich auf der Webseite von *Weder Schuld noch Schande*. Hatte er sie genauso verletzt wie sie ihn? Zurückgeschlagen und das für gerechtfertigt gehalten?

Als er das Glas Jack Daniel's geleert hatte, brachte er die Hunde raus und fand Trost darin, wie sie begeistert schnüffelnd in die kühle Nacht hinausdrängten. Als Mars und Snickers wieder zurück waren und sich auf ihrem Nachtlager einrollten, ging er in sein Schlafzimmer, um sich einen Film anzuschauen.

Doch er konnte sich nicht darauf konzentrieren. Also holte er sein Handy heraus, ging seine Kontakte durch und überlegte, was Patrick und Jake wohl gerade machten. Auch wenn sie ihn mit ihrem ständigen Gerede über ihren Silvester-Skiurlaub, an dem er nicht teilnahm, nervten, wäre ihm ihre Gesellschaft heute Abend sehr willkommen gewesen. Doch nach Patricks Beichte konnte er ihn nicht einfach per SMS fragen, was er vorhätte, um sich ihm dann irgendwo in der City anzuschließen.

Mit einem tiefen Seufzer rief er stattdessen Ava an.

Sie nahm genau in dem Moment ab, als er schon dachte, sie würde nicht drangehen. Ihre Stimme klang kleinlaut und leise. »Hey.«

»Wahrscheinlich ist es schon zu spät, um dich anzurufen.«

»Ich bin noch wach.«

»Na dann.« Er lehnte sich in sein Kissen zurück und fragte sich, ob sie schon im Bett lag. Er sah sie vor sich, wie er sie zum letzten Mal gesehen hatte, mit ihrem goldblonden Haar, das über ihre nackte Schulter fiel. »Meine Mutter fragt, ob du am Sonntag oder Heiligabend zu uns kommst.« Seine Stimme klang lächerlich förmlich, als interessiere ihn die Antwort nicht.

»Ich fürchte nicht. Aber es ist nett von ihr, dass sie an mich gedacht hat.« Sie klang genauso neutral wie er.

Die Situation wurde immer peinlicher. Er verfluchte Patrick und Izz. Wären diese Bilder heute Morgen nicht auf dem Server von Jermyn's aufgetaucht, wäre er jetzt vielleicht bei Ava. Im Bett. Der Gedanke erregte ihn. Stattdessen gab es jetzt diese tiefe Kluft zwischen ihnen, das Gespräch fühlte sich an, als würden sie auf Glas beißen.

»Nachdem du offensichtlich Schwierigkeiten hast, es auszusprechen …«, unterbrach sie seine Gedanken und machte ihm bewusst, dass er eine Weile peinlich berührt geschwiegen hatte, »… ich kann verstehen, dass du mich am Weihnachtstag nicht bei deiner Familie haben willst. Du bekommst Wendys Hut an Heiligabend. Eventuell müsstest du ihn abholen, ich gehe davon aus, dass die Kuriere überlastet sind. Wie auch immer, das lässt sich machen.«

Sam bemerkte bestürzt, wie sein Magen sich verkrampfte. »Ehrlich gesagt, hatte ich gehofft, du würdest kommen. Du weißt, warum ich Mom ein besonderes Weihnachtsfest bereiten will.« Er zuckte zusammen, als er hörte, wie das klang – als spielte Ava keine Rolle. »Sie freut sich, dass du kommst.«

»Ich möchte dich nicht in Verlegenheit bringen.«

»Ich schaffe das schon.« Und mehr aus Höflichkeit fügte er hinzu: »Und was ist mit dir? Kommst du damit zurecht?«

Ihr Lachen war kaum mehr als ein Hauch. »Ich habe keine hohen Erwartungen an Weihnachten. Ich glaube, ich kann auch noch ein weiteres Mal mitspielen.«

Er rang mit sich. Einerseits rumorte immer noch der Ärger in ihm. Andererseits wäre er am liebsten zu ihr gerannt. Doch vermutlich war es keine so gute Idee, diese beiden Gefühle zu mischen.

Mist. Ihr Vater fuhr nach Frankreich zurück, ihre beste Freundin verbrachte Weihnachten woanders. Was fing Ava mit sich alleine an? »Mom würde sich sehr freuen, wenn du in den nächsten zwei Tagen zu uns kämest«, drängte er sie versuchsweise. *Und ich mich auch*, dachte er. *Kann mich aber nicht überwinden, es auszusprechen.*

»Zwei Freundinnen von Vanessa aus dem Rotary Club kommen morgen vorbei und wollen beide einen Hut kaufen. Seit dem Artikel in *Alive Today* wollen alle etwas mit einem Ava-Bliss-Etikett, bevor ich meine Preise erhöhe.«

Dieses Thema war leichter zu bewältigen. »Sie glauben wohl, besonders clever zu sein, wenn sie noch vor Weihnachten kommen. Gut für dein Bankkonto. Wenn sie sich Modelle aussuchen, die Ruby bei ihrem Auftritt getragen hat, dann berechne das Doppelte.«

»Funktioniert so das große Geschäft? Kein Wunder, dass ich nichts hingekriegt habe.« Sie klang nicht, als würde ihr das viel ausmachen.

Das Schweigen, das ihre Sätze unterstrich, wurde peinlich. Er versuchte nicht noch einmal, sie zu überreden. Dann sagte sie plötzlich: »Gut, wenn das alles ist, bye«, und legte auf.

Er schenkte sich noch ein Glas Jack Daniel's ein. Der Gedanke, dass sie Heiligabend alleine verbringen würde, ließ ihn nicht mehr los, egal, wie oft er sich sagte, dass sie viele Freunde habe, mit denen sie Weihnachten verbringen könnte, und dass das Leben auf den Märkten an der Camden High Street brummte.

Er gönnte sich noch einen Jack Daniel's, dann sank er vor Erschöpfung nieder, doch sein Kopf gab keine Ruhe. Also öffnete er seinen Laptop und ging auf Twitter. In einem Anfall von Masochismus ging er auf Avas Seite. Sie war damit beschäftigt, Rubys, Emilys und Manda Janes Tweets zu retweeten. Sie tauchten oben auf ihrer Timeline auf, während er zusah, sie war also online.

Er retweetete einen ihrer Tweets.

Ihre Tweets stoppten.

Er fühlte sich wie ein Stalker, verließ die Seite und fing an, mit Hashtags zu experimentieren, mit deren Hilfe sich Trends identifizieren ließen oder man Chats beitreten konnte. #RubyGlennister, #TittenRuby und #RubyGlennisterWeihnachten waren alle Teil aktiver Chats. Er suchte weiter und fand heraus, dass #AvaBliss auch einer war. Offenbar nutzte auch Ruby ihn, um mit ihren Spielerfrauen und Fußballkumpels zu chatten. Ob es der Wunsch war, Ava zu helfen oder Begeisterung für ihre Marke zu entfachen, um ihre Modelkarriere voranzutreiben, war nicht ganz klar. Aber gut.

Hauptsache, Ava profitierte von diesem heillosen Durcheinander. Ein paar Spielerfrauen mit Kohle konnten ihr nicht schaden.

Sonntag, 23. Dezember

Sonntagmorgen, ein Tag vor Heiligabend, das Haus wirkte unheimlich still. Nie hatte Ava Weihnachten so gehasst wie dieses Jahr.

Ihr Leben hatte eine beschissene Wendung genommen. Ihre besten Freunde waren irgendwo anders, und sie wusste nicht, wie es mit Izz weitergehen würde – sie durfte gar nicht daran denken. Wegen Sams kranker Mutter würde sie Weihnachten mit einem Mann verbringen, der sie vermutlich nicht mehr sehen wollte.

Um zehn Uhr, als Ava sich gerade bereitgemacht hatte, um Besucher zu empfangen, standen zwei Damen vom Rotary Club, in gewachsten Jacken und mit Glöckchen an den Schals vor ihrer Haustür.

Die größere der beiden trat einen Schritt auf sie zu. »Ich bin Rayne, das ist Vicky. Ich hoffe, es stört Sie nicht, dass wir so früh dran sind, aber wir wollten nachher noch in die Stadt fahren und uns die Weihnachtsbeleuchtung anschauen.« Sie traten in den Flur, ohne zu warten, ob sie hereingebeten wurden.

»Natürlich stören Sie mich nicht! Möchten Sie einen Kaffee?« Ava wechselte sofort in den Kundenbetreuungsmodus.

»Reizend«, sagte Rayne und sah sich um, während Ava sie hinaufführte. »Ich wusste gar nicht, dass Sie Ihre Geschäftsräume in einem normalen Wohnhaus haben. Aber ich nehme mal an, dass sich das alles bald ändern wird, nicht wahr? Wie ist Ruby Glennister denn so? Auch wenn es mich normalerweise nicht besonders interessiert, was die Promis so treiben.« Sie lachte. »Die Fotos von Ihnen beiden mit den Hüten statt BHs waren lustig. Stimmt's, Vicky?«

Vicky kicherte, ihre Augen glänzten.

»Ruby ist ein Schatz.« Ava führte sie in ihr Atelier und fragte sich genervt, warum sie den Artikel in *Alive Today* gelesen hatten, wenn sie sich nicht dafür interessierten, was Promis trieben. »Ja, sie war sehr nett zu mir.« Dann vergaß sie absichtlich, ihnen noch einmal Kaffee anzubieten, und fragte: »Wonach suchen Sie denn genau?«

Rayne flitzte durch das Atelier zu den Mustern. »War das nicht der gelbe Hut, den Ruby in *Alive Today* aufhatte? Ist er nicht wunderschön?« Sie schnappte sich den modischen Strohhut und setzte ihn sich wie ein Kind, das sich verkleidet, auf den Kopf, so dass ihre Locken unter der Krempe hervorplatzten.

Avas Lächeln klebte auf ihren Lippen, als sie ihr freundlich den Hut ab- und das Kommando übernahm, indem sie Rayne zu dem Stuhl vor dem Spiegel führte. »Soll ich Ihnen Mantel und Schal abnehmen? Möchten Sie sich die Haare kämmen?«

Rayne wirkte verlegen. »Oh, natürlich.«

Nachdem sie sich gekämmt hatte, setzte Ava den Hut wieder richtig auf Raynes Kopf. »Wenn Sie möchten, dass die Locken Ihr Gesicht einrahmen …«

»Aber so hat Ruby ihn nicht getragen«, sagte Rayne in kindisch trotzigem Ton.

Rayne würde niemals wie Ruby Glennister aussehen, trotzdem rückte Ava ihr den Hut so zurecht, dass er sich kokett über ein Auge stülpte. »Besser so?«

»Rayne«, flüsterte Vicky. »Das bist so du.«

Ava lächelte ein wenig. Für Raynes silbergraues Haar und ihre helle Haut gab es bessere Farben als Gelb. »Wollen Sie noch ein anderes Modell anprobieren? Diesen hellblauen zum Beispiel …«

»Ich möchte diesen hier«, sagte Rayne bestimmt. »Ich mochte ihn, seit ich ihn an Ruby gesehen habe.«

»Falls er Ihnen eine Spur zu eng sein sollte …«

»Diesen hier.« Rayne nahm den Hut wieder ab und drückte ihn regelrecht an sich.

Vicky lächelte Ava an. »Ich möchte den Schwarzweißen. Der ist so stylish.«

Der geschlungene Cocktailhut stand Vicky etwas besser als der gelbe Rayne. »Wie fühlt er sich an?«

»Wunderbar.« Vicky strahlte ihr Spiegelbild an. »Rayne, ist er nicht herrlich?«

»Herrlich«, wiederholte Rayne und hielt immer noch ihren gelben Strohhut fest.

»Sie wollen also keinen anderen …«

»Wir wissen, was wir mögen«, sagte Rayne und strahlte Vicky anerkennend an.

Ava gab auf und erhöhte den Preis der Hüte um das Doppelte dessen, was sie ursprünglich gekostet hatten, genau wie Sam es vorgeschlagen hatte.

Rayne und Vicky rissen in verzücktem Erschrecken die Augen auf.

Ava war gespannt, ob Sam recht behalten würde. Vor drei Wochen hätte sie ihnen noch einen Rabatt gewährt.

»Na ja, es ist Weihnachten«, schnaufte Rayne, zögerte und täuschte Bestürzung vor.

»Es ist Weihnachten«, wiederholte Vicky. »Und Ruby hat genau diese Hüte getragen. Das sind doch die Hüte?«, fragte sie begehrlich.

»Genau die. Ich kann sie Ihnen in Hutschachteln verpacken, wenn Sie jetzt bezahlen und sie mitnehmen wollen, aber Sie können den Betrag auch auf mein Konto überweisen, dann schicke ich Ihnen die Hüte zu. Porto und Verpackung wären aber noch einmal 30 Pfund.«

Sie berieten sich flüsternd, während Ava flach gefaltete Hutschachteln hervorholte und sie aufklappte, falls sich Rayne und Vicky entschließen sollten, zum nächsten Bankautomaten zu gehen, um bar zu bezahlen und die Hüte sofort mitzunehmen.

»Stören Sie die Hüte nicht, wenn Sie sich noch die Weihnachtsbeleuchtung in der Stadt ansehen wollen?«, fragte Ava und bettete den kanariengelben Hut in schwarzes Seidenpapier.

»Das kriegen wir schon hin«, strahlte Rayne. »Obwohl ich nicht weiß, was mein Mann sagen wird.«

Ava legte den schwarzweißen Hut in eine königsblau gefütterte Schachtel. »Hoffentlich sagt er, dass Sie phantastisch damit aussehen.« Hoffnung konnte nicht schaden. »Haben Sie einen besonderen Anlass?«

»Nicht unbedingt«, sagte Rayne und wirkte betroffen. »Ich könnte ihn Weihnachten tragen!«

Ava stellte sich vor, wie Rayne einen gebratenen Truthahn in den Ofen schob, mit Ruby Glennisters Hut schief über dem einen Auge, und bemühte sich um ein passendes Lächeln. »Phantastisch!«

Als Rayne und Vicky die School Road entlangmarschierten und stolz ihre Hutschachteln vor sich hertrugen, kehrte Ava zu ihrem Laptop zurück. Emily hatte einige Links zu den Sonntagsausgaben der Boulevardzeitungen geschickt, in denen verständnisvolle Geschichten über Rubys Coming-out und ihre Brustvergrößerung zu lesen waren.

Komischerweise schickten Leute, die sie kannte, auch ihr die animierte Weihnachtskarte, luden neben Rubys und ihrem Gesicht ihre eigenen hoch und kommentierten: *Konnte es nicht glauben! Das ist cool! Wow, wie bist du denn da reingeraten?* Und wieder fühlte Ava sich seltsam, als wäre Ava Bliss eine andere Person und überhaupt nicht sie selbst.

Dann sah sie, dass Ruby ihr über Twitter eine persönliche Nachricht geschickt hatte:

Hoffe, du bist zu Hause, bin auf dem Weg zu dir.
Ruby ☺ *xxx*

Eine halbe Stunde später wehte Ruby herein und verstreute neben Küssen und Umarmungen auch ein paar Regentropfen von ihrem Mantel. »Ich habe deine Nummer nicht. Speichere sie da ein.« Sie ließ ihr Handy in Avas Hand fallen. »Ich habe uns ein bisschen Champagner mitgebracht, Ava, Baby. War das nicht genial?«

Verwirrt stellte Ava fest, dass Ruby eine zylinderförmige Verpackung mit goldgrüner Kordel über der Schulter hängen hatte. Darin befanden sich ein Eisbeutel und eine Flasche Cristal. »Es gibt nichts Schlimmeres als warme Bläschen.« Dann zögerte sie und legte ihre wunderschön gepflegte Hand auf Avas Arm. »Ist es okay, wenn ich mich selbst einlade? Sag mir, wenn ich dich von irgendwas abhalte.«

»Von gar nichts«, antwortete Ava offen. »Aber ich habe keine Champagnergläser.«

»Aber ich!« Ruby schob den Eisbeutel beiseite und holte zwei Gläser heraus, die darunter eingebettet waren, zog dann die Folie vom Cristal ab und ließ den Korken mit einem geübten Griff knallen. Dann schenkte sie die schäumende Flüssigkeit in die Champagnergläser, die Ava ihr hinhielt. »Auf uns, Baby. Meinst du, es ist eine gute Idee, wenn ich deine Hüte trage?«

Ava ließ sich auf einen Stuhl fallen, trank ihren ersten Schluck von dem gekühlten Champagner und schauderte genussvoll. »Phantastisch. Aber du weißt, dass ich dein Honorar nicht zahlen kann.«

Ruby wischte das mit einer Bewegung ihrer manikürten Hand beiseite. »Ich möchte, dass du mich in Hüten bezahlst. Sie werden eine Zeitlang mein Markenzeichen sein. Du machst mir einen Hut, ich quassle über Ava Bliss. Kein Geld im Spiel.« Sie zog ihre Augenbrauen zusammen. »Außer wir beschließen, Werbung zu machen. Dann müssten wir noch mal reden.«

Werbung klang unwahrscheinlich, doch als direktes Ergebnis ihrer zufälligen Verbindung mit Ruby war Avas Mailbox voller Anfragen, die sie bearbeiten musste, sie konnte es sich also bestimmt leisten, für Ruby kostenlos ein paar Hüte zu machen.

Plötzlich wechselte Ruby das Thema. Ihre Augen

glühten voller Mitgefühl. »Furchtbarer Mist gestern. Mein Herz hat für dich geblutet, Baby. Ich wusste einfach nicht, was ich sagen sollte, um dir zu helfen.«

Ava hustete, als die Champagnerbläschen einem heftigen Atemzug in die Quere kamen. Jegliche Freude über den Verkauf ihrer Hüte an Rayne und Vicky zu einem lächerlich hohen Preis war mit einem Schlag zunichte.

»Ich weiß.« Ruby sah sie mitfühlend an, als Ava den Blick senkte. »Sam ist ein toller Typ, aber gerne oben, stimmt's? Bildlich gesehen, meine ich. Ich war ja nie unter ihm.« Sie legte eine Pause ein, als würde sie über diese Aussicht nachdenken und sie gar nicht so unangenehm finden. »Was ich damit sagen will, ist, dass es besser gewesen wäre, ihn beiseitezunehmen und es mit ihm in Ruhe zu besprechen, anstatt einfach so eine Anschuldigung auszuposaunen. Und rumzuschreien.«

Ava fuhr sich mit der Hand über das Gesicht. »Meinst du, das wüsste ich nicht? Ich war so schockiert, dass ich im Moment keine andere Erklärung dafür hatte. Das war unglaublich dumm von mir.«

»Tja.« Ruby tippte mit ihrem Fingernagel an ihren Zahn. Dann strahlte sie. »Wenigstens hast du eine Superwerbung bekommen, bevor du ihm ans Bein gepinkelt hast. Da warst du ganz schön schlau.«

Ava sah sie entsetzt an. »War ich nicht! Er hat mir geholfen, weil ich – ihm unwissentlich und unabsichtlich – die Idee für deine Kampagne geliefert habe.«

Rubys Augen wurden kugelrund. »Du hast es geschafft, dass Jermyn's umsonst für dich arbeitet, und weißt nicht einmal, wie? Das ist beeindruckend, Baby. Ziemlich schlau.«

Ava kippte den Champagner herunter, sie fühlte sich zunehmend schlechter und schaute Ruby flehend an. »Das stimmt nicht! Sam hat mich einfach in die Sache verwickelt. Ich hätte gar nicht gewusst, wo ich anfangen sollte.«

»Im Ernst?« Ruby kullerte wieder mit den Augen. »Ich wünschte, er hätte mich einfach so verwickelt, anstatt mir eine gesalzene Rechnung zu schicken.«

Als Ruby, aufgeheitert von einer Flasche Cristal-Champagner, gegangen war, kauerte sich Ava betrübt in den grünen Sessel, ihr Gewissen machte sich wie eine schlechtgestimmte Gitarre bemerkbar.

Am Ende klappte sie ihren Laptop auf und schickte eine Mail an Sam, Manda Jane, Emily, Patrick, Todd, Jake und Ruby.

Betreff: Kampagne
Ihr Lieben,
ich bin Euch zu großem Dank verpflichtet, dass Ihr mich netterweise in Rubys Kampagne mit einbezogen habt. Ich weiß Eure geniale Kreativi-

tät und die harte Arbeit sowie Sams und Rubys Großzügigkeit wirklich zu schätzen, die das erst möglich gemacht haben,
Ava x

Dann lief sie zur Camden High Street, denn wenn sie schon den Weihnachtstag bei Sam verbrachte, konnte sie dort nicht mit leeren Händen auftauchen, auch wenn sie bei dem Gedanken an Weihnachtsshopping am liebsten schreiend durchs Haus gelaufen wäre.

Schön, dass es für Dich funktioniert hat.
Habe vor, Dich am Weihnachtstag um 10:00 Uhr abzuholen. Sag mir Bescheid, falls das für Dich nicht okay ist.

Nun, das war es nicht wirklich. Musste es aber.

Montag, 24. Dezember

Ava ließ es an Heiligabend langsam angehen. Nachdem sie bewusst die Fertigstellung von Wendys Hut auf den heutigen Tag verschoben hatte, um sich beschäftigt zu halten, spielte sie laute Musik, so dass sie nicht bemerkte, wie still es im Haus war, während sie die Pfauenfedern auffächerte und mit dem Goldband aufnähte.

Sie platzierte den fertigen Hut auf einem Ständer, machte ein paar Fotos für ihre Internetseite, packte ihn in eine Hutschachtel und verzierte diese noch mit ein wenig Goldband.

Dann setzte sie sich hin und machte aus dem scharlachroten Seidenjersey, den sie gestern gekauft hatte, einen weichen, seidigen Hut, der an einer Seite drapiert und mit schwarzen Filzblumen übersät war. Es war ein Hut, den Wendy nach einem Haarverlust überall, ob im Restaurant oder im Bett, tragen konnte. Er war warm, weich und entzückend, genau wie Wendy.

Das war das letzte Geschenk, das sie einpacken musste.

Das war's. Jetzt musste sie nur noch Weihnachten, und damit den Höhepunkt ihrer Rolle als Sams Freundin, überstehen.

Dann wäre es vorbei.

28

Ava spielt ein letztes Mal mit

Dienstag, 25. Dezember

Auch wenn man kein großer Freund von Weihnachten war, fühlte es sich seltsam an, am ersten Weihnachtstag so ganz alleine aufzuwachen.

Ava skypte mit ihren Eltern, die in dem Cafébereich ihres Buchladens saßen und zusammen mit Nachbarn und ein paar Expats Buck's-Fizz-Cocktails tranken. Graeme drehte den Laptop herum, so dass Ava die Gäste in Festtagskleidung und einen Baum mit silbernen und roten Kugeln sehen konnte. »Wünsch uns allen frohe Weihnachten!«

»Frohe Weihnachten!«, rief Ava pflichtgemäß. Diese virtuelle Anwesenheit vermittelte Ava das Gefühl, in einer Internetblase zu schweben, aus der sie sehen und sprechen, aber keine Umarmungen austauschen und keinen Wein schmecken konnte.

Die Gäste schwenkten strahlend ihre Gläser. »Frohe Weihnachten! Joyeux Noël!«

Graham und Katherine drehten den Laptop wieder zu sich herum und fragten besorgt, welche Pläne sie für diesen Tag habe. »Wir möchten wirklich, dass du uns nächstes Jahr besuchen kommst, Liebling.«

»Trag es jetzt schon mal in deinen Kalender ein!«, drängte Katherine.

Ava tat ihr Bestes, um glaubhaft rüberzubringen: »Alles ist in Ordnung, ich bin versorgt«, doch an dem Gesichtsausdruck ihrer Eltern konnte sie erkennen, dass es ihr nicht gelungen war. Aber sie war dankbar, dass sie das Thema nicht weiterverfolgten, denn sie hatte sich kaum noch im Griff vor Nervosität.

Das Gespräch wurde mit einem letzten fröhlichen *Joyeux Noël* beendet, und Ava frühstückte in Gesellschaft des Radiosenders Capital FM. Dann öffnete sie das Geschenk von Todd und Louise. Meistens schenkte Todd ihr etwas Witziges, das eher zu ihm als zu ihr passte. Doch dieses Jahr hatte Louise ihn vermutlich beim Kauf seiner Geschenke beraten – und so zog sie eine hellbeige Wolljacke heraus, die bei einer Sechzigjährigen für Furore gesorgt hätte.

Izzs Geschenk passte da schon besser zu ihr – sie hatte ihr eine Silberkatze geschenkt, auf deren Schwanz sie ihre Ringe stecken konnte.

Ava schob die Wolljacke in eine Schublade, stellte die Katze auf die Frisierkommode, ging unter die Dusche und föhnte sich danach die Haare und flocht sie zu einem Bauernzopf. Sie schlüpfte in ihr rotes

Jumperkleid und bereitete sich darauf vor, von Sam abgeholt zu werden. Ihre Geschenke und den Hut, den sie Wendy überreichen sollte, legte sie im Flur bereit.

Ava war nervös, als Sam kam, und hoffte, Wendy und Vanessa säßen auch im Auto, weil sie die beklemmende Atmosphäre fürchtete, wenn sie mit ihm alleine wäre.

Doch Wendy und Vanessa saßen nicht im Auto.

Und die Atmosphäre war beklemmend.

Sie tauschten höflich Weihnachtswünsche aus, dann sah Ava zu, wie Sam die Hutschachtel im Kofferraum verstaute, und setzte sich auf den Beifahrersitz. Der Tag würde ein Albtraum werden.

Sie fuhren ein paar Minuten durch die seltsam leeren Straßen. Dann hielt Ava das Schweigen nicht länger aus. »Wie geht es deiner Mutter?«

»Sie ist müde, aber fest entschlossen, Weihnachten zu genießen. Ich habe Tante Van strikt angewiesen, Mom von jeglicher Aktivität in der Küche fernzuhalten, während ich dich abhole.«

»Ich hoffe, es wird ein schöner Tag für sie.«

»Das hoffe ich auch. Es geht schließlich vor allem um sie.«

»Natürlich.«

Ava blickte aus dem Fenster auf die Häuser, die an ihnen vorbeizogen. Sie konnte sich nicht erinnern, jemals am Weihnachtstag durch London gefahren zu sein, ohne den üblichen Verkehr wirkten die leeren Straßen jetzt beinahe gespenstisch. In wenigen Tagen würden die grellen Dekorationen und die bunten Lichter wieder verschwunden sein und überall der graue Alltagstrubel herrschen.

Man müsste eine Farbe mit dem Namen Januargrau erfinden, dachte Ava, vielleicht für den Zylinder einer Winterhochzeit. Die Hochzeitsblumen könnten weiß und lavendelfarben sein; die Kleider der Brautjungfern aus dunkelblauer Seide. Die Farbenpalette eines Wintertages.

Wenn auch nur die Hälfte der Mails in ihrem Postfach zu irgendwas führte, dann saß sie vielleicht bald schon über Hochzeitshüten und Fascinators. Der Gedanke sollte sie eigentlich mit Freude erfüllen. Und sie ging davon aus, dass sich die Freude auch einstellen würde, wenn sie Weihnachten erst mal überstanden hatte. Und Sam.

Dann bemerkte sie plötzlich, dass Sam in eine Seitenstraße einbog. »Wo sind wir?«, fragte sie und spähte durch das Fenster auf einen grünen Farbfleck.

»Highbury Fields.« Sam fand einen Parkplatz und stellte den Motor ab.

»Und warum halten wir hier?« Sie war sich ziemlich sicher, dass sie erst die Hälfte der Strecke zwischen Camden Town und Stratford zurückgelegt hatten.

Er wirkte zurückhaltend. »Hier drin herrscht dicke

Luft. Ich finde, es wäre besser, wir lassen sie raus, bevor wir zu mir fahren.«

»Ja.« Sie tat erst gar nicht so, als wüsste sie nicht, was er meinte. »Ich habe schon den ganzen Morgen darüber nachgedacht. Was ist, wenn es uns einfach nicht gelingt, so zu tun, als ob wir uns mögen? Dann ist diese ganze Weihnachtsfarce sinnlos.«

»Jetzt ist nicht der richtige Augenblick, um das zu besprechen. Nicht heute.«

»Das weiß ich. Deine Mom hat mir von Mariah erzählt. Dass nun wieder Weihnachten ist, macht es sicher alles nur noch schlimmer.«

Sein Gesicht erstarrte. »Was soll mit Mariah sein?«

Ava kramte in ihrer Handtasche nach einem Taschentuch, nicht, weil sie es unbedingt brauchte, sondern eher, um etwas zu tun. Sie unterdrückte das Bedürfnis, laut aufzuschluchzen, und selbst sein starrer Ausdruck, als sie Mariah erwähnte, würde sie nicht zum Heulen bringen, wenn sie es irgendwie verhindern konnte. »Wendy hat gesagt, dass du das mit ihr und deinem besten Freund genau an Weihnachten herausgefunden hast und dass du seitdem keine andere Frau mehr angeguckt hast. Weihnachten muss eine schlimme Zeit für dich sein.«

Er starrte ein paar Sekunden vor sich hin, dann schnaubte er plötzlich, und seine Gesichtszüge wurden weicher. »Glaubt Mom wirklich, dass ich meinen Herzschmerz pflege?«

Ava stellte ihre Suche nach einem Taschentuch ein. »Na ja – also, ich denke schon. Sie hat gesagt, dass du Mariah geliebt hast und total am Boden zerstört warst – als du herausfandest, dass sie …«

Er schüttelte den Kopf, lächelte immer noch, doch diesmal wie in Gedanken. »So wie das klingt, wenn du das sagst, war es nicht. Ich war nie in Mariah verliebt. Ich war scharf auf sie.« Er rieb sich reumütig das Kinn und lachte erneut. »Ehrlich gesagt, war es nie etwas Ernstes. Sie hat sich dann auch mit meinem Freund Elliot verabredet. Mir gefiel das nicht besonders, also habe ich mich zurückgezogen, war aber nicht darauf vorbereitet, wie ich mich fühlen würde, als sie mir sagte, dass sie und Elliot fest zusammen seien. Ich war ein schlechter Verlierer und habe ihnen gesagt, dass ihre Beziehung nicht halten würde, daraufhin sind sie auf Distanz zu mir gegangen. Elliot meinte, mein Verhalten zeige nur, dass Mariah für mich nicht mehr als eine Trophäe gewesen sei. Diesen Spruch nahm ich ihm übel.« Er seufzte und rutschte auf seinem Sitz hin und her. »Jedenfalls sind sie immer noch zusammen, haben ein Haus und einen Verlobungsring gekauft, und ich stehe wie ein Idiot da und habe für nichts und wieder nichts einen guten Freund verloren.«

Er seufzte. »Ich wusste gar nicht, dass Mom sich ihren eigenen Reim darauf gemacht hat und nun meint, diese Geschichte habe mir das Herz gebrochen. Doch jetzt verstehe ich, dass sie …«

»Dass sie hofft, wir seien zusammen?«, beendete Ava den Satz für ihn. Sie versuchte, ihrer Stimme einen heiteren, positiven Ton zu verleihen. »Na ja, jetzt kannst du ihr ja erklären, wie es wirklich mit dir und Mariah war. Dann wird Wendy das Ende unserer Beziehung bestimmt akzeptieren, sie wird nicht sauer sein.« Sie schlang den Mantel enger um sich. Das Innere des Wagens fühlte sich immer kühler an, wohl auch deswegen, weil am Ende des heutigen Tages auch ihre Beziehung ein Ende haben würde.

»Ich glaube, dass Mom mehr mit dem Gedanken an uns beide verbunden hat, als nur mich glücklich zu sehen. Sie hält viel von dir.« Sie spürte, dass sein Blick auf ihr ruhte, während sie sich darum bemühte, einen neutralen Gesichtsausdruck beizubehalten. Dann beugte er sich vor und hauchte einen Kuss auf ihre Wange. »Frohe Weihnachten, Ava. Ich weiß es sehr zu schätzen, dass du Mom zuliebe den Tag mit uns verbringst.«

Sie lächelte breit, entblößte dabei ihre Zähne, doch sein rein freundschaftlicher Kuss rührte sie nicht im Geringsten. »Ist ja nicht so, dass ich irgendwas Besonderes vorgehabt hätte.« Wieder runzelte er kurz die Stirn und sagte nur: »Dann lass uns fahren.«

Sams Wohnung war weihnachtlich geschmückt. Der Kranz an der Tür und der Baum in der Wohnzimmerecke, mit Kugeln und einem kleinen weißen Stoffengel an der Baumspitze, zeugten von Wendys und Vanessas Bemühungen.

Sobald Ava den Raum betrat, legte Wendy die Mistelzweige für die Tischdekoration beiseite. »Ich dachte schon, ihr hättet euch verfahren!«, strahlte sie und umarmte Ava herzlich. »Es tut mir sehr leid, dass Ihre Familie im Ausland ist, aber für uns ist es großartig, Sie hier zu haben.«

Als Ava die Freude in Wendys Gesicht sah, verflogen ihre letzten Zweifel darüber, ob es klug gewesen war, Weihnachten mit den Jermyns zu verbringen.

Während Wendy Ava die beiden schokoladenbraunen Labradors vorstellte, die sich mit wild wedelnden Schwänzen in die kleine Gruppe drängelten, wartete Vanessa geduldig ab, bis auch sie an der Reihe war, umarmt zu werden.

»Wendy, wenn ein Pärchen sich auf einem vergleichsweise kurzen Weg eine halbe Stunde verspätet, dann sollte man das nicht erwähnen.«

Wendy kicherte, während Ava Mars und Snickers ausführlich begrüßte, um Sam bei dem Wort Pärchen nicht anschauen zu müssen. Sam hängte die Mäntel auf und wandte sich den Herausforderungen des Tages zu. »Also, ihr Lieben, raus aus der Küche, vor allem die Hunde. Ich habe zu tun.«

»Ich kann helfen«, boten alle drei Frauen gleichzeitig an.

Sam warf seiner Mutter einen ernsten Blick zu. »Du? Nein. Du hilfst ganz bestimmt nicht. Du kannst dich allerhöchstens hinsetzen und zuschauen. Und du«, sagte er zu seiner Tante, »solltest eigentlich Urlaub haben.« Dann sah er Ava an. »Dir könnte ich vielleicht noch gestatten, mir zu helfen, denn du bist die Einzige, die nicht versucht, mich herumzukommandieren.«

»Wie großzügig von dir«, sagte Ava und spürte, wie die Anspannung langsam ein wenig von ihr abfiel. Solange Sam sie neckte, konnte sie damit leben. Es fühlte sich natürlicher an als die gekünstelte Höflichkeit, mit der sie den Tag begonnen hatten. Sie schnupperte genüsslich. »Irgendwas riecht hier schon sehr gut.«

»Die Ente schmort mit Trüffeln und Schalotten in Folie langsam vor sich hin. Jetzt kommen die Kartoffeln dran, dann das geröstete Gemüse, die selbstgemachte Bratensauce und die Füllung, dann das gedünstete Gemüse.« Er zog eine Zeitschrift aus einer Schublade und wedelte damit. »Kochen an Weihnachten für Idioten – kann nicht schiefgehen.« Dann schlug er eine Seite auf und runzelte die Stirn. »Ava, kennst du dich mit Bratensauce aus? Denn ich fürchte, damit könnte ich Schwierigkeiten haben.«
Ava lächelte. »Eine Bratensauce kriege ich hin, wenn du mir ein Glas Wein in die Hand drückst.«

»Drinks! Damit könntest du mir auch helfen, ich muss mich nämlich um die Kartoffeln kümmern.«

»Aber was ist mit unseren Geschenken?«, fragte Wendy und tat, als schmollte sie.

»Nach dem Abendessen.«

»Nein!« Wendy klatschte auf ihre Glatze, die durch ihre Wildlederkappe schimmerte. »Du hast mir den Hut versprochen. Ich brauche einen Hut. Sieh dir meinen Kopf an.«

Sam verzog schmerzlich sein Gesicht, und sein Lächeln wurde unsicher.

Wendy lachte nicht mehr.

Ava hielt die Luft an, als sie die Gefühle erahnte, die zwischen Mutter und Sohn aufkamen. Sie umrundete eilig die Essinsel. »Ich hole die Drinks. Was hast du für uns, Sam?«

»Champagner, im Kühlschrank«, antwortete Vanessa für ihn und machte sich damit zu schaffen, die Champagnergläser aus einer Vitrine zu holen. Ihre Augen glänzten verdächtig, doch sie lächelte. »Sollen wir selbst mit der Flasche kämpfen, oder erniedrigen wir unser Geschlecht, wenn wir Sam bitten, sie für uns zu öffnen?«

Ava entdeckte ein paar Flaschen Bollinger unten im Kühlschrank. »Ich kann den Champagner aufmachen. Wir haben am Sonntag auch Champagner getrunken.« Sie zupfte an der Folie um den Draht, der den Korken umschloss.

»Mit Ihrem Dad?«

Ava schüttelte den Kopf, während sie den Draht aufdrehte, den Korken fasste und die Flasche an ihrer Hüfte drehte. »Ruby Glennister hat Schampus mitgebracht, um den Erfolg der Kampagne zu feiern.« Flasche und Korken trennten sich voneinander, sie ließ es sanft geschehen, statt den Korken durch den Raum zu knallen. Dann füllte sie den prickelnden Schaum in die Champagnergläser und reichte auch Sam ein Glas. »Zum Wohl.«

»Auf die Kampagne.« Er stieß mit seinem Glas ihres an.

»Auf die Kampagne.« Ein nettes, sicheres Gesprächsthema.

Während Sam sich beharrlich ans Kochen machte, stürzten Ava und Vanessa sich auf die Aufgabe, Wendy zu unterhalten, um zu verhindern, dass sie sich die Ärmel hochkrempelte und Sam in der Küche helfen wollte. Obwohl Wendy lauthals protestierte und sagte, sie fühle sich gut, sah sie blass aus. Sam versuchte freundlich, sie dazu zu bringen, sich in einen bequemen Sessel zu setzen, bis das Essen fertig war, doch sie hockte weiterhin stur auf ihrem Barhocker.

Ava war beeindruckt von Sams Arbeitsweise in seiner Küche: Er hatte alles vorbereitet, er überstürzte nichts. Schließlich erklärte er die Portweinsauce für vollendet und brachte mit Ava die Schüsseln zum Tisch. Snickers und Mars nahmen in der Nähe Platz und reckten schnüffelnd ihre Schnauzen den herrlichen Düften entgegen.

Wendy hob ihr Champagnerglas. Sie hatte für den Anfang nur wenig bekommen, und es war noch immer etwas darin. »Auf Sam, weil er der beste Sohn aller Zeiten ist, auf Vanessa, weil sie die beste Schwester ist, und auf die reizende Ava, weil sie Weihnachten mit uns verbringt.«

Die Gläser klirrten. Ava hob ihr Glas auf Wendy, fand aber keine Worte, um ihrer Hoffnung für die kleine tapfere Gestalt Ausdruck zu verleihen, und auch Vanessa und Sam stießen nur stumm an.

»So, und jetzt«, strahlte Wendy und benutzte die fröhliche rote Serviette, um sich eine Träne aus dem Augenwinkel zu wischen. »Lasst uns dieses herrliche Weihnachtsessen genießen. Und glaubt bloß nicht, dass ihr mich mit meinen Geschenken bis nach dem Abwaschen vertrösten könnt, denn das kommt überhaupt nicht in Frage.«

Alle lachten und begannen mit feuchten Augen zu essen. Dann stellte Vanessa Fragen zu Rubys Kampagne, und die Atmosphäre entspannte sich.

Die saftige Ente und die knusprigen Kartoffeln waren ein solcher Erfolg, dass jeder sich zweimal davon nahm und viel zu viel aß, danach einigten sich alle, dass sie die weihnachtliche Eisbombe, die Sam wohlweislich gekauft hatte, weil er die Grenzen seiner Kochkünste kannte, erst später verzehren wollten. Auch Mars und Snickers bekamen von Vanessa ein Festmahl, zusammen mit den Entenabfällen und der restlichen Portweinsauce, während Ava und Sam die Teller abräumten und alles außer Sichtweite im Spülbecken und in der Spülmaschine verstauten.

Ava fand heraus, dass die Jermyns ein besonderes Ritual bei der Übergabe der Geschenke pflegten. Niemand rangelte sich um die Geschenke oder packte seine Geschenke alleine für sich aus, die Gaben wurden vielmehr einzeln überreicht, so dass jeder dem anderen zusehen und die Freude mitgenießen konnte. Außerdem war noch weiterer Champagner nötig, und jeder konnte sich aus einer großen Schachtel Schokolade bedienen. Mars und Snickers, die ihr Weihnachtsmahl verschlungen hatten, trotteten nun heran und lugten hoffnungsvoll zu der Cadbury-Schokolade.

Vanessa verteilte zuerst ihre Geschenke: zwei Hemden für Sam, ein Parfüm für Ava, Leuchthalsbänder für die Hunde und türkisfarbene Cowboystiefel für Wendy.

Wendy tätschelte ehrfürchtig die bunten Stiefel aus verziertem Leder. »Vanessa, die haben dich bestimmt ein Monatsgehalt gekostet.«

Vanessa lächelte. »In Kansas sind die ziemlich günstig. Mein Neale war gerade geschäftlich dort. Er hat mir Fotos geschickt, bis er das Paar gefunden hatte, das mir gefiel.«

Als Nächstes war Wendy an der Reihe, sie überreichte Vanessa ein Kleid und warf den Hunden ein Seilspielzeug zu. Die schubsten sie sofort an, um sie zum Mitspielen aufzufordern. Aber sie wandte sich an Ava und überreichte ihr einen wunderschön fließenden Faltenrock. »Sam hat mir Ihre Größe verraten«, lächelte sie.

Ava fragte sich, wann er die Zeit gehabt hatte, dafür in ihren Kleiderschrank zu spähen.

Für Sam hatte Wendy eine Lederjacke besorgt, sie war schlicht, aber wunderschön und roch sehr teuer. Sam zog sie gleich an, holte Wendy dann direkt aus ihrem Stuhl und umarmte sie. »Die ist phantastisch. Das wäre aber nicht nötig gewesen …«

Wendy legte ihr Gesicht auf seine Schulter. »Ich wollte das so.«

Ava verteilte schüchtern ihre Geschenke. »Für die Hunde habe ich leider nichts.« Für Vanessa hatte sie Gummistiefel mit Straßenschildern von London darauf gekauft, die sich gut zum Spazierengehen mit den Hunden eigneten.

Wendy packte den warmen roten Hut aus und japste vor Freude: »Der ist so weich und wunderschön!« Sie setzte ihn sich auf, Sam machte Fotos mit seinem Handy. Wendy sah mit dem Hut aus wie eine kleine Fee.

Zum Thema gegenseitige Geschenke hatte Ava sich nicht mit Sam abgesprochen.

Natürlich erwarteten Wendy und Vanessa, dass sie ihm eine Reihe von Geschenken machte, wie sich das für eine Freundin gehörte, doch ihr gesunder Menschenverstand sagte ihr auch, dass sie aller Voraussicht nach einander die Geschenke nach Weihnachten zurückgeben und wieder umtauschen würden, wenn diese Vorstellung für Wendy beendet wäre. Ava hatte ihm eine Brieftasche gekauft, die angeblich verhinderte, dass die Kreditkarten von Betrügern gescannt werden konnten, Kopfhörer für die Tasche, deren Kabel sich aufrollen ließ, eine gute Flasche Rotwein und ein Quizbuch zur Fernsehserie *TopGear.*

Sie hatte nicht damit gerechnet, dass Wendy und Vanessa, als Sam ihr dankte, lauthals ausrufen würden: »Und was ist mit einem Kuss als Dankeschön? Man könnte denken, ihr seid euch völlig fremd.«

Ava riss die Augen auf. Dann hob Sam leicht ihren Kopf an und küsste sie sanft auf den Mund. Sie errötete. Nicht der öffentliche Kuss machte sie verlegen, sondern die Tatsache, dass ein hauchzarter Kuss sie derart erschütterte und ihr Gehirn ausschaltete. Ganz offensichtlich hatte ihr Körper noch nicht die Nachricht erhalten, dass Sams Kuss gespielt war. Er zögerte, als habe er ihre Reaktion mitbekommen.

Und dann verteilte er seine Geschenke. Als Erstes eine Uhr von Guess für Vanessa und Hundeshampoo für Snickers und Mars.

»Ich hoffe, du willst damit nicht andeuten, dass meine Hunde riechen!«, protestierte Wendy mit gespielter Empörung.

»Wer, ich?« Dann veränderte sich Sams Gesichtsausdruck, und er überreichte seiner Mutter den Hut.

Wendy strich über die Hutschachtel. »Sie ist fast zu schön, um sie zu öffnen.« Sie zögerte und setzte ihren roten Hut ab, dann zog sie an dem Bändchen, hob den Deckel an, schob das weiße Seidenpapier beiseite und holte den eleganten Glockenhut heraus – Sams Weihnachtsgeschenk an sie.

Die Jadefarbe erstrahlte im Licht des Weihnachtsbaums, die fröhlichen Pfauenfedern, zu einem geometrischen Fächer angeordnet, das gewundene Goldband, das dem Hut genau den richtigen Glamour verlieh.

»Wunderschön«, murmelte Vanessa.

Sam presste die Lippen zusammen.

Wendy sah Ava an und machte eine kleine Bewegung mit dem Hut. Ava wusste, was sie damit meinte, sie nahm ihr den Hut ab und setzte ihn ihr vorsichtig auf den Kopf. Im perfekten Winkel.

Wendys Lächeln wirkte glückselig, auch wenn eine Träne langsam unter ihren Wimpern hervorquoll.

Sam streckte seine Hand aus, half Wendy auf und führte sie vor den Spiegel in dem kleinen Flur.

Aus dem Wohnzimmer hörte Ava Wendy und Sam

flüstern. Sie hatte einen ungestörten Blick auf Wendy, als sie sich langsam vom Spiegel abwandte, ihrem Sohn ihr Gesicht an die Brust legte und zu schluchzen begann. Als Sam seinen Kopf neigte, konnte Ava an der Haltung seiner Schultern seine Trauer ablesen.

Vanessa schlug sich eine Hand vor den Mund, ihr kamen die Tränen, und sie rannte in ihr Zimmer.

Ruhig – jedenfalls so ruhig, wie das mit zwei begeistert hechelnden Labradoren, die ihr voranstürmten, möglich war – ging Ava in die Küche und machte sich daran, ordentlich aufzuräumen, wobei sie zur Enttäuschung von Snickers und Mars die Entenknochen in den Müll warf. Die Szene der unerträglichen Trauer im Flur stand ihr ständig vor Augen, als sie die Spülmaschine anmachte, die Gläser mit der Hand wusch und dem Schlurfen und Murmeln lauschte, das den Flur hinunter verschwand. Sie machte sich sogar daran, die grässlichen Bratformen und verkrusteten Kochtöpfe zu reinigen, ohne es richtig zu bemerken.

Am Ende wischte und polierte sie den teuren Granit und die Edelstahloberflächen.

Sie überlegte, was sie in dem stillen Apartment als Nächstes tun sollte, drehte sich um und bemerkte Sam, der sie düster ansah.

Sie wand das Geschirrtuch in ihren Händen.

»Die Ungewissheit ist das Schlimmste«, erklärte er rau. »Wir wissen, dass die Chancen gut für sie stehen, aber sie hat noch viele Behandlungen vor sich.«

Ava nickte, sie traute ihrer Stimme nicht über den Weg.

»Sie liebt diesen Hut wirklich. Das kann sie dir nur gerade im Moment nicht sagen.«

Ava versuchte, ihm mit einem Lächeln zu vermitteln: *Kein Problem.*

Sam kam langsam auf sie zu, legte seinen Arm um sie und zog sie an sich. »Danke, das war richtiges Weihnachten für sie.« Dann schob er sie weg und eilte wieder in den Flur zurück, ohne dass sie ihm noch einmal ins Gesicht sehen konnte.

29

Zu viel der Aufregung

Eine halbe Stunde später erklärte Wendy, dass sie für den Weihnachtsspaziergang mit den Hunden bereit sei. Sie hatte ihr Make-up erneuert und den schicken roten Hut mit den wippenden Blumen aufgesetzt. Der jadegrüne Hut thronte in all seiner Pracht auf der Hutschachtel, die Sam auf ein Regal gestellt hatte, damit die Hunde die Federn nicht mit Fressen verwechselten.

Sam sah Wendy besorgt an. »Mom, du bist ziemlich blass.«

Sie rubbelte sich kräftig die Wangen, um ihnen Farbe zu verleihen. »Nein, es geht mir gut. Komm schon, wir machen nach dem Weihnachtsessen immer einen Verdauungsspaziergang, außerdem brauchen Mars und Snickers ein wenig Auslauf. Heute ist ein herrlich klarer Tag, den sollten wir nicht vergeuden.«

Sam lenkte sofort ein, weil jeder Tag relativen

Wohlbefindens genutzt werden musste, wenn der Mensch mit dem Krebs kämpfte. »Okay. Wir gehen in den Stratford Park, weil ich vier Leute und zwei dumme Hunde nicht ins Auto verfrachten und zum Olympic Park karren kann.«

»Schätzchen, hört nicht auf ihn«, gurrte Wendy, als die Hunde ihr um die Beine strichen. »Ihr seid sehr klug.«

Sam versuchte, kein Aufhebens um seine Mom zu machen, doch es war schwer, denn sie wirkte fast durchsichtig und musste immer wieder anhalten, um zu husten. Er hoffte, dass es nur der Champagner gewesen war, der sie so erhitzt hatte, als sie in seinen Armen in Tränen ausgebrochen war. Doch es war ihr Weihnachtsfest. Und wenn Mars und Snickers, mit klimpernden Hundeleinen um ihre Füße tapsend, Wendy zum Strahlen brachten, dann machten sie eben einen Weihnachtsspaziergang.

Ava schlüpfte schweigend in ihren Patchworkmantel, und Sams Gewissen meldete sich: Für jemanden, der Weihnachten nicht mochte, war es wohl ein seltsames Fest, das er ihr da bescherte. Sie kam geduldig hinzu, wenn man von ihr erwartete, dass sie hinzukommen sollte, und hielt sich abseits, wenn Gefühle außer Kontrolle gerieten. Stoisch. Pragmatisch. Verständnisvoll.

Einerseits wollte er eine Gelegenheit finden, um sich bei ihr dafür zu entschuldigen, dass er sie in sein

Familienweihnachten gezerrt hatte. Und wenn er ehrlich zu sich selbst war, hatte er gehofft, die weihnachtliche Harmonie nutzen zu können, um über ihre offen ausgesprochenen Zweifel an seiner Integrität hinwegzukommen.

Doch andererseits weigerte er sich mitzuspielen. Sein Verstand warnte ihn davor, sich einer Frau auszusetzen, die ihn, wenn auch nur kurz, für einen fiesen Heuchler gehalten hatte. Er war so erzogen worden, dass er genau das verabscheute. Er war überrascht, wie heftig sich sein Selbsterhaltungstrieb gezeigt hatte.

Vanessa ging im Park voran, warf einen Ball, dem die Hunde hinterherhechelten. Wendy und Ava gingen nebeneinander, Sam lief hinter ihnen.

Es fiel ihm schwer, Ava nicht dabei zu beobachten, wie sie auf dem mit dunklen Blättern übersäten Pfad, Überbleibsel eines prächtigen Herbstes, zum See spazierte. Ihr Haar leuchtete in der Wintersonne, sie hatte sich Wendy zugewandt, und Sam sah, wie sie lächelte. Er mochte ihr Lächeln. Ihren Mund.

Dann glitt Sams Aufmerksamkeit zu Wendy, die sich bei Ava eingehängt hatte. Eine kameradschaftliche Geste oder das Bedürfnis nach Halt? Zog Wendy ihre Füße ein wenig nach? Lief sie langsamer?

Avas Lächeln verwandelte sich in ein besorgtes Stirnrunzeln. Wie in Zeitlupe sah Sam, dass Wendy ins Wanken geriet. Ava stützte sie, Worte formten sich auf ihren Lippen, die er aber nicht hören konnte, sie rang darum, nicht zu Boden zu fallen, während sie die schmale Gestalt festhielt, die auf den feuchten Blättern taumelte und rutschte.

Er war nur ein paar Meter hinter ihnen, doch seine Beine fühlten sich an, als bräuchten sie Stunden, um zu reagieren, als er ihnen befahl, zu der Stelle zu laufen, an der seiner Mutter die Knie wegknickten und ihr Kopf hilflos in den Nacken fiel.

Dann war er mit drei Schritten bei Wendy und fing sie auf. »Ich habe sie.«

Ava war blass vor Schreck, bewahrte aber Haltung und ließ Wendy erst los, als Sam sie sicher im Arm hatte. »Sie schien okay, dann hat sie gesagt, ihr werde schummrig, und danach ist sie plötzlich zusammengesackt.«

»Ich habe es gesehen. Gut, dass du sie auffangen konntest.« Er keuchte, passte seinen Griff an Wendys Gestalt an und sah erleichtert, dass ihre Augenlider zu zucken begannen.

»Es geht mir gut«, murmelte Wendy verwirrt. »Ich bin nicht ohnmächtig geworden. Mir war nur so komisch.«

Vanessa lief herbei, die Hunde sprangen freudig neben ihr her. Snickers trug den Ball im Maul, Mars schwänzelte aufgeregt und versuchte, ihn sich zu holen. Dann blieb er mit heruntergeklappten Ohren stehen. Er trottete ängstlich zu Sam und blickte zu

Wendy auf. Er stellte sich sogar auf die Hinterpfoten, um mit seinen fragenden Augen besser sehen zu können.

»Wir müssen sie nach Hause bringen«, sagte Sam zu ihm, um seine eigene Angst nicht in Vanessas Gesicht gespiegelt zu sehen. Er kehrte um und begann mit seiner wertvollen Last den kurzen Fußmarsch zurück zu seiner Wohnung. Vanessa eilte neben ihm her. Vage nahm er wahr, dass Ava Vanessa die Leinen aus der Hand nahm und sie den Hunden an die Halsbänder legte.

»Ich glaube, wir sollten einen Arzt rufen.« Sam sah auf die zierliche Wendy herab, die verletzlich auf dem Sofa lag.

Wendy lächelte blass. »Das ist nicht nötig.«

»Du bist ohnmächtig geworden, und du hast dich erbrochen, als wir nach Hause kamen. Deine Operation ist noch nicht lange her, und dir steht eine Chemo bevor. Und du hast erhöhte Temperatur.«

»Es geht mir schon besser.« Sie hatte eine Stunde geschlafen, einen verschwitzten, fiebrigen Schlaf, so dass Sam vor Sorge auf und ab gelaufen war und kurz davorgestanden hatte, einen Krankenwagen zu rufen, doch dann war im Schlaf ihre cremige Blässe verschwunden.

»Wir sollten wenigsten beim Ärztenotdienst anrufen.«

Wendy schüttelte sogleich stur den Kopf. »Es geht mir besser. Ich will niemandem das Weihnachtsfest verderben. Könnte ich eine Tasse Tee haben? Und weniger Wirbel um mich?«

Ava lief zur Küche, doch Sam hielt sie zurück. »Ich mach das schon.« Das hielt ihn beschäftigt. Ihm schwirrten die Gedanken, er stellte den Kessel auf den Herd. Sollte er die Hotline anrufen, ohne Wendy etwas davon zu sagen? Sie bekam einen weiteren Hustenanfall, er hätte sich jemanden gewünscht, der ihm sagte, was er tun sollte oder ob er sich keine Sorgen zu machen brauchte.

Vanessa beugte sich über ihre Schwester. »Vielleicht hat Sam recht, und wir sollten dich untersuchen lassen.«

Wendy putzte sich die Nase. »Bitte nicht.« Sie klang inzwischen leicht verärgert. »Mars und Snickers, die Armen, sie waren kaum draußen. Warum geht ihr nicht noch einmal mit ihnen raus, bevor es ganz dunkel wird? Dann hören sie zu zappeln auf. Und ihr auch.« Dabei lächelte sie ihre Schwester an.

Mars und Snickers rieben sich unruhig an Sams Beinen. »Tante Van, das wäre vielleicht keine schlechte Idee.«

Also schnappte Vanessa sich wieder die Hundeleinen, und Mars und Snickers rauschten mit aufgestellten Ohren und wedelnden Schwänzen zur Haustür.

Während Sam gedankenverloren Milch in die Teetassen goss und noch immer darüber nachdachte, was am besten zu tun wäre, hörte er Avas Handy summen.

Und dann: »O nein …«

Spontan ging Wendy bei ihrer Frage zum Du über: »Was hast du, Ava? Schlechte Nachrichten?«

»Ich hoffe nicht.« Avas Stimme klang trostlos, als sie ihr Handy wieder wegsteckte.

Sam nahm die drei Tassen und ging zu ihr hinüber. »Was ist los?« Er hatte sie schon öfter beim Lesen einer SMS so bedrückt gesehen.

Sie seufzte. »Harvey.«

30

Das Beste hoffen und auf das Schlimmste gefasst sein

Mit Wucht stellte Sam die Tassen auf den Couchtisch. »Das ist nicht dein Ernst.«

»Diesmal droht er nicht«, fügte sie sofort hinzu. »Ich habe nur ein ungutes Gefühl.«

»Darf ich erfahren, was er geschrieben hat?«

Ava zögerte nur kurz.

Frohe Weihnachten, Ava! Schon komisch, dass ich Dich nach dem ziemlich unangenehmen Besuch Deines Dads jetzt halbnackt im Internet sehen kann. Glückwunsch zu Deiner Enthüllung. Ich hoffe, bald mehr von dir zu sehen. Xxx

»Widerling. Er will dich verunsichern.« Sam sah mürrisch zu, wie sie ihr Handy wieder wegsteckte.

»Selbst wenn er nicht droht, fühle ich mich irgendwie bedrängt.« Ava lachte, doch ihr Lachen klang wenig überzeugend.

Wendy lag, von Kissen gestützt, auf dem Sofa, und hörte mit gerunzelter Stirn zu. »Ich kenne die Vorgeschichte nicht und weiß nicht, was dir zugestoßen ist, Ava, aber wenn jemand dafür sorgt, dass du dich bedroht fühlst, hast du das Recht, aktiv zu werden. Ich bin keine Rechtsexpertin, aber ich arbeite lange genug in unserer Selbsthilfegruppe *Weder Schuld noch Schande*, um zu wissen, dass nur du selbst entscheidest, ob du dich bedroht fühlst oder nicht.«

Ava seufzte. »Ehrlich gesagt, hatte ich gehofft, dass ich ihn ein für alle Mal los wäre.« Und dann sprudelte die ganze Geschichte aus ihr heraus, sie erzählte von der Dummheit, dass sie ihrem Freund gestattet hatte, Schlafzimmerfotos von ihr zu machen, und dass sie dachte, ihr Vater hätte alles zum Guten gewendet.

Wendy hustete hin und wieder, nippte an ihrem Tee und hörte zu.

Obwohl Sam die Geschichte schon kannte, ballte er die Fäuste, aber er unterbrach Ava kein einziges Mal.

Sie beendete ihre Erzählung, bevor sie zu der Sache mit den Fotos auf dem Agentur-Server kam und zu der Rolle, die Izz und Patrick gespielt hatten – und sah Sam an, als wäre sie sich nicht sicher, ob er dieser Version zustimmte.

Wendy nickte mitfühlend. »Es könnte ein etwas ungeschickter Versuch sein, die Spannung zwischen euch herunterzufahren – oder er sinnt noch auf Rache. Meistens schikaniert ein Expartner den anderen aus Rache. Mein Rat wäre, das Beste hoffen und sich auf das Schlimmste gefasst machen.«

»Aber wie?«, fragte Ava skeptisch.

»Du kannst etwas tun, um dich zu schützen. Du kannst seine Nummer auf deinem Handy blockieren, ihn auf Facebook und deinen anderen sozialen Netzwerken entfreunden und blockieren. Du kannst dir Handysoftware besorgen, mit der du ›weiße Listen‹ für dich erstellst, so dass dich nur Nummern kontaktieren können, die du akzeptiert hast, damit er nicht unter einer anderen Nummer die Kommunikation mit dir wieder aufnehmen kann.«

Doch Ava schüttelte bereits den Kopf. »Solange wir Facebook-Freunde sind, kann ich wenigstens sehen, was er über mich postet. Wenn er außerdem weitere Drohnachrichten schickt, kann ich sie als Beweismittel nutzen.«

Wendy nickte und kuschelte sich in ihre Wolljacke. »Ich verstehe, aber du solltest deine Möglichkeiten kennen. Dazu gehört auch, dass du eine gerichtliche Anordnung erwirken kannst, die ihm verbietet, weiter mit dir in Kontakt zu treten. Auf der Homepage von *Weder Schuld noch Schande* gibt es ein Merkblatt, auf dem auch steht, wo du finanzielle Unterstützung für die Kosten findest oder wie du eine einstweilige Verfügung erwirken kannst. Ein gerichtliches Vorgehen kann erhebliche Auswirkungen auf sein Leben haben, vor allem, wenn ihm der Gerichtsbeschluss an seinem Arbeitsplatz zugestellt wird.« Sie überlegte kurz. »Ich denke, als Erstes solltest du ihm mitteilen, dass du möchtest, dass er dir nicht mehr schreibt, dich nicht mehr taggt und jegliche Kontaktaufnahme unterlässt.«

Ungläubig sah Ava sie an. »So einfach kann das doch nicht sein? Oder?«

»Kann es, ist es aber nicht immer«, gab Wendy zu. »Doch wenn sein Verhalten später eskaliert und du ihn anzeigen willst, brauchst du Beweise, dass du ihn aufgefordert hast, damit aufzuhören, und er deinen Wünschen nicht nachgekommen ist. Solange du mit ihm interagierst, kann er sich darauf rausreden, dass die Kommunikationskanäle ja alle offen waren. Er kann zu Recht sagen, dass du seine Nachrichten nie beanstandet oder ihn auf Facebook nicht entfreundet hättest.« Sie hustete erneut. »Hast du jemals deine Markierung von den Fotos auf Facebook, die er von dir gepostet hat, entfernt?«

»Nein«, gab Ava verwundert zu. »Daran habe ich überhaupt nicht gedacht.«

Sam wollte die Unterhaltung nicht unterbrechen. Aber als er bemerkte, dass Wendy sich ihre Wolljacke enger zugezogen hatte, holte er aus dem Schrank im Flur, in dem er normalerweise Gerümpel aufbewahrte, eine flauschige blaue Decke – die ihm eine

Verflossene einmal in der Annahme geschenkt hatte, der Mangel an Decken auf seinem Sofa bedeutete, er brauchte eine – und legte sie wie beiläufig über Wendys Beine.

Mit einem kurzen Lächeln zog Wendy das flauschige Ungetüm zu sich hoch. »Es ist immer besser, wenn man eine direkte Sprache benutzt. ›Hör bitte auf‹, statt ›Ich wäre dir sehr dankbar, wenn du aufhören könntest‹. Benutze Wörter wie ›sofort‹. Sag klar und deutlich, was du möchtest, und wenn er nach dem Grund fragt oder versucht, dich in ein Gespräch zu verwickeln, dann wiederhole einfach dieselben Worte.«

Ava nahm ihr Handy wieder zur Hand. »Einen Versuch ist es wert.«

Während sie sich stirnrunzelnd über das Display beugte, etwas eintippte und wieder löschte, lächelte Sam Wendy zu. Obwohl sie ganz offensichtlich erschöpft war, lächelte sie zurück. »Brauchst du irgendwas?«, murmelte er.

»Gar nichts. Danke für das wunderschöne Weihnachtsfest.«

Sams Augen brannten, als er hörte, dass sie den heutigen Tag trotz allem als wunderschön empfand. »Bist du sicher, dass du keinen Arzt brauchst?«

»Ja. Ich bin nur müde.«

Ava räusperte sich. »Was hältst du davon? ›Harvey, bitte hör sofort auf, mich per Handy, E-Mail oder sonstwie zu kontaktieren. Tagge mich nicht mehr auf Facebook oder anderen Posts auf anderen sozialen Netzwerken und poste keine Fotos mehr von mir. Und versuche nicht, mich zu treffen.‹« Fragend sah sie zu Wendy auf.

»Klingt gut.«

Ava nagte noch ein wenig an ihren Lippen und fügte, um keine unnötige Feindseligkeit zu provozieren, ein ›Danke‹ hinzu. Dann drückte sie sich selbst den Daumen, und mit dem Daumen der anderen Hand schickte sie die Nachricht los.

»Wenn das nicht hilft, dann denk bloß nicht, dass du alleine damit fertig werden musst.« Wendy gähnte und sank tiefer in das Sofa. »Es gibt Leute, die muss man nicht erst davon überzeugen, dass du Unterstützung brauchst – mich inbegriffen. Es ist in Ordnung einzugestehen, dass du zur Zielscheibe geworden bist und etwas dagegen unternehmen möchtest. Du musst es nicht hinnehmen, dass dein Ex dich belästigt.« Ihr Lächeln wirkte bedauernd. »Es ist diese Machtlosigkeit, nicht wahr? Das ist es, womit Leute wie er ihr Spiel treiben. Sie mögen das Gefühl, mit dir zu spielen. Ob sie wissen, was sie auf Dauer damit anrichten …« Sie zuckte die Achseln.

Ava streifte ihre Schuhe ab, zog ihre Beine hoch und verschwand fast in Sams großem Armsessel. »Zum Beispiel?«

»Menschen, die oft belästigt wurden, haben häufig

ein Vertrauensproblem – und reagieren oftmals bei dem geringsten Vorfall mit großem Misstrauen.«

Ava sah betroffen drein. »Ich denke, das stimmt.« Ihr Blick glitt schuldbewusst zu Sam.

»Absolut.« Wendy gähnte hinter vorgehaltener Hand. »Vertrauensprobleme wirken sich auch auf zukünftige Beziehungen aus. Der neue Freund muss dann für die Sünden des alten Freundes herhalten. Und darum muss der neue Freund auch ein außergewöhnlicher Mann sein.« Sie warf Sam ein zärtliches Lächeln zu. »Ein Mann, der mitfühlend und tolerant ist, der sich nicht als Sündenbock sieht, sondern in der Lage ist, dich ohne großes Drama darauf hinzuweisen, wenn du ihn dazu machst.«

Sam saß erstarrt in seinem Stuhl.

Ava errötete, als sie Wendy ansah. »Danke für deine Ratschläge und dein Verständnis. Und ich freue mich auch, dass dir die beiden Hüte so gefallen.«

Wendy wirkte überrascht. »Aber gerne. Ich meine, wegen der Ratschläge. Vermutlich sollte ich das nicht sagen, aber ich hoffe, dass du diesen besonderen Mann schon gefunden hast.« Diesmal zwinkerte sie Sam zu. »Ein Mann, der weiß, was du durchgemacht hast, und es nicht unterschätzt.«

Ava sah prüfend auf ihre Hände herab. »Wenn du den roten Hut magst, könnte ich dir den gleichen noch in einer anderen Farbe machen.«

»Ich finde ihn ganz wunderbar, aber ich dachte, du hättest in nächster Zeit viel zu tun?« Wendy sah mit leicht gerunzelter Stirn zwischen Sam und Ava hin und her.

»Aber dafür habe ich in jedem Fall Zeit.«

Sam stand der Schweiß auf der Stirn. Ava schützte ihn. Sie hatte immer wieder versucht, das Thema zu wechseln, weil sie Wendy nicht wissen lassen wollte, wie Sam sich verhalten hatte.

Schon nach der ersten Vertrauenskrise hatte er sich von ihr abgewendet.

Wo war sein Beschützerinstinkt geblieben? Sein Mitgefühl? Er hatte schöne Worte zum Thema Frauen in Gefahr parat gehabt – bis es ihn selbst betraf. Da hatte er seinen Schmerz über ihren gestellt.

Er hatte nicht verstanden, dass ihr Verhalten das Ergebnis ihrer Angst war. Obwohl er auf den ersten Blick der einzige Tatverdächtige gewesen war, hatte er blindes Vertrauen von ihr erwartet, ohne es sich jemals verdient zu haben. Er hatte nicht darüber nachgedacht, wie es sich anfühlte, in ihrer Haut zu stecken. Schlimmer noch, er hatte allen in der Agentur gezeigt, wie wütend er auf sie war, und zugesehen, wie sie sich in ihr Schneckenhaus zurückzog. Sam hatte sich genauso verhalten wie früher ihre Eltern: Er hatte sie sich selbst überlassen und verlangt, dass sie alles allein in den Griff bekäme, während er sich wichtigtuerisch um sein eigenes Leben gekümmert hatte.

Plötzlich wollte auch er nicht, dass sie seiner Mutter davon erzählte. Wendy hatte ihn dazu erzogen, Situationen wie die von Ava ernst zu nehmen, doch so wie bei Mariah hatte sich ihm sein Ego in den Weg gestellt.

Avas Handy brummte wieder, sie verzog das Gesicht und nahm es zur Hand.

»Harvey schreibt: ›*Es tut mir wirklich weh, dass Du so fühlst. Hat Dein Dad mich am Arbeitsplatz nicht schon genug fertiggemacht? Was ist los mit Dir, Ava?*‹«

Sie schnitt eine Grimasse. »Ich schicke ihm den ersten Text noch einmal.«

Genau genommen, musste sie die Nachricht noch zweimal senden, bevor Harvey zu schreiben aufhörte.

Und die ganze Zeit über – während Vanessa mit Mars und Snickers zurückkehrte, die Hunde mit angelegten Ohren und heftig wedelnden Schwänzen jeden begrüßten und dabei einen Hauch von Frost verbreiteten – dachte Sam, dass er sich schlimmer nicht fühlen könnte. Vanessa streifte ihren Mantel ab und sah Wendy aufmerksam an, schien aber beruhigt. »Neale hat gerade angerufen, und wir haben uns gefragt …«, dann hielt sie inne und schaute ostentativ auf den Boden unter dem Weihnachtsbaum. »Sam! Du hast Ava ja noch gar nicht ihre Geschenke gegeben.«

Sam drehte sich um und sah auf die Päckchen, die

unter dem Weihnachtsbaum liegen geblieben waren, als Wendy zusammengebrochen war.

»O Sam«, sagte Wendy vorwurfsvoll.

»Macht nichts«, sagte Ava leichthin.

Und Sam stellte fest, dass es tatsächlich möglich war, sich noch schlechter zu fühlen.

31

Weihnachtsstimmung mit schwarzen Rosen

Ava hätte sich gewünscht, nicht immer so schnell zu erröten. Ihr Gesicht glühte jetzt, und sie wirkte vermutlich wenig überzeugend, als sie protestierte, es spiele keine Rolle, dass sie von Sam kein Weihnachtsgeschenk erhalten habe. Im Grunde war es ihr vollkommen egal. Sie hatte ohnehin vor, alles diskret zurückzugeben, sobald Wendy wieder in Hertfordshire wäre.

Sie errötete, weil das Thema Geschenke wieder die Aufmerksamkeit auf Sams Weihnachtslüge lenkte.

Und weil Sam, der nun schuldbewusst dreinschaute, ein paar hübsch verpackte Päckchen unter dem Weihnachtsbaum hervorholte und sie ihr mit einem ungeschickten Kuss überreichte.

Wendy und Vanessa kicherten über Sams unglaubliche Vergesslichkeit, und gleichzeitig reckten sie die Hälse, um zuzusehen, wie Ava ihr erstes Geschenk auspackte, ein Haarpflegeset von Molton

Brown. »Toll!«, sagte sie strahlend. Es wäre ein phantastisches Geschenk gewesen, wenn es für sie bestimmt gewesen wäre, dachte sie schmerzvoll. Sie hatte noch nie ein so edles Haarpflegeprodukt besessen.

Als Nächstes packte sie ein Mittel gegen Kater am Morgen danach aus, was die Stimmung auflockerte und alle zum Lachen brachte, dann eine hübsche Handyhülle mit verschlungenen silbernen Gänseblümchen. »Wie cool«, sagte Ava verwundert, holte ihr Handy heraus und passte die Glitzerhülle an. Wenn sie nicht zu teuer gewesen war, könnte sie Sam vielleicht das Geld dafür geben, bevor er sie umtauschte.

»Noch ein Päckchen«, sagte Wendy und zeigte darauf.

Sie entfernte das Geschenkpapier, und zum Vorschein kam eine kleine Schmuckschatulle. Als sie sie öffnete, konnte sie sich ein bewunderndes »Wow!« nicht verkneifen. Goldene Ohrringe mit schwarzen Rosen aus Jade kuschelten in weißer Seide und schrien ihr förmlich zu: »Trage uns! Wir sind so wunderschön, du wirst hinreißend darin aussehen.« Doch während ihr Herz sich in diese sinnlichen Blüten verliebte, sagte ihr Verstand, dass diese Ohrringe das falsche Geschenk waren. Kein Juwelier nahm Ohrringe zurück, außer sie wären fehlerhaft. Was hatte Sam sich dabei gedacht? Vielleicht konnte er sie für seine Zukünftige aufbewahren. Sie unterdrückte einen Seufzer.

Natürlich musste sie sich bei Sam bedanken, es ihm nachtun und ihn kurz auf den Mund küssen. »Sie sind wunderschön. Ich freue mich, danke.«

»Na, dann zieh sie an«, drängte Wendy.

»Oh, aber –« Ava sah Sam entsetzt an. Wenn sie die Ohrringe anlegte, würde er sie dann noch seiner Miss Zukünftigen geben können?

Sam lächelte unbeschwert. »Sie sind dazu da, getragen zu werden.«

Also hatte Ava keine Wahl und musste mit der kleinen Schachtel in der Hand zum Spiegel im Flur gehen, die einfachen Kreolen, die sie trug, abnehmen und die schwarzen, im Licht matt schimmernden Jaderosen an ihre Ohren stecken. Sie sahen teuer und vielleicht auch ein wenig *gothic* aus, sie fand sie hinreißend.

»Lass sehen! Lass sehen!« Wendy und Vanessa gurrten so lange über die Ohrringe, bis Ava das Gefühl beschlich, sie hätte sich nicht begeistert genug bei Sam bedankt. Und so drückte sie ihn und sagte: »Danke noch einmal.« Einen Augenblick hielt er ihre Umarmung fest. Sein Körper schien sich auf dieselbe Art und Weise um ihren zu schmiegen, wie das Gold ihrer Ohrringe sich um die schwarze Jade schmiegte und sie festhielt.

Es blitzte einmal kurz, Wendy machte mit ihrem Handy ein Foto. »Weihnachtsküsse!«

Sie zuckten auseinander, und damit war die Weihnachtsbescherung zu Ende.

Wendy wollte sich noch eine Weihnachtssendung im Fernsehen anschauen, während Vanessa eine halbe Stunde damit verbrachte, sich zu verschönern, bevor sie mit einer Tüte Geschenke auf dem Arm und, wie Sam es nannte, einem seligen Grinsen im Gesicht entschwand, um Neale zu treffen. Sie zwinkerte Sam zu. »Ich bin in einer Stunde wieder da und bleibe bei deiner Mom, du musst dich also nicht beeilen und zurückkommen, wenn du Ava nach Hause begleitest.«

»Danke«, sagte er nur.

Ava lächelte höflich. Sam hatte den traditionellen Weg weihnachtlichen Friedens und Wohlwollens eingeschlagen, doch sie machte sich nicht vor, dass sie wirklich ein traumhaftes Weihnachtsfest erlebten. Oder falls doch, würde der Märchenprinz seinen Zauber rasch ablegen.

Während Vanessas Abwesenheit beteuerte Wendy zwischen kurzen Nickerchen immer wieder, was für ein herrliches Weihnachtsfest es doch sei. Ava fiel auf, wie besorgt Sam jedes Mal zum Sofa sah, wenn Wendy einnickte.

Als Vanessa um neun Uhr mit Neale wieder auftauchte, wartete Wendy, bis sie die Weihnachtswünsche ausgetauscht hatten, dann gähnte sie wieder. »Ich gehe schlafen. Aber es war ein herrlicher Weihnachtstag.« Sie schlang die blaue Decke wie eine

Toga um sich, schlurfte zu Ava und küsste sie. »Sehen wir uns morgen? Am zweiten Weihnachtsfeiertag?«

»Bei mir stapelt sich die Arbeit«, sagte Ava vorsichtig, ihr war ein wenig übel bei dem Gedanken, dass sie dieser herzlichen, aufrichtigen Frau nur Halbwahrheiten und Lügen erzählt hatte und dass selbst damit bald Schluss sein würde. Vielleicht würde sie Wendy nie wiedersehen. Bei dem Gedanken drückte Ava sie doppelt so fest.

»Oh«, sagte Wendy enttäuscht. »Hoffentlich kann Sam dich noch umstimmen.«

Während Sam sicherstellte, dass Wendy auch alles hatte, was sie brauchte, und Vanessa und Neale mit der Fernbedienung das Sofa besetzten, sammelte Ava ihre Sachen ein. Ihr Herz machte einen schmerzvollen Satz bei dem Gedanken, dass sie nach heute Abend nicht nur Wendy und Vanessa nicht mehr sehen würde. Es gab auch keinen triftigen Grund mehr, Sam wiederzusehen. Sie konnte ihm seine Geschenke durch Todd zurückgeben lassen. Ava nahm ihren Mantel an sich und sah sich noch einmal in dem attraktiven Apartment um, mit seiner Glasfront und dem Blick auf das nächtliche London. Sie überlegte, wie es wäre, einen Hut in diesen Farben zu machen. Schwarz, bestickt mit glänzenden Perlen in Silber und Gold und hier und da ein paar in Rot oder Grün. Samt wäre perfekt.

»Bist du bereit?« Sam stand in der Tür, mit ausdruckslosem Gesicht.

Ava wandte sich zum Gehen. Außer »Ja« schien es nicht viel zu sagen zu geben. Wendy war schlafen gegangen. Das Spiel war aus, oder? Bis auf den Schluss – der angebliche Freund hatte seine angebliche Freundin sicher nach Hause zu bringen.

Er nickte langsam. »Okay, ich hole meine Schlüssel.«

Dann saßen sie in seinem bequemen BMW und fuhren durch die Stadt, das Eis glitzerte auf dem Asphalt, und die Leute eilten, vermummt mit Hüten und Schals, die Gehsteige entlang. Es waren mehr Autos auf den Straßen unterwegs als noch am Morgen.

Sam schwieg während der Fahrt.

Ava sah ihn von der Seite her an. »Tut mir leid wegen der Ohrringe.«

Die Falte auf seiner Stirn vertiefte sich, er schaltete den Motor herunter und blieb an einer Ampel stehen. »Was tut dir leid?«

»Dass ich sie angelegt habe. Ohrringe für gestochene Ohren kann man normalerweise nicht umtauschen, aber es hätte komisch gewirkt, wenn ich darauf bestanden hätte, sie in der Schachtel zu lassen.«

Er schaute sie an, und seine eine Gesichtshälfte leuchtete im Licht der roten Ampel. »Willst du sie denn zurückgeben?«

»Ich dachte, du wolltest das.«

Die Ampel schaltete auf Grün, doch er fuhr nicht los. »Warum hätte ich sie zurückhaben wollen?« Die Falten auf seiner Stirn vertieften sich. Ein Wagen hinter ihnen hupte, und Sam wandte seine Aufmerksamkeit wieder dem Straßenverkehr zu, er beschleunigte so schnell, als wollte er die vertrödelte Zeit aufholen.

»Ich bin davon ausgegangen, dass wir uns die Geschenke zurückgeben, die wir einander gekauft haben«, stammelte sie. »Wegen des Theaters. Weil wir nicht wirklich … Na ja, ich verstehe ja, dass es komisch ausgesehen hätte, wenn du mir gar nichts Eindrucksvolles gekauft hättest, aber es schien mir nicht fair …« Ihre Stimme klang unsicher.

»Ich gebe dir zurück, was du für mich gekauft hast, wenn du willst«, sagte er mit eisiger Freundlichkeit. »Aber ich wäre beleidigt, wenn du versuchen würdest, mir zurückzugeben, was ich dir geschenkt habe.«

»Oh, so habe ich das doch nicht gemeint … Ich nehme an … na ja, diese Ohrringe hatten vermutlich ein teures Preisschild.« Ihre Stimme klang gequält, plötzlich wurde ihr klar, wie holprig die Unterhaltung wurde. Gleich würde sie bestimmt noch sagen: »Dann kannst du deine Geschenke auch behalten«, wie ein kleines Kind, das sicherstellen will, dass eine Verteilung gerecht erfolgt.

Er schüttelte heftig mit dem Kopf. »Du kannst offenbar wirklich mit weihnachtlichen Gefühlen nichts anfangen, was?«

»Vermutlich nicht«, gab sie traurig zu. »Aber vielleicht erkenne ich sie, wenn ich ihnen begegne. Deine Familie ist liebevoll und großzügig und möchte nichts lieber, als den Tag gemeinsam zu verbringen, selbst wenn es schwierig ist, weil die Dinge gerade nicht so gut laufen. Weihnachten feiert man normalerweise das Gefühl der Familienzusammengehörigkeit, die Tatsache, dass man einander hat. Habe ich das richtig verstanden?« Sie starrte auf die vorbeiziehenden Häuser, die wie große Laternen von innen beleuchtet waren.

Nach einer Weile sagte Sam: »Tut mit leid. Ich bin wütend, aber ich hätte das nicht sagen sollen. Es war aggressiv und dumm von mir. Ich habe verstanden, was du über die Geschenke sagen wolltest, und weiß die Absicht zu schätzen.«

»Kein Problem.« Ava wünschte sich, die Fahrt wäre vorbei. Sie spürte erste Stiche, die Kopfschmerzen ankündigten, und schloss die Augen, um die glänzenden Lichterketten auszublenden. Sobald sie zu Hause war, würde sie sich ihre ältesten Jeans anziehen, sich mit Wein und Schokolade eindecken und vor den Fernseher setzen. Vielleicht flimmerte ja der Dolce-&-Gabbana-Weihnachtsmann über den Bildschirm.

Den sie allerdings nicht mit Izz teilen konnte, denn die war nicht da. Was ihrem Kopfschmerz noch Herzschmerz hinzufügte.

Aber nichts war so schlimm wie die traurige Erkenntnis, dass Sam sich den ganzen Tag nur Wendy und Vanessa zuliebe so großherzig gezeigt und den Schein neckender Zuneigung zu ihr aufrechterhalten hatte. Er war immer noch wütend auf Ava, doch jetzt, da sie alleine waren, machte er sich nicht mal mehr die Mühe, es zu verbergen.

Das nervte.

Das nervte wirklich.

Als sie schließlich in die School Street einbogen, war die Stimmung im Auto so eisig wie die gefrorenen Blätter an den Straßenbäumen.

Ava hatte bereits ihre Tüten in der einen und den Autogriff in der anderen Hand. »Es tut mir leid, dass du mich noch nach Hause fahren musstest, danke. Und danke für die Geschenke. Genieße die verbleibende Weihnachtszeit.«

Er antwortete nicht.

Sie konnte ihm noch nicht einmal einen letzten Kuss geben, sonst hätte sie wie ein Kind angefangen zu heulen. Sie stieß die Tür auf, schwang ihre Beine auf den Gehsteig und erschauderte, als sie die kühle

Abendluft an ihrer Haut spürte. Sie schloss die Wagentür und blieb stehen, als sie denselben Laut von der anderen Seite des Wagens hörte. Sie blinzelte. Sam war ausgestiegen und kam um das Auto herum zu ihr auf den Gehsteig.

»Darf ich kurz reinkommen?«

Sein Gesichtsausdruck verriet ihr nicht viel. Sie kramte nach ihrem Schlüssel. »Musst du aufs Klo oder so?«

»Äh … nee.« Er klang verwirrt. Er wartete, bis sie aufgeschlossen hatte, und folgte ihr dann in den Flur. »Ich möchte dir gerne etwas sagen.«

Na großartig. Noch mehr Kritik. Sie seufzte theatralisch. »Na gut.«

Sie schickte ihn voraus ins Wohnzimmer, während sie absichtlich trödelte, als sie ihren Mantel aufhängte, ihre Tüten auf die Treppe stellte und eine Nachricht von einem Nachbarn las, der sich schon vorab für die Party entschuldigte, die er am zweiten Weihnachtstag steigen lassen wollte. Na toll.

Schließlich folgte sie Sam ins Wohnzimmer und löste ihren Zopf in der Hoffnung, damit die Spannung auf ihrem Kopf zu reduzieren. Sie beschloss, ihm nichts zu trinken anzubieten. Es brachte nichts, die Unterhaltung in die Länge zu ziehen.

Er stand in der Mitte des Raums. Hatte seine Jacke an die Tür gehängt, was sie an den ersten Abend erinnerte, als er ihr im Regen nach Hause gefolgt war, für den Fall, dass Harvey noch irgendwo herumhing und ihr Ärger machen wollte.

Seine Augen wirkten sehr dunkel. »Du hättest zu Weihnachten nach Frankreich fahren können.«

Sie blieb stehen, mit dieser einleitenden Bemerkung hatte er sie auf dem falschen Fuß erwischt. »Wie kommst du darauf?«

»Dein Dad hat mir gesagt, dass er versucht hat, dich davon zu überzeugen, mit ihm zu kommen, dass du aber abgelehnt hast.«

»Oh.« Sie streifte sich die Schuhe ab, es machte ihr nichts aus, dass sie dadurch ein paar Zentimeter kleiner wurde. »Aber du hast doch selbst gesagt, dass ich keine Ahnung von weihnachtlichen Gefühlen habe. Und Wendy – na ja, du weißt schon.« Arme Wendy. Sie hatte nicht das schönste Weihnachten gehabt, obwohl sie vehement das Gegenteil behauptete. Ava zwang sich zu lächeln.

»Du hast meiner Mom zuliebe auf Weihnachten mit deinen Eltern verzichtet? Das zeigt viel weihnachtliches Gefühl – und wie bereits gesagt, das war ein dummer Satz von mir.«

»Na ja – es gab auch noch andere Gründe. Arbeit, Geld, Pläne. Du weißt schon.« Ihr Gesicht wurde plötzlich heiß. Sie gestand ihm sicher nicht, dass sie in der hintersten Ecke ihres Verstandes auch noch die kleine Hoffnung gehegt hatte, er würde sich beruhigen, er würde erkennen, wie sehr es ihr leidtat, dass sie ihn beschuldigt hatte, und irgendwie würde alles wieder in Ordnung kommen.

»Das war nett von dir.«

»Manchmal kann ich auch nett sein.«

»Nicht nur manchmal.« Er lächelte gequält. »Du warst den ganzen Tag nett zu mir, obwohl ich es nicht verdient habe.« Sein Blick wirkte düster. »Ich war nicht der verständnisvolle Mann, von dem Mom gesprochen hat. Ich habe dich enttäuscht.«

Sie starrte ihn an. »Du hast mich enttäuscht?«, wiederholte sie idiotisch.

Er kam langsam auf sie zu, hob eine Hand und strich ihr über den Kopf. Ihre Haut fing an zu prickeln. »Ja. Ich habe nicht gut reagiert. Ich habe nur meinen eigenen Schmerz darüber, dass du überhaupt so eine Behauptung aufstellen konntest, gesehen. Nach der Nacht, die ich in deinem Bett verbracht habe.«

Ihr wurde wieder heiß, aber diesmal nicht vor Verlegenheit. Es war die Erinnerung daran, seine Nacktheit an ihrem Körper zu spüren, den Flaum seiner Körperbehaarung, die ihre Nervenenden elektrisierte. Alles schien sich zu beschleunigen, ihre Atmung, ihr Puls, ihr Herzschlag.

»Ich habe falsch reagiert«, krächzte sie. Eine heiße Träne löste sich aus ihrem Augenwinkel. »Ich kann nicht einmal versprechen, dass es nicht wieder vorkommen wird. Wenn Harvey nicht verschwindet, muss ich lernen, die Lage zu meistern …«

Er unterbrach sie und fuhr mit seinem Daumen über ihre Unterlippe.

Reflexartig fuhr sie mit der Zungenspitze heraus, um seine salzige Haut zu spüren. »Wenn Harvey in Zukunft versucht, dir Kummer zu bereiten, werden wir das gemeinsam mit ihm regeln. Selbst wenn der Mann im Mond herabsteigen und uns mit der Handykamera durch dein Dachfenster beobachten sollte, werden wir jede erforderliche Hilfe in Anspruch nehmen, Opferschutzorganisationen, das Gesetz oder unsere Familien. Ich werde versuchen, mich mit dem Thema Vertrauen auseinanderzusetzen, und du wirst versuchen, mir zu vertrauen, und mich daran erinnern, wenn ich es vergessen sollte. Am Ende wird das Problem mit dem Vertrauen verschwinden. Wir werden das gemeinsam schaffen.«

Das Blut schoss ihr in den Kopf und ließ sie schwindelig werden. *Gemeinsam* war plötzlich ihr neues Lieblingswort. *Näher zusammen* wäre noch besser gewesen. Die Entfernung zwischen ihnen war nicht länger ein Abgrund aus Schmerz und Missverständnissen, es waren nur ein paar Zentimeter auf dem Teppich. Im Bruchteil einer Sekunde überwand Ava diese Zentimeter. Sie schloss die Augen, als er seine Lippen fest auf ihren Mund drückte und seine Arme um ihren Körper schlang.

Als sie nur noch seinen Herzschlag hörte, der in ihr widerklang, fühlte Ava sich endlich sicher.

Und aus dem flackernden Bedürfnis wurde eine lodernde Flamme, sie fing langsam an, ihre Hüften zu bewegen. Er stöhnte anerkennend, fuhr mit seinen Händen herab und nahm ihren Hintern in die Hände. »Ich bin kein Fan dicker Strumpfhosen.«

Sie bewegte sich wieder an ihm und spürte, wie er hart wurde. »Ich könnte sie ausziehen.«

»Darf ich.« Seine Hände rutschten ihre Schenkel hinauf und unter ihr Kleid.

Sie legte ihren Kopf zurück, während er die Strumpfhose hinunterschob und sanft fluchte, als das elastische Material gegen ihn arbeitete und er beide Hände dafür benutzen musste.

Er unterbrach sich und schnupperte an ihrem Nacken. »Gibt es eine Möglichkeit, die Außentüren von innen abzuriegeln?«

Es schien etwas unpassend, sie aus diesem Moment zu reißen, doch Ava wusste seine Überlegung zu schätzen. Izz war schon einmal zu früh nach Hause gekommen und konnte wieder zu einem unpassenden Zeitpunkt erscheinen. Sie glaubte nicht wirklich, dass Izz jemals wieder etwas tun würde, um sie zu verletzen, doch die Türen zu verriegeln, während Ava und Sam auf der einen Seite und die Welt draußen auf der anderen blieb, hatte Symbolcharakter. »Das machen wir.« Sie nahm ihn bei der Hand, dann hängten sie zuerst an der Hintertür und dann an der Haustür die Kette ins Schloss, was sie in die angenehme Lage versetzte, den direkten Weg nach oben ins Schlafzimmer nehmen zu können.

Als Sam hereinkam und Ava aus ihren Kleidern schälte, konzentrierte sie sich ganz auf ihn. Seine Hände, sein Mund, seine Haut, seine Stimme. Als er in sie eindrang, war es so, als hätte es die letzten Tage nie gegeben. Alles, was zählte, war das Jetzt, waren ihre Körper, die sich gegeneinander bewegten, langsam und geschmeidig, hart und tief.

Gemeinsam.

Sam konnte tatsächlich den Mond durch Avas Dachfenster im Schlafzimmer sehen. Ava kuschelte sich an ihn, sie hatte ihr Bein über seins und ihre Hand auf seine Brust gelegt. Sie lag regungslos da, aber er wusste, dass sie nicht schlief.

Er streichelte ihr Gesicht. »Ich möchte dich gerne etwas fragen.«

»Hm?« Sie drehte ihren Kopf, so dass sie einen kleinen Kuss auf seine Hand drücken konnte.

Er nahm einen scheinbar feierlichen Ton an. »Gehst du jetzt endlich richtig mit mir aus? Hören wir auf mit dem Theater und tun nicht mehr nur so, als ob? Bevor du antwortest, beachte bitte, dass ich bei einem Nein so sauer auf dich wäre, dass ich augenblicklich aufstehen und nach Hause gehen müsste.«

Sie schüttelte sich vor Lachen. »Richtig miteinander ausgehen wäre herrlich.«

»Kommst du morgen, am zweiten Weihnachtstag zu uns? Ich weiß, du hast eine Menge Arbeit, aber …«

Sie ließ ihn ein wenig zappeln. »Die Arbeit kann warten. Deine Mom würde sich vermutlich freuen.«

»Ich würde mich definitiv freuen.«

Irgendwo in der Dunkelheit klingelte ein Handy.

»Verdammt, das ist meines.« Er küsste sie auf die Stirn, löste seinen Oberkörper aus ihrer Wärme und beugte sich seitlich über das Bett hinunter, um nach seinen Jeans auf dem Boden zu tasten. Als er den Namen auf dem Display sah, ging er schnell dran. »Van? Ist alles okay?«

Vanessa klang außer Atem. »Sam, ich bin mir nicht sicher. Wendy hat sich übergeben.«

Er fluchte. »Ich komme sofort nach Hause.«

Ava saß neben ihm, das Mondlicht fiel auf ihre nackten Brüste. »Was ist los?«

»Mom.« Er tastete nach dem Lichtschalter neben dem Bett und fummelte herum, weil er sich nicht auskannte. Er rutschte vom Bett. »Ich muss gehen.«

»Natürlich.« Sie sah ihm zu, wie er in seine Jeans schlüpfte.

Er schloss den Reißverschluss und hielt dann inne. »Willst du mitkommen?«

Ava lächelte strahlend. Sie vergeudete keine Zeit mit Einwänden oder Überlegungen, ob er sie auch wirklich dabeihaben wollte. Sie schlüpfte in ihre Jeans und in einen Pullover.

Er küsste sie heftig, nahm ihre Hand und rannte mit ihr die Treppe hinunter und hinaus zum Auto.

Während der Fahrt schien es ihr nichts auszumachen, dass er nicht reden wollte. Sie saß neben ihm, tätschelte ab und zu beruhigend seinen Oberschenkel, so dass er so schnell wie möglich die sechs Meilen nach Stratford hinter sich brachte.

Vanessa war sichtlich erleichtert, als er in die Wohnung stürmte. »Sie hat sich übergeben und hohes Fieber.«

Sams Hand zitterte, als er die 999 wählte.

32

Das allerschönste Weihnachten!

Mittwoch, 26. Dezember

Ava erwachte mit einem Ruck, die Deckenbeleuchtung blendete sie, und ihr Rücken schmerzte. Langsam hob sie den Kopf und zuckte zusammen, so steif fühlte sie sich.

Sie war an Sams Schulter eingeschlafen. Mit trüben Augen sah sie ihn an.

Er lächelte und küsste sie auf die Nase. »Willst du nach Hause fahren? Wenn Tante Van Neale anruft, kommt er und holt sie ab. Er würde dich sicher auch mitnehmen.« Vanessa kauerte auf einem roten Vinylstuhl auf der anderen Seite des breiten Gangs und hatte ihren Kopf an ihren zusammengerollten Mantel gelehnt.

Ava richtete sich auf und kam langsam wieder zu sich. Der Krankenhausgeruch, die nächtliche Stille, die nur von gelegentlichen Schritten und dem Rollen der Krankenhausliegen unterbrochen wurde. Wendy war irgendwo hinter einer dieser Türen. »Ich bleibe bei dir.«

Sam war ganz offensichtlich nicht eingeschlafen. Sein Gesicht war von Erschöpfung gezeichnet. »Ich weiß nicht, wie lange es noch dauern wird, bevor wir etwas erfahren. Es muss ein schlimmes Weihnachten für dich sein.«

Sie steckte ihre Hand in seine Hand, beugte sich zu ihm vor und küsste seine Wange, direkt über der Stelle, an der seine Bartstoppeln zu wachsen begannen. »Nein. Das beste.«

»Wir müssen wirklich an deiner Vorstellung von Weihnachten arbeiten.« Seine Augen lächelten. Dann sah er auf seine Uhr und gähnte hinter vorgehaltener Hand.

Ava erinnerte sich nicht daran, wieder eingeschlafen zu sein, doch plötzlich wurde sie von zischenden Rädern und dahineilenden Pflegern, die Beutel mit Flüssigkeit über einen bäuchlings liegenden Patienten hielten, aus dem Schlaf gerissen. »Wendy?« Sie versuchte, sich selbst wachzurütteln. »Wo ist Vanessa?« Der rote Stuhl gegenüber war leer.

Beruhigend legte Sam seinen Arm um sie. »Wendy ist sicher auf einer Station, gleich kommt jemand und redet mit mir. Vanessa ist nach Hause gefahren und schlafen gegangen.« Sams Stimme klang ernst.

Ava entspannte sich, sie gähnte. »Ich sehe mal nach, ob ich etwas Kaffee für uns auftreiben kann.«

»Das wäre toll.« Seine Hand glitt vertraut an der Hinterseite ihres Beines herab, als sie steif aufstand. »So hatte ich unsere gemeinsame Nacht nicht geplant.«

Sie zwinkerte. »Du musst das definitiv wieder bei mir gutmachen.«

Seine Augen leuchteten. »Versprochen.«

Es dauerte eine Weile, bis Ava einen Kaffeeautomaten fand, der so hilfsbereit war, Flüssigkeit auszugeben. Als sie zurückkam, war Sams Stuhl leer, doch durch ein rundes Glasfenster in einer Tür am Ende des Gangs sah sie seinen Kopf und seine Schultern, er nickte während eines Gesprächs. Sie setzte sich und wartete ab.

Endlich stieß er die Tür auf, viele seiner Sorgenfalten hatten sich geglättet. »Es ist eine Infektion«, berichtete er. »Das ist bei Krebspatienten immer ein Risikofaktor. Aber sie reagiert gut auf die Antibiotika, ihr Fieber sinkt bereits.« Er nippte an dem Plastikbecher, den Ava ihm gereicht hatte, und schaute dann auf die schmutzig braune Flüssigkeit, als fragte er sich, was das sein sollte. »Die Chemotherapie soll ein paar Wochen verschoben werden. Ihre Onkologin ist großartig, sie wird sich morgen Zeit nehmen und sie empfangen.«

Er hob eine Hand und folgte mit dem Daumen Avas Wangenknochen. »Ich werde heute Nachmittag herkommen und sie nach Hause bringen, wenn sie sich ein wenig ausgeruht hat. Zu ihr nach Hause, meine ich. Dann begleite ich sie morgen zu ihrer Onkologin in Hertford und komme übermorgen nach London zurück, wenn es ihr so weit gutgeht.«

»Dann kannst du jetzt nach Hause fahren und schlafen?«

Er nickte. »Lass uns gehen.« Sie liefen durch die Gänge und über die Treppen, bis sie die große Glasschiebetür am Eingang des Krankenhauses fanden. Es war bereits hell.

»Noch mal: Frohe Weihnachten.« Er gähnte. »Das zählt übrigens nicht als unser erstes Date.«

Ava lachte, sie hängte sich bei ihm unter und drückte seinen Arm. »Es lohnt sich, darauf zu warten.«

Epilog

Das erste Date

Sonntag, 30. Dezember

Ich hole Dich um 8:00 Uhr ab, okay?

☺ *Super okay. Wohin gehen wir?*

Zum Essen

Gaz' Caff?

Diesmal nicht. Ich hebe Gaz' für einen besonderen Jahrestag auf. Bitte stell Dich darauf ein, Dein Handy auszumachen und alle anderen Geräte zu Hause zu lassen, über die Du von der Außenwelt erreichbar wärest. Wir haben heute Abend ein Date.

Sam war bereit, nach Camden zu fahren. Er hatte viel Zeit vorgesehen für den Weg, weil London am 30. Dezember schon wieder zum Alltagsmodus zurückgekehrt und Weihnachten wieder für ein Jahr vergessen war. Nur die Weihnachtsbeleuchtung hing immer noch, doch es wurde wieder gearbeitet, und die Gespräche drehten sich nun um Silvester und das neue Jahr.

Sein Handy vibrierte, er bekam eine Nachricht. Von Ava. Er öffnete sie sofort und hoffte, dass seine Pläne nicht durchkreuzt würden.

Ruf mich bitte an, wenn Du draußen bist, ich komme dann raus.

Er runzelte die Stirn.

Warum?

Izz ist wieder da. Sie fürchtet sich davor, Dich zu treffen. Wir haben uns mehr oder weniger versöhnt, aber für Dich könnte es peinlich sein.

Er hielt inne und überlegte, dann las er die Nachricht noch einmal. Warum war Izz nicht eine Stunde später gekommen? Er wollte, dass ihr erstes richtiges Date unbelastet wäre von allem, was sie in den vergangenen Wochen belastet hatte. Harvey hatte sich seit Weihnachten zum Glück nicht mehr gemeldet, auch wenn Ava und Sam wussten, dass das noch nicht bedeutete, sie würden nie mehr etwas von ihm hören. Wendy war gut untergebracht. Aber jetzt würde Ava sich mit Izz' Ängsten beschäftigen, anstatt sich ganz auf Sam zu konzentrieren.

Bis gleich xxx.

Er steckte sein Handy weg.

Sam klingelte fünfzehn Minuten vor der vereinbarten Zeit an der Tür, er riskierte es, Ava zu verärgern, statt noch eine Weile draußen in der Dunkelheit herumzuschleichen.

Und bingo. Eine hochgewachsene Gestalt näherte sich der Tür. Izz öffnete ihm, Überraschung, Bestürzung und Unbehagen spiegelten sich auf ihrem Gesicht, als sie ihn sah. Sam ließ seine guten Manieren beiseite und wartete nicht erst ab, bis er hereingebeten wurde, sondern rauschte an ihr vorbei in den erleuchteten Flur. »Ich komme, um Ava abzuholen, dachte mir aber, dass wir beide vorher vielleicht ein paar Dinge klären sollten.«

Von oben hörte er eilige Schritte auf der Treppe. Außer Atem kam Ava um die Kurve. Sie trug ein blaues Kleid, das die Farbe ihrer beunruhigten Augen widerspiegelte. Ihr Haar fiel locker über ihre Schultern.

Er lächelte sanft. »Du siehst toll aus.«

»Du bist zu früh«, erwiderte sie und warf schnell einen Blick zu Izz.

»Tut mir leid. Man weiß nie, wie der Verkehr sein wird.«

Avas Gesichtsausdruck verriet, dass sie ein paar kernige Kommentare dazu parat hatte. Doch dann sah sie wieder Izz an und schwieg.

»Sieht aus, als wärest du schon fertig.«

Sie presste die Lippen zusammen. »Ich will mein Haar noch hochstecken.«

Sein Blick glitt über die glänzende Haarpracht. »So wie es ist, sieht es großartig aus.«

Ava blieb auf der Treppe stehen.

»Während du deine Sachen holst, rede ich kurz mit Izz über ihren Vertrag.« Er wusste, dass sie kaum darauf bestehen konnte, bei der Unterhaltung dabei zu sein.

»In Ordnung.« Langsam drehte sie sich um und verschwand wieder hinter der Treppenbiegung. Sam wartete, bis er sie im oberen Stockwerk hörte. Erst dann wandte er sich an Izz.

Sie starrte an die Wand im Flur. »Es tut mir leid«, murmelte sie. »Ich war total gestört. Bist du …« Sie schluckte geräuschvoll. »Wirst du meinen Vertrag aufkündigen?«

»Du warst mehr als nur gestört. Was du getan hast, war schweres Fehlverhalten, und dafür gibt es keine Entschuldigung.« Er ließ sie ein paar Sekunden lang schmoren. »Also, ich werde deine Zugangsprivilegien ändern, das spiegelt mein verändertes Vertrauen in dich wider.«

Sie blickte ihm in die Augen. »Ich kann bleiben?«

»Wenn du willst. Wenn ich ehrlich bin, mach ich das hauptsächlich, um mir das Leben zu erleichtern.«

Ihre Schultern sackten herab. »Mit Ava.«

»Weil du gut in deinem Job bist«, korrigierte er sie. Dann fügte er ehrlicherweise hinzu. »Und wegen Ava. Aber«, seine Stimme nahm einen sanfteren Ton an, »nachdem wir jetzt Harvey ausgeschaltet haben, bist du die Einzige, die diese Bilder verbreiten könnte.«

Sie richtete sich zu ihrer vollen Größe auf, ihre Augen blitzten. »Ich war betrunken, als ich das gemacht habe. Ich würde Ava niemals vorsätzlich schaden!«

»Dann solltest du besser darauf achten, dass du sie nie wieder aus Versehen verletzt. Du bekommst nur diese eine Chance.«

Sie schluckte hörbar. »Danke. Ich weiß es zu schätzen, dass du mich meinen Vertrag erfüllen lässt. Was ist mit Patrick?«

»Sobald er aus seinem Skiurlaub zurück ist, wird Patrick sich nach einer anderen Möglichkeit umschauen. Wir sind uns einig, dass das das Beste ist. Er hat keinen befristeten Angestelltenvertrag. Als Partner in der Agentur kann ich ihm nicht nur halb vertrauen. Sein Verhalten muss tadellos sein.«

»Ich verstehe.« Izz nickte traurig.

Nachdem er den strengen Chef herausgekehrt hatte, wurde Sam nun wieder freundlicher. »Izz, nur weil sich unsere Wege trennen, bedeutet das nicht, dass du ihn nicht wiedersehen darfst. Ich gehe davon aus, dass sein Handy angeschaltet ist.«

Izz lächelte ihn unsicher an. »Du meinst, ich sollte …«

Er zuckte die Achseln. »Deine Sache.«

»Ja.« Sie sah betroffen aus, lächelte dann aber zögernd. »Danke. Was meinen Vertrag betrifft, meine ich. Die meisten hätten mir keine zweite Chance gegeben. Ich werde dich nicht enttäuschen.« Sie huschte zum Wohnzimmer und wiederholte über ihre Schulter hinweg noch einmal: »Danke.«

Sam hörte Avas Schritte auf der Treppe und wartete schweigend, dass sie herunterkam. Das Haar floss ihr offen über den Rücken, er zog sie an sich und küsste sie. Dann öffnete er die Tür und führte sie in die Nacht hinaus.

Im Auto unterhielten sie sich über belanglose Themen und die neuesten Ereignisse. Todd war wieder zu Hause, Louise blieb hingegen noch ein paar Tage bei ihrer Familie. Graeme und Katherine hatten beide verkündet, dass sie sich in Weihnachten verliebt hätten, was ein wenig absurd war, wenn man an die Vorgeschichte dachte, und bedrängten Ava bereits, sie nächstes Jahr zu Weihnachten mindestens eine Woche in der Dordogne zu besuchen. Harvey verhielt sich auch weiterhin unauffällig, doch Ava hatte sicherheitshalber mit einer Beraterin der Selbsthilfeorganisation *Weder Schuld noch Schande* Kontakt aufgenommen, um vorbereitet zu sein, falls er wieder auftauchte. Das gab ihr das Gefühl, die Lage einigermaßen unter Kontrolle zu haben.

Wendy war zu Hause und ruhte sich aus. Ihre Chemotherapie war um zwei Wochen verschoben worden, bis dahin sollte sie wieder zu Kräften kommen. Sam gab seine Unterhaltung mit Izz wieder.

Ava sah ihn mit glänzenden Augen an. »Wirklich? O Sam, ich bin so froh! Ich wollte dich schon fragen …«

»Das dachte ich mir, deshalb habe ich die Sache heute Abend aus dem Weg geräumt. Jetzt musst du nicht die kostbare Zeit bei unserem ersten Date dafür verwenden, mich zu beschwatzen, ihr noch eine Chance zu geben. Abgemacht?«

»Abgemacht«, sagte Ava strahlend. Sie hatte nicht auf den Weg geachtet, erst als Sam in die Tiefgarage unter seiner Wohnung fuhr, registrierte sie wieder ihre Umgebung. »Bei dir?«

Er strahlte im Dämmerlicht. »Stört dich das? Ich habe eine Reservierung in einem Restaurant, wenn dir das lieber ist, aber das Abendessen ist oben im Ofen.« Er öffnete erst seinen, dann ihren Sicherheitsgurt, beugte sich zu ihr und flüsterte: »Und ich will alleine mit dir sein«.

Ihr stockte der Atem. »Storniere das Restaurant.«

Er lachte und küsste sie, nahm sich Zeit, streichelte mit seiner Zunge über ihre Lippen und fuhr dann ihren Hals herab.

Als sie endlich oben in seiner Wohnung waren, sah sie, dass an der Glasfront ein Bistrotisch stand, Kerzen spiegelten sich flackernd in der Scheibe und im Silberbesteck, köstlicher Duft stieg aus dem großen schwarzen Ofen auf. Sie warf ihren Mantel ab, stellte die Funktion »Nicht stören« auf ihrem Handy ein, warf es in ihre Tasche und legte sie auf einen Stuhl. »Die Welt ist ausgesperrt.«

»Endlich.« Sam trug ein frisches weißes Hemd, er war frisch rasiert, sein Haar fiel ihm in die Stirn und kringelte sich hinter seinen Ohren bis auf seinen Kragen herab. Sie war sich nicht sicher, wer sich zuerst bewegte, doch dann lag sie in seinen Armen, und er hob sie fast aus ihren Schuhen, um sie an sich zu drücken, als befände er sich bereits in ihr. Ihr Verstand verflüchtigte sich, als er mit seinen Händen um ihren Hintern strich und sein Mund auf ihrem flüsterte. Sie knabberte sanft an seinen Lippen und brachte ihn zum Stöhnen.

»Das Abendessen kann warten«, murmelte er.

»Aber du hast dir so viel Mühe gegeben«, neckte sie ihn.

»Macht nichts.« Er hob sie auf die Essinsel, schob den Barhocker beiseite, so dass er sich zwischen ihre Knie schieben konnte, während er mit seinen Händen über ihre Brüste strich.

Sie ließ ihren Kopf in den Nacken fallen, genoss seine Nähe, umklammerte seine Schultern, während er mit seinen Händen über ihren Rock und dann darunterfuhr. Flammen des Verlangens loderten an jeder Stelle auf, die er berührte.

Dann hörte er abrupt auf.

Sie öffnete die Augen und sah ihn fragend an.

Er hob sie von der Fläche herunter und strich ihr Kleid wieder glatt. »Wir haben ein Date.«

»Ernsthaft?« Sie spürte, dass es ihn einiges gekostet hatte, an dieser Stelle aufzuhören. Doch dann blickte sie auf den wunderschön gedeckten Tisch, nahm den Duft dessen, was immer da kochte, wahr und begriff, dass er sich mit Absicht zurückhielt. »Ich denke, es wäre eine Schande, das alles zu vergeuden.«

»Außerdem habe ich noch viel Champagner von Weihnachten übrig.« Er zog einen Flaschenkühler heran, holte eine Flasche heraus, ließ den Korken knallen und schenkte ein, der Schaum zischte laut in dem sonst stillen Raum.

Ava drückte das Glas an ihre Wange. »Ich muss mich abkühlen.«

Er lachte. »Nur bis nach dem Abendessen. Komm, hilf mir mit dem Essen.«

Abgesehen von einer kurzen Unterbrechung, bei der er herausfinden wollte, ob er aus der Kuhle ihres Schlüsselbeins Champagner trinken konnte, richtete er seine Aufmerksamkeit auf die Zubereitung des Essens, bis es an der Zeit war, den Coq au vin mit Rosmarin und Röstkartoffeln aus dem Ofen zu holen.

Dann setzten sie sich gemeinsam ans Fenster und blickten auf die Lichter des Olympiastadions hinab.

Er hob sein Glas. »Auf unser erstes Date.« Das Gold in seinen Augen leuchtete hell im Kerzenlicht.

Ava stieß mit ihrem Glas an seinem an. »Unser erstes Date.« Ihr Herz erschauderte. Dann redete sie weiter. »Aber nachdem das der Anfang ist, solltest du ein paar Dinge über mich wissen.«

Argwohn schlich sich in sein Gesicht. »Red weiter.«

Sie nahm sich Zeit, nippte an ihrem Champagner und ließ die herrlich kühle Flüssigkeit über ihre Zunge gleiten. »Du musst keine Drachen für mich erschlagen. Du warst sehr hilfreich in der Sache mit Harvey und wirklich verständnisvoll, was Izz betrifft. Doch normalerweise ist mein Leben nicht so chaotisch. Ich bin keine Maid in Not, die einen Ritter in glänzender Rüstung braucht oder erwartet, dass er ihr Leben in Ordnung bringt. Das ist nicht verhandelbar.«

Um seine Augen bildeten sich Lachfältchen. »Drachen müssen wir gemeinsam entgegentreten. Notiert. Akzeptiert. Respektiert.«

»Selbst wenn der Ritter in glänzender Rüstung einen ausgeprägten Beschützerinstinkt hat?«

Er beugte sich zu ihr vor und drückte seine Lippen auf ihren Mund. »Besonders dann, denn der glänzende Ritter muss manchmal daran erinnert werden, dass er nicht der Einzige auf weiter Flur ist. Und was muss ich noch wissen?«

Sie beugte sich zu ihm vor, um seinen Kuss zu erwidern, und schmeckte den Champagner auf seinen Lippen. »Ich schlafe bei meinem ersten Date niemals mit einem Mann.«

Er lachte an ihrem Mund, streckte seine freie Hand aus und strich durch ihr Haar. »Das würde ich normalerweise absolut respektieren. Aber dieses Mal … werde ich sehr hart verhandeln.«

Anmerkung der Autorin

Für den Fall, dass Sie sich fragen sollten, wie es für Wendy weiterging: Sie trug weiterhin ihre herrlichen Hüte, ordentlich schräg auf ihrem kurzen Haar, das nach der Chemotherapie gut nachgewachsen war – auch bei Sams und Avas Hochzeit zwei Jahre später. Sie sah phantastisch aus und strahlte den ganzen Tag.

Sie stellte sicher, dass jeder Gast erfuhr (nur für den Fall, dass es irgendjemandem entgangen war), dass ihre neue Schwiegertochter die Ava Bliss war, die diese herrlichen Hüte für die Frauen und Freundinnen der Fußballer machte und in allen Zeitschriften zu sehen war. »Auch mein Hut«, endete sie glücklich, »ist eine Kreation von Ava Bliss. Ein Weihnachtsgeschenk meines Sohnes.« Sie lächelte mit verschleiertem Blick in die Richtung, wo Ava und Sam tanzten, das Hochzeitskleid bauschte sich, der Schleier wehte von einer winzigen Pillbox in zartem Zinfandel-Rosé.

Wendy seufzte glücklich. »Ich dachte, der Hut wäre mein schönstes Weihnachtsgeschenk aller Zeiten gewesen. Bis jetzt natürlich – eine Weihnachtshochzeit! Als ich ihn das erste Mal mit Ava gesehen habe, wusste ich, dass er die Richtige getroffen hatte. So etwas erkennt man doch gleich, nicht wahr?«